polar
VERLAG

Jock Serong

Fischzug

Aus dem Australischen von Robert Brack

Herausgegeben von Wolfgang Franßen

Polar Verlag

Originaltitel: Quota
First published in 2014 by The Text Publishing Company

Deutsche Erstausgabe, 1. Auflage 2018
Aus dem Australischen von Robert Brack

www.polar-verlag .de

Redaktion: Christine Laudahn, Claudia Denker
Umschlaggestaltung: Robert Neth, Britta Kuhlmann
Umschlagfoto: © J.D.S/shutterstock.com
Autorenfoto: © Rowena Naylor 2016
Satz/Layout: Martina Stolzmann
Gesetzt aus Adobe Garamond PostScript, InDesign
Druck und Bindung: CPI books GmbH, Leck, Deutschland

ISBN: 978-3-945133-69-9

MELBOURNE

WIEDERAUFNAHME UM 14:15 Uhr:

MR. JARDIM: Euer Ehren, ich danke Ihnen für die Möglichkeit, während der Mittagspause mit meiner Klientin zu sprechen.
RICHTER: Ja. Sind Sie denn vorangekommen? Ich stelle fest, dass Ihre Klientin nicht bei Ihnen ist, Mr. Jardim.
MR. JARDIM: Ganz recht, Euer Ehren. Sie ist noch immer sehr aufgewühlt wegen des Kreuzverhörs heute Morgen und sieht sich, trotz meines Rates weiterzumachen, nicht in der Lage, in den Gerichtssaal zurückzukehren, Sir.

RICHTER: Meinen Sie damit, dass es ihr körperlich nicht gut geht, Mr. Jardim? Haben Sie ein ärztliches Attest mitgebracht oder einen Arzt?
MR. JARDIM: Nein, weder noch. Ms. Woollacott hat ja vor der Mittagspause erklärt, dass sie das Kreuzverhör als beendet ansieht. Euer Ehren liegen bereits die Aussagen meiner Klientin bezüglich ihrer gesicherten Unterkunft, ihrer Reha…
RICHTER: Kein Arzt? Dann hat Ihre Klientin ihren Antrag also zurückgezogen?
MR. JARDIM: … ihrer Rehabilitation, ihrer Sorge um ihre Kinder, die Unterstützung ih…
RICHTER: Nein, nein. Warten Sie bitte. Vielleicht verstehen Sie mich nicht richtig, Mr. Jardim. Ihre Klientin ist nicht hier, um das Kreuzverhör fortzusetzen. Also ist es sinnlos, wenn Sie weitere Anträge im Namen Ihrer Klientin stellen, da sie nun mal nicht anwesend ist. ›Nicht anwesend‹ ist für mich gleichbedeutend mit

›interessiert mich nicht‹. Also Ms. Woollacott, Sie haben vor der Mittagspause angedeutet, dass Sie, so drückten Sie es, glaube ich aus, ›fast fertig‹ seien mit Ihrem Kreuzverhör. Möchten Sie Mr. Jardims Klientin noch weitere Fragen stellen?

MS. WOOLLACOTT: Das möchte ich allerdings, Euer Ehren.

RICHTER: Und was Sie betrifft, Mr. Jardim, so könnte ich mir denken, dass Sie noch einige Nachfragen haben angesichts des Eingeständnisses ihrer Klientin bezüglich ihres Drogenmissbrauchs und, was eine vorläufige Einschätzung meinerseits ist, ihrer Tätigkeit als Prostituierte in einer Wohnung, in der sich auch zwei Kinder in ihrer Obhut befanden. Wollen Sie mir wirklich erzählen, dass Sie keine weiteren Fragen mehr haben bezüglich der Sachverhalte, die Ms. Woollacott im Kreuzverhör angesprochen hat?

MR. JARDIM: In einer idealen Welt hätte ich das vielleicht, Euer Ehren, aber sie ist nicht …

RICHTER: Sie ist nicht hier, das ist offensichtlich. Wie schön, dass ich hier bin, auch wenn ich eine Menge anderer Dinge zu tun hätte. Sie haben sicherlich nicht viel zu tun, Mr. Jardim. Ms. Woollacott vertrödelt auch nur ihre Zeit. Gerichtsdiener, haben Sie etwas zu tun? Nein, er sieht nicht sehr beschäftigt aus. Also können wir alle rein- und rausgehen, wie es uns gerade Spaß macht, habe ich recht, Mr. Jardim? Läuft das im Allgemeinen so?

MR. JARDIM: Das wollte ich keineswegs andeuten, Euer Ehren.

RICHTER: Es heißt ›einreichen‹, Mr. Jardim. Unter meinem Vorsitz werden keine Andeutungen gemacht, sondern Anträge eingereicht. Wenn Sie keinen Antrag stellen wollen, schweigen Sie. Wie lautet also Ihr Antrag? Soll die Beweisaufnahme abgeschlossen werden? Ich frage das, weil Sie, wie mir scheint, im Augenblick keine andere Möglichkeit haben.

MR. JARDIM: Nein, ich stelle keinen Antrag auf Abschluss der

Beweisaufnahme. Ich beantrage, die Verhandlung zu vertagen oder sie zumindest so lange auszusetzen, bis ich mich vom Wohlergehen meiner Klientin überzeugt habe und sie zurück in den Gerichtssaal bringen kann.
RICHTER: Demnach ist es ein Antrag auf Unterbrechung der Verhandlung. Ms. Woollacott, ohne eine Entscheidung vorwegnehmen zu wollen, können wir davon ausgehen, dass das Sozialamt die Kosten dafür übernehmen wird?
MS. WOOLLACOTT: Nun ja, Euer Ehren, das muss erst …
RICHTER: Richtig. Also, Mr. Jardim, wie will Ihre Klientin die entstehenden Gebühren begleichen, wenn ich die Angelegenheit vertage?
MR. JARDIM: Das kann sie nicht, Euer Ehren. Sie hat kein Geld, sie hat kein Vermögen. Sie bekommt staatliche Unterstützung. Es kann hier ohnehin nicht um die Feststellung von Gebühren gehen. Sie ist nicht hier, und es könnte gute Gründe dafür geben, dass sie nicht hier ist. Das wissen wir nicht. Wichtig ist zunächst, dass dieses Gericht darüber entscheidet, wo die beiden kleinen Kinder dauerhaft untergebracht werden, und das sollte mit … mit Bedacht erwogen werden. Sie wird wieder vor Gericht erscheinen, wenn sie dazu in der Lage ist, und ihre Aussage vervollständigen, sofern man das von ihr verlangt. Ich bin mir allerdings ziemlich sicher, dass sie …
RICHTER: Ihr Antrag!
MR. JARDIM: Ich beantrage zu berücksichtigen, dass sie umfassend über alles ausgesagt hat, was für Euer Ehren von Belang ist.
RICHTER: Mr. Jardim, Sie lassen mir kaum eine Wahl. Ihre Klientin ist nicht hier, und Sie können mir nicht erklären wieso. Sie verlangen eine Vertagung, aber Sie sagen gleichzeitig, dass sie nicht in der Lage sei, die Kosten zu tragen, die durch diese Vertagung verursacht werden. Sie behaupten, ihre Aussage sei umfas-

send gewesen, aber im gleichen Atemzug verlangen Sie von mir, den Fall in ihrer Abwesenheit nicht zu entscheiden. Ihre Anträge widersprechen sich inhaltlich. Wie wäre es, wenn Sie in der ganzen Angelegenheit endlich mal schlüssig argumentieren würden?
MR. JARDIM: Ich möchte Sie vielmehr bitten, ihr noch eine Chance zu geben, Euer Ehren. Ihnen liegen bereits jede Menge Angaben vor, die ihren guten Willen dokumentieren. Ihnen ist auch bekannt, aufgrund der Informationen der Klinik, in der sie mehrfach behandelt wurde, dass sie …
RICHTER: Nein, nein, vielen Dank. Ich möchte das jetzt nicht noch einmal alles durchgehen, Mr. Jardim. Ich möchte lediglich, dass Sie mir erklären, wieso ich die Sache nicht in ihrer Abwesenheit entscheiden soll. Ich frage Sie noch einmal: Warum sollte ich das nicht tun?
MR. JARDIM: Was kann ich dazu noch sagen? Ich habe ja bereits versucht, Ihnen klarzumachen, warum es nicht richtig wäre. Sie tun ihr wirklich großes Unrecht an, wenn Sie die Angelegenheit ausschließlich unter verfahrensrechtlichen Gesichtspunkten betrachten. Darum geht es aber nicht, es geht vielmehr um …
RICHTER: Mäßigen Sie Ihren Ton, Mr. Jardim. Ich habe mir während des Verfahrens einiges an Widerborstigkeit von Ihrer Seite anhören müssen und habe gesehen, wie Sie die Augen rollten und abfällige Bemerkungen machten, wenn es nicht nach Ihren Wünschen verlief. Das alles habe ich kommentarlos hingenommen. Aber jetzt muss ich Sie verwarnen, denn Sie benehmen sich grob und respektlos.
MR. JARDIM: (lacht) Haben Sie mal F. E. Smith gelesen? Wir verhalten uns beide wie Schweine, Euer Ehren, nur dass ich mir dessen bewusst bin.
RICHTER: Keine abfälligen Bemerkungen, bitte. Ihr Humor hat

hier im Saal nichts verloren, Mr. Jardim. Ziehen Sie diesen Kommentar bitte sofort wieder zurück.
MR. JARDIM: Nein. Ich ziehe ihn nicht zurück, weil er ganz offensichtlich nichts mit der Sache an sich zu tun hat, genau wie auch Ihre kleingeistige Behandlung meiner Klientin nichts mit der Sache an sich zu tun hat. Was soll ich dazu noch sagen? Was? Hätten Sie die ganze Angelegenheit noch übler vermasseln können? Die Kleine ist völlig hilflos, und Sie wissen ganz genau, dass sie jetzt wieder auf der Straße ist. Das wissen Sie ganz genau, stimmt's? Sie sind im ganzen Staat bekannt als ein herzloser alter Drecksack und Trunkenbold, und wo ich schon mal dabei bin: Die Ernennung Ihrer Schwiegertochter zur Richterin wird fast überall als das angesehen, was es ist: schmutziger, korrupter Nepotismus. Sie ist für diesen Posten ungefähr ebenso gut geeignet wie Sie. So tief wie heute sind Sie noch nie gesunken, dabei war es schon eine unglaubliche Scheiß…
RICHTER: Wachtmeister, sorgen Sie bitte dafür, dass Mr. Jardim unverzüglich den Raum verlässt und wegen Missachtung des Gerichts erst am kommenden Freitag wieder zugelassen wird. Mr. Jardim, Sie können ein paar Nächte lang in der Zelle über Ihr heutiges Benehmen nachdenken. Ich behalte mir ein Urteil in der Sache vor, und lehne, um auch das nicht zu vergessen, Ihren auf Fehleinschätzungen beruhenden Antrag auf Vertagung des Verfahrens ab. Bringen Sie ihn jetzt bitte nach draußen.
MR. JARDIM: Arschloch.
GERICHTSDIENER: DAS VERFAHREN WIRD BIS ZU EINEM NOCH FESTZULEGENDEN ZEITPUNKT AUSGESETZT. GOTT SCHÜTZE DIE KÖNIGIN.

Barry Egan wusste, mit einem dampfenden *Dim Sim* umzugehen: die warme weiße Papiertüte zwischen den Beinen, die kalte Dose *Pasito* neben die Handbremse geklemmt. Es dämmerte schon, als er Richtung Antonia Beach fuhr. Nach einigen stürmischen Tagen wirkte der Ozean geradezu erschöpft. Während er den Schotterweg zur Klippe hinaufsteuerte, breitete sich um ihn herum die Nacht aus. Aus Erfahrung wusste er, dass er die Aussicht dort oben mehr fühlen als wirklich sehen würde.

Er lenkte den Pick-up auf den Parkplatz und hielt mit der Stoßstange dicht vor dem Holzzaun am Rand der Klippe. Drehte mit seinen Wurstfingern am Senderknopf des Radios, bis er *3PF* fand – *Hits on the Westcoast* – und schaltete den Motor aus.

Dienstagabend am Antonia Beach. Das Quiz kam um acht und kurz davor der »Rätselhafte Klang«. Diesmal handelte es sich um einen merkwürdigen hohlen Schlag, der ihn völlig ratlos machte. Bis ein alter Knacker von irgendwo an der Küste anrief und die korrekte Lösung parat hatte: das Klopfen mit dem Henkel einer Cappuccino-Tasse gegen einen Mülleimer.

Barry war kein großer Kaffeekenner und hielt das für eine echte Wichserfrage. Also nichts für ihn. Er war ein einfacher Mann und erzählte das den Leuten auch gern. Aber über ein paar Dinge wusste er ganz gut Bescheid, Dinge, die sofort ein Licht in seiner Birne angehen ließen. Autos und Alltägliches. Alltägliches und Autos. Alltägliches über Autos.

Die meiste Zeit während seiner sechsundfünfzig Lebensjahre hatte Barry Autoteile verkauft und Informationen gesammelt – vor allem läppische Tatsachen, die andere nicht für würdig hielten, sie in ihr Gedankengebäude aufzunehmen, dessen vernagelte Fassade sie eifrig pflegten. Sein Hirnkasten war eher so was wie eine Zweizimmer-Hütte aus Zementplatten und rostigen Eisenteilen, und in Lou Mantellos Quiz auf *3PF* ging es meist um seine

Lieblingsthemen: Naturkatastrophen, Torschuss-Rekorde, feige Politiker, Songtexte von den Bee Gees.

Er hatte keine Lust, da anzurufen, um Gottes willen. Das hatte er einmal getan, an dem Abend, als er die Sendung zum ersten Mal gehört hatte. Ihm war das Blut in den Kopf gestiegen, als eine Football-Frage gestellt wurde und er hatte sich als Keith aus Newport ausgegeben. »Wayne C-C-Carey, Lou.« Alle hier an der Küste wussten, dass Barry Egan zu stottern anfing, wenn er unter Druck stand. Er musste sich noch tagelang anhören, wie hinter seinem Rücken gekichert wurde.

Er schlang einen *Dimmy* runter und leckte sich die Sojasauce von den Fingern, während Lou nach der Hauptstadt von Peru fragte. »Luuuma …«, Spritzer von Kohl und Schweinefleisch landeten auf den Armaturen. Barrys Augen schweiften über die Leere hinter der Absperrung, als irgendein Idiot auf Sendung kam, nach der Lösung suchte und schließlich wagemutig hervorstieß: »Äh, San Pedro?«

»*Lima*, du Trottel.« Er genoss das kurze Gefühl, eine Autorität zu sein, war aber gleichzeitig verärgert.

»Tut mir leid, Kumpel. Kann mir schon denken, was du mit San Pedro hast.« Lou warf den glücklosen Anrufer aus der Leitung und nahm eine sehr kompetent klingende Frau aus Geelong in die Sendung, die gleich ins Schwarze traf.

»Mit welchem Schiff haben die Japaner den Hafen von Sydney angegriffen?«, drückte Lou jetzt auf die Tube. Anne aus Belmont zögerte. Barry nicht. Mini-U-Boot, Mini-U-Boot, Mini-U-Boot. Er konnte jetzt die Lichter der Entsalzungsanlage sehen und den schwach pulsierenden Lichtstrahl des Leuchtturms auf der anderen Seite der Bucht. Anne kam doch noch drauf. »War das nicht so eine Art U-Boot gewesen, Lou?« Und Lou, der nach Barrys Ansicht viel zu lax war, ließ es durchgehen.

Meine Güte. Barry nahm einen Schluck *Pasito*, als der letzte *Dimmy* sich ganz hinten in seiner Kehle noch einmal zu Wort meldete. Anne wurde jetzt richtig munter. »Ich mag deine Sendung, Lou«, sagte sie. »Ich hör jede Woche zu.«

Auch wenn sie nicht zu sehen war, wusste Barry sehr genau, wie die Landzunge zu seiner Rechten aussah mit den zerzausten Kanuka-Bäumen, dem nautischen Zeichen und den paar Norfolk-Tannen. Direkt vor der Spitze war eine Durchfahrt, wo Boote hinein- und hinausmanövrierten, sich in der Brandung hoben und senkten, während ihre Masten hektisch kreisend herumpendelten. Kaum hatten sie die Landzunge umrundet, kamen sie in ruhigeres Fahrwasser und ihre Bugwellen wurden schwächer. Bei Tageslicht konnte man von Barrys Standort aus beobachten, wie die Matrosen an Deck die Arbeitsflächen mit dem Schlauch abspritzten. Fangabfälle wurden durch die Seitenschlitze der Boote ins Meer geschwemmt.

In gerader Linie ungefähr einen Kilometer von ihm entfernt lagen draußen im Meer die Riffs, niedrige schwarze Ansammlungen von Geröll in einem teuflischen Muster angeordnet. Bei Flut waren sie nicht zu erkennen, manchmal selbst bei Ebbe nicht. Vom Strand aus konnte man sie nur sehen, wenn sich das Wasser sehr weit von der Stadt zurückzog. Dann lagen sie da, düster und tückisch, dunkle Haufen, um die sich verschlungene Priele gebildet hatten. Das Meer wogte ununterbrochen von rechts nach links über das Riff. Von West nach Ost. Es hatte mit der Strömung zu tun, die hier parallel zur Küste verlief, soweit Barry das verstand.

Wie viele Kardashian-Geschwister gibt es? Lou kicherte hinterhältig. »Drei Schwestern und ein Bruder«, gähnte Barry vor sich hin, als er den Rest des *Pasito* austrank.

Die Riffe wurden *Gawleys Kitchen* genannt, allerdings hatte

Barry noch nie jemanden getroffen, der ihm den Grund dafür nennen konnte. Wenn die Wellen leise aus Südwesten heranrollten, machten sich die Surfer auf den Weg dorthin. Manche paddelten die ganze Strecke vom Fuß der Antonia-Klippen aus. Aber die meisten benutzten *Tinnies* oder Jet-Skis. An windstillen Tagen gehörten die Riffe und ihre Bewohner den Tauchern: feiste Langusten und glotzäugige Barsche erlegt mit einem Schuss durch die Kiemenreusen.

Im Norden und Osten der Gawleys, von Barry aus gesehen links, öffnete sich die Bucht wieder. Dort erstreckte sich eine weite sanfte Sichel bis hin zum Kap, das über dreißig Kilometer entfernt lag. Der Küstenbogen, der von der Stadt wegführte, verlief parallel zu der immerwährenden Strömung. Die Wellen wurden hier immer länger und gerader und bewegten sich unterhalb von Barrys Klippe als parallele Linien von rechts nach links. Bis sie am östlichen Ende der Bucht schließlich das Letzte, was von der mythischen Wut des Südlichen Ozeans übrig geblieben war, auf den Sandstrand schleuderten. Niemand ging dort hin. Für Spaziergänge mit dem Hund war die Strecke einfach zu weit. Auch Trail-Reiter mit ihren Pferden sah man dort unten nicht. Denn die Brandung türmte hohe Haufen von Seetang auf, die den Strand blockierten. Außer Motocross-Fanatikern und vereinzelten Fuchs-Jägern traf man niemanden. Barry selbst war auch einmal dort gewesen. Aber nur, weil er von Natur aus neugierig war.

»Okay, Darlene.« Lou hatte wieder eine neue Kandidatin auf Sendung. »Welches Gift war das noch mal, das Sokrates umgebracht hat?«

Killerfrage. Schierling? Oder Tollkirsche? Die Anrufer blieben auf der Strecke, als wären sie in einen Bombenhagel geraten. Arsen, Strychnin, Zyanid, ein Kiffer kam sogar auf Jokan-Pulver.

Irgendwas bei den Gawleys … irgendwas dort draußen in der Dunkelheit war nicht richtig dunkel. Barry machte den Fehler, noch einmal zum Leuchtturm hinüberzusehen, dann musste er blinzeln und hatte einen violetten Fleck im Sichtfeld, violett-violett-rosa-weiß-weg. Die Wasseroberfläche sah aus wie ein fleckiger Spiegel mit dunkelgrauen Striemen, dort wo sie von den Riffs durchbrochen wurde.

Schierling. Das klang so … altertümlich. Lorbeerkranz, Schierling, Toga … Er schaute an sich herab. Sojaspritzer auf dem Hemd, das war so was, worüber sich Deb gern lustig gemacht hatte. »Hast du auch was davon in den Mund bekommen, Liebling?«

Deb war lieb gewesen, träge und warmherzig. Und im letzten Frühling aus Barrys Leben verschwunden und mit ihr jede Ordnung und Häuslichkeit. Die Alkohol-Wegfahrsperre, die auf dem Armaturenbrett befestigt war, repräsentierte sozusagen seinen Verlust und seinen Schmerz, beides war immer noch da. In den Wochen nach ihrer Beerdigung hatte er sich regelmäßig mit Bier die Kante gegeben. Ein Humpen jagte den nächsten, wie er mitfühlenden Zeitgenossen gern erzählte. Ja, mir geht es gut, danke der Nachfrage. Mit zusammengekniffenen Augen, was fast wie ein Lächeln wirkte.

Man hatte ihn gewarnt, er solle nicht vom Pub nach Hause fahren. Hatte ihn beiseitegenommen, ihm gesagt, dass er damit aufhören müsste. Er hatte die Warnungen hingenommen, wie er auch die Beileidsbekundungen und die besorgten Blicke hingenommen hatte. Schließlich hatte der hiesige Bulle keine andere Wahl mehr gehabt, als ihn einzubuchten; die große Ironie dabei lag darin, dass ihm, nachdem er den Führerschein verloren hatte, auch die Lust am Trinken vergangen war. Als hätte das Laster seine Schuldigkeit getan, indem es ihn von der Straße geholt hatte, und wäre dann zu einem anderen armen Hund weitergegangen, um nun ihm auf die Schulter zu tippen.

Die Zeit ohne Führerschein hatte ihm keine Probleme bereitet, abgesehen von den Fahrten zum Antonia Beach. Die Alkohol-Wegfahrsperre allerdings empfand er als Angriff auf seinen Lebensstil. Das Ding schien sich genau die Momente auszusuchen, in denen es ihm gerade mal gut ging, und fing dann laut zu jaulen an, ließ die Hupe tuten und die Lichter blinken, weil es eine Atemprobe haben wollte. Es gab erst dann Ruhe, wenn er sich hinübergebeugt und es wie einen jammernden Säugling gestillt hatte. Anschließend brauchte er immer einige Minuten, bis er sich von dem Schock erholt hatte und den Motor wieder einschalten konnte.

Er suchte unter dem Fahrersitz nach dem Fernglas. Es dauerte eine Weile, bis er etwas sah und das Ziel in der Dunkelheit ausgemacht hatte. Zunächst konnte er nur einige dünne Linien in der Gischt am äußersten Rand der Gawleys erkennen, aber dann fand er das Ding, das seine Aufmerksamkeit auf sich gezogen hatte.

Orange.

Auf den Riffs gab es keine Warnlichter – musste es auch nicht geben, denn sie waren deutlich genug zu sehen. Die Fischerboote hatten zwei Positionslichter, rot an Backbord, grün an Steuerbord, sonst nur weiß.

Aber das hier war orange und es bewegte sich. Mal größer, mal kleiner.

Bewegte es sich oder flackerte es? Es war irgendwie unregelmäßig, wurde größer und verging wieder, dann pulsierte es hell. Noch war es ein ganzes Stück weit draußen, hinter der entlegensten Uferlinie der Gawleys. Das Licht des Leuchtturms, ein kalter weißer Strahl, durchschnitt die Luft und erfasste das Ding kurz, dann noch einmal. Barry erkannte, dass er das Dollbord eines

Boots vor sich hatte, die Seite mit der Kabine. Und dann kam ihm ganz folgerichtig der entscheidende Gedanke. Das Boot war nicht da, wo es sein sollte.

Er schaltete das Radio aus. Probierte es mit dem Fernlicht, aber das verlor sich irgendwo auf halber Distanz. Ein Fetzen Zeitungspapier klatschte gegen die Vorderseite seines Pick-ups, als hätte es einen Schreck bekommen. Barry sah ihm nach – der Wind kam jetzt wieder aus Südwesten, schleuderte heftige Böen durch die Stille und zog lange, kältere Luftströme hinter sich her. Die träge Stille des Abends war vorbei und der Wetterumschlag würde die Ordnung der Dinge wieder herstellen.

Er schaltete die Scheinwerfer aus und wartete geduldig, dass er etwas erkennen konnte. Dann beugte er sich vor. Kniff die Augen zusammen, bis er unterhalb der Augenbrauen einen leichten Schmerz verspürte, weil er das Fernglas so sehr dagegen drückte. Er knüllte die fettige Papiertüte zusammen und warf sie nach hinten auf die dunkle Ladefläche, wo der Hund zusammengerollt lag. Wenige Augenblicke später zeichneten sich die hellen und dunklen Umrisse deutlicher ab und ergaben nun einen Sinn. Er griff nach dem Telefon auf dem Beifahrersitz und tippte eine Nummer ein.

Charlie versuchte sich vorzustellen, wie sie unterwegs zu ihm war – es war ja nur eine kurze Fahrt mit der Tram von einem Ende der Collins Street zum anderen. Er malte sich aus, wie sie durch die Drehtür der Lobby rannte, um die 109 zu kriegen. Sie hasste es, zu spät zu kommen.

Er nahm sich eine Zeitung von dem Ständer neben der Tür, als der Kellner sich näherte. »Ich habe einen Tisch für zwei reserviert für Jardim.«

Am Tisch angekommen überflog er die Seite mit der Innenpolitik, war aber abgelenkt, da er immer wieder an Anna denken musste. Sie war sicher hochkonzentriert, bemüht, ruhig zu bleiben, und bereitete sich vor, während die Straßenbahn nach Westen fuhr. Sie würde sich einreden, dass es wichtig war, alles längerfristig zu betrachten, und es gute Gründe für das gab, was sie vorhatte. Gute Gründe zu haben, war für sie eine Grundtugend, dachte er, und genau der Punkt, an dem ihre Welten auseinanderdrifteten. Weil er gute Gründe verachtete, während sie großen Wert auf Vorausdenken und logische Zielsetzung legte.

Er vermutete, dass es nur wenige Frauen im Alter von achtundzwanzig Jahren gab, die sich mit ihrem Partner eine Wohnung teilten, einen Klunker am Finger trugen und, ohne zu zögern, alles hinschmissen. Anna hatte seine Wutausbrüche und Schweigeanfälle toleriert und vorsichtig versucht, einen Wandel herbeizuführen; gelegentlich gab sie Kommentare ab über seinen Mangel an Verständnis, seine Unnahbarkeit. Vor sich selbst konnte er das alles zugeben, sagte aber nichts, weil er störrisch war. Was zu der heutigen Verabredung geführt hatte.

Die Zeitung mit ihren abgedroschenen Phrasen regte ihn jetzt auf. Er starrte die Buchstaben an, ohne sie zu lesen. Beobachtete die anderen Gäste an den Nebentischen, Männer mit ihren Freundinnen oder Ehefrauen. Verglich ihre Gesten, manche wurden absichtlich gemacht, andere eher unbewusst: die Hand auf einer Schulter oder eine Körperdrehung, die ungeteilte Aufmerksamkeit signalisieren sollte. All das fehlte bei ihm und Anna, das wusste er. Die zunehmende Last der vielen missglückten Gesten hatte nach und nach zu der Entscheidung geführt. Das Urteil stand fest, sie kam nur, um es zu verkünden.

Er faltete die Zeitung zusammen und schob sie beiseite. Am Ende der Straße verblasste das restliche Tageslicht über den Apartmentgebäuden der Docklands. Draußen warf die Leuchtreklame von *Renfrey* gelbes Licht auf das Kopfsteinpflaster.

Die Tür schwang mit einem leisen Klingeln auf und sie stand vor ihm, leicht gehetzt, wie er es erwartet hatte. Sie lächelte kurz, bevor ihr Blick auf sein Weinglas fiel. Die Art, wie er es hielt, den Stiel zwischen Mittel- und Ringfinger geklemmt, war eines der ersten Dinge gewesen, die ihr an ihm auf die Nerven gegangen waren. Schon damals, als die Glut der Begierde noch über allem lag, war das eine kleine Dissonanz gewesen. Sie hatte es auf Dinner-Partys zum Thema gemacht, halb ironisch.

Als er aufstand und sich zu ihr beugte, drehte sie sich leicht zur Seite, um sicherzugehen, dass sein Kuss auf ihrer Wange landete. Das war so ihre Art, durch etliche kleine Zeichen vermied sie, dass etwas ausgesprochen werden musste – damit hatte es angefangen. Er griff nach der Speisekarte und versteckte sich dahinter, weil er vorausgesehen hatte, dass sie ihn über den oberen Rand hinweg anschauen würde. Direkten Augenkontakt hatte er noch nie gemocht, egal bei wem, und er erinnerte sich, wie es ihn überrascht hatte, dass er sich während der ersten Wochen ihrer Bekanntschaft tief in ihre Augen versenken konnte, ohne sich dessen bewusst zu sein. Für sie war so etwas normal gewesen. Wer zusammen Sex hatte, gab sich logischerweise auch anderen Intimitäten hin. Einmal hatte sie gesagt, sie könnte das verlorene Kind sehen, das in ihm steckte.

Sentimentaler Quatsch. Seit sie das mit seinem kleinen Bruder herausgefunden hatte, kam es Charlie so vor, als hätte sie beschlossen, ihn auf dieses Thema festzunageln. Sie kam ihm in den seltsamsten Momenten damit – nach längerem Schweigen im Auto, nachts im Dunkeln im Bett. Vermisste er ihn? Hatte er damals viel geweint? Besuchte er manchmal sein Grab? Es gab durchaus Tage, an denen er tatsächlich darüber sprechen wollte. Aber sie deckten sich nie mit dem Zeitpunkt, den sie für ihre Fragen wählte.

Sie legte die Hände flach auf den Tisch.

»Also …« Sie suchte nach einem Anfang. »Das ist jetzt also das Gespräch, das wir dringend führen müssen.«

»Du meinst das Trennungsgespräch?« Viel zu schnell. Das war ihm so rausgerutscht wie eine Bemerkung dazu, dass er den Lachs nehmen würde. »Ist es wegen Alex Reimers?«, fragte er halb ernst, halb amüsiert.

»Nein, es ist nicht wegen Alex Reimers, Charlie. Es ist wegen dir.« Ihr Tonfall signalisierte, dass sie verletzt war, sich vielleicht sogar ein wenig schuldig fühlte, tief im Innersten. Alex Reimers, der arrogante Drecksack, war ihr während der Weihnachtsfeier im Büro ganz schön auf die Pelle gerückt. Aber soweit er wusste, war sie nicht zu weit gegangen.

»Du wirst ja rot.«

»Ich werde rot, weil ich wütend bin. Du weißt ganz genau, wie ich es hasse, ins Kreuzverhör genommen zu werden. Es geht um dich, Charlie. *Dich.* Ich werde bestimmt nicht zulassen, dass du alles auf mich schiebst, denn nicht ich bin schuld. Ich habe es immer wieder versucht. Ich habe mir deine ständigen Klagen darüber angehört, dass alle Leute dich enttäuschen …«

Sie schaute sich verstohlen um, weil sie bemerkt hatte, dass sie laut geworden war. Dann sprach sie mit gesenkter Stimme weiter. »Niemand kann die Erwartungen erfüllen, die du in andere setzt. Man kann dich nur enttäuschen. Bestimmt glaubst du, ich hätte dich im Stich gelassen, aber das ist nicht wahr. Ich habe immer zu dir gehalten und dich ermutigt und ich, ich … Ach, Scheiße, Charlie. Ich kann einfach nicht mehr.«

Er fuhr mit dem Zeigefinger über das Muster auf der Tischdecke. *Diese Show hier werden wir nicht mal bis zur Vorspeise durchhalten*, dachte er. Was ihre Aussage über seine Erwartungen betraf, so lag sie allerdings verdammt richtig.

»Das stimmt nicht«, erwiderte er trotzdem. »Diesen ganzen Mist hast du dir nur ausgedacht, um einen Grund zu haben. Wenn du nicht sechs Tage in der Woche arbeiten würdest, wenn wir ein gemeinsames Leben hätten, dann wäre es vielleicht nicht so schwer. Was zum Teufel willst du eigentlich mit deinem Leben anfangen?«

»Was meinst du damit?«

»Was ich damit meine? Möchtest du eine Beziehung eingehen, damit du sieben Tage die Woche arbeiten kannst? Willst du achthundert Riesen im Jahr verdienen, damit du eine Familie haben kannst, die dich nie zu Gesicht bekommt?«

»Jetzt übertreib mal nicht. So was nennt man, sich eine Zukunft aufbauen, Charlie. Du hast anscheinend nicht die Geduld dafür.«

»Was für eine Zukunft soll das denn sein?« Charlie schrie es beinahe vor Empörung, war sich der Lautstärke aber gar nicht bewusst. Sie sah sich erneut um und überprüfte, ob sie inzwischen die Aufmerksamkeit der anderen Gäste auf sich gezogen hatten. »Es geht um mich und dich! Es gibt keine Kinder, auch fast keine Eltern, nicht mal eine beschissene Katze. Wenn du nicht mal jetzt an dich denkst, Annie-Baby, wann willst du es denn dann tun? Du bist besessen davon, dein Leben zu verbuddeln, bloß weil's ein bisschen regnet. Meine Güte.« Er vergrub das Gesicht in den Händen und spürte seine Stirnlocke zwischen den Fingern.

Jetzt sollte sie eigentlich gemerkt haben, dass ihm der bevorstehende Verlust naheging. Der einzige Tiefschlag, den er gelandet hatte, einen ziemlich feigen noch dazu, war, sie *Annie-Baby* zu nennen.

Er lehnte sich zurück und ließ seinen Finger wieder über das Tischtuch gleiten.

»Richtig vermasselt habe ich es mit dieser Lefcovics-Sache,

stimmt's? Ist ziemlich unangenehm, mit einem Anwalt zusammen zu sein, dem ein Disziplinarverfahren bevorsteht, was? Jede Wette, dass die Nachricht schon in den großen Firmen die Runde macht …«

»Du überschätzt deine eigene Bedeutung, Charlie. Ich glaube nicht, dass irgendjemand im Büro die Sache mir gegenüber überhaupt erwähnt hat.« Das war gelogen, das wussten sie beide. Die E-Mail war ziemlich schnell rumgegangen, noch bevor einer der Kollegen einschreiten konnte, die von ihrer Beziehung mit »dem Anwalt mit dem Hirnschaden« wussten.

»Wenn du mich fragst, könnte das ein Symptom der eigentlichen Problematik sein, aber nicht das Problem selbst. Wenn du dich nicht zusammenreißen kannst, wenn du diesem alten Esel gegenüberstehst, dann hat das was mit deiner persönlichen Verfassung zu tun. Und die ist nicht gut, Charlie. Wirklich.«

»Der Scheißkerl wusste genau, worauf es hinausläuft.« Er seufzte hörbar und hielt nach dem Kellner Ausschau. »Was ist mit der Wohnung?«

»Ich hab nachgefragt. Wir können kündigen, aber vielleicht willst du ja dort wohnen bleiben. Das ist deine Entscheidung. Ich kann eine Weile bei meinem Vater unterkommen, falls das einfacher sein sollte.«

»Und die Einrichtung? Du hast eine Menge Möbel gekauft.«

»Die sind auf Kredit gekauft. Das musst du doch wissen. Ich zahle sie ab, von unserem gemeinsamen Konto. Du kannst sie genau wie die Wohnung behalten, wenn du die Zahlungen übernimmst. Du darfst nur nicht länger als zwei Jahre abzahlen, sonst wollen Sie doch noch die Zinsen haben.« Charlie fühlte sich plötzlich erniedrigt, weil sie ihm erklärte, was er zu tun hätte.

»Was ist mit dem Ring?« Er war regelrecht angewidert.

Sie streckte die linke Hand aus und drehte an dem vermaledeiten Ding herum, bis der Smaragd an der richtigen Stelle saß. Zuerst antwortete sie nicht, und er sah, wie ihr Tränen in die Augen traten. Er machte rücksichtslos weiter.

»Eine Sache habe ich gelernt«, sagte er, und es war das erste Mal, dass er aufrichtig klang. »Man kann nicht verletzt werden, wenn man sich nicht hingibt, Annie. Das meine ich nicht persönlich, es ist einfach die Wahrheit. Ich habe Harry vergöttert. Ich habe sogar die Luft vergöttert, die er atmete. Ich habe das ganze Zeug vergöttert, das auf dem Tisch neben seinem Bett stand, einfach nur, weil es ihm gehörte. Unsere Eltern haben ihn auch angehimmelt. Alle haben das getan. Und als er wegging, war es, als wäre die Sonne erloschen.«

Für lange Zeit brach Schweigen zwischen ihnen aus.

»Und dann haben sie sich gegenseitig zerfleischt, die liebe Mum und der liebe Dad. Haben sich fertiggemacht, bis sie nicht mal mehr im selben Raum miteinander sein konnten. Das ist die Grundlage jeder Tragödie: Es gibt einen, der sich hingegeben hat. Eltern, Liebhaber, Kind, ganz egal wer. Liebe ist die Wurzel allen Übels, ein beschissener wackeliger Drahtseilakt, und je mehr man davon abkriegt, umso schwieriger wird es, wieder runterzukommen.«

Sie presste die Lippen zusammen, Tränen schossen ihr in die Augen. »Wegen des Rings spreche ich mit dem Juwelier.« Sie lächelte ihn schwach an. »Keine Ahnung, ob die so was wie eine Überdenkungsfrist haben.«

Dann brach sie in Tränen aus.

Als Barry Egan am Fischereihafen ankam, hatten sich bereits eine Menge Schaulustige zusammengefunden. Der Südwestwind hatte an Stärke zugenommen und beugte die Bäume, bis sie stöhnten. Die Leute standen mit Wollmützen und dicken Jacken bekleidet im Regen. Die meisten waren aus dem Pub gekommen, unterhielten sich und deuteten in die gleiche Richtung. *Auf dem Boot der Lanegans ist Feuer ausgebrochen und einer von den Jungs ist verbrannt.*

Die Schaulustigen hatten ihre Autos kreuz und quer auf dem Parkplatz abgestellt, weil sie es so eilig hatten, zum Schauplatz des Geschehens vorzudringen. Manche hatten sogar die Fahrertür offen gelassen. Scheinwerferlicht drang durch den Regen und beleuchtete die Menge.

Barry schlenderte zu ihnen, nickte und grüßte hier und da, die Hände tief in den Taschen vergraben. Auf der betonierten Kaimauer hatten sich tiefe Pfützen gebildet. Am Rand des Kais stand ein junger Polizist, einen Fuß auf einem Poller, um den ein Tau geschlungen war. Das Tau gehörte zur *Caravel*, dem Haifischfänger der Lanegans. Der Bulle telefonierte und ignorierte die unruhige Menschenmenge. Er schien sich nicht sehr darüber zu wundern, dass ein erfahrener Fischer in Sichtweite zum Hafen auf dem eigenen Boot verbrannt war, und auch nicht darüber, dass er ohne Crew rausgefahren war. Es war eigentlich kein schlechter Abend, dachte Barry. Bloß halt kein Abend, an dem man ganz allein zum Fischen rausfuhr. Er atmete tief durch und streckte sich. Im Duft, der von den regennassen Nadelbäumen ausging, hing noch etwas anderes, scharf und beißend. Verbranntes Plastik, Holz und noch etwas.

Die *Caravel* stieß sanft gegen die Kaimauer, als die Männer über das Deck liefen. Ihre hölzernen Aufbauten waren schwarz verbrannt und sahen aus wie Holzkohle. Die Planken waren zerborsten, manche vollständig durchgebrannt. Barry fand es eigenartig, dass der Brand offenbar am Dollbord ausgebrochen war und nicht in der Nähe des Motors. Von dort aus hatte sich das Feuer in die Kabinenwand gefressen und war weiter zum Dach gewandert, über das Deck und durch die ganze Ausrüstung. Die Plastikabdeckungen waren zu bizarren Stalaktiten verschmort. Im Rumpf gab es große Löcher, die aussahen, als wären sie ausgestanzt worden. In der Mitte des verkohlten Bereichs rauchten die Planken immer noch ein bisschen.

Zwischen den beiden Männern an Deck lag ein Toter. Die Leiche war mit einer Jeans bekleidet. Eins der Hosenbeine war bis zur Hüfte verbrannt, das andere nur bis zur Mitte des Oberschenkels. Die Beine waren schwarz, die Socken an den Knöcheln verkohlt und an den Füßen komplett weggebrannt. Es waren Überreste von verschmorten Zehen zu erkennen. Der Oberkörper war größtenteils unversehrt. Barry konnte genug von dem Gesicht der Leiche sehen, um den jungen Mags zu identifizieren, den grobschlächtigen ältesten Sohn des verstorbenen Ehepaars Dennis und Trish Lanegan. *So kann's gehen*, dachte er. Er hatte immer geglaubt, dass es den jüngeren Bruder mal treffen würde, den labilen Patrick, dem er eher ein solch grausiges Ende im Regen zugetraut hätte.

Eine dicke, schwarz glänzende Blutlache hatte sich unter dem rechten Ohr der Leiche gebildet. Sie dehnte sich zu einem breiten blutigen Streifen aus, als die Männer die Leiche zu einer blauen Plane zerrten. Bei diesem Anblick erhob sich ein Gemurmel in der Menge. Die Stimmen wurden lauter und übertönten den Regen, als der tote Körper unter der Plane verschwand. Allen Anwesenden war klar, dass es sich hier nicht um irgendeinen Unfall auf See handelte.

Einige Männer aus der Menge wurden gebeten mitzuhelfen, den Toten über den Bootsrand auf den Kai zu heben. Ein kleiner Mann in einem schweren Wollpullover versuchte, den Arm der Leiche runterzudrücken und wich ängstlich zurück, als dieser Widerstand leistete. Barry nahm die Leute genauer in Augenschein:

Laurie vom Sportgeschäft und seine Frau Sue waren da, die beiden gönnten sich ab und an einen Drink vor dem Abendessen, gehörten aber nie zu denen, die bis tief in die Nacht zechten; vier oder fünf Betrunkene aus dem *Normans Woe*, die das ständig taten; ein paar Feriengäste in raschelnden Gore-Tex-Klamotten, von denen einer sein Handy auf die Plane richtete, bis der Mann im Wollpullover ihn anschnauzte; zwei Kids auf BMX-Rädern. Und Mick McVean. *Mistkerl*, dachte Barry. Keine Freunde, keine Manieren und abgesehen davon, kein Interesse an irgendwas. Er war ein Einzelgänger, der wenig redete, ständig arbeitslos war und immer misstrauisch wirkte. Seine einzige reguläre Beschäftigung waren Botengänge für die Murchisons; abends hockte er auf einem Barhocker im *Normans Woe*, starrte die Frauen an und trank ein Bier nach dem anderen. Er war groß und stämmig und hätte von der Statur her schon sechzig sein können: runde Schultern und Hängebacken, schütteres Haar mit tiefen Geheimratsecken und einem Haarbüschel auf der Stirn; fetter Hängebauch über dem Gürtel der Jeans.

Während Barry ihn musterte, warf McVean einen letzten Blick auf die Plane und ging auf seinem Smartphone tippend davon. Er sah niemanden an, während er sich den Weg durch die Menge am Kai bahnte. Anstatt aber zum Parkplatz zurückzukehren, steuerte er den Landungssteg an. Unterdessen wurde die Leiche auf die Ladefläche des Streifenwagens gepackt. Aus Kostengründen waren in dieser Gegend die Krankenwagen den Lebenden vorbehalten, Betrunkene und Verstorbene mussten mit dem Transporter der Cops vorliebnehmen. Die Türen knallten zu. Nur wenige Schaulustige blieben noch auf dem Kai, um weiterhin das Boot anzustarren, als der Transporter vorsichtig durch die Menge rollte und sich das rote und blaue Blinklicht sehr hübsch in den fallenden Regentropfen brach.

Barry saß auf einem Haufen Hummerkörbe und beobachtete McVean, der direkt zur *Open Quest*, dem Boot der Murchisons, gegangen war. Es interessierte ihn, was die Leute so trieben, und soweit er das einschätzen konnte, hatte McVean um diese Zeit dort eigentlich nichts zu suchen. Der große Kerl betrat das Deck der *Open Quest*, das wesentlich höher und breiter war als das der *Caravel*. Das Schiff hob und senkte sich unter seinem Gewicht. Eins der Taue klatschte auf die Wasseroberfläche. McVean suchte etwas. Er hob den Lukendeckel an und tastete die herumliegenden Netze ab. Hier und da blieb er stehen, um Kübel mit Ausrüstungsgegenständen zu durchsuchen oder mit seinen groben Händen unwirsch herumliegende Deckel beiseitezuschieben.

Schließlich kletterte er schwerfällig die Leiter aufs Dach des Ruderhauses hoch und stieg über einen schwarzen Kunststoff-Scheinwerfer, der auf eine Konsole montiert war. Er schob eine Eisenstange darunter und versuchte, das Ding abzustemmen. Als ihm dies gelungen war, trampelte er wieder nach unten und ging den schmalen Gang am Ruderhaus vorbei Richtung Bug. Bei einem blauen Plastikfass, das an der Wand des Ruderhauses befestigt war, blieb er stehen, legte den Scheinwerfer auf den Boden und schraubte den Deckel auf. Dann spähte er hinein. Barry war so gebannt, dass ihm kurz der Atem stockte.

Kurz danach schraubte McVean den Deckel wieder auf das Fass und verharrte daneben. Einen Moment lang hielt er sich an einem Haken fest, der aus der benachbarten Wand ragte. Er schien nachzudenken. Schließlich holte er mit dem Fuß aus und trat mit voller Kraft gegen die Stahlwand der Kabine. Er warf die Arme in die Höhe, um nicht das Gleichgewicht zu verlieren und legte die Hände in die Hüften. Ein zweiter Stiefeltritt galt dem Scheinwerfer, den er mit lautem Scheppern über das Deck kickte. Dann schaute er zum Parkplatz und entdeckte Barry.

»Was glotzt du denn da, Arschloch?«, brüllte er über die dreißig Meter hinweg, die sie voneinander trennten. Seine Stimme wurde vom Wind getragen.

Barry sprang von den Hummerkörben auf und lief, ohne etwas zu entgegnen, zum Parkplatz zurück. Die Kaimauer im Rücken, horchte er ängstlich, ob das Geräusch von McVeans schweren Stiefeln sich näherte.

Wieder trug ihm der Wind die Worte zu, die wie beiläufig gesprochen wurden: »Gut so, Egan, lauf einfach weiter, du Scheißkerl.« McVean folgte ihm mit großen Schritten über die Planken des Stegs und die Betonmauer, während Barry zu seinem Pick-up hastete.

Er schob sich auf das abgewetzte Vinyl des Fahrersitzes, schloss die Tür und drehte den Schlüssel um, während er aufs Gaspedal drückte. Nichts. Automatik auf P? Ja. Er schaute hoch. McVean wurde immer schneller, sein Mund stand leicht offen, er atmete schwer. Barrys Hände glitten über das Armaturenbrett. *Was? Was?*

Die verfluchte Wegfahrsperre!

Er grabschte nach dem Handset und atmete panisch hinein. Warum hatte denn kein anderer McVean beobachtet? *Scheiße, Scheiße, Scheiße.* Nach einer langen und quälenden Stille leuchtete das Display der Sperre auf und die Zündung ging an. McVean hatte ihn erreicht. Er hob eine Faust und schlug mit voller Kraft auf die Kühlerhaube, sodass es laut dröhnte. Durch die schmutzige Windschutzscheibe starrte er Barry an. Dieser hörte voller Erleichterung, wie der kleine Pick-up zum Leben erweckt wurde, legte den Rückwärtsgang ein und fuhr davon.

Charlie Jardim stapfte durch die Straßen von Melbourne. Seine schwere Ledertasche hing so tief, dass sie beinahe die Pfützen streifte. Die Hitze des späten Februars war von einer Kaltfront verscheucht worden, die Regenschauer brachte und den Staub und Dreck der Stadt in die Kanalisation spülte. Er hielt kurz an, um einen Kaffee zu kaufen und blickte über die Lonsdale Street auf die lange Schlange von Gefangenentransportern am Straßenrand, die die Angeklagten ins Gericht brachten.

Im Aufzug hing noch immer die kalte Morgenluft, als er gedankenverloren in den achten Stock hinauffuhr. Er ignorierte das Schwarze Brett an der gegenüberliegenden Seite der Kabine. Wenn er hingeschaut hätte, wären ihm die Nachrufe auf zwei seiner Kollegen ins Auge gefallen. Männer mit grauen Haaren und einer langen Geschichte von Siegen und Niederlagen, deren Herzen beziehungsweise Lebern angewidert ihren Dienst aufgegeben hatten.

Charlie hatte zwei Wochen am Rand des beruflichen Ruins gelebt. Zwei Nächte in einer Arrestzelle waren kein Problem. Tatsächlich waren die vorbeikommenden Cops ihm auf verschiedene Arten behilflich gewesen oder hatten sich köstlich amüsiert. Sein greisenhafter Vorgesetzter, Richter Maurice Lefcovics, hatte ihn eingebuchtet, aber ohne viel Begeisterung. Charlie hatte sogar den Eindruck gehabt, dass Lefcovics ihn etwas bedauerte, als er wie ein armer Sünder vor ihm stand. Beim Verlassen des Gerichtssaals war Charlie um 2500 Dollar ärmer.

Erst nach der Anhörung wurde ihm klar, dass es diesmal eng werden würde. Die Aufsichtsbehörde teilte ihm schriftlich mit, dass er einer Vorladung wegen standeswidrigen Verhaltens Folge leisten musste. Ein Brief von der Staatsanwaltschaft informierte ihn über seine Suspendierung von allen anwaltlichen Tätigkeiten vor Gericht. Und seine Berufshaftpflichtversicherung verlangte eine Stellungnahme bezüglich des Vorfalls bei Lefcovics. Charlie war so müde, dass er all dem mit einer gefährlichen Gleichgültigkeit begegnete. Einerseits hätte er gern einen Riesenskandal verursacht, andererseits war er einfach nur apathisch. Vielleicht lag es daran, dass er etwas über sich herausgefunden hatte: Er hegte eine ziemlich kleinliche Wut und war unfähig, Berufliches von Privatem zu trennen. Der ganze Ärger und die überall herrschende Scheinheiligkeit hörten einfach nie auf, und Charlie wurde immer deutlicher bewusst, dass er als Anwalt nicht überleben würde. Er konnte sich einfach nicht beherrschen. Meine Güte, eines Tages würde er noch die Zähne zusammenbeißen müssen, um nicht loszuheulen.

Und dann war da auch noch Anna.

Noch so eine aus dem Ei gepellte Juristin, eine Schmarotzerin, hatte er gedacht. Bis sie ihn mit ihrem Esprit und ihrer sanften Ironie angenehm überrascht hatte, sogar immer noch überraschte. Anna, die ihn mit Liebe und Anerkennung überschüttete und bewirkte, dass er allen selbstzerstörerischen Anwandlungen, sie zurückzustoßen, widerstehen konnte. Die ihm zugehört und geantwortet hatte, wenn er seine Wut- oder Angstanfälle bekam.

Sie war einfach perfekt, ja, das war sie. Und in Bezug auf ihre Karriere zielstrebig und geduldig. Im Gegensatz zu ihm kämpfte sie nicht vehement gegen die langsamen Mühlen der untersten Gerichte. Verhandlungen an den Magistrates' Courts von Broadmeadows, Heidelberg und Melbourne – Wochenenden mit Kaffee zum Wachwerden und Alkohol zum Runterkommen, Zeitunglesen und dann die Vorbereitung der Gerichtsunterlagen für Montag. Sonntagnachmittags ließ sie sich nie gehen, weil sie wusste, dass sie am nächsten Morgen die Straßenbahn nehmen musste, um dann wieder mit allem von vorne zu beginnen. Sie würde Monate, Jahre und den größten Teil ihres Lebens darauf verwenden und sich so dem nähern, was ein erfülltes Leben angeblich ausmachte.

Von sich konnte er das nicht behaupten. Beneidete er sie

darum? War das der Grund für den Spott gewesen, der in ihm gärte und gelegentlich überschäumte? Er hatte es ihnen beiden gestern Abend ganz schön schwer gemacht; aber wie konnte man ein solches Gespräch schon einfach gestalten? Er sollte sie anrufen. Genau, aber was würde er sagen? War das der Grund, aus dem die Leute in solchen Fällen lieber eine SMS schickten?

Der Aufzug wurde langsamer. Er wandte sich wieder den beruflichen Angelegenheiten zu, dem Anruf, den er erhalten hatte, nachdem Anna gegangen war: eine Anklagevertretung von gewisser Bedeutung. Der Oberste Staatsanwalt hatte bis spät abends gearbeitet und den Antrag per Kurier erhalten. Anschließend hatte er kurz über Charlies Situation nachgedacht und zum Telefonhörer gegriffen. Charlie fragte sich, ob dieser Fall womöglich alles änderte. Würden nun die Fahrten im Aufzug, der ewige Kaffee, dieses latente Würgen im Hals, die Straßenbahn und das ganze Scheißspiel aus seinem Leben verschwinden wie die Pappmaschee-Kulisse eines Theaters und etwas enthüllen, das diese sinnlosen Rituale seiner Arbeitswoche beendete?

Zuerst hatte er vermutet, es müsse sich um einen Job als Verteidiger handeln: Aber es erschien ihm mehr als unwahrscheinlich, dass die Staatsanwaltschaft ihm irgendwas von Bedeutung zuschanzen würde. Man hatte ihm ja gerade erst schriftlich mitgeteilt, sein Erscheinen auf dem Gericht sei unerwünscht. Er gehörte nicht zu der Kaste der Verteidiger mit ihrer ritualisierten Sprache und ihrer Doppelmoral bezüglich des Drogenkonsums. Niemand, den er kannte, würde ihm eine Verteidigung in einem Mordfall zutrauen.

Na gut, dann ging es vielleicht doch um eine Anklagevertretung. Das Vorstrafenregister in einem Mordfall zusammenzustellen, konnte Monate in Anspruch nehmen und ihn von den nervigen Wortgefechten beim Schiedsgericht erlösen. Staatlich garantiertes Honorar ohne lästiges Hickhack bezüglich der Gebührenordnung.

Ein solcher Auftrag mitten im kalten Winter seiner Suspendierung konnte eigentlich nur von Harlan kommen. Wenn Harlans Name auf dem Umschlag stand, dann wusste Charlie, was er zu erwarten hatte. Er würde Hunderte von Kilometern fahren, um dem alten Mistkerl zuzuarbeiten, der sich dann als vermeintliches Genie feiern lassen würde. Korrekte Arbeitsteilung, dachte er.

Der Aufzug entließ ihn zusammen mit einem Schwall Straßenluft in den achten Stock. Er schlenderte durchs Foyer auf die Tür zu, die seinen Namen trug. Drinnen schmiss er den Mantel auf den einen, die Tasche auf den anderen Stuhl und warf einen Blick auf den Aktenwagen in der hinteren Ecke des Zimmers. Alle sonstigen Objekte in seinem Büro – Anna konnte es nicht leiden, wenn er sein Zimmer »Kammer« nannte – kannte er in- und auswendig: die Aktenschränke, die externe Festplatte, die Gesetzestexte, die Reihe mit den gerahmten Urkunden.

Der Aktenwagen mit den zahlreichen Mappen stand lauernd da wie ein Eindringling. Er hatte keine Ahnung, was in den Ordnern steckte, aber er konnte die beiden aufgedruckten Namen lesen: *Murchison. McVean. Die Königin vs. Murchison und McVean – Mord.*

Die Ringbücher wurden vom weißen Band der Anklage zusammengehalten, auf dem ersten stand Harlans Name, er war der zuständige Vertreter der Staatsanwaltschaft. Also hatte er den Daumen drauf. Auf dem Register prangte der sechseckige Stern der Polizeibehörde von Victoria. Die Zeugenliste enthielt ein Dutzend unbekannter Namen, gefolgt von einigen, die er kannte – Ermittler, Wissenschaftler, der Fotograf.

Charlie ließ den Daumen über den Rand der Fotomappe gleiten, die in das Königsblau der Spurensicherung geschlagen war.

Totale vom Tatort, Rückseite eines Fibro-Hauses, ein Boot. Noch ein Boot, das abgebrannt war. Plastikwannen auf saftigem, grünem Gras, so sah es hier in Melbourne nicht aus, das war eher wie in, hm, Irland? Etwas Schleimiges, ordentlich in Reihen angeordnet auf einem weißen Plastiktablett – Muschelfleisch? Ein Entsorgungsbehälter. Eine Aufnahme vom Innern dieses Behälters, eine Art elektronisches Instrument mit einem leeren Bildschirm, darüber das Wort *Navmaster*. Eine Einstiegsöffnung in einer Zimmerdecke, Isolierplatten, ein schwarzes Objekt, das teilweise verdeckt darunter lag. Charlie drehte die Broschüre ein wenig, um das Ding zu identifizieren. Abfalleimer waren die Schatzkisten der Spurensicherung. Weir hatte ihm mal gesagt, die Strafjustiz sei geradezu besessen von weggeworfenen Sachen. Zwei Hände, die Handflächen nach oben, viele Schnitte und Prellungen.

Manchmal gelang es den Tatortfotografen in ihrem Eifer ein besonders ausdrucksstarkes Bild zu liefern – von einer kleinen Schürfwunde, einer Hautfalte, einer eingedellten Karosserie –, manchmal förderten sie tatsächlich einen Schatz zutage. Die Hände sahen aus, als würden sie flehentlich bitten. Ohne ein dazugehöriges Gesicht, ohne Kontext fragten die Hände nach etwas im Namen des Ungenannten und Übersehenen.

Daneben das Polizeiporträt eines Mannes, schläfrig, derb und faltig. Mürrischer Mund, dunkle Bartstoppeln, eingefallene Wangen. Eine breite Nase zwischen dunklen Augen mit schweren Lidern. Struppige braune Brauen und eine beginnende Glatze. Charlie schlug im Register nach: Das war Verdächtiger Nr. 1, Michael John McVean. Er sah wirklich ziemlich finster aus.

Das Gesicht des anderen Verdächtigen, Toby James Murchison, wirkte irgendwie infantil, wie man es von alten Kriegsfotografien kannte. Voller Mund, gerötete Wangen wie bei einem Schuljungen, den jemand aus einer Prügelei geholt hat und der noch ganz verwirrt ist, weil es anders gekommen ist, als er dachte.

Daneben eine private Aufnahme von dem verlorenen Sohn.

Es war schon eigenartig, dachte Charlie, wie Leute, die verstorben sind, sofort auf Fotos anders aussahen, obwohl die ja zu ihren Lebzeiten aufgenommen worden waren. Verloren. Er fragte sich, ob jemand wohl mal eine Untersuchung gemacht hatte, bei der den Probanden Fotos gezeigt wurden, anhand derer sie beurteilen sollten, wer inzwischen tot war und wer noch lebte.

Er legte die Fotos beiseite und klopfte mit dem Bleistift auf die Schreibtischuhr. Die hatte Anna ihm geschenkt, als er seinen ersten Auftritt vor Gericht gehabt hatte. Das hell schimmernde Ziffernblatt aus Messing strahlte einen stoischen Optimismus aus, etwas Ehrwürdiges vielleicht sogar – mahnte ihn aber mit seinem tickenden Innenleben jeden Tag daran, dass er immer älter wurde. Mehr als jedes andere Objekt im Raum erinnerte diese Uhr ihn daran, dass er überhaupt nicht damit umgehen konnte, wie die anderen, vor allem Anna, ihn wahrnahmen.

Er sah zu, wie die Uhr ihm drei Minuten seines Lebens stahl, und wandte sich wieder der Fotomappe zu.

Ein grellweißer Tisch im Leichenschauhaus. Ein Toter mit verbrannten Beinen, nackt und gewaschen, übersät mit Totenflecken. Nahaufnahmen wie bei einer unangenehmen Eröffnungsszene im Kino. Schlaffes Gesicht, blasse Lippen, Bartstoppeln einer Woche, Augen wie ein Fisch in der Auslage. Jung, heruntergekommen. Die Polizei hätte ihn als Herumtreiber aufgelesen. Aber, da er ihn gerade erst angezogen und etwas jünger gesehen hatte, spürte Charlie so etwas wie Traurigkeit.

Eine runde Einschusswunde an der rechten Schläfe. Zweifellos gab es in einem der Ringbücher einen gerichtsmedizinischen Bericht, in dem vom Eindringen eines Projektils in das rechte Schläfenbein die Rede war: die objektive Sprache der Pathologie. Jemand hatte den Jungen abgeknallt. Er blätterte weiter. Mehr Bilder von der Leiche auf dem Seziertisch, mit leicht erhobenem rechten Unterarm, als wollte er halbherzig protestieren.

Charlie klappte die Mappe zu und legte sie zurück zu den Akten auf dem Wagen. Er griff nach dem ersten der fünfzehn Bände umfassenden Akte, trug ihn zum Schreibtisch und schlug ihn auf. Tut mir echt leid, Junge, sagte er zu sich selbst, jetzt schauen wir uns mal den Rest der Geschichte an.

ZEUGENAUSSAGE VON PATRICK HUGHES LANEGAN, 4231 SOUTH COAST HIGHWAY, DAUPHIN VICTORIA.

Ich wurde am 23. Januar 1991 geboren und arbeite als Fischer. Ich bin der Bruder von Matthew LANEGAN (geb. 11.6.89), der auch Matt oder Mags genannt wurde, außerdem habe ich eine Schwester und zwei Brüder, die Zwillinge sind. Sie heißen Milly (15), Ben und Jack (beide 8). Meine Eltern sind gestorben.

Ich kenne einen Mann namens Toby MURCHISON, der mir jedoch unter dem Namen Skip bekannt ist. Alle nennen ihn so. Toby und ich gingen auf der Highschool in die gleiche Klasse, seine Eltern sind die Inhaber vom *Normans Woe*. Sie haben auch eine Abalonen-Lizenz, die ihnen erlaubt, pro Jahr 2,3 Tonnen Abalonen in den Gewässern von Victoria zu fangen. Das ist ihre Quote, die sie über die Kooperative verkaufen dürfen, wobei sie alles genau aufschreiben müssen. Das Boot der Murchisons heißt *Open Quest*.

Mein Bruder und ich haben einen Haifischfänger in Dauphin, die *Caravel*. Sie hat einen Stahlrumpf und ist ungefähr acht Meter lang. Wir haben damit in den vergangenen Jahren oft Tintenfische gefangen, weil der Bestand der Haifische zurückgegangen ist.

Ich habe drei oder vier Mal in der Vergangenheit pfundschwere Blöcke Dope von Skip gekauft und sie weiterverkauft. Das ein oder andere Mal habe ich auch für Skip Dope nach Melbourne gebracht und dafür von ihm Geld bekommen. Mit Dope meine ich Cannabis. Ich glaube, der Cannabis stammte aus der Hydrokultur, aber ich weiß nicht, wo es angebaut wurde. Für den Weiterverkauf des Dopes habe ich es in kleine Stücke von ungefähr einer Unze und ganz kleine von einem Gramm zerschnitten. Ungefähr ein Achtel des Blocks behielt ich für mich, um es zu rauchen.

Ungefähr im Juni letzten Jahres hatte ich eine Unterhaltung mit Skip, ich glaube, es war im Außer-Haus-Verkauf vom *Normans Woe*. Ich bin hingegangen, um ein paar Flaschen Bier zu kaufen, und Skip arbeitete gerade dort. Das macht er manchmal am Abend, seit er sein Öko-Tourismus-Unternehmen aufgeben musste. Wir haben uns über alles Mögliche unterhalten, über das Fischen und so weiter. Dann erwähnte er, dass sie ein ganzes Stück weit über die Quote gegangen seien und Hilfe brauchen könnten, um ein paar Ladungen von den Abalonen loszuwerden. Ich habe damals bloß darüber gelacht, habe es aber Matt gegenüber erwähnt, als ich nach Hause kam.

Matt brachte das Thema ein paar Tage später noch mal zur Sprache und war ziemlich erpicht darauf mitzumachen. Ich glaube, es war dann Matt, der zu Skip rüberging und sagte, dass er dabei wäre. Ich war es definitiv nicht.

Danach ist einige Wochen lang nichts passiert. Doch dann herrschte eine ganze Weile günstiges Wetter zum Fischen und alle waren draußen. Das war schätzungsweise in der ersten Juni-Woche. Matt bekam einen Anruf auf seinem Mobiltelefon, ich glaube von Skip oder seinem Kumpel Mick McVean, die ihm mitteilten, sie wollten ihn an einem Punkt treffen, dessen GPS-Daten sie ihm nannten. Es war eine Stelle ungefähr drei Seemeilen südlich vom Boulder Point.

Wir fuhren dorthin und trafen auf die *Open Quest*. Nur Mick und Skip waren an Bord. Sie übergaben uns drei Plastikwannen mit geschälten Abalonen, das heißt also, die Schalen und die Innereien waren schon weg. Ich schätze, es waren ungefähr 450 Abs. Sie sagten uns, wir sollten sie zu einer Adresse in Melbourne bringen, die ich nicht angeben möchte. Der vereinbarte Preis war 2000 Dollar, ich glaube, Matt hatte das schon im Voraus mit ihnen vereinbart, aber ich weiß nicht, ob er das beim Telefonat ausgehandelt hat.

Die Sache ging problemlos über die Bühne und wir wurden ein paar Tage später von Mick in bar dafür bezahlt, und zwar in der vorderen Bar vom *Normans Woe*. Danach haben wir noch vier oder fünf solcher Jobs übernommen, immer am Ende einer Fangperiode mit gutem Wetter fürs Tauchen. Manchmal hatten wir Fische, die wir nicht über die Kooperative verkaufen wollten, also war das kein Problem. Wir nahmen dann auch ein paar Wannen von Skip mit, packten sie einfach zu den Haifisch-Filets oder was wir sonst in unserem Kühlwagen hatten.

Auch gestern haben wir einen Job für Skip Murchison übernommen. Dabei waren ich und Matt und Mick, wir fuhren im Transporter von Matt. Skip wollte, dass Mick mit uns kommt, weil er meinte, wir würden ein paar von den Abs beiseiteschaffen und auf eigene Rechnung verkaufen. Das stimmte nicht, und ich weiß, dass Skip und Matt sich darüber gestritten haben. Matt hatte deshalb schon seit ein paar Tagen keine Lust mehr auf die ganze Sache. Außerdem war er genervt, weil Skip und Mick mit ihren Zahlungen in Verzug geraten waren. Er sagte, dass er keine

Jobs für Skip mehr übernehmen wollte, änderte dann aber doch seine Meinung, weil wir das Geld brauchten.

Wie üblich brachten wir die Abalonen zu der Adresse in Melbourne. Ich weiß, Matt ging davon aus, dass Mick uns direkt bezahlen würde, sobald wir die Ladung abgeliefert hätten. Er dachte, Mick hätte das Geld bei sich, wenn er uns schon begleitete. Mick hatte es aber nicht dabei, weshalb die beiden sich den ganzen Rückweg darüber stritten. Als wir an der Tanke am Geelong Freeway anhielten, hätten sie sich beinahe geschlagen, wäre ich nicht dazwischengegangen.

Bei unserer Rückkehr in die Stadt wurde es schon dunkel. Wir ließen Mick am Hafen raus, ungefähr um sechs Uhr, dann gingen wir nach Hause. Matt wurde immer wütender wegen des Geldes und rief schließlich bei Skip an. Es stellte sich heraus, dass der gerade dabei war, zum Fischen rauszufahren. Er schlug uns vor, auch rauszukommen und ihn an der üblichen Stelle zu treffen. Er sagte, er würde in dieser Nacht fischen, und wenn Matt so scharf auf das Geld wäre, dass er nicht bis zum Morgen warten wollte, dann sollte er doch rauskommen, damit Skip die Sache in Ordnung bringen kann.

Ich setzte Matt gegen acht Uhr abends am Hafen ab, und er sagte, er würde rausfahren, sich das Geld von Skip holen und mich dann zu Hause treffen. Ich ging nach Hause und sah mir eine DVD an. Milly war unterwegs, weil es ja Samstag war, und die Zwillinge schliefen schon. Ungefähr gegen elf Uhr fragte ich mich, ob er vielleicht schon zurück und direkt ins *Normans Woe* gegangen war. Also fuhr ich hin, um nachzuschauen. Ich rief ihn an, konnte aber nur die Mailbox erreichen. Dann kehrte ich nach Hause zurück und parkte gerade den Wagen in unserer Einfahrt, als Robbo in seiner Bullenkutsche auftauchte und mir sagte, Matt sei erschossen worden und die *Caravel* würde brennen. Ich sollte runter zum Hafen kommen und Matts Leiche identifizieren.

Ich weiß nicht, wer Matt erschossen hat. Ich war den ganzen Abend zu Hause, bis auf ungefähr zehn Minuten, als ich ins *Normans Woe* gefahren bin, um nachzuschauen, ob Matt dort ist.

Patrick James LANEGAN

Aussage entgegengenommen und Unterschrift von mir beglaubigt
am 11. August 20-- um 1:06 Uhr
in Dauphin im Staat Victoria

Neil Robertson
Detective Sergeant 258447

Charlie kämpfte sich in seinen Mantel und schmiss gleichzeitig die Tür hinter sich zu. Nebenan hatte der Anwalt für Familienrecht die Füße auf den Schreibtisch gelegt und verhandelte laut, fröhlich und derbe, als würde er Immobilien verscherbeln und nicht Kinder. Charlie ging an der Vase mit den welken Blumen vorbei, die auf dem unbesetzten Rezeptionspult stand – worüber sich die Wirtschaftsanwälte regelmäßig beschwerten, die stur ihre Harper's Bazaar- und Vogue-Hefte auf dem Tisch im Wartezimmer arrangierten, nur damit sie Tag für Tag noch mehr Kaffeeflecken bekamen.

Vor der Kammer der Staatsanwaltschaft auf der anderen Straßenseite stellte Charlie fest, dass seine Karte nicht mehr vom Scanner an der Tür erkannt wurde. Er wartete, bis eine Frau mit Kopfhörern die Tür öffnete, und folgte ihr.

Staatsanwalt Harlan Weir hockte majestätisch hinter einem großen einfachen Schreibtisch in seinem Büro im vierten Stock.

Zwischen den Papierstapeln, die jeweils von einem Briefbeschwerer aus Glas gekrönt wurden, bot der schief auf seinem Stuhl sitzende, breite Harlan einen chaotischen Anblick. Silbergraue Haare fielen über seine hohe Stirn, das Jackett war zerknittert. Er bemühte sich eifrig, seine Brille mit dem Ende der Krawatte blank zu polieren.

»Wie komme ich denn zu diesem Auftrag?«, fragte Charlie, noch bevor er sich hingesetzt hatte.

Weir ignorierte die Frage. »Was halten Sie davon?«

»Klingt interessant. Arme Teufel. Sind Sie schon mal dort gewesen?«

»Nee. Kommt mir recht ordinär vor … Seetang, Leuchttürme. Und Fisch.«

Er verzog den Mund und die Oberlippe blieb an den Zähnen kleben, ein komisches Totenkopfgrinsen. »Bin wahrscheinlich einfach eine Landratte.«

Weir hob die Brille ins Licht, um sie zu begutachten.

»Haben Sie sich mal mit der Beaufort-Skala beschäftigt, Charlie? Ein wirklich schönes Schriftstück. Natürlich ist es ein technischer Text, aber aus einer Zeit, als man über technische Vorgänge noch mit Herzblut schrieb, nicht so langweilig wie heute. Beaufort war ein Pom, ein Brite, und er wollte …« Weir kniff die Augen zusammen, als er sich die Brille auf die Nase setzte. »Er wollte die Windstärken den Bewegungen des Meeres zuordnen. Eine sehr subjektive Aufgabe. ›Kleine, kurze Wellen, Oberfläche glasig‹ und so weiter.« Er inspizierte kurz seinen Daumennagel. »*Brechende Wellenköpfe*. Meine Güte. Ist das nicht großartig? Brechende Wellenköpfe … Heutzutage sind solche Beschreibungen in der Wissenschaft nicht mehr möglich. Verben sowieso nicht, schon gar nicht am Anfang eines Satzes. Oder wenn sie Verben benutzen, dann solche, die sie in Reagenzgläsern erzeugt haben, indem sie die DNA der Substantive verändert haben. Gestern hab ich gehört, wie so ein Typ das Wort ›grundlinieren‹ benutzt hat.«

»Im Gerichtssaal?«

»Nein, im Fernsehen.« Harlan ließ einen der Briefbeschwerer auf seiner Handfläche hin und her rollen. »Natürlich ging's um Football. Und da wir gerade davon sprechen, lassen Sie mich dies noch hinzufügen: Warum sind wir alle so besessen von der Rechenschaftspflicht der Spieler auf dem Feld. Für meine Begriffe ist das vollkommen abwegig, zumal kaum einer überhaupt weiß, was das ist. Und wieso muss keiner von uns Rechenschaft ablegen, wenn er abends ausgeht? Es wird als sportliches Klischee gebraucht und ist ganz offensichtlich wichtiger als das Leben selbst. Und wenn man den Begriff so anwendet, wie es sich die Königin ursprünglich dachte – als moralischen Standard also –, bringt es die Leute dermaßen durcheinander, dass sie kein Problem damit haben, gegen einen Streifenwagen zu urinieren.«

»Welche Königin?«

»Was?«

»Welche Königin hat sich das ursprünglich so gedacht?« Charlie hatte längst herausgefunden, wie man diese Tiraden abwürgen konnte.

Weir seufzte. »Haben Sie diese Akte über die Murchison-Sache gelesen?«

»Das Wichtigste.« Er versuchte es noch einmal. »Wie kommt's, dass ich den Auftrag kriege?«

»Warum sollten Sie ihn nicht kriegen?« Weir beugte sich ganz langsam vor und musterte Charlie freundlich. Draußen klingelte irgendwo ein Telefon. Charlie ertappte sich dabei, wie er die Rücken der Bücher hinter dem Schreibtisch betrachtete.

Weir sah ihn immer noch an. »Jetzt sagen Sie mir mal, wie wir die Sache angehen werden.«

»Okay. Da wären also diese beiden Familien, die Lanegans und die Murchisons. Der zweite Beschuldigte, dieser McVean, ist nur der Mann fürs Grobe. Die Lanegans haben eine Horde Kinder und beide Eltern sind tot. Sie sind Fischer, aber im kleinen Stil, ansonsten gelten sie in der Stadt als Unruhestifter. Sie werden von den Murchisons angesprochen, denen so gut wie alles an der Hauptstraße gehört. Die Murchisons sind auch Fischer und haben eine Abalonen-Lizenz. Die Murchisons sagen den Lanegans: Wir fangen mehr Abalonen, als wir über die Kooperative legal verkaufen können, und wenn ihr die überschüssigen Abalonen nach Melbourne bringt, können wir sie über den Schwarzmarkt verkaufen und ihr bekommt eine Provision.«

»Warum bringen sie die Abalonen nicht selbst nach Melbourne?«

»So eine Lizenz ist ein paar Millionen Dollar wert, die wollen sie nicht aufs Spiel setzen. Die Fischereiinnung macht Straßenkontrollen und all das, um solchen Leuten auf die Spur zu kommen. Also schicken Sie lieber andere vor und leugnen einfach alles, wenn die geschnappt werden.«

»Im Ernst, ein paar Millionen Dollar nur mit Muscheln? Es geht hier ja schließlich nicht um burmesisches Heroin oder so was?«

»Das ist richtig teures Zeug. Am Westkap gibt es nur ungefähr ein Dutzend Abalonen-Lizenzen, und der Exportmarkt ist unersättlich. Ich hab mit einem von der Fischereiinnung gesprochen, nachdem ich die Akten gelesen hatte. Er meinte, das sei so ähnlich, wie im Wasser herumschwimmen und Hundert-Dollar-Scheine einzusammeln. Aber pro Boot und Jahr dürfen nur fünfundzwanzig Tonnen abgesetzt werden, die Quote greift also ziemlich schnell. Und die Kooperative, die den Fang genehmigen muss, stellt einen Schein aus, der bei der Lieferung verbleibt, ungefähr bis zu dem Moment, wo die Abalonen auf den Tisch kommen. Es ist nicht einfach, dieses System zu umgehen, wenn ein Fang erst mal deklariert wurde.«

»Also kommt es zu allererst darauf an, den Fang nicht zu deklarieren.« Weir nickte. »Und was ist mit der Mordsache?«

»Also, wenn ich auf mein Bauchgefühl vertraue, dann glaube ich, dass die Geschworenen mitspielen würden. Es gibt eindeutige Beweise für einen geplanten Mord, wenn man die Verletzungen in Betracht zieht. Und es gibt ein Motiv: Die Murchisons waren in Zahlungsverzug und das Opfer war ungehalten deswegen. Er hat sich in der Kneipe vor Publikum dementsprechend geäußert und vor Zeugen die Schuldner zur Rede gestellt. Es ist eine kleine Stadt, und die Leute interessieren sich für solche Sachen. Wenn die Zeugen aussagen, dürfte es keine großen Probleme geben. Sie hatten die Möglichkeit dazu – den Beschuldigten stand ein Boot zur Verfügung. Die Liste der Telefonate beweist, dass die Beschuldigten und das Opfer an diesem Tag telefonisch Kontakt hatten, sogar noch eine Stunde bevor das Feuer vom Ufer aus bemerkt wurde, das passt also alles zusammen. Keiner der Beschuldigten hat ein hieb- und stichfestes Alibi, und einer von ihnen, McVean, denke ich, war am Hafen. Er hat genau zur richtigen Zeit die Sicherheitsschranke passiert. Murchison ist, nach allem, was man so hört, ein bisschen intelligenter als McVean, aber er war blöde genug, beim Verhör durch die Polizei einige ihrer Fragen zu beantworten – und hat es dadurch ziemlich vermasselt. McVean ist dumm, aber auf andere Art. Der war immerhin schlau genug, erst mal gar nichts zu sagen. Wie auch immer, die Version der Polizei klingt recht plausibel: Sie haben ein Treffen auf See arrangiert, entweder damit die Täter dem Opfer noch mehr Ware übergeben können oder um ihn in einen Hinterhalt zu locken. Entweder kam es zu einer Meinungsverschiedenheit da draußen oder die

Sache war von vornherein geplant. Sie haben ihn auf dem Boot der Murchisons erschossen und ihn dann auf sein eigenes geworfen. Und danach haben sie es angezündet, in der Hoffnung, es würde bis zur Wasserlinie abbrennen und ...«

»Warum denn? Warum haben sie die Leiche nicht beschwert und ins Meer geworfen? Warum haben sie das Boot nicht zusammen mit der Leiche versenkt?«

»Vermutlich weil das Meer dort nicht sehr tief ist, wie die ortsansässigen Polizisten sagten. Jemand hätte leicht darauf stoßen können, wenn eine Angel, eine Hummerreuse oder ein Netz sich darin verfängt.«

»Na schön. Warum haben sie das Boot dann nicht aufs Meer rausgeschleppt und dort versenkt?«

»Tja, warum nicht? Das wäre die beste Lösung gewesen. Es zehn Meilen weit rausschleppen und versenken ... man hat ja Sensoren an Bord, die die Meerestiefe anzeigen. Vielleicht sind sie in Panik geraten. Aber wenn sie den Mord von langer Hand geplant haben, warum sollten sie dann am Ende plötzlich durchdrehen?«

»Was sagen die Cops denn dazu?« Charlie merkte sehr wohl, dass Weir beim Formulieren der Frage bereits eine Vielzahl anderer weiterführender Gedanken im Kopf hatte.

»Sie können sich durchaus vorstellen, dass Panik mit im Spiel war – sie vermuten, dass diese beiden Typen ziemlich beschränkt sind. Ebenso halten sie es für möglich, dass die Waffe nur zur Einschüchterung mitgenommen wurde. Egal welcher von den beiden das Ding in der Hand hatte, er hat kurz die Beherrschung verloren und schon hat's geknallt. Natürlich macht es den anderen zum Mittäter bei einer schweren Straftat, sodass es keine Rolle spielt, wer was zu welchem Zeitpunkt getan hat. Erst hinterher wurde ihnen dann klar, was passiert war, und sie entschlossen sich, das Boot anzuzünden, ohne groß nachzudenken. Als es in Flammen aufging, war es allemal zu spät.« Charlie schlug mit den Händen auf seine Knie und holte tief Luft.

»Was ist mit der Tatwaffe?«

»Die Spurensicherung hat sie ohne Probleme sichergestellt. Sie haben ganz einfach eine gerade Linie gezogen zwischen der Stelle, wo Zeugen das brennende Boot sahen, und der Hafeneinfahrt. Dann haben sie ein paar Tauchgänge rechts und links der Linie gemacht und es in drei Meter Tiefe gefunden. Ein Repetiergewehr. Die Ballistiker haben es als Tatwaffe identifiziert. Diese Trottel haben nicht mal daran gedacht, das Ding irgendwo anders wegzuwerfen.«

Weir legte einen Finger auf den Briefbeschwerer und rollte ihn auf der Schreibtischplatte hin und her. Das Glas brach das Licht und warf es in kleinen Funken auf die Wand. »Wo ist also das Problem?«

»Der Bruder.«

»Was, dieser, äh …« Weir nahm einen Ordner aus dem Regal hinter sich und blätterte ihn durch. »Patrick?«

»Ja. Erstens ist es eigenartig, dass er zwar den ganzen Tag mit seinem Bruder verbrachte, auch beim Geschäft mit Murchison und McVean dabei war, ihn dann aber nach dem Streit mit ihnen wissentlich allein in eine gefährliche Situation gehen ließ. Und er selbst blieb zu Hause und schaute sich einen Film an ... Wieso hat er nicht versucht, seinen Bruder davon abzuhalten? Er sagte ja selbst, dass die Angelegenheit auch Zeit bis zum nächsten Morgen gehabt hätte.«

Weir sah ihn nachdenklich an und stemmte die Ellbogen auf den Tisch. Perlmuttverzierte Manschettenknöpfe rutschten aus den Ärmeln seines Jacketts.

»Zweitens erklärt das auch viel besser, warum die Leiche so

nachlässig beseitigt wurde. Ob sie nun die Absicht hatten, Matthew Lanegan zu erschießen oder nicht, Patrick war mit an Bord gewesen und ihnen entwischt, was bedeutete, dass sie sich eher wegen ihm als wegen der Leiche Sorgen machen mussten.«

»Und was ist mit dem Feuer?«

»Die Experten vermuten, dass es einen Brandbeschleuniger gab. Vorsätzliche Brandstiftung. Also werden Sie es den Geschworenen so darlegen: Patrick war dabei, als Murchison und McVean Matthew erschossen haben, aber er konnte flüchten. Die beiden geraten in totale Panik. Denn sie dürfen nicht riskieren, dass Patrick es bis an Land schafft, während sie noch versuchen, die Beweise im Meer zu versenken. So schnell wie möglich müssen sie zum Hafen zurückkehren und von Bord gehen, bevor der Bruder zu Hause angekommen ist und Alarm schlagen kann. Die schnellste Lösung ist also die, das Boot der Lanegans mit Benzin zu übergießen und anzuzünden. Aber warum haben sie nicht einfach Löcher reingeschossen?«

»Weil wir dann wieder da wären, wo wir angefangen haben – das Boot läge in flachem Wasser auf Grund und könnte leicht gehoben werden. Fischerboote gehen nicht einfach so in einer klaren Nacht unter. Aber von so viel Sachverstand kann man bei Typen wie denen, denke ich, eh gar nicht ausgehen. Deshalb plädiere ich für die Panik-Theorie.«

»Aber es gäbe keinen Grund zur Panik, wenn Patrick nicht auch da draußen war«, stellte Weir fest. »Andernfalls hätten sie nämlich alle Zeit der Welt gehabt.«

»Patrick hat offensichtlich seine eigenen guten Gründe zu behaupten, dass er nicht dort draußen war.«

»Offensichtlich hat er die. Aber er wird dennoch eine bessere Version abliefern müssen, oder etwa nicht?«

»Er hat seine Version dargelegt.« Charlie zuckte mit den Schultern. »Wir können ihn nicht beeinflussen, damit er seine Aussage ändert.«

»Ich meine gar nicht, dass wir ihn beeinflussen sollten. Es könnte ja sein, dass er seine Aussage unter Druck gemacht hat, vielleicht war er auch emotional überfordert. Möglicherweise wurde er eingeschüchtert – meine Güte, was wissen wir schon davon, wie es an solchen Orten zugeht? Der erste Teil seiner Aussage klingt plausibel, damit hat er die Beschuldigten ja bereits indirekt belastet. Nur ist er diesen Weg nicht zu Ende gegangen. Wir müssen herausfinden, warum er etwas gesagt hat, das bei logischer Betrachtung nicht stimmen kann. Es gibt eigentlich keinen Grund zu lügen, für diesen Jungen.«

»Also schicken wir ein paar von den Cops vor Ort zu ihm, damit sie eine zweite Aussage aufnehmen?«

»Die dortigen Cops könnten ein Teil des Problems sein.«

Weir setzte sein freundlichstes Lächeln auf. Seine Brille rutschte ein Stück nach oben. »Ich hatte mir eigentlich auch überlegt, Sie dorthin zu schicken.«

Charlie wusste, dass er hereingelegt worden war – Weir hatte ihn während der letzten zehn Minuten mit seiner gespielten Überraschung langsam eingekreist und den Sack zugemacht, nachdem er als Opfer seiner eigenen Analyse in die Falle getappt war. Wenn er in seinem Beruf überleben wollte, brauchte er Weir als Fürsprecher, und der würde ihn, aus Gründen, die allein er kannte, einen Preis dafür zahlen lassen. Der alte Gauner grinste fröhlich. Dann erstarb sein Lächeln und übrig blieb nur ein leichtes Kräuseln seiner Mundwinkel.

DIES IST DIE TONAUFNAHME EINES GESPRÄCHS ZWISCHEN DETECTIVE SERGEANT NEIL ROBERTSON UND TOBY JAMES MURCHISON, WOHNHAFT

CASPIAN STREET 22, DAUPHIN IM STAAT VICTORIA, GEFÜHRT AM MONTAG, DEN 24. AUGUST IM POLIZEIGBÄUDE AN DER ST. KILDA ROAD. EBENFALLS ANWESEND WAR MEIN KOLLEGE DETECTIVE SENIOR CONSTABLE BRYAN GOODALL.

F1: Toby, stimmen Sie mir zu, dass es laut meiner Armbanduhr jetzt 22:13 Uhr ist?
A: Ja.
F2: Okay. Ich bin gleich soweit. Toby, nur für das Tonband, können Sie mir kurz Ihren vollen Namen und Ihre Adresse sagen?
A: Toby James Murchison, 6. Dezember 1976. Entschuldigung, das wollten Sie ja gar nicht wissen. Äh, Caspian Street 22, Dauphin.
F3: Also, Toby, ich werde Ihnen jetzt ein paar Fragen stellen im Zusammenhang mit dem Tod von Matthew Francis Lanegan. Bevor ich fortfahre, muss ich Sie darüber in Kenntnis setzen, dass Sie nicht verpflichtet sind, etwas zu sagen oder zu tun, dass aber alles, was Sie sagen oder tun, als Beweismittel eingesetzt werden kann. Haben Sie das verstanden?
A: Ja.
F4: Ich muss Sie außerdem über Ihre Rechte in Kenntnis setzen. Sie dürfen oder dürfen versuchen, einen Freund oder einen Bekannten zu kontaktieren, um diesen über Ihren Aufenthaltsort zu informieren. Und Sie können oder können versuchen, mit einem juristischen Vertreter zu sprechen. Haben Sie das verstanden?
A: Ja.
F5: Möchten Sie jemanden anrufen, bevor wir Ihnen weitere Fragen stellen?
A: Nee, Robbo, ist schon okay.
F6: Sie möchten also niemanden anrufen?

A: Nein. Nein, danke.
F7: Möchten Sie Ihre Rechte genauer erklärt bekommen, bevor wir fortfahren?
A: Nein.
F8: Okay, ich glaube, Ihr Geburtsdatum haben Sie schon angegeben. Sind Sie australischer Staatsbürger?
A: Ja.
F9: Und haben Sie eine unbeschränkte Aufenthaltserlaubnis in Australien?
A: Ja.
F10: Sind Sie Nachkomme von Aborigines oder Bewohnern der Torres-Strait-Inseln?
A: Nee.
F11: Okay, Toby, der Anlass unseres Gesprächs ist ein Anruf von Ihnen bei uns, den Sie gestern gemacht haben, stimmen Sie dem zu?
A: Ja, ich hab euch gestern angerufen, ja klar.
F12: Und der Grund, aus dem Sie hier sind, hat mit diesem Anruf zu tun oder bezieht sich auf den Anruf, ist das richtig?
A: Ja. Wie ich schon sagte, es gab viel Gerede in der Stadt und deshalb bin ich hergekommen, um ein paar Sachen klarzustellen.
F13: Sie waren gestern in der Polizeistation von Dauphin, ist das richtig?
A: Yep, und dort hat man mir eure Nummer gegeben, damit ich anrufen kann, was ich dann gemacht habe.
F14: Okay, und wir haben Sie dann gebeten nach Melbourne zu kommen, um dieses Gespräch mit uns zu führen, und Sie waren so freundlich, heute Abend herzukommen, aus freien Stücken, ist das richtig?
A: Das ist richtig, ja.
F15: Wir wissen das zu schätzen. Geht das in Ordnung mit Ihrer Arbeit? Haben Sie morgen freibekommen?

A: Oh ja, das ist alles bestens. Ist ja nur mein Vater, also ist das voll … in Ordnung, ja.
F16: Ist nur deswegen, weil manchmal Leute herkommen, um mit der Polizei zu reden, und die Arbeitgeber dann – Sie wissen schon – einen falschen Eindruck haben oder irgendwelche Schlüsse ziehen.
A: Nee, Dad ist zwar ein alter Nörgler, aber er hat da kein Problem mit. Der will ja auch, dass die Sache aus der Welt geschafft wird, wissen Sie, klarstellen, wie ich schon sagte.
F17: Sie beziehen sich hier auf Ihren Vater Alan Murchison, ist das richtig?
A: Ja.
F18: Und Alan ist der Besitzer vom Hotel *Normans Woe*, und außerdem der Präsident des dortigen, äh, Abalonen-Ausschusses?
A: Ja.
F19: Okay, und Sie sind also zurzeit auch als Leiter des Bistros im Hotel *Normans Woe* in Dauphin beschäftigt, ist das richtig?
A: Ich kümmere mich um das Lokal und die Events, ja. Wir haben nämlich auch eine Event-Agentur. Wenn so was wie Sportveranstaltungen oder Hochzeiten anstehen, dann organisier ich das alles.
F20: Und wie lange sind Sie schon in dieser Position?
A: Zuständig für das Bistro seit 2003 und, äh, seit letztem Winter auch für die Events.
F21: Und was war vorher? Was haben Sie da gemacht?
A: Während der Saison haben wir Abs auf unserem Boot, der *Open Quest*, gefischt. Ich hab an Bord mitgeholfen, aber auch den Fang nach Melbourne auf den Markt transportiert. Und die Verträge mit den Dosenfabriken hab ich auch gemacht und mich darum gekümmert, dass alles läuft. Aber ich …
F22: Und was war mit dem, äh, Öko-Tourismus?

A: Ja, das wollte ich gerade sagen. Bevor das mit den Events losging, hatte ich eine Öko-Tourismus-Firma.
F23: Um was ging es da genau – bei diesem Öko-Tourismus?
A: Oh, wir hatten einen Transporter, so einen Minibus mit Vierradantrieb, und zeigten den Leuten die Strände. Sie wissen schon, wenn Wale da waren, haben wir sie zu dem Aussichtspunkt oberhalb der Gawleys am Antonia Beach gebracht und sie ihnen gezeigt. Auch Camping-Touren in die Dünen haben wir veranstaltet. Dafür hatten wir extra ein paar Schwarze engagiert, die mit rauskamen, was gekocht haben und ihre Geschichten erzählt haben, spirituelles Zeug, Traumzeit und so was. Bei ruhiger See haben wir auch Kajakfahrten gemacht. Und, äh, Surfkurse. Das war's auch schon.
F24: Gut. Aber Sie wissen ja, dass wir hier sind, um mit Ihnen über die Ereignisse von letzter Nacht zu sprechen, nicht wahr?
A: Ja, das weiß ich, aber ich verstehe nicht …
F25: Es geht vor allem darum, dass ein junger Mann namens Matthew Lanegan letzte Nacht auf See erschossen wurde, auf seinem Boot *Caravel*, und …
A: Ja, davon hab ich gehört.
F26: … und dass dieses Boot dann angezündet wurde, beziehungsweise, dass es so aussah, als wäre es angezündet worden. Also, zu allererst möchten wir von Ihnen wissen, ob es etwas gibt, das Sie uns über diesen Vorfall oder diese Vorfälle sagen wollen?
A: Ich weiß überhaupt nichts darüber, nein.
F27: Okay, was haben Sie gestern gemacht?
A: Wie jetzt? Den ganzen Tag über?
F28: Ja.
A: Also, morgens hab ich einen Ölwechsel beim Bus gemacht, dann hab ich den Kanister mit dem Altöl zur Mülldeponie gebracht. Äh, ich hab im Bistro vom Pub zu Mittag gegessen. Am

Nachmittag bin ich dann mit Dad zu einem Ausverkauf bei Rosslyn's gewesen, wieder zurückgekommen, ins Pub gegangen und habe einen Dienstplan geschrieben …

F29: Um welche Zeit sind Sie ins Pub zurückgekommen?

A: Oh, das war so gegen halb fünf.

F30: Und ich muss das noch einmal zur Klarstellung fragen: Wenn Sie von »dem Pub« sprechen, dann meinen Sie ihr eigenes Familienunternehmen, das Hotel *Normans Woe* in Dauphin.

A: Ja, das ist richtig.

F31: Okay, so gegen halb fünf haben Sie also den Dienstplan gemacht. Darf ich Sie jetzt fragen, ob Sie einen Mann namens Michael John McVean kennen?

A: Ja, den kenne ich.

F32: Und woher kennen Sie ihn?

A: Er arbeitet für Dad, kümmert sich um alles Mögliche im Haus. Er ist so eine Art Angestellter in unserem Familienunternehmen, so würden Sie's wahrscheinlich ausdrücken.

F33: Meinen Sie damit jetzt das Pub oder das Boot oder die anderen Unternehmungen, die sie vorhin geschildert haben?

A: Na ja, alles eben. Alles, was erledigt werden muss.

F34: Wissen Sie, wo er gestern gewesen ist?

A: Äh, ich glaube, er hat für uns eine Ladung Meeresfrüchte nach Melbourne auf den Markt gebracht.

F35: Warum hat er das gemacht? Haben Sie nicht einen Vertrag mit einem Käufer abgeschlossen, der die gesamte Ware bei Ihnen abholt?

A: Ja, haben wir, aber manchmal kommt eine besondere Bestellung rein, von einem Restaurant oder so, oder man hat was Ungewöhnliches gefangen und will es möglichst frisch verkaufen. Das ist gut für die Geschäftsbeziehungen, verstehen Sie?

F36: Mit wem ist er denn nach Melbourne gefahren?

A: Soweit ich weiß, ist er allein gefahren.
F37: Sind Sie sicher? Sie erinnern sich nicht an jemanden, der mit ihm gefahren ist?
A: Nein, tue ich nicht.
F38: Also, Mr. Murchison, eine Sache, die wir immer überprüfen, wenn es einen derartigen Todesfall gibt, einen ungewöhnlichen, sind die Anruflisten des Verstorbenen, mit wem er zuletzt telefoniert hat, verstehen Sie?
A: Ja, klar, das klingt logisch.
F39: Daher haben wir uns die Anrufliste von Mr. Lanegan angeschaut und festgestellt, dass er drei Mal mit Ihnen telefoniert hat, um äh, lassen Sie mich nachschauen, um 0:31 Uhr, um 0:36 Uhr und gestern Nachmittag um 17:12 Uhr. Können Sie mir einen Grund nennen, warum Sie beide gestern Nachmittag miteinander telefoniert haben?
A: Nein. Nein, kann ich nicht. Es sei denn, er hat was im Pub bestellt oder …
F40: Nein, ich glaube, Sie verstehen mich nicht richtig, Mr. Murchison. Diese Anrufe wurden über Antennen transportiert … Auf diese Weise können mobile Telefonate bis zum nächstgelegenen Antennenmast zurückverfolgt werden …
A: Ja, ja.
F41: … und diese Antennen befanden sich in Werribee bei den ersten beiden Anrufen, und dann in Geelong für den späteren. Er war nicht in Dauphin, möchte ich damit sagen.
A: Oh, gut, klar.
F42: Verstehen Sie jetzt …?
A: Tu ich nicht.
F43: … dass es so aussieht, …
A: Bin mir nicht sicher …
F44: … als hätten Sie mit ihm telefoniert, während er unterwegs war?

A: Kann sein. Aber ich erinnere mich nicht daran.
F45: Sie wissen nichts davon?
A: Nein, tu ich nicht. Kann ich jetzt …
F46: Sie müssen doch zugeben, dass alles dafür spricht, dass …
A: Darf ich bitte telefonieren?
F47: Gut, wen wollen Sie denn anrufen? Ich meine, äh, ich habe Ihnen angeboten, einen Anwalt anzurufen, aber aus Gründen des Ablaufs kann ich Ihnen nicht erlauben, eine andere Person anzurufen, verstehen Sie?
A: Ja, verstehe. Ich ruf meinen Anwalt an, danke.
F48: Also gut, dann halten wir das Aufnahmegerät kurz mal an. Mr. Murchison, stimmen Sie mir zu, dass es auf meiner Uhr jetzt 22:33 Uhr ist?
A: Yep.
F49: Gut.

VERHÖR UNTERBROCHEN.

DETECTIVE SERGEANT NEIL ROBERTSON:

F50: Also, Toby, stimmen Sie mir zu, dass es auf meiner Uhr 22:56 Uhr ist?
A: Ja, tue ich.
F51: Gut. Bevor wir fortfahren, rekapituliere ich kurz, wie weit wir gekommen waren.

DIES IST DIE FORTSETZUNG DER TONBANDAUFNAHME DES GESPRÄCHS ZWISCHEN DETECTIVE SERGEANT NEIL ROBERTSON UND TOBY JAMES MURCHISON, WOHNHAFT CASPIAN STREET 22, DAUPHIN IM STAAT VICTORIA, DURCHGEFÜHRT

IM POLIZEIGEBÄUDE AN DER ST. KILDA ROAD AM MONTAG, DEN 24. AUGUST. EBENFALLS ANWESEND IST DETECTIVE SENIOR CONSTABLE BRYAN GOODALL.

F52: Nennen Sie mir bitte kurz noch mal Ihren Namen und Ihre Adresse, Toby.
A: Gern, Toby James Murchison, 22 Caspian Street, Dauphin, Victoria.
F53: Bevor wir fortfahren, muss ich Sie darauf hinweisen, dass Sie nicht verpflichtet sind, etwas zu sagen oder zu tun, dass aber alles, was Sie sagen oder tun als Beweismittel aufgenommen werden kann. Haben Sie das verstanden?
A: Yep.
F54: Ich muss Sie außerdem über Ihre Rechte in Kenntnis setzen. Sie dürfen oder dürfen versuchen, einen Freund oder einen Bekannten zu kontaktieren, um diesen über Ihren Aufenthaltsort zu informieren. Und Sie können oder können versuchen, mit einem juristischen Vertreter zu sprechen. Haben Sie das verstanden?
A: Ja. Hab ich schon gemacht, danke.
F55: Okay, also Toby, stimmen Sie mir zu, dass wir unser Gespräch über diese Angelegenheit während der Unterbrechung nicht fortgesetzt haben?
A: Das stimmt, yep.
F56: Und dass wir Sie in ein Büro geführt haben, wo Sie ein Telefon benutzen durften.
A: Ja.
F57: Und Sie haben mit Ihrem Anwalt gesprochen?
A: Ja, hab ich.
F58: In Ordnung. Also, die letzte Frage, die ich Ihnen gestellt hatte, betraf die Aufzeichnungen der Telefongespräche, die uns

vorliegen und die darauf hinweisen, dass Sie und der verstorbene Mr. Lanegan gestern telefonisch in Kontakt gewesen sind. Möchten Sie uns noch mehr darüber sagen?
A: Auf Anraten meines Anwalts werde ich dies nicht kommentieren.
F59: Waren Sie gestern Nacht mit ihrem Boot *Open Quest* auf See?
A: Auf Anraten meines Anwalts werde ich dies nicht kommentieren.
F60: Okay, Mr. Murchison, haben Sie die Absicht, auch die weiteren Fragen nicht zu kommentieren?
A: Auf Anraten meines Anwalts werde ich dies nicht kommentieren.
F61: Ich verstehe das, Mr. Murchison, aber Sie können wenigstens diese eine Frage beantworten. Ich muss das wissen wegen der Tonbandaufnahme …
A: Kein Kommentar.
F62: Alles klar. Ich schlage vor, das Gespräch zu beenden. Können Sie bestätigen, dass es auf meiner Uhr jetzt 23:02 Uhr ist?
A: Kein Kommentar.
F63: Das Gespräch ist beendet.

DAUPHIN

Er konnte sich erst wieder entspannen, als er auf der Geelong Road war, wo er eine der linken Spuren wählte, damit der Saab seinen eigenen Rhythmus finden konnte. Er trank den Rest des Kaffees, den er in der Anwaltskammer aufgebrüht hatte, bevor er losgefahren war, und warf die leere Tasse auf den Boden vor den Beifahrersitz. Der Kaffeesatz klebte trocken auf seiner Zunge. Großartig. Eine belegte Zunge und vier Stunden Albtraum vor sich.

Er schob eine CD in die Stereoanlage und fummelte am Temporegler herum. Ein paar Kilometer Klimaanlage, dann weiter mit offenen Fenstern. Anna hatte einen ihrer fürsorglichen Anrufe gemacht, bevor er losgefahren war. Sie hatte sich ziemlich deutlich ausgedrückt – fahr nicht gleich nach der Arbeit dort hin. Auf der Straße wird die Hölle los sein, weil alle übers verlängerte Wochenende ans Meer wollen, hatte sie gesagt. Außerdem wirst du gegen die Abendsonne fahren. Aber jetzt lag eine dicke Wolkenschicht über dem westlichen Horizont. Die Sonne hing als blässliche, runde Scheibe hinter der Wolkendecke, nachdem sie tagsüber eine schwüle Hitze verbreitet hatte. Charlie beugte sich vor, um sein Kreuz zu lüften und wünschte sich, er hätte das Hemd gewechselt.

Die alte Arbeitervorstadt mit ihren langweiligen schnurgeraden Straßenzügen im schwindenden rötlichen Tageslicht wurde von den Stahlfassaden der Fabriken abgelöst, riesige Verkehrszeichen sagten ihm, wo er ab- oder auffahren musste. *Eigentlich sollte ich mich mit Konfliktmanagement befassen*, sagte eine Stimme in seinem Kopf. *Ich bin kein Rechtsanwalt, ich bin ein Babysitter für langwierige Fälle.* Die Fabriken machten Fertighaussiedlungen Platz – Kästen, Kästen, Kästen. Neo-georgianisch, fake-viktorianisch, Pseudo-Lofts. Keine Bäume. Blind gekauft vor der Fertigstellung, zum Verkauf angeboten, finanziert vom kollektiven Schuldenberg erfolgsbesoffener junger Spekulanten.

Anna würde ihn jetzt einen Snob schimpfen und ihn fragen, welchem historischen Zufall er sein Urteilsvermögen verdankte. Aber da waren sie nun mal, Hand in Hand, und starrten hoch zu den anämischen Feinschliff-Dachkanten ihrer kleinen Palazzos, allesamt nach Westen ausgerichtet mit Blick auf die Weiden alteingesessener italienischer Pächter, ausgestattet mit Home-Entertainment-Systemen und gepflasterten Innenhöfen, Plasma-Bildschirmen für die langen Abende und Jet-Skis fürs Wochenende.

Die Dämmerung brach herein, entgegenkommende Scheinwerfer auf der Gegenspur. Die Sturmwolken, die gelegentlich von weit entfernten Blitzen erhellt wurden, türmten sich immer höher und nahmen bald die gesamte Windschutzscheibe ein. Die Siedlungen verschwanden und um ihn herum breitete sich das Weideland aus. Er schloss das Seitenfenster, schaltete die Belüftung ein und spürte, wie ihm winzige Partikel Rollsplitt ins Gesicht schlugen. Irgendwo in der Konsole fand er einen Schokoriegel, der von der Hitze geschmolzen war und eine merkwürdig haarige Konsistenz besaß.

Die Straße verengte sich und wurde uneben. Die Abfahrten, die ihn zu irgendwelchen abgelegenen Orten locken wollten, lagen nun hinter ihm. Jetzt kam es nur noch darauf an, den Wagen auf der Straße zu halten, bis er in Dauphin angekommen war. Er hatte jetzt fast vier Stunden Zeit, die Sache mit Annie durchzukauen, und wurde sofort von einer kindlichen Bockigkeit erfasst. Er strengte sich an und fand ein paar ganz gute Argumente. Annie hatte ihn nie geliebt, sie war einfach nur *abhängig* von ihm gewesen, wie von allem anderen auch. Er musste bevormundet werden, an ihm musste sie sich abarbeiten, er musste gefügig gemacht werden. Er sah ihre Freunde vor sich, wie sie ihre Kleinkinder auf irgendwelche Plastikrutschen setzten, und dankte seinem Glücksstern, dass sie sich nie so ein ständig jammerndes Balg angeschafft hatten.

Allerdings hegte er einen Verdacht, der nicht so leicht zu ertragen war.

Sie war wahrscheinlich einfach richtig gut. Nicht im Sinne von Tugend, sondern von Grund auf. Ein Mensch wie sie war fähig, genau die richtigen Entscheidungen zu treffen, ohne dass jemand es mitbekam.

Seine Augen waren verklebt. Er hatte zwei Städte und eine Nachrichtensendung im Radio überhaupt nicht wahrgenommen. Der Motor heulte laut, weil er nach dem letzten Ort im dritten Gang weitergefahren war. Zwei Drittel des Tanks waren verbraucht. Er nahm das Gas weg und fuhr mit achtzig durch eine Stadt namens Regent, verpasste links eine Tankstelle und bemerkte rechts ein Kriegsdenkmal. Für ihn jetzt nichts weiter als Lichtquellen, Lichter, die nach unten oder nach oben strahlten. Eine Straße der Ehre, Silhouetten, die sich wie Skelette von dem drohenden dunklen Himmel abhoben.

Sie waren nie wirklich miteinander verbunden gewesen, das war es. Noch nicht mal, wenn er ihr an einem Tisch in einem Café gegenübergesessen hatte und sie sich angesehen hatten. Sie waren immer circa zehn Grad voneinander entfernt gewesen, genau wie gestern Abend. Vielleicht war das ja ganz natürlich, dachte er, man ist unzufrieden, quält sich aber weiter miteinander ab und versucht verbissen, jedem neuen Tag mit etwas mehr Ehrlichkeit zu begegnen als dem vorherigen. Wenn sie so weitergemacht und durch bloße Abnutzung herausgefunden hätten, was sie wirklich zusammenhielt, hätte sich die Kluft zwischen ihnen vielleicht geschlossen.

Tennisplätze, ein Football-Stadion, dritter, vierter Gang. Er schaltete in den fünften, als er ein Tempo 100 Schild passierte. Auf einem grünen Schild standen die Namen von Städten, die er nicht kannte. Dann das bekannte gelbe Zeichen mit dem schwarzen Känguru und beinahe direkt danach – eine Sekunde später? Eine Minute? – die lähmende Monotonie des Autofahrens wurde jäh durch eine Bewegung unterbrochen, gefolgt von einem lauten Aufprall.

Der Gurt schnitt in seine Schulter. Charlie spürte, wie der Wagen nach links ausbrach, hielt dagegen, geriet ins Schleudern. In dem kurzen Moment, als alles in der Schwebe hing, sah er sich schon an einem Baum enden, einem Strommast, einem entgegenkommenden Lastzug, an irgendeinem harten Widerstand, der diesen schwerelosen Zustand abrupt beenden würde. In den wenigen Sekunden des Herumwirbelns versuchte er gegenzulenken, obwohl er wusste, dass es nutzlos war. Er hatte keine Ahnung, ob er bremste oder nicht. Ans Lenkrad geklammert ergab er sich der Situation.

Dann plötzlich Stillstand. Der Wagen hatte aufgehört zu schleudern. Mit einem letzten Rucken und Zucken war er zum Stehen gekommen, umgeben von einer dicken Staubwolke. Die Vorderräder waren in einem Graben auf einer Wiese gelandet. Das Heck befand sich noch auf der Straße. Er hatte den Motor abgewürgt.

Das Radio war ebenfalls ausgegangen, es herrschte absolute Stille. Er schmeckte Kaffee, roch verbranntes Gummi. Die Schweinwerfer strahlten einen Weidezaun an. Insekten flitzten durch die gelblich erleuchtete Staubwolke wie winzige herumtaumelnde Lichtquellen.

Er stieg aus und ging zur Vorderseite des Wagens. Der Scheinwerfer auf der Fahrerseite war abgerissen, übrig geblieben war nur eine zerschmetterte leere Augenhöhle. Der Kotflügel war beinahe bis zum Reifen eingedellt und blutige Schlieren zogen sich über die Karosserie bis zur Fahrertür. Ein Klumpen Fell klebte an einer eingebeulten Stelle. Er ging um den Wagen herum zum Heck und hörte, wie die ersten dicken Regentropfen auf das heiße Metall prasselten.

Plonk … plonk. Erst langsam, dann in einem anwachsenden Stakkato, zischend und trommelnd auf den Asphalt prasselnd. Zuerst schienen die Tropfen ihn zu verfehlen, als würde er gar nicht dazugehören. Dann spürte er einen über der rechten Augenbraue und zwei weitere auf seinem Kopf. Sie landeten auf seinem Hemd, in seinem Gesicht, und dann stürzten sie sich auf ihn herab wie ein ganzes Geschwader: Gesicht, Schulter, Ohr, Kopf, Kinn, Kopf, Brust, Schuhe. Der Sturm erhob sich, schleuderte den Regen gegen das Auto, wehte ihn über den Asphalt. Betäubt und gefühllos stand er im Unwetter, nur mit einem einzigen Gedanken im Kopf. Er hatte etwas gerammt, musste wissen, was es gewesen war, wahrscheinlich ein Tier, das seinen Weg gekreuzt hatte.

Um ihn herum ein Vorhang aus Regen. Zuerst bemerkte er nur diesen unklaren Ton. Dann noch ein Geräusch. Ein Klopfen, Zerren, Kratzen. Auf der Fahrbahn hinter dem Wagen konnte er es im Licht der Scheinwerfer erkennen: Ein großes Känguru, auf der Seite liegend, bäumte sich auf, um von dort wegzukommen. Als er näher kam, folgten ihm seine großen, dunklen, verängstigten Augen. Frisches klebriges Blut hing dem schwer verletzten Tier in einem schaumigen Klumpen vor der Schnauze, es schnappte nach Luft und klang dabei, als würde trockenes Reisig verbrennen. Es war tödlich getroffen worden und schaute ihn an.

Was kommt jetzt?, fragten diese dunklen Augen.

Es wäre kein Problem gewesen, ins Auto zu steigen und davonzufahren. Tausende solche Tiere liefen hier herum … in manchen Gegenden waren sie eine regelrechte Plage, hatte er gehört. Es ist kein Mensch, und das hier ist nicht dein Fehler gewesen. *Lass der Natur einfach ihren Lauf.*

Das Känguru bewegte sich, bäumte sich erneut auf und entblößte seine andere Flanke. Charlie zuckte zusammen. Der linke Lauf des Tieres hing nur noch an einem Fetzen Fell. Er wich zurück, wollte nicht mehr diesen Augen begegnen. Das Känguru versuchte davonzulaufen. Sein gebrochenes Bein vollführte eine hilflose Kreisbewegung und brachte das Tier erneut zum Kippen. Es strampelte verzweifelt und schließlich gelang es ihm doch noch sich aufzurichten. Wacklig schwankend stand es nun da und schaute ihn immer noch an.

Charlie ging zum Kofferraum seines Saab. Seine einzigen potenziellen Waffen waren ein Kleidersack, eine Reisetasche und sechs Kisten mit Ringbüchern. Er hatte immer nur mit den Folgen von Gewalt zu tun und nicht mit ihrer Anwendung, weshalb er keine stumpfen Gegenstände mit sich führte.

Fast keine. Er griff hinter das Ersatzrad und tastete herum, bis er eine dünne Eisenstange gefunden hatte. Der Hebel für den Wagenheber. Er zog ihn raus und wirbelte ihn probeweise durch die Luft. Das Ding knallte gegen die hintere Stoßstange, der Schmerz durchzuckte seine Hand, und das verletzte Känguru rutschte ein Stück tiefer in den Schatten.

Charlie packte den Hebel anders an. Als er sich dem Känguru näherte, versuchte es auszubrechen, sprang auf, und das verletzte Bein brach endgültig ab. Der blutige Stumpf schleifte über den Asphalt und hinterließ einen gelblichen Streifen im Wasserfilm. Das Känguru atmete schwer und pfeifend, seine Bewegungen waren ruckartig und nutzlos. Charlie ging in die Knie und übergab sich. Stemmte sich mit beiden Händen auf die Straße, um nicht das Gleichgewicht zu verlieren, starrte seine Kotze an, auf die der Regen prasselte. Wartete, bis das Kribbeln in seinen Händen nachließ.

Das Känguru war weiter in den Schatten gekrochen. Seine Augen waren kaum noch zu erkennen, auch wenn er seinen forschenden Blick immer noch spürte. Wenn es auf Erlösung hoffte, dann konnte er ein reines Gewissen haben. Die Eisenstange wäre ein gutes Werkzeug dafür. Aber wollte es das denn? Hoffte es auf Gnade? Auf Hilfe?

Er kroch voran. Umfasste die nasse Stange fest und ließ wieder locker. Er war jetzt dicht vor dem Tier, richtete sich auf und streckte die linke Hand aus, um das Gleichgewicht zu halten. Fixierte einen Punkt im Fell auf dem Kopf des Tieres und schlug mit aller Kraft zu.

Was immer er auch erwartet hatte, nachdem er in seinem ganzen Leben noch nie ein Lebewesen getötet hatte, mit diesem dumpfen, hohlen Ton, den er nun hörte, hatte er nicht gerechnet.

Das heile Bein des Kängurus knickte ein und der blutige Stumpf, der es gestützt hatte, gab nach. Das Tier brach auf der Wiese zusammen, schnappte nach Luft und zuckte, und Charlie schlug wieder zu und ein weiteres Mal und spürte die Zerrung in seiner Schulter und das scharfe Brennen in seiner Hand, als er ein drittes und viertes Mal mit der Stange ausholte, wieder und wieder. Der Regen prasselte auf ihn, und Blut spritzte hoch, als er zuschlug. *Sei bitte gnädig und stirb endlich*, dachte er. *Hör bitte endlich auf zu zucken.*

Es machte aber weiter damit, und Charlie merkte, wie ihn eine Welle irrationaler Wut erfasste. Er schob den Gedanken beiseite. Niemand, der auf ein verwundetes Tier einprügelt, würde zugeben, aus Wut zu handeln. Eine irrwitzige Sekunde lang musste er an Harry denken, damals im Fischerboot, als sie zugesehen hatten, wie ein Plattkopffisch auf dem Deck herumgezappelt war. Das sind nur die Nerven, Charlie, hatte er gesagt. *Die Nerven* können weder Trauer noch Schmerz empfinden. Sie kannten weder Panik noch Angst, auch nicht das verzweifelte Bedürfnis wegzulaufen. *Die Nerven* hingen nicht am Leben. Sie waren eine Art Abstraktion. Bestimmt war das Zappeln des kaputten Beins auch nichts weiter als eine Sache der Nerven. Bestimmt war das Tier mit den sanften Augen schon längst tot.

War es aber erst, als sein Kopf nur noch eine hässliche grellrote Masse war, erst da blieb das Tier endlich ruhig. An den Stellen, wo das Fell nicht blutgetränkt war, ergab es sich dem barmherzigen Regen. Charlie stand da und musste mehrmals tief Luft holen, bevor er die Stange so lange durch das nasse Gras zog, bis das Blut abgewaschen war. Dann schob er sie sorgfältig hinter das Ersatzrad, schlug den Kofferraum zu und ließ sich auf den Fahrersitz fallen. Er umfasste das Lenkrad, starrte eine ganze Weile seine blutverschmierten Hände an und begann zu weinen.

Das Erste, was Charlie im *Normans Woe* auffiel, war der Geruch. Obwohl ein heftiger Schwall Südwind mit ihm durch die Tür kam, stieg ihm der ranzige Gestank von altem Frittieröl und gekochtem Blumenkohl in die Nase.

Das Pub war alt. Nicht nur die Architektur, sondern die ganze Stimmung. Hier war schon viele Jahre lang nichts mehr in den Erhalt des Gebäudes investiert worden. Der Teppich im Eingangsbereich glänzte und klebte leicht an seinen Schuhsohlen. Rechts war der Tresen, links die Sitznischen. Durch Schwingtüren gelangte man in einen Gastraum, dessen Lichter gedimmt waren. Dort befanden sich acht Personen, den Barkeeper miteingerechnet, und alle starrten ihn an.

Der Mann hinterm Tresen war groß, aber ohne Ecken und Kanten. Der Platz zwischen Bar und Wand schien für jemanden gemacht, der kleiner war als er. Als Charlie den Raum betrat, beugte er sich nach unten und verschwand beinahe hinter der Spülablage, unter der das schimmelige Sperrholz des Tresens sich wölbte. Auf dem Fußboden neben ihm türmte sich das schmutzige Geschirr, und er spritzte immer wieder rosiges Spülmittel in die dunkle Ecke, als würde er irgendein Ungeziefer jagen.

Die Kiefer eines vor langer Zeit erlegten Hais grinsten von der Wand auf ihn herab, während er schrubbte. Neben den Kiefernknochen hingen einige gerahmte Fotos von fröhlich lachenden Fischern, eine Bierreklame, ein neuer Jim-Beam-Spiegel und einige aus Bierdosen gebastelte Flugzeuge an Angelleinen, die sich einen Luftkampf lieferten. Daneben ein Getränkekühlschrank, Beef-Jerky-Packungen und Fotos von erstaunt dreinblickenden Windhunden mit kunstvoll gestalteten Halsbändern, mit denen sie aussahen wie Tunten. All das lag unter einer goldbraunen Patina von altem Nikotin. Charlie konnte den Tabakqualm vergangener Raucherjahrzehnte riechen, der allerdings vom Essensdunst überlagert wurde. Manchmal, dachte er, wäre frischer Rauch schon besser.

Drei alte Männer und zwei kupferbraune Rucksackreisende standen an der Bar. Die Biere der Rucksackreisenden sahen ziemlich abgestanden aus. Die beiden waren zu sehr damit beschäftigt, etwas aufzuschreiben, offenbar in ihre Tagebücher. Charlie machte in ihrem Namen eine fiktive Eintragung: *Heute sind wir in einem windschiefen Drecksloch gelandet.*

Einer der alten Männer versuchte, sein Wechselgeld aus den Falten des Bartuchs zu klauben, um es mit seinen klobigen Händen in die Vordertasche seiner Strickjacke zu stecken. Ein kackbrauner Hautkrebs hatte sich auf der Wange des Mannes festgesetzt. Er tupfte die Stelle vorsichtig mit einem Taschentuch ab, ein nutzloser Versuch, den zerstörerischen Kräften, die ihn zersetzten, Einhalt zu gebieten.

Während der alte Knabe sich auf den Weg zur Tür machte, schlurfte der Barkeeper in den Vorratsraum und kam mit einem Stapel sauberer, zusammengefalteter Geschirrtücher zurück. Charlie stellte sich schweigend an die Bar, als er den Stapel ablegte. Schließlich bemerkte der Barkeeper ihn und machte ein erstauntes Gesicht, grinste und stemmte beide Fäuste auf den Tresen.

»Ja, bitte?«

Charlie bestellte ein Bier und setzte sich auf den Stuhl, den der alte Mann gerade freigemacht hatte. Er war noch warm. Die anderen Gäste musterten ihn. Der Barkeeper zog am Zapfhahn und hielt schwungvoll ein Glas darunter, wobei er ihn ebenfalls prüfend ansah. Charlie zog sein Portemonnaie heraus und suchte in allen Fächern vergeblich nach dem nötigen Bargeld.

»Kein Problem«, sagte der Barkeeper. »Ich schreib's erst mal an. Sie können mit Bankkarte zahlen.« Er ging zum Ausguss, nahm ein sauberes Geschirrtuch und hielt es unter den laufenden Wasserhahn. Dann legte er es vor ihn auf den Tresen.

»Das brauchen Sie vielleicht ...« Er deutete vage auf das Blut.

Charlie nahm das Tuch und rieb sich damit die Wangen und die Nase. Keiner sagte ein Wort.

Der Barkeeper griff nach der Fernbedienung und wechselte zu einem Nachrichtensender. Die lokale Wetterfee war so schwanger, dass ihr Bauch die ganze Gippsland-Region verdeckte. Sie sagte, der Regen würde noch ein paar Tage anhalten. Charlie trank das Bier in einem Zug aus und fixierte den Barkeeper. Der nahm das Glas, ohne nachzufragen, und füllte es erneut. Es war ganz still, bis das Bier über den Schaumrand stieg, den das erste Bier hinterlassen hatte. Dann sprach der Barmann mit ruhiger, tiefer Stimme.

»Sehen Sie, es ist Freitagabend, draußen regnet es ohne Ende. Und Sie kommen hier ganz allein reinmarschiert, in einem weißen Hemd, dass mit all dem Blut und Dreck am Kragen aussieht wie ein Trikot von den Sydney Swans. Sie haben sogar Flecken an den Ärmelaufschlägen, mit denen sie sich wohl die Stirn abgewischt haben …«

»Ich hab ein Känguru überfahren.« Charlie blickte auf und sah dem großen Kerl direkt in die Augen.

Der Barkeeper ließ seinen Blick über das blutbespritzte Hemd gleiten. »Na, wenigstens sind Sie kein Axtmörder.« Er stellte das Glas vor Charlie hin. Der Schaum quoll über den Rand und hinterließ eine Pfütze auf dem Bartuch. »Aber Sie haben diese Tasche da neben sich abgestellt, und jedes Mal, wenn jemand sich bewegt, starren Sie sie an, als wäre eine Bombe darin. Ihre Klamotten sehen sehr nach Melbourne aus – abgesehen vom Blut natürlich – und sie machen nicht den Eindruck, als würden sie oft in die Sonne kommen. Nicht mal ihre Hände. College-Haarschnitt. Sie sind noch jung, aber ein Footballspieler sind Sie nie gewesen. Und Sie drücken sich sehr … gewählt aus.«

Er trat näher und griff nach dem Zapfhahn, um seine Bemerkung zu unterstreichen. »Also müssen Sie der Typ sein, den die Cops schicken wollten wegen der Sache mit dem Lanegan-Jungen.« Er grinste und ging die Bar entlang bis zur Kasse, wo er sich daran machte, die Papierrolle für die Quittungen auszutauschen. »Na, wie war ich?«

Charlie nahm einen großen Schluck und stellte das leere Glas auf das Tuch zurück. »Ich heiße Charlie.«

»Gut«, sagte der Barkeeper und ging mit dem Glas wieder zum Zapfhahn.

»Und Sie sind?«

»Ich bin Les.« Er hielt ihm die Hand hin und Charlie schüttelte sie. Jetzt hörten die alten Knacker am Tresen auf so zu tun, als würden sie nicht zuhören. Sie starrten Charlie unverhohlen an, während er sein neues Bier anhob und einen großen Schluck nahm.

»Leschter«, rief ein kleiner Mann mit Baseballmütze. Er hatte keine Zähne mehr und seine weißen Bartstoppeln hatten sich direkt unter der Nase bläulich verfärbt. Les ging zu ihm, und der Alte tippte mit dem Zeigefinger gegen sein Glas. Der Barkeeper nahm es und füllte es auf. Unterdessen suchte der alte Säufer ein paar Münzen aus einem vor ihm liegenden Haufen zusammen und schob sie Les hin. »Ist der wegen der Murchison-Sache gekommen?«, krächzte er. Offenbar war es ihm lieber, die Frage an den Barkeeper und nicht an Charlie direkt zu stellen.

»Yep, ich glaube schon«, sagte Les.

»Haff!«, bellte der Alte. Charlie war sich nicht sicher, ob er sich nur geräuspert hatte oder seine Verachtung ausdrücken wollte. Auf jeden Fall fixierten die kleinen Augen unter der Baseballmütze ihn. Der Mann hob seinen runzeligen Zeigefinger und richtete ihn auf Charlie.

»Glau'm Sie bloß kein Wort von dem, was dieses Lanegan-Arschloch Ihnen verzählt, Kumpel. Ich sag Ihnen, wie's aussieht ...« Er zeigte mit dem Finger in die Runde, als wollte er sich die Zustimmung unsichtbarer Verbündeter holen. »... er is'n dreckiger Lügner. Egal was der Ihnen verzählt, s'is alles erstunken und erlogen. Un' Sie komm' hier einfach so rein ... einfach so un' denken, wir sagen gleich ›oh, hallo Herr Polizist, könn' wir Ihn'n mit irgen'was helfen?‹ Und schon steh'n die ganzen dämlich'n Hinterwäldler stramm ...« Er fuchtelte aufgeregt mit den Händen. »... und sagen, ja klar, der Kerl da, der isses gewes'n oder der andere oder was weiß ich.«

»Mach mal langsam, Mick«, sagte Les. Er griff nach Charlies Glas und füllte es erneut.

»Ich bin nicht Ihr Kumpel«, sagte Charlie leise und drehte seinen Kopf leicht in Richtung des alten Mannes.

»Was-s?«

»Ich sagte, ich bin nicht Ihr Kumpel.« Charlie starrte ihn über den Rand seines Glases hinweg an.

Der alte Knacker riss die Augen auf. Ganz kurz schien er nachzudenken.

»Nee, nee, nee. Du weißt es.« Er wandte sich an Les. »Du weißt es doch, du Ries'nbaby. Das hier is'n gutes Pub. Der is' doch'n Arsch.« Er drehte die Hände um, als wollte er zu einem Gegenargument einladen. »Der hat'n Hauf'n Dreck am Steck'n, un' sein Bruder wurde erschoss'n. Warum putzt'n du jetzt Leute runter, die dein Pub am Lauf'n halten. Hm? Leck mich.«

»Letzte Warnung, Mick.«

Mick stand auf, holte tief Luft und würgte einen großen Schleimklumpen hoch. Er schob die Tür ein Stückchen auf und spuckte ihn raus. Wieder wehte ein kalter Luftstrom herein, und Mick verfiel in Schweigen wie ein störrisches Kind.

»Tut mir leid«, sagte Les zu Charlie, der jetzt zusammengesunken auf seinem Barhocker saß.

»Sie haben mir ja ganz schön schnell auf den Zahn gefühlt.«

Les schenkte ihm ein dünnes Lächeln. »Wissen Sie, ...« Er warf einen Blick über den Tresen und beugte sich vor, während er gleichzeitig die Stimme senkte. »... in meinem Job kann man die Leute nicht pauschal beurteilen. Nehmen Sie mal diesen armen alten Kerl, der gerade gegangen ist. Der hat nichts mehr auf dieser Welt. Nichts und niemanden. Ich kann Ihnen ganz genau sagen, was er in seiner Einkaufstüte hatte.« Er zählte es an seinen Fingern ab: »Eine Dose Würstchen, Lipton-Teebeutel und Magentabletten. Wenn heute Donnerstag wäre, käme noch eine Schachtel mit blauen Winnies dazu. Die Pension, die der Staat dem Alten zahlt, nimmt sie ihm gleich wieder mit der Tabaksteuer weg. Hallo? Was ist das für eine Scheiße.«

»Der Krebs an seiner Wange sah ziemlich übel aus«, sagte Charlie.

Les schüttelte den Kopf. »Ich konnte direkt zusehen, wie das Ding in den letzten Wochen gewachsen ist. Es kriecht langsam auf sein Auge zu. Hat angefangen zu weinen, haben Sie das bemerkt?«

»Hab ich.«

»Man fragt sich, warum er sich überhaupt noch damit abquält. Warum geht man nicht einfach in den Wald und legt sich zum Sterben hin wie ein alter Hund? An einer warmen, trockenen Stelle irgendwo unter den Ästen und Blättern …« Er schüttelte den Kopf und zuckte mit den Schultern.

Charlie dachte kurz nach. Er klopfte gegen sein Glas und spürte das kalte Kondenswasser an seiner Fingerspitze. »Sie hatten übrigens recht. Ich will tatsächlich mit Patrick Lanegan sprechen.«

»Na klar.« Les lachte vor sich hin. »Besonders gesprächig ist er nicht. Er steckt wohl in Schwierigkeiten, was?«

»Kommt drauf an, wie man's sieht. Aber nein, ich denke nicht.«

»Er hat doch schon mit den Cops gesprochen, oder?«

»Na ja, das kann ich jetzt nicht bestätigen, aber ich gehöre auch nicht zu den Cops. Ich will bloß mit ihm über ein paar Sachen sprechen.« Charlie redete sich gerade um Kopf und Kragen und merkte es selbst. »Kann ich noch ein Bier haben?«

Les ging mit dem Glas zum Zapfhahn. »Sie sind ein Anwalt, stimmt's?«, warf er ihm über die Schulter hinweg zu.

»Und Sie sind nicht besonders neugierig, oder?«

»Mit Neugier hat das nichts zu tun. Wenn Sie nämlich ein Anwalt sind, dann werden Sie nicht unbedingt in sein Haus rein wollen. Das Sozialamt und die Cops wollen das. Bauen sich vor der Tür auf und hämmern dagegen. Das hasst er wie die Pest. Würden Sie wahrscheinlich auch, oder?«

Er schob den Zapfhahn zurück. »Wenn ich bloß neugierig wäre, dann würde ich mal davon ausgehen, dass sie nicht wissen müssen, dass Paddy-Boy morgen beim Footballspiel sein wird, wo Sie ihn sich vorknöpfen könnten.«

»Besten Dank.«

»Gern geschehen«, gab er geringschätzig zurück. »Er wird wahrscheinlich sowieso nicht mit Ihnen reden.«

Zwei Stunden vergingen, ohne dass sie sich weiter unterhielten.

Charlie leerte fleißig die Gläser, die vor ihn gestellt wurden, und genoss die angenehme Dumpfheit, die seine Gesichtszüge entspannte und seine Gedankengänge verlangsamte. Alle halbe Stunde musste er zur Toilette gehen, um sich zu erleichtern, und dort starrte er die Kacheln an, atmete den stechenden Geruch ein und schaute sich sein aufgedunsenes Gesicht in einem angeschlagenen Spiegel an. Er versuchte, einiges von dem Tierblut abzuwaschen, vor allem um seine Augen herum, aber es blieb in den Falten kleben.

Schließlich machte Les den Laden dicht. Charlie fummelte seine Karte aus dem Portemonnaie und legte sie mit übertriebener Geste auf den Tresen. Les seufzte hörbar und ging zum hinteren Ende der Bar. Dort schob er die Karte mit einer kräftigen Handbewegung in das EFTPOS-Terminal.

»Wie geht die PIN?«

»Entschuldigung?« Charlie blickte ihn erstaunt an.

»WIE LAUTET IHRE PIN-NUMMER?«

»Das meinen Sie doch nicht ernst«, sagte Charlie. »Soll ich sie Ihnen zurufen? Bringen Sie das blöde Ding lieber mal her.«

»Das Kabel ist zu kurz.«

»Ehrlich, Kumpel, du kriegst meine PIN nicht. Das iss …« Charlie hielt inne. »Das wäre eine Verletzung der Geschäftsbedingungen und außerdem könnten Sie ja … sonst wer sein.«

»Ich bin sonst wer, Freundchen, und Sie gehen hier nicht raus, bevor Sie bezahlt haben. Wie lautet die Nummer?«

Charlie fuhr sich mit beiden Händen durch die Haare. An den Stellen, wo er die Ellbogen auf die Bar gelegt hatte, waren jetzt leichte Flecken von Blut zu sehen, die von der Haut auf den Stoff seines Hemds übergegangen waren. Mindestens zwei der alten Knacker hatten jetzt aufgehört sich zu unterhalten und schalteten sich ein. »Pack ihn an der Gurgel und schüttel's aus ihm raus«, schlug Mick mit der Baseballmütze vor.

»Ich komm hinter den Tresen und geb die Nummer ein.«

Les stellte das Gerät wieder auf den Tresen und stemmte die Hände in die Hüften.

»Ich bin den ganzen Abend ziemlich nett zu Ihnen gewesen, junger Mann. Aber Sie kommen ganz bestimmt nicht hinter den Tresen.«

Das schien er ernst zu meinen. »Wie wär's, wenn ich das hier abbreche und wir buchen es über Ihre Kreditkarte ab. Sie unterschreiben mir den Wisch und wir sind quitt, okay?«

»Ich hab keine Kreditkarte. Wissen Sie überhaupt, wie hoch der Zinssatz bei den Dingern ist?«

»Na schön«, sagte Les. »Das hier ist ein Hotel. Hier zahlen die Leute manchmal ganz einfach in bar.«

Niemand am Tresen sagte etwas. Les kniff die Augen zusammen und blickte genervt drein. Er legte die Hände auf die Theke und trommelte mit den Fingern.

Charlie senkte den Kopf. In die unerwartete Stille hinein brüllte er nun seine Füße an.

»Fünf-sechs-sechs, drei-sechs-sechs.«

Die alten Deppen brachen in asthmatisches Gelächter aus und klatschten in die Hände. Charlie rutschte von seinem Barhocker und baute sich schwankend vor ihnen auf.

»Ja, ja. Fünf-sechs-sechs, drei-sechs-sechs … das ist einfach, stimmt's? Sogar ein paar Zombies wie ihr könnten sich so was …« Er deutete vehement auf seine Stirn. »… merken. Ja? Geht das in eure beschissenen … verschrumpelten Birnen rein? Ich hab sie in London kennengelernt, und wenn man die Scheißzahl auf der Handytastatur eingibt, dann kommt *London* dabei raus, alles KLAR?« Er drehte sich um und bedachte die anderen Anwesenden mit einem wilden Blick. »FÜNF-SECHS-SECHS-DREI-SECHS-SECHS, sonst noch FRAGEN?«

Schweigen brach aus. Charlie wischte sich mit dem Handrücken über den Mund.

»Dacht ich's mir doch.«

Les legte ihm wortlos einen Abrechnungszettel hin. Darauf hatte er in säuberlichen kursiven Druckbuchstaben notiert: »Charlie – Tresenrechnung – 6. März« und dann die Biere aufgelistet. Charlie nahm ihn und steckte ihn wortlos in die Tasche und suchte in der anderen nach den Autoschlüsseln.

Les schüttelte den Kopf. »Sie werden nicht mehr fahren.«

Ganz kurz wurde Charlie von einer kindlichen Anwandlung erfasst, als er nach seinem Wutanfall nicht wusste, ob er weiter trotzig sein sollte oder wieder artig.

»Ist das eine Bitte oder eine Feststellung?«

»Eine Feststellung. Wo sind Sie untergekommen?«

»Ich wollte Sie eigentlich nach einem Zimmer fragen, bin aber abgelenkt worden.« Er machte jetzt eindeutig einen Rückzieher, aber das war ihm egal. In ein paar Tagen würde er keinen von den Leuten hier wiedersehen.

»Wir vermieten keine Zimmer, Kumpel.«

»Und was ist mit den vielen Zimmern oben unterm Dach, die man von der Straße aus sehen kann?«

»Das sind keine Zimmer, die vermietet werden.« Er deutete nach oben. »Das waren sie vielleicht mal. Aber jetzt ist der Boden kaputt und die Balken liegen frei.« Les sammelte die Bartücher ein, während er durch den Gastraum ging. »Der Hund von Barry Egan ist da eines Nachts mal hoch, der kleine Highland-Terrier, den er vor dem Staffordshire hatte. Der hat ne Ratte durch das alte Treppenhaus gejagt und ist bis ins obere Geschoss gerannt, und man hat die Planken krachen gehört, als er drüber lief … Sehen Sie die weißen Platten da?« Er deutete auf einen hellen Fleck über dem Zigarettenautomaten. »Da ist er durchgefallen … der Hund, die Ratte, die ganze Decke kam mit runter und alles landete auf Don Whittle und seiner Frau. Das war vielleicht eine Scheiße.«

Er senkte den Blick, als er merkte, dass Charlie ihn anstierte.

»Sie sind ziemlich müde, was?«

Charlie gab keine Antwort.

»Ich wüsste was, wo Sie unterkommen können, bis Sie sich überlegt haben, was Sie tun wollen.«

Er griff nach einem Schlüsselbund mit einem grünen Plastikschild, der bei der Tür hing, und drückte auf ein paar versteckte Schalter, um die Lampen in den verschiedenen Bereichen des Gastraums auszuknipsen. Charlie starrte benommen auf die schillernden Farben des Automaten mit den *Casablanca Lucky Envelopes*. Les fasste mit einem leisen Stöhnen dahinter und schaltete die lustige Melodie aus, die der Apparat gelegentlich von sich gab. Er schob die Eingangstür auf und die kalte Luft strömte herein.

»Kommen Sie.«

Draußen auf der Straße hatten sich zahlreiche Pfützen um den demolierten Saab herum gebildet. Der Gully wurde von Milchkartons und zerrissener Pappe blockiert. Les ging ziemlich schnell für jemanden, der so schwergewichtig war, aber als Charlie ihn von hinten betrachtete, sah er, dass irgendwas mit seinem rechten Knie nicht stimmte. Das Bein blieb beim Gehen ganz steif, sodass sein Kopf beim Ausschreiten von einer Seite zur anderen wippte.

»Haben sie sich das Knie verletzt?«, fragte Charlie taktlos.

»Vor langer Zeit, ja.«

Sie gingen in südlicher Richtung, die Abstände zwischen den Häusern nahmen zu und hier und da lag dicht bewachsenes Brachland dazwischen. Der Weg wurde schmaler, bis nur noch ein vom Regen aufgeweichter Pfad übrig war. Hier gab es keine Kanalisation, fiel Charlie auf. Er nahm sich vor, später darauf zurückzukommen, wenn er wieder klar denken konnte: Wo zum Teufel waren die Gullys?

Les ging vor ihm her. Die feuchten Büsche streiften seinen ausladenden Oberkörper. Sie stiegen einen Hügel hinauf. Oben schlug ihnen der Wind entgegen und vor ihnen lag die dunkle Fläche des Ozeans. Les murmelte bei jedem Schritt unzusammenhängende Worte vor sich hin. Die ersten konnte Charlie nicht verstehen, aber dann schnappte er doch eins auf.

»Heidekraut.«

»Was haben Sie gesagt?«

»Ich sagte Heidekraut.« Les blieb stehen. »Das ist Küstenheidekraut. Deswegen sieht die ganze Küste hier dunkelgrün aus. Im Sommer kriegen die kleine weiße Beeren. Die schmecken wie Granny Smiths.« Er ging weiter über den Pfad und deutete vage mit der Hand nach links. »Wilder Rosmarin. Kreuzblumen. Übles Zeug. Eingeschleppt. Sauergras. Rispengras. Mittagsblume.«

»Danke, Les«, sagte Charlie und konnte sich einen sarkastischen Unterton nicht verkneifen.

Les blieb stehen. »Möchten Sie nicht wissen, wie die alle heißen?«, fragte er blinzelnd.

»Warum sollte ich das wissen wollen?«

Die Frage schien Les unglaublich ignorant zu finden. »Warum sollten Sie es denn nicht wissen wollen?« Er schüttelte den Kopf und ging schweigend weiter, als dunkle Silhouette vor dem noch dunkleren Himmel.

»Was sind das für Lichter?«, fragte Charlie, um wiedergutzumachen, was er gerade zerstört hatte.

»Wo?«

Les hielt an und folgte Charlies Blick hinaus aufs Meer, wo eine Reihe vager Lichtpunkte am Horizont zu sehen waren. Es waren insgesamt neun und sie erstreckten sich von einem unsichtbaren Ende des Ozeans zum anderen, alle in gleichem Abstand zueinander.

»Fischerboote. Die fangen Tintenfische. Die haben jetzt Saison. Zurzeit fahren die jede Nacht raus.«

Unter der luftigen Krone eines Kanuka-Baums tauchte ein Holzzaun auf. Les ging durch das Tor und über einen kleinen Hof und stieg auf eine Veranda. Auf den Holzplanken klangen ihre Schritte gleich viel lauter. Die Umrisse des Hauses waren unter dem dunklen Himmel kaum zu erkennen, aber es kam Charlie so vor wie die Ferienhäuser seiner Jugend. Asbestplatten. Alte Wasserleitungen ragten aus den Wänden.

Les suchte in seinen Taschen, fand schließlich einen Schlüssel und schob die Tür auf. Charlie schlug der vertraute Geruch von Matten aus Seegras und alten Vorhängen entgegen. Eine nackte Glühbirne erleuchtete das Wohnzimmer – Sessel mit kariertem Kunststoffbezug standen um einen Holztisch mit einer gekachelten Oberfläche. Die Vorhänge, die er gerochen hatte, waren grellorange und hatten ein Muster mit Segelbooten. An der hinteren Wand hingen Lampen aus Metall. Die großen Fenster gingen eigenartigerweise nach hinten raus, das Meer war nur durch das kleinere Fenster über der Spüle in der Küche zu sehen. Ein Tresen aus Laminex teilte den Wohnraum vom Küchenbereich ab.

Er starrte gebannt auf die Theke. Sah eine Hand vor sich, wie sie in einem Halbkreis die Krümel von der Oberfläche wischte und vermeinte, das Geräusch des darüber schabenden Eherings zu hören. Trost durch Routine. Dein Bruder ist in den Himmel gekommen. Er hatte ein neues Wort gehört, als die Polizisten im Wohnzimmer seiner Eltern saßen und ihren Kaffee tranken, während sie sich Notizen machten.

Die Fotze hat nie damit aufgehört, hatte er aufgeschnappt. Die Hand wischte rein gar nichts vom Tresen.

Wo ist Harry, du Fotze?

Er schaute weg und sah ein gerahmtes Plakat, auf dem die Geschichte des Leyland P76 dargestellt war, außerdem ein Bücherregal aus Kiefernholz, das mit Taschenbüchern vollgepackt war. Alle Buchrücken waren bläulich verblichen und stark zerknickt, weil sie oft aufgeschlagen abgelegt worden waren.

»Morgen früh können Sie Ihren Wagen herfahren und neben dem Haus abstellen«, sagte Les.

Charlie wurde mit einem Mal bewusst, wie weit ab vom Schuss er sich hier befand.

»Wenn ich morgen zum Footballspiel gehe, wie kann ich ihn dann erkennen?« Er spürte den schalen Nachgeschmack des Biers im Mund.

»Patrick? Tja, wie sieht er aus? Ziemlich groß. Dünn. Er wird der Einzige auf dem Platz sein, dessen Bruder von den Typen erschossen wurde, denen das Pub gehört. Geht beim hiesigen Richter ein und aus, weil er sich ständig daneben benimmt, und muss sich noch dazu um zwei achtjährige Zwillinge, zwei Jungs, und deren Schwester kümmern, weil seine Eltern und jetzt auch sein Bruder tot sind. An Ihrer Stelle würde ich also nach einem Kerl suchen, der garantiert nicht so aussieht, als wollte er sich unterhalten.«

Les sah sich im Raum noch einmal um und schien über den Wert der Unterkunft nachzudenken. »Ich sag Ihnen morgen, wie viel es kostet. Ich schätze, Staat und Königin werden für die Kosten aufkommen, oder?«

Als er keine Antwort bekam, ging er zur Tür. »Angenehmen Aufenthalt.«

Die Tür fiel ins Schloss und Charlie ließ sich auf einen der Sessel fallen und vergrub das Gesicht in den Händen.

Als die Sonne aufging, machte er sich auf den Weg.

Er hatte sich unter der Dusche den Schmutz des gestrigen Tages abgewaschen. Um auch den säuerlichen Geschmack im Mund loszuwerden, rieb er seine Zähne mit einem Stück Toilettenpapier ab, doch das half nicht. Im Badezimmerschrank hatte er Mäusekot, aber kein Aspirin gefunden. Seine Hände waren zittrig und er merkte, dass sich Verdauungsprobleme ankündigten, die ihn den ganzen Tag quälen würden. Der Wind hatte nachgelassen und wehte leicht durch eine sauber gewaschene Welt. Die Luft war immer noch feucht und kalt. Er schloss die Tür hinter sich und stieg die Dünen hinauf. Mit zusammengekniffenen Augen betrachtete er das ruhig und unbewegt unter ihm liegende Meer.

Weiter draußen am Horizont sah es so aus, wie es immer aussah, jedenfalls wenn er seine Erinnerung zu Rate zog: fremdartig und geheimnisvoll. Ein glattes Tuch lag über dem, was vorher dort gewesen war und nun unter der Oberfläche im Verborgenen lauerte. Er ließ seinen Blick über das Wasser gleiten, in Erwartung von etwas, das diese sich ins Unendliche ausdehnende Leere aufbrechen würde. Eine Flosse. Die Fontäne eines Wals. Treibgut.

Er fixierte einen Punkt auf der Wasserfläche und versuchte, sich die gigantische blaue Kathedrale darunter vorzustellen, jene mächtige Wahrheit, die der Ozean in sich barg. Monströse Kreaturen, riesige Ansammlungen von winzig kleinen Tierchen, all das befand sich unter dieser ausgedehnten Fläche. Stille Giganten und geleeartige Mikroben, chromglänzende Fische, die in dämmriger Tiefe in Schwärmen und mit Tausenden von Augen vorbeischwammen, mit nichts weiter beschäftigt als dem unbarmherzigen Drang nach Fortpflanzung und der Suche nach Beute.

Als sie noch klein gewesen waren, hatten Harry und er fest daran geglaubt, dass sie eines Tages dort draußen einen Toten entdecken würden, der nur mit wenigen Kleidungsfetzen bekleidet in den Wellen trieb, ein unendlich trauriger Anblick.

Aber die glatte Oberfläche, die im Licht des Morgens aufschimmerte, förderte rein gar nichts für ihn zutage.

Näher am Ufer allerdings, dort wo eine schwarze Mauer aus Geröll in einem Bogen ins Meer hinausragte und eine Lagune formte, war doch etwas zu sehen. Ein kleines Holzboot bewegte sich vom Strand weg durch die Bucht.

Sogar aus dieser Entfernung konnte Charlie erkennen, dass der Mann, der im Boot saß und ruderte, sehr alt war. Seine Bewegungen waren präzise, aber es war keine Kraft dahinter. Nach ein paar Dutzend Zügen hielt er inne und legte die Hände auf die Knie. Dann ruderte er weiter. Wieder ein paar Dutzend Züge, wieder eine Pause. In diesem immergleichen Rhythmus erreichte er schließlich die Felsbrocken am äußersten Ende der Lagune. Charlie sah zu, wie er das Boot um neunzig Grad wendete und seitlich neben den Felsblöcken anhielt. Er streckte eine Hand über die

Bootskante, beugte sich leicht nach vorn, bis er einen Stein zu fassen bekam, hielt ihn fest umschlossen und blickte aufs Meer hinaus.

So saß er dort eine ganze Weile, während Vögel vorbeiflogen, Wellen heranbrandeten, immer in Vierer- oder Fünferreihen. Dann ließ er den Stein einfach fallen, blieb sonst aber regungslos sitzen. Das Boot drehte sich von allein in die richtige Position. Erst als der Bug direkt zum Strand zeigte, nahm der alte Mann die Riemen wieder in die Hand und fing erneut an zu rudern.

Charlie, der nichts für Anstrengungen übrig hatte, die zweckfrei unternommen wurden, verfolgte das alles mit großer Skepsis. Zuerst dachte er, dass der alte Mann einfach eine Macke hatte. Dann aber begann er, die schlichte Schönheit dieses Rituals zu bewundern.

Er stand auf, klopfte sich den Sand von den Kleidern und ging den Weg zurück ins Zentrum des Ortes, durch das Gebüsch am Hang der Düne und über die Brachfläche bis dorthin, wo die Straßen anfingen. Erst kam der Pfad, dann folgten die Häuser.

Jemand hatte den Leuten hier jede Menge Metallverkleidungen aufgeschwatzt. Hinter den wie Grabsteine aufgereihten Stämmen der Norfolk-Tannen waren die schlichten Schindelhäuser der Zwischenkriegszeit zu sehen, die alle in Blechdosen verwandelt worden waren. Er sah den Vertreter vor sich, wie er von Tür zu Tür ging, mit schmaler Krawatte und Hut, und den Frauen in ihren Schürzen mit Blumenmuster geduldig erklärte, dass ihre Ehemänner dann nie mehr die Fassade streichen müssten. Sah, wie die Frauen sich nervös an die Ohrringe fassten, wie ihre Eheringe aufschimmerten, als sie sich am Türpfosten abstützten und überlegten, ob sie den Fremden hereinbitten sollten.

Die Rasenflächen waren ganz anders als er es kannte. Dickes, stacheliges, blasses Gras, das kurz gehalten wurde und in akkuraten rechten Winkeln die Wege bekränzte. Lediglich die Agapanthus-Pflanzen, die in lebhaftem Grün und strotzend vor Gesundheit wucherten, wirkten nicht ganz so rau. Schnecken krochen aus dem Grün über die Fußwege. Charlie zertrat alle, die er sah.

Er kam an einer Milchbar vorbei, über deren Vordach das Plastikmodell eines Kuchens hing. Zwei Türen weiter kam ein Fish-and-Chips-Imbiss mit einem grauen Plastikhai. Nach und nach verwandelte sich die Straße mit den zunächst nur vereinzelten, dunklen noch geschlossenen Läden in eine Einkaufsmeile: Eine Videothek; eine Boutique, in der es ausschließlich Gehäkeltes zu kaufen gab; ein Buchladen, der wie eine Kirche wirkte, mit zahllosen Abbildungen von Jesus, auf denen er aussah, als wollte er Herrenbekleidung verkaufen. Ein Laden, der sich »Marg's Perlen & Verschiedenes« nannte, ein Eisenwarengeschäft, ein Waschsalon, ein Supermarkt. Er kam an *Normans Woe* vorbei, wo sein Wagen mit der demolierten Kühlerhaube auf ihn wartete. Säuerlicher Bierdunst drang aus dem Gastraum, der Geruch nach Kneipe im Ruhemodus. Zwei Häuser weiter schleppte ein Friseur in weißem Kittel einige Kartons mit Zigarettenstangen von der Ladefläche seines XD Falcon in den Laden, unterstützt von einem alten Mann mit einer Strickjacke.

Charlie setzte sich auf den Betonsockel eines Kriegsdenkmals am Ende der Straße. Es war eine Reiterstatue, die einen Mann zeigte, der sehr ernst dreinblickte und auf einem Pferd saß, das ebenso ernst wirkte. Die Toten wurden in alphabetischer Reihenfolge akkurat aufgelistet. Ein halbes Dutzend Lanegans. Darunter vier Murchisons. Vor ihm erstreckte sich die breite, leere Hauptstraße. Die Stille lenkte seine Aufmerksamkeit auf sich, wie es sonst Geräusche taten. Er sah jetzt, dass die östliche Seite der Straße von einer Schaufensterreihe dominiert wurde, die eine breite Markise überdachte. Darauf prangte in selbstbewussten

Großbuchstaben der Schriftzug: MURCHISON UND SÖHNE – MÖBEL UND EINRICHTUNGEN, GEGR. 1983.

Vor der Milchbar stellte eine junge Frau in einer Fleecejacke ein Klappschild auf. Als er dort ankam, war sie schon wieder drinnen und ordnete Zeitungen und Zeitschriften auf einem Regal. Charlie bestellte einen Kaffee bei ihr. Sie schmiss den Automaten an und entlockte ihm einen überraschend guten Espresso. Er umfasste den Becher mit beiden Händen, um sich daran zu wärmen, und ging weiter Richtung Norden, wo sich Weiden und Felder erstreckten. Dann folgte er einer Straße, die offenbar nicht mehr benutzt wurde. Ihre Ränder waren in kleine Stücke zerbröckelt und erinnerten an Packeis. Charlie passierte einen langgestreckten Drahtzaun, Überreste von toten Kaninchen, leere Bierflaschen mit verblichenen Etiketten und eine Kunststoff-Radkappe. Überall wucherten dicke Büschel von widerspenstigem Gras.

Schließlich erreichte er ein Haus, das in einigem Abstand zur Straße hinter einer Zypressenhecke lag. Davor standen vier Autowracks in verschiedenen Stadien des Verfalls. Die Veranda war mit Grundierung gestrichen und hinter dem Gebäude ragten einige Kiefern auf, die es einrahmten. Es wirkte ziemlich verwahrlost, als wäre es schon länger nicht mehr bewohnt. Charlie verlangsamte seine Schritte und sah sich das Grundstück genauer an, bis er plötzlich bemerkte, dass er beobachtet wurde. Ein kleines Mädchen hatte es sich in der Toreinfahrt zur Farm mit seinem Spielzeug gemütlich gemacht. Vor ihr, auf mehreren Holzblöcken, standen einige Kuscheltiere. Die Backsteinmauern des Durchgangs waren von Grünzeug überwuchert. Ihre Haare waren verfilzt, aber sie schaute ihn freundlich an.

»Hallo«, sagte sie ganz schlicht. Ihre oberen Schneidezähne fehlten.

»Deine Freunde gefallen mir«, sagte Charlie und deutete mit

dem Kopf auf die Kuscheltiere. Wenn er mit kleinen Kindern sprach, hatte er immer das Gefühl, die Rolle eines anderen zu spielen. Er war sich ziemlich sicher, dass sie das merkten.

»Sie sind gerade im Kino«, sagte das Mädchen fröhlich und schnappte nach Luft, um ihren Satz zu Ende bringen zu können. »Sie schauen sich einen Film über die Natur an. Mum hat uns mal ins Kino mitgenommen. Da haben wir einen Vulkan gesehen!« Sie riss die Augen auf, als sie andeutete, wie er ausgebrochen war.

Charlie stützte sich mit beiden Armen am Tor ab. »Wie alt bist du denn?«

Ihr Gesichtsausdruck änderte sich und sie schwieg. Sie sah an sich herunter. Dann musterte sie ihn erneut. »Du siehst traurig aus«, stellte sie fest.

»Wirklich? In Charlies Welt wurden solche Unterhaltungen immer mit Aussagen geführt, die miteinander in Beziehung standen.

»Du hast traurige Augen. Wie ein Elefant.« Sie nickte wissend und schloss die Augen zur Bekräftigung ihrer Feststellung.

»Tatsächlich?«

»Elefanten sind sehr groß«, erklärte sie, aber ihre Stimme klang desinteressiert. Sie wandte sich wieder ihren Tieren zu, arrangierte sie liebevoll, streichelte sie oder gab ihnen einen freundlichen Klaps mit ihren niedlichen kleinen Händen.

Charlie ging eilig weiter, verwundert und mit einem leichten Stich in der Brust.

Hinter dem Haus kam er an einer Reihe landwirtschaftlicher Gebäude vorbei, einem Viehmarkt und einer Feuerwehrstation. Es war mageres Land, das konnte sogar Charlie erkennen, überall Geröll und Disteln. Es roch nach Kuhfladen und feuchtem Gras, jetzt wo die Sonne ihre Strahlen über die Dächer des Ortes schickte. Noch mehr Reihen mit dunklen Zypressen, noch mehr Weideland und Gestrüpp, dunkles und helleres Grün.

Als er am Ortsausgang ein Tempo 80 Schild erreichte, verfiel er in Schwermut. Diese Welt hier funktionierte nach einem Code, den er nicht entschlüsseln konnte. Er hatte die Sprache dieses Lands verlernt und es gab nichts und niemanden, der sie ihm übersetzen konnte. Er fand keine Antwort auf seine Fragen, seine Probleme wurden einfach nur reflektiert und auf ihn zurückgeworfen.

Der zerzauste Himmel, die feuchte Erde, der scharfe Wind. Was für ein schauderhafter Ort.

Auf einem Schild am Eingang stand: *7 Dollar, ermäßigt 5.*

Charlie fand das ziemlich übertrieben für ein kleines lokales Football-Ereignis, aber er hatte an diesem Samstag sonst nichts zu tun. Les hatte ihm erklärt, der Autoschlosser würde sich den Saab heute noch nicht ansehen können, weil er auf einem Flohmarkt zu tun hatte. Charlie hatte sich daraufhin selbst darangemacht, den verbogenen Kotflügel geradezubiegen, der gegen den Vorderreifen schleifte, und jetzt ging es einigermaßen.

Er parkte hinter der Tribüne und atmete den erinnerungsschweren Geruch von feuchtem Rasen ein: die Footballspiele seiner Kindheit, verstauchte Glieder, schreiende Eltern am Spielfeldrand. Er hatte es gehasst, hatte nicht mal diejenigen bewundern können, die locker damit klargekommen waren. Sogar als Kind hatte er schon gewusst, dass die Zeit auch sie irgendwann zum Aufhören zwingen würde. Spätestens wenn ihre Knie kaputt waren und ihnen nichts anderes blieb als ein paar alte Fotos und Arthritis.

Das Spiel war schon im Gang. Charlie lehnte sich gegen das Geländer und schaute eine Weile zu. Er merkte, dass die Leute sich von ihm distanzierten und näher ans Klubhaus rückten. Von den meisten sah er nur den Rücken, hier und da auch mal ein paar gerötete Wangen. Sogar die Kinder schienen zu wissen, dass sie ihn meiden mussten, auch sie spürten die negative Präsenz des unwillkommenen Fremden. Aber vielleicht waren sie auch nur zu sehr in ihrer eigenen Welt gefangen und nahmen ihn überhaupt nicht wahr. *Sei doch nicht so paranoid, Jardim.*

Kurz nach seiner Ankunft heulte die Sirene und die Spieler gingen im Gänsemarsch in ihre Kabinen unter der Tribüne.

Nachdem sie alle durch die Tür der Umkleide verschwunden waren, folgte ihnen eine Handvoll Zuschauer. Charlie ging hinter dem Letzten von ihnen her und nickte hier und da jemandem freundlich zu, der ihm Platz machte. Drinnen pressten sich jede Menge Leute an die Wände. In der Mitte trabten die Spieler in engen Kreisen, ihre Boots quietschten auf dem gummierten Fußboden. Kinder mit Kapuzen hockten auf den Umkleidebänken, über ihnen hingen handgeschriebene Plakate, auf denen in ungelenken Großbuchstaben Botschaften standen: DISZIPLIN, RESPEKT. EINSATZ. Und ein zackig geschriebenes Verb: LAUFEN.

Die Spieler mit ihren wirren Haaren und von der Kälte geröteten Gesichtern sprachen wie Automaten, nicht miteinander, sondern zur ganzen Gruppe. »Erster im Turnier«, »Druck nach vorn«, »Doppelspitze«.

Die Stimme des Trainers übertönte die anderen, mahnend, bittend. Er wollte mehr sehen. Mehr Biss, mehr Einsatzbereitschaft, mehr Ballbesitz. Er forderte, dass sie besser aufeinander achteten, sich mehr anboten. Die Slogans klangen in Charlies Ohren wie Mutationen des typischen Managerjargons. Wenn du den Leuten das erzählst, was sie hören wollen, dann kannst du sie dazu kriegen, Dinge zu tun, die überhaupt nicht gut sind, dachte er. Die

Spieler, die im Kreis liefen, wurden schneller und hektischer, als wollten sie einen Wirbelwind imitieren, das Trampeln wurde lauter und durchdringender. Die älteren Kerle, die neben Charlie im Eingangsbereich standen, riefen den Spielern, die sie kannten, aufmunternde Parolen zu. Getränkeflaschen wurden beiseitegeworfen und sie klopften sich gegenseitig auf die Schultern oder den Rücken. Dicht aneinandergedrängt schoben sie sich durch die Tür nach draußen ins Tageslicht, bis nur noch ein Spieler übrig war, der immer noch langsam herumjoggte, auf unsicheren Beinen und in einem weiten Kreis dicht an den Zuschauern entlang.

Ein Betreuer ging zu ihm hin und warf ihm über das Tablett mit den Getränkeflaschen einen besorgten Blick zu. »Alles okay mit dir?« Der Spieler lief taumelnd auf die Tür zu. »Gehirnerschütterung!«, rief der Betreuer, als der Spieler gegen den Türrahmen prallte, nach hinten kippte, direkt in die Arme seines Trainers. Charlie wandte sich ab und folgte den anderen nach draußen.

Er verfolgte weiter das Spiel, beobachtete, wie die Spieler keuchend von einem Ende des Platzes zum anderen rannten. Dann merkte er, wie sich jemand zu ihm ans Geländer stellte. Ein schwergewichtiger Mann mittleren Alters mit schmuddeligem Bart. In der Hand eine Cola-Dose. Baseballmütze, Farmerboots, deren Labels vorn und hinten über den Saum seiner Jeans ragten. Die Jeans selbst hingen so tief unter seinem dicken Bauch, dass nicht mehr viel fehlte, bis sie ganz über den Hintern rutschten. Neben ihm saß ein Hund, ein übergewichtiger Staffordshire, der bei jedem lauten Geräusch auf dem Spielfeld zusammenzuckte, aber immer neben seinem Herrchen blieb. Der Mann warf Charlie einen Blick zu, der nicht weit von feindselig, aber sehr weit von freundlich entfernt war.

Nach einer Reihe von Pässen über die Flügel endete der Spielzug, als der Ball über die Außenlinie rollte und erst hinter dem Geländer zum Liegen kam. Ein kleiner Junge holte ihn und warf ihn dem Linienrichter zu.

»He, reißt euch mal zusammen!«, rief der fette Kerl neben Charlie. Dann sah er ihn an, als wollte er ihm seinen Fall vortragen.

Charlie beschränkte sich darauf, seinen Mund zu einem dünnen Lächeln zu verziehen.

Der Gesichtsausdruck des Dicken änderte sich nur leicht. »Sie sind der Typ von der Staatsanwaltschaft, stimmt's?« Er streckte seine breite Hand aus. »Barry Egan.«

Charlie schüttelte seine Hand ohne großen Enthusiasmus. »Ich bin Charlie.«

»Sie sind hier, um Nachforschungen anzustellen, hm?«

»Über was?«

Egan lachte auf. »Die Murchisons.« Er unterstrich seine Bemerkung mit einer Bewegung der Cola-Dose. »Der kleine Kerl da, der den Linienrichter an der Torlinie macht, ist ein Cousin von Ihrem Verdächtigen.« Er deutete mit der Dose über das Spielfeld. »Der Angreifer da drüben übrigens auch. Und die große Tussi da hinten, die die Toranzeige macht ..., sehen Sie sie? Das ist Murchisons Lebensgefährtin. Sie hat nur ein linkes Auge.«

»Wir haben alle nur ein linkes Auge.«

»Was?«

»Linkes Auge. Jeder hat nur eins. Sie meinen, ihr fehlt das rechte.«

Barry Egan sah verwirrt aus. »Ja, klar, ihr fehlt das rechte Auge. Das hab ich doch gesagt.« Er wandte sich ab und stemmte sich wieder auf das Geländer. Eine Weile sagte er gar nichts. Nach einem weiteren Schluck aus der Dose deutete er schräg mit einem Finger auf Charlie und fuhr fort: »Wie auch immer, jedenfalls macht das Ihren Job nicht gerade leicht, oder? Wenn überall lauter Verwandte rumlaufen und die ganze Stadt über den Fall redet und so.«

»Ich weiß gar nicht, was Sie damit …«

»Ha! Natürlich wissen Sie das nicht. Sie müssen den Lanegan-Jungen zum Reden bringen, aber der hält dicht. Der arme Kerl ist ja praktisch von Murchisons umzingelt, egal wo er hingeht.« Er trank die Cola aus und ließ die leere Dose neben sich fallen. Gleich darauf zog er eine neue aus der Jackentasche. »Schätze, Sie wollen nicht mit mir über die Sache reden, hm?«

Charlie wandte sich wieder dem Spiel zu.

Egan schien das völlige Ausbleiben einer Antwort nicht im Geringsten zu stören. »Warum haben die Ihnen keinen Dienstwagen gegeben, wenn Sie für sie arbeiten? Ich mein ja bloß. Man kann sich doch denken, dass so ein demolierter Saab mit abgefahrenen Reifen keine Staatskarosse ist, oder?«

»Na ja, ich bin hier im Auftrag der Staatsanwaltschaft, aber ich bin nicht im Staatsdienst«, erwiderte Charlie gereizt. »Ich bin als selbstständiger Fachmann engagiert worden. Woher wissen Sie denn, dass das mein Wagen ist?«

»Weil ich weiß, dass er keinem anderen hier gehört. Und er hat nen Aufkleber von nem Händler aus Melbourne am Heckfenster. Und die leeren Becher vorm Beifahrersitz sind von einer Kaffeemarke, die's hier bei uns nicht gibt. Und er hat nen Maut-Aufkleber. Soll ich weitermachen?«

Er nahm einen Schluck aus der Dose. »Ich hatte gehofft, ich könnte mit Ihnen reden.« Der Schiedsrichter stieß einen lauten Pfiff aus. Egan deutete mit dem Kopf auf eine Gestalt, die auf einem Kofferraum saß und die Füße auf das Eisengeländer gestellt hatte. »Sie sind hinter Paddy her, hm?«

»Ist das Patrick Lanegan?«

»Ja genau, der junge Typ da auf dem Auto.«

Charlie folgte seinem Blick und musterte den jungen Kerl mit den schmutzigen Turnschuhen und den Stoppelhaaren, die ein bisschen zu lang geworden waren. Er trug eine Trainingshose und eine Bomberjacke und schien überhaupt nicht zu merken, dass er beobachtet wurde, so sehr war er auf das Football-Spiel konzentriert. Charlie registrierte, dass der Wagen, auf dem er saß, ein Holden war, vielleicht ein Camira.

»Er ist garantiert draußen gewesen, verstehen Sie. Patrick, meine ich. Ich hab gehört, dass die Cops eine Aussage von ihm haben, wo er behauptet, er ist zu Hause gewesen und hat ein Video geguckt.«

Charlie drehte sich ganz zu ihm um. Der Dicke starrte in den Himmel über der Tribüne. »Sehen Sie, ich dacht mir doch, dass Sie ein paar wichtige Details verpasst haben.«

Charlie war sich nicht sicher, was er damit meinte, und entschied, die Bemerkung zu ignorieren. »Kennen Sie Patrick?«

»Nee. Hab ihn nie getroffen. Aber man weiß ja, wie jemand drauf ist, auch wenn man ihn nicht kennt. Verstehen Sie?«

Im Mittelfeld hatte sich ein Konflikt aufgebaut. Die Spieler gingen richtig hart rein, während die Zuschauermenge brüllte und gestikulierte. An der Außenlinie stand ein drahtiger Mann mit weißen Haaren und deutete laut schreiend auf den Schiedsrichter. Was er schrie, war nur teilweise zu hören, aber Charlie konnte deutlich sein »Du Scheißkerl!« hören.

»Der ist ja ganz schön aufgedreht«, stellte Charlie fest.

»Pastor Bill?« Egan schien erstaunt, als Charlie in lautes Lachen ausbrach. »Der rastet schnell aus. War Boxer im Bantamgewicht, als er noch jung war. Arbeitet immer noch als Konditionstrainer für die Mannschaft. Bei manchen Spielen müssen sie ihn ins Auto einsperren.«

»Wie kommt denn ein Pastor zum Boxen?«

Egan schien die Frage als Beleidigung zu empfinden. »In der Bibel steht doch nix übers Boxen, soweit ich weiß.«

Das Gebrüll hörte nicht auf.

»Haben Sie eine Zeugenaussage gemacht?«

»Ich? Scheiße, nee. Ich bin doch bloß ein einfacher Mensch. Henry.«

»Charlie.«

»Yep. Ich red, wie mir der Schnabel gewachsen ist. Und komm überall rum. Niemand interessiert sich für das, was ich denke.« Nach einem weiteren gierigen Schluck hatte er auch diese Dose geleert. »Warum gehen Sie nicht einfach zu ihm und stellen sich vor?«

»Warum machen Sie's nicht? Sie wohnen doch in der gleichen Stadt. Wenn Sie so viel über ihn wissen, kommt's mir schon seltsam vor, dass Sie noch nie mit ihm geredet haben.« Charlie stellte fest, dass der junge Mann, auf den Egan ihn aufmerksam gemacht hatte, sich nicht am allgemeinen Gebrüll beteiligte. Er hockte immer noch auf der Kühlerhaube und musterte die Zuschauer.

Es sah nicht so aus, als würde der zudringliche Egan so schnell verschwinden. Charlie war klar, dass er keine Gelegenheit dazu bekommen würde, Patrick Lanegan anzusprechen, solange Egan in der Nähe war. Also entschied er, dem Frittier-Geruch zu folgen und ging in Richtung Haupttribüne. Dort angekommen entdeckte er unterhalb des Treppenaufgangs ein kleines Schiebefenster, das zu einem Imbiss gehörte.

Drinnen stand eine riesige Fritteuse unter einer Dunstabzugshaube. Edelstahlkörbe hingen im siedenden Öl. In der einen Ecke, neben einem Getränkekühlschrank, saß ein Mann in weißem Kittel auf einem Plastikstuhl. Den Kopf auf die Hand gestützt schaute er zum Spielfeld. Sein mageres Gesicht wirkte müde und er sah nicht sehr europäisch aus. Ein weißer Haarkranz umrahmte seinen Schädel.

»Können Sie mir ein paar Dimmies machen?«, fragte Charlie.

Der Mann gab keine Antwort, stemmte sich aber träge von seinem Stuhl hoch, klaubte zwei gefrorene Klumpen aus einer Tiefkühltruhe und warf sie ins heiße Öl.

»Zwei Piepen.«

Charlie fand etwas Kleingeld in seiner Tasche und legte die Münzen auf die ausgestreckte Hand. Die Münzen verschwanden in einem Metallkasten und erneut brach Schweigen aus. Als er auf der Speisekarte mit den Burgern einen namens »Jim's Special« entdeckte, versuchte Charlie sein Glück.

»Dann sind Sie wohl Jim?«

»Ja.«

»Okay. Schön. Gut«, sagte Charlie. »Sind Sie schon lange im Imbiss-Geschäft?«

»Im Imbiss-Geschäft? Oh ja. Seit einundvierzig Jahren.« Er hob den Korb mit den Dimmies heraus und kippte sie auf ein Stück Papier, in das er sie einschlug. »Soja?«

»Ja, bitte.« Charlie lächelte so gewinnend, wie er konnte. »Welcher Fisch hier in der Gegend ist der Beste?«

»Keiner. Die kommen alle aus Melbourne. Tiefgefroren. Möchten Sie sonst noch was?«

»Danke, das genügt.« Er zwinkerte dem völlig emotionslosen Mann zu, einfach nur um ihn ein bisschen zu ärgern. Keine Reaktion.

Als er an den Spielfeldrand zurückkehrte, stellte Charlie fest, dass Barry Egan seinen Platz am Geländer verlassen hatte und ein Stück weiter entfernt in ein intensives Gespräch mit dem Linienrichter verwickelt war. Lanegan saß immer noch allein auf dem Camira wie eine Kühlerfigur von Rodin. Es war nicht ganz einfach, die passende Einleitung zu finden, aber irgendwo musste Charlie ja anfangen.

Er schlenderte hinüber und lehnte sich neben dem Scheinwerfer auf der Beifahrerseite ans Geländer. Dann wandte er sich wie zufällig Lanegan zu.

»Wie läuft's denn so?«

Lanegan sah ihn mit leicht zusammengekniffenen Augen skeptisch an. »Gut läuft's.«

»Kommen Sie oft zum Football hierher?« *Falsche Frage.* Charlie zuckte innerlich zusammen.

Lanegan ließ seinen Blick über ihn schweifen, taxierte seine Kleidung, ordnete ihn als Städter und Fremden ein. Er kam zu einem Ergebnis und bequemte sich zu einer Antwort. »Nein, ich komme nicht oft zum Football hierher. Jedenfalls nicht sehr oft.« Er verzog in offener Häme den Mund, wandte sich ab, stieg ins Auto und startete den Motor. Der Wagen klapperte und rauchte, als Lanegan den Rückwärtsgang einlegte und losfuhr. Charlie brachte es nicht fertig, sich umzudrehen.

Die Football-Spieler wurden immer langsamer, je mehr Schlamm sich auf ihren Trikots sammelte. Der Ball klang schwer, wenn er getreten wurde, das letzte Viertel wurde gespielt und die Erschöpfung der Spieler war deutlich spürbar. Er hatte genug gesehen und gehört. Die kleine Stadt hatte sich ihm enthüllt und dabei absolut nichts preisgegeben.

Abgeschnitten von seiner üblichen Alltagsroutine stellte Charlie Jardim beim Lesen der Zeitung, die Les auf dem Tresen der Bar liegengelassen hatte, überrascht fest, dass es Samstagabend war. Im Pub war es recht ruhig. Im Unterschied zu sonst, so hatte Les ihm erklärt, hatte die Band wegen des langen Wochenendes ihren Auftritt auf Sonntag verschoben. Da Skip in Untersuchungshaft war, musste Les sich um das Buchen der Bands kümmern.

Die Gäste standen, hockten und saßen herum. Ein weichlich wirkender, etwa zwanzig Jahre alter Student versuchte, eine schwergewichtige Frau in Samtkleid und mit Perlenkette anzumachen. Zwei Männer mit rissiger Haut und drahtigen Haaren lachten freundlich, während eine gelangweilte junge Frau zwischen ihnen hindurch starrte. Ein kleiner, traurig aussehender Mann mit dicken Brillengläsern und fettigen, zurückgekämmten Haaren wurde von vier aufmerksamen Zuhörern umringt. Bruchstücke ihrer Unterhaltung waren zu hören.

»Hast du schon mal jemanden erschossen?«

»Ich hab *auf* Leute geschossen.«

Charlie hatte denselben Platz an der Bar eingenommen, auf dem er schon an den vorherigen beiden Abenden gesessen hatte.

Der traurige Mann war noch nicht fertig mit seiner Geschichte. »Es gab da einen Typen, bei dem ich mir ziemlich sicher bin, dass ich ihn getroffen habe ...«

Les füllte sein leeres Glas immer wieder auf und nahm sich das Geld von dem kleinen Haufen auf dem Bartuch, sodass Charlie keine Ahnung hatte, wie viel er schon getrunken hatte. Zufällige Gedanken zogen in seinem Kopf aneinander vorbei wie Fremde an einer Busstation, verharrten einen Moment, bevor sie woanders hin transportiert wurden. Les sprach ihn an.

»Es war ja nicht immer so, wissen Sie.«

»Wie denn?«

»Die Stadt war nicht immer so, äh ...« Er suchte nach dem richtigen Wort. »Verpennt.«

Charlie bettete sein Kinn auf die Hand. »Warum sollte sie denn verpennt sein? Wegen des beschissenen Klimas? Wegen der Sümpfe? Dem Mangel an besonderen geschichtlichen Ereignissen?«

Les blickte gequält drein, blieb aber beim Thema.

»Im neunzehnten Jahrhundert haben sie Gold oben im Fluss gefunden. An der Hauptstraße gab es Leute, die haben ein Vermögen mit Wolle verdient oder mit Fischfang. Es gab Weizen, Hummer, bedeutende Politiker … man soll's nicht glauben, aber wir hatten sogar einen Amateur-Tennis-Champion. Der wohnte in der Straße, wo das Haus steht, in dem Sie untergekommen sind.«

»Wahnsinn.«

»Ja, ich weiß. Sie haben schon alles gesehen, junger Mann. Aber dieser Ort hier hat eine verdammt lange Geschichte. Und er wird Sie und mich überdauern.«

Les beugte sich über den Tresen und kam ganz dicht an Charlie heran. »Ich erzähl Ihnen jetzt mal was. Eine Geschichte, die sich in dieser Stadt abgespielt hat. Okay?«

»Nur zu.«

»Also, im Frühjahr 1963 – damals war ich zwar noch ein kleiner Schisser, aber ich erinnere mich sehr gut daran – gab es einen üblen Südoststurm. Er wollte einfach nicht aufhören. Allein an dem Tag, als der Melbourne Cup stattfand, fielen über 100 Liter Regen pro Quadratmeter und die Flutwellen luden ganze Geröllhalden auf den Straßen ab, so heftig war er. Die ganze Küste und alle Häfen dort sind für die Stürme aus Südwest gewappnet. Wenn aber einer aus der anderen Richtung anrollt, dann wird es richtig übel. Es hat so schlimm geregnet, dass der Fluss über seine Ufer trat und der ganze Ort mit Fröschen überschwemmt wurde. Das Ganze dauerte drei Tage und alles wurde zerstört. Als der Regen endlich aufhörte, gingen die Leute wie benommen umher, jedenfalls kam es mir als kleiner Junge so vor. Die heilige und apostolische römische Kirche war sich dann am Sonntag nicht zu schade, das Ganze kräftig auszunutzen. Die meisten Erwachsenen, die ich kannte, trauten sich nicht, zum Prediger aufzuschauen, weil sie sich für alle möglichen Sünden schämten. Und ich fragte mich, so klein wie ich war, welche Prüfung Er uns wohl als Nächstes auferlegen würde. Und dann, später an diesem Sonntag, fanden sie es heraus.«

Er machte eine dramaturgische Pause und füllte Charlies Glas auf. Dann schob er es ihm wieder hin.

»Danke«, sagte Charlie. »Und was fanden sie heraus?«

»Es war allgemein bekannt, dass man nach so einem schweren Sturm allerhand nützliche Dinge am Strand auflesen konnte – Holz und Taue, alles, was so von Schiffen heruntergespült wurde. Das hat mit der Lage der Gawleys zu tun, da gibt es nämlich diese Strömung in der Bucht. Küstenparallele Strömung nennt man das. Der ganze Dreck wird von der Flussmündung nach Nordosten getrieben – am Ostende der Bucht ist der Wind ziemlich stark. Der zieht alles mit sich, so stetig wie die Erdanziehungskraft. Treibgut, Holz, wie gesagt. Entwurzeltes Zeug, weggespülte Sachen, alles wird von der Flut dorthin getragen. Wie auch immer, irgendjemand bemerkte dann dieses Ding vor den Gawleys, und die Nachricht verbreitete sich wie ein Lauffeuer im Ort ...«

»Und?«, fragte Charlie, dem trotz der Trunkenheit klar war, welche Rolle er in diesem Drama spielte. »Was war es?«

»Es war eine Mine.« Les bleckte die Zähne, als er das Wort aussprach. Seine Brauen hingen jetzt tief über den Augen, als wären sie von unsichtbaren Fäden herabgezogen worden.

»Der Krieg war schon fast zwanzig Jahre vorbei, und auf einmal taucht diese deutsche Seemine auf. Sechshundert Pfund schwer, gefüllt mit Ammoniumnitrat. *Unstabiles* Ammoniumnitrat. Solche Dinger haben sie die ganze Strecke von Cape Ortway bis zur Grenze gelegt. Sie hätten wohl nicht gedacht, dass die Deutschen sich auch hier herumgetrieben haben? Sind aber den ganzen Weg von Europa bis hierher gekommen. Ich hätte es auch nicht gedacht. Sie legten sie an einer einzigen langen Kette in den Ozean, so dick wie eine Ankerkette. Und dann ließen sie sie dort treiben. Der Krieg ging zu Ende, alle vertrugen sich wieder, aber niemand erzählte uns was von den Minen. Und dann stellte sich heraus, dass sie die Kette einfach zerreißen konnten. Es musste nur eine ordentlich starke Welle kommen und schon lösten sich die Dinger und trieben auf die Küste zu. Mitten in der Nacht.«

Er nahm ein Glas vom Regal und schenkte sich ein Bier ein. Nahm einen nachdenklichen Schluck davon.

»Stellen Sie sich das mal vor. Stockdunkle Nacht, alle schlafen, und diese tückischen Dinger treiben langsam auf den Strand zu, Zentimeter für Zentimeter, Stunde um Stunde. Manchmal ist eins von den Dingern auch von allein hochgegangen, wenn die Kette mit einem der Zünder in Kontakt kam, und hat ein Fischerboot in die Luft gejagt … die armen Kerle sind dann ganz einfach nicht mehr nach Hause gekommen. Und die Leute glaubten, sie seien vom Kurs abgekommen und auf ein Riff gelaufen oder so was. In der Schule haben wir uns solche Gruselgeschichten erzählt, malten uns aus, dass die Cops gerufen wurden, um ihre Einzelteile einzusammeln, nachdem sie bei der Explosion zerfetzt worden waren und verbrannt und kopflos herumtrieben. Irgendwo am Ende dieser beschissenen Paralleldrift.«

Er zuckte mit den Schultern. »Aber wie ich bereits sagte, das ist viele Jahre her. Der Krieg war ja schon lange vorbei, als ich ein kleiner Junge war. Doch dann tauchte tatsächlich eins dieser Dinger an unserem Strand auf. Es kam den Leuten nicht wie ein Zufall vor. Sie hielten es für einen Fluch. Es wurde ein Zaun darum aufgebaut, bis die Experten aus Melbourne kamen, um es zu entschärfen. Uns wurde gesagt, wir sollten uns davon fernhalten, also hab ich in der Woche nach dem Fund mit ein paar Kumpels die Schule geschwänzt, weil wir uns das Ding anschauen wollten. Es lag da am Strand, bedeckt mit Seetang Muscheln und Seepocken. Die Zünder ragten hervor wie hässliche lange Zähne, es sah schaurig aus.

Wir schlüpften unter dem kleinen Zaun durch und gingen zu dem Ding hin. Es war größer als wir, und ich weiß noch genau, dass wir anfingen zu flüstern, als wir davor standen. Ich glaube, wir fürchteten, es könnte explodieren, wenn wir lauter sprachen. Ich sehe noch vor mir, wie einer von uns es mit offenem Mund umkreiste, die Hände so vor sich ...« Er streckte die Arme aus, wie es jemand tut, der sich durch die Dunkelheit tastet.

»Seine Fingerspitzen waren nur noch wenige Zentimeter von dem Ding entfernt. Ich war so verängstigt, dass ich zitterte, ich bekam keine Luft mehr. Dann holte der Junge ein Lineal aus seiner Tasche, und ich dachte, oh nein, bitte nicht, aber ich sagte nichts, denn dieser ganze Ausflug war ja eine Mutprobe. Wer ist der Mutigste. Und der klopfte mit dem Lineal gegen die Oberfläche der Mine, bevor wir ihn davon abhalten konnten. Es machte einfach nur *plink,* und in diesem Moment blieb mein Herz stehen, und ich dachte, ich würde jetzt in tausend Stücke zerfetzt und über dem sandigen Strand verteilt werden, und sie würden niemals alle Teile finden können. Stellte mir vor, wie die Möwen sich um die kleinen Fleischfetzen streiten würden. *Plink*. Ich rannte weg, so schnell ich konnte, ich hörte nicht auf zu rennen, bis ich zu Hause war. Ich hatte so eine Riesenangst, dass ich meinen Eltern alles erzählte und dafür unglaubliche Prügel einsteckte, was mir aber völlig egal war, weil ich so froh war, diesem Ding entkommen zu sein.

Na ja, so viel dazu. Tatsächlich erreichte die Angst in der Stadt ein solch gewaltiges Ausmaß, dass man die Experten aus Melbourne davon abhalten wollte, das Ding zu entschärfen, als sie schließlich kamen. Die Leute versuchten, sie daran zu hindern, zum Fundort der Mine vorzudringen, um dort ihre Arbeit zu machen. Denn sie fürchteten, das Ding könnte versehentlich detonieren und uns alle auslöschen. Dabei war die Mine einige Meilen weit entfernt, Gott sei Dank. Aber sie konnten nicht mehr vernünftig denken. Die Männer waren wahrscheinlich total verblüfft – sie waren ja den ganzen weiten Weg gekommen und hatten wahrscheinlich erwartet, mit Jubel begrüßt zu werden, weil sie den bösen Fluch beseitigen wollten, um es mal so auszudrücken. Aber nein, hier war es anders.«

»Das kapiere ich nicht«, sagte Charlie. »Das ist ja lächerlich.«

»Nein, es klingt vielleicht lächerlich für Sie, weil Sie es von außen betrachten. Aber sehen Sie es mal mit den Augen der Einheimischen: erst der Sturm, dann die Mine, dann diese Experten aus der Stadt, die angeblich ihr Problem lösen können.«

»Na ja, die Einwohner hatten ja wohl nicht die Absicht, es selbst zu lösen, oder?«

»Das ist nicht der Punkt. Sie waren … gelähmt … taten nichts, fanden es zu riskant, dass sich Fremde in diese Sache einmischten. Es war ja ihr eigenes Problem, und sie wollten nicht, dass irgendwelche Leute von außerhalb ihnen dabei halfen, es zu lösen.« Er beugte sich vor. »Kommt Ihnen das nicht bekannt vor?«

Charlie gab keine Antwort.

»Also taten sie so, als wären sie nicht da. Redeten nicht mit ihnen, gaben ihnen nichts. Verhielten sich unhöflich, genau wie in Ihrem Fall. Als die Bombenexperten dennoch nicht abfuhren, blockierten die Atchesons mit ihrem Traktor den Zugang zum Strand, jemand anderes machte das Gleiche mit einem Armeelaster. Dummes kindliches Verhalten – eigentlich waren es nur kleinere Behinderungen –, aber die Experten waren gezwungen, nachts zu arbeiten, im Licht großer Scheinwerfer.«

»Letztlich brauchten sie bloß eine halbe Stunde. Ich sah das Ding dann auf der Ladefläche eines Lasters auf der Hauptstraße. Da sah es nur noch aus wie eine harmlose Kugel aus rostigem Metall. Ziemlich schwer natürlich. Sie hatten es auf der Ladefläche mit Seilen befestigt, damit es nicht hin und her rollte, dadurch wirkte es wie ein Tier, das bezwungen worden war. Die Bewohner der Stadt schauten nicht mal hin, bedankten sich auch nicht bei den Männern. Sie wollten es bloß endlich loswerden.

Sie wollten, dass diese Experten verschwanden und dass die Mine verschwand. Sie hatte einen sehr üblen Einfluss auf die Leute hier.«

Er war immer leiser geworden, während er sprach, und jetzt verstummte er ganz.

»Warum zum Teufel erzählen Sie mir das überhaupt?«, fragte Charlie nach einer Weile.

»Weil Sie überhaupt nicht wissen, womit Sie es hier zu tun haben. Es gibt hier einen Kern, um den sich alle scharen. Es ist eine sehr kleine Stadt. Die Leute leben sehr abgeschieden. Klar, es gibt eine Menge Sachen, die von draußen ihren Weg hierher gefunden haben, aber ein Teil der Einwohner späht misstrauisch durch die Jalousien, wenn jemand wie Sie hier eindringt. Alle kennen die Jungs, die es getan haben, und sie kannten auch Paddys Bruder, der jetzt tot ist. Alle haben das Gefühl, selbst angeklagt zu sein.«

Er schnaubte und deutete vage in den Gastraum. »Jeder braucht ab und zu einen Murchison, so oder so. Also wünschen sie sich nichts sehnlicher, als dass Sie möglichst bald verschwinden.«

»Was soll ich also tun?«

Les hielt sein Glas schräg und schaute es sorgenvoll an. Er trank das restliche Bier aus, stellte das Glas auf die Ablage und seufzte.

»Tun Sie's auf seine Art, nicht auf Ihre eigene.«

Eine Gruppe Neuankömmlinge kam durch die Tür, und Les setzte wieder sein professionelles Gesicht auf, lächelte freundlich und nahm Bestellungen entgegen. Was auch immer eben gerade in diesen Mann gefahren war, jetzt war es wieder verschwunden.

Sie bemüht sich, das Kreuzverhör halbwegs gut zu meistern. Woollacott kommt der Gegenseite ein Stück weit entgegen, ohne es zu übertreiben: Hayley Swan hat ohnehin schon so viel zu rechtfertigen, dass keine besonderen Kniffe nötig sind, um sie in die Enge zu treiben. Das ältere Kind hat Asperger. Dem Kleinen geht's gut, bis auf den Hautausschlag. Sie werden weitermachen müssen, sich durchboxen, weil sie sie abgöttisch liebt. Aber es gibt da einige Pädagogen, die Kreise um sie ziehen wie Haie, die nur darauf warten, dass der Schwimmer ermüdet. Der Lebensgefährte ihrer Mutter zum Beispiel: der sich gern Stief-Großvater nennt, der trotz seines Weihnachtsmann-Grinsens oberschlau wirkt. Die Sozialarbeiter können nicht mit Sicherheit sagen, ob er ihr in ihrer Verletzlichkeit zu nahe getreten ist, aber es scheint geradezu unvermeidlich zu sein. Falls er es noch nicht getan hat, wird er es noch tun. Sie hat bei ihrer Mutter gelebt, und dieser alte Sack wohnte in einem Wohnwagen weit ab vom Schuss, nachdem man ihn vor Jahren dazu verdonnert hat, sich von Minderjährigen fernzuhalten. Aber das Aluminium des Jayco-Wohnwagens wird ihn auch nicht ewig abschirmen. Sie schaut über sie hinweg, aber sie gerät ins Stottern; sie gibt sich Männern hin, die ihr den Arm abbinden und die Nadel reinschieben, während die Kinder schlafen. Die schlafen tief und fest mit offenen Mündern, und einer dieser Männer, oder der Typ im Wohnwagen, nähert sich leise durch die Nacht, schlüpft ins Zimmer, das nach Schulranzen und muffigem Bettzeug riecht. Schleicht sich rein, tastet sich durchs Halbdunkel und murmelt Beschwichtigungen. Sie wird gegen das Plastikfurnier der Stereoanlage gedrängt und weiß von nichts.

Die Versprechungen und Drohungen hinsichtlich der Kinder sorgen dafür, dass sie nichts wissen will.

Sie versucht, dem Richter zu erklären, dass sie eine Therapie gemacht hat. Sie war auf dem Amt, wo sie in Tränen aufgelöst von dem Heroin erzählte und von den Männern, die zu ihr kommen, und von ihrer Sorge, um die beiden armen kleinen Dinger, die sie mit sich durchs Leben schleppt. Sie hat ihm gesagt, die Sozialarbeiter seien von ihren Bemühungen beeindruckt, aber alle wissen, dass das nicht stimmt. Sie hat ihm gesagt, sie hätte alle Urinproben abgegeben, hat also gelernt, den klinischen Fachjargon zu benutzen und nicht »in den Becher pissen« gesagt. Die Sprache, die in den Berichten der Sozialarbeiter verwendet wird, ist nicht für Hayley gedacht, sondern für andere, auch wenn sie von der Zusammensetzung ihrer Ausscheidungen handeln, also den Enzymen in ihrer Pisse. Für Charlie schwingt in der Sprache, die über vier Anhörungen verwendet wurde, eine klare Aussage mit: Dieses Mädchen ist nicht für die Rolle einer Mutter geeignet. Mit Biologie hat das nichts zu tun. Man darf nicht mit fünfzehn und dann noch mal mit siebzehn schwanger werden und gleichzeitig eine multiple Drogenabhängigkeit und ständig wechselnde sexuelle Partner haben, die alle in ihrem eigenen Schlamassel stecken oder sich vor Gericht verantworten müssen. Man darf nicht auf der Straße anschaffen gehen, seinen mageren Körper Fremden zur Verfügung stellen und gleichzeitig eine Mutter sein.

Und jetzt steht Hayley Swan da in ihrer Trainingshose und zupft an ihren Haarsträhnen, während Charlie sie durch die Beweisaufnahme lotst. Ja, sie wäscht ihre Kinder. Nein, sonst macht das niemand, höchstens ihre Mutter mal ab und zu. Ja, sie bemüht sich, ihre Kleidung zu waschen, wenn sie genug Münzen für den Waschsalon hat und eine Maschine frei ist. Ja, sie kocht auch manchmal und ja, die Kinder kriegen manchmal Fastfood, wenn sie brav sind. Ja, sie bekommt finanzielle Unterstützung als Alleinerziehende und ja, es gab Zeiten, da hatte sie einen festen Partner, der bei ihr wohnte, was gegen die Bestimmungen verstieß. Nein, sie hat niemals Drogen gekauft, wenn die Kinder dabei waren. Nein, sie hat nie geleugnet, Drogen gekauft zu haben und ja, bei den Drogen handelte es sich zumeist um Meth und Grass, aber es gab auch Zeiten, da hat sie Heroin genommen. Ja, sie hat Geld angenommen von Leuten, die bei ihr und ihrer Mutter übernachtet haben, und ja, mit manchen von ihnen hatte sie Sex, aber es wurde nie darüber gesprochen, dass Geld und Sex was miteinander zu tun hätten. Es war nur Geld, mit dem die Kosten der Übernachtung beglichen werden sollten. Der Sex, dem stimme sie zu, habe nichts damit zu tun gehabt. Das ist einfach passiert. Meistens war sie damit auch einverstanden gewesen.

Charlie überlässt sie nun dem Staatsanwalt zum Kreuzverhör und denkt dabei, dass sie sich immerhin eine kleine Chance verschafft hat, nachdem es vorher gar nicht danach ausgesehen hatte. Wenn abgestumpfte Ehrlichkeit für die Maschinerie genauso wichtig wäre wie bürokratische Belange, dann sollte die Maschinerie eigentlich zufrieden sein. Jede Frage, die sich aus dem Bericht ergeben hat, der vor ihm liegt, hat sie in ihrer unbeholfenen Sprache beantwortet, hat die dürren Worte mit anderen dürren Worten umkleidet, bis es sich erledigt hatte, dann kam die nächste dran und noch eine und noch eine. Manchmal klang sie geradezu resolut, konnte einige spitze Bemerkungen in den Berichten entkräften. Die Sozialarbeiter sitzen auf ihren generösen Ärschen oben auf der Galerie und blicken grimmig drein. Charlie weiß, wenn sie heute scheitern, werden sie innerhalb weniger Monate wieder hier sitzen. Mit neuem Bericht und zwanzig weiteren Urinproben und einer weiteren Chance, Hayley Swan die Kinder wegzunehmen.

Aber gleich zu Anfang des Kreuzverhörs ist schon klar, dass sie gewonnen haben. Während der Morgen voranschreitet, wird sie immer müder und, schlimmer noch, lässt sich gehen. Charlie kann zusehen, wie ihre Konzentration verfliegt, wie sie an sich herumzupft und mit den Fingern trommelt. Sie schaut zur Uhr, während unbeantwortete Fragen in der Luft hängen. Der Richter verliert die Geduld mit ihr und nimmt sie richtig hart ran. Auf dem T-Shirt unter ihrem billigen Spitzenjäckchen könnte genauso gut geschrieben stehen: »Brauche dringend Stoff«. Die Zeit vergeht und die Mittagspause rückt näher. Dann wird sie eine Stunde ganz auf sich gestellt sein. Und er kann nichts tun, um das Kreuzverhör zu beschleunigen, in dem es jetzt um Dinge geht, die überhaupt niemanden interessieren. Der Richter wirft der Vertreterin der Anklage Fragen hin, die sie begierig aufgreift. »Ms. Woollacott, ich glaube, Sie haben sie noch nicht nach ihren diversen Harnleiterinfektionen gefragt ...« Als der alte Sack endlich die Mittagspause ankündigt, rennt Hayley aus dem Gerichtsgebäude, ohne ein Wort zu sagen. Charlie schaut ihr nach und sieht, wie sie durch den Regen über die Straße hastet. Die Sozialarbeiter umringen ihn, reden hämisch übereinander und tun herablassend. Immerhin haben Sie es versucht. Jetzt ist sie weg. Ist besser so.

Er geht raus in den Regen, der auf seine Jacke prasselt und sie durchnässt. Geht bis zur Russel Street, vorbei an den Spielhallen und wirkt hier in seinem Anzug wie ein Außerirdischer. Niemand schaut ihn an. Niemand sieht aus, als hätte er ihr ein Alupäckchen zugesteckt oder ihr Geld abgenommen. Sie ist verschwunden. Die Stadt hat sie verschluckt.

Er schlägt einen Bogen zurück zum Gerichtsgebäude, und als er die Treppenstufen vor dem Eingang erreicht, sieht er sie dort sitzen. Neben ihr diese blöde Tasche, die sie überall mit hinschleppt. Darin hat sie ein Foto, das sie denen unter die Nase hält, die sie bedrängen. Er hat es schon oft angeschaut: Darauf ist sie zu sehen, vor Gesundheit strotzend, wohlgenährt, lächelnd und sonnengebräunt, mit einem Baby auf dem Arm und einem Kleinkind vor sich, das dem

Betrachter seine Patschhändchen entgegenstreckt. Der fröhliche Optimismus, den dieses Bild ausdrückt, ist kaum zu ertragen – ein Kind mit seinen Kindern, ein Ding der Unmöglichkeit.

Er geht ein paar Stufen hoch und hilft ihr auf die Beine. »Wo sind Sie denn gewesen? Wir waren doch ein gutes Stück vorangekommen ...« Aber ihr Kopf ist schwer und hängt herab. Ihn packt die Wut, er fasst sie am Kinn, will ihr ins Gesicht sehen. Und da treten ihr die Tränen in die Augen, sammeln sich, aber sie weint nicht, denn das sind gar nicht mehr ihre Augen. Er ringt nach Luft, als ihn das nackte Grauen überfällt, und er schaut sich ihren Arm an, nach dem er gerade gegriffen hat und sieht in der Armbeuge, dort, wo ihre zarte Haut besonders weiß ist, einen feinen roten Blutstropfen.

In den Nächten, in denen ihn der Alptraum nicht in voller Länge heimsucht, taucht nur dieses eine Bild auf: nur dieser Arm, diese weiße Haut und der feine rote Blutstropfen.

Ein Klopfen wie aus weiter Ferne drang durch den Schlaf in sein Bewusstsein. Ihm kam es vor, als wäre es schon eine ganze Weile im Gang gewesen, bevor er es gehört hatte. Er machte ein Auge auf und sah zu dem Wecker auf dem Nachttisch. Dort stand in blutroten Buchstaben, dass es 3:24 Uhr war.

Das Klopfen war fordernd, nicht zurückhaltend, aber auch nicht übermäßig laut. Immer drei Mal, dann eine Pause, dann wieder in immer gleichen Abständen.

»Was ist?«, rief er. Das Klopfen hörte kurz auf, dann setzte es wieder ein, diesmal auf Glas.

Draußen war es immer noch windig. Er hörte, wie das Dach knackte, als eine Böe sich darin verfing. Er seufzte, ging in die Küche, schaltete das Außenlicht ein und blieb vor dem Ausguss stehen.

»Wer ist da?«

Das Klopfen verstummte wieder.

»Machen Sie bitte die Tür auf«, sagte eine weibliche Stimme.

Charlie wartete mit gesenktem Kopf und horchte. Das Licht drang durch den Spalt zwischen den Vorhängen ins Zimmer.

Unvermittelt riss er die Tür auf, und das Mädchen, das gerade erneut gegen die Tür klopfen wollte, zuckte erschrocken zusammen. Ein hübsches Mädchen mit schlecht blondierten zurückgekämmten Haaren. Die Umrisse ihres Körpers wurden von einem dicken Pullover und einem Schal verdeckt. Ein Teenager. Sie musterte ihn, bevor sie etwas sagte.

»Sind Sie der Anwalt aus Melbourne?«

Charlie fuhr sich müde über die Augen. Nach einem halben Dutzend weiterer Biere war er völlig am Ende gewesen und am frühen Abend zu seinem Haus zurückgestolpert, wo er in dem ramponierten Sessel vor dem Fernseher eingeschlafen war. Nur das ständige Klappern, verursacht vom Wind, hatte ihn dazu gebracht, irgendwann ins Bett zu gehen.

»Hm-hm.« Draußen war nichts weiter zu hören als der Wind und das Meer. Wo kam denn dieses Mädchen auf einmal her?

»Ich glaube, ich kann Ihnen helfen bei Ihren … was auch immer Sie tun.«

»Das heißt?« Er trat beiseite. »Wollen Sie hereinkommen?«

»Nee, aber ich, äh, ich will mit Ihnen reden.« Sie machte eine leichte Kopfbewegung, und Charlie trat nach draußen auf die Fußmatte.

»Worüber denn?«, fragte er. Von rechts hörte er ein Geräusch. Er wandte den Blick und konnte eine Gestalt ausmachen, die hinter dem Heißwassertank hervorkam und direkt auf ihn und das Mädchen zu rannte. Ihm war völlig schleierhaft, warum jemand das tun sollte, wo diese Person auf einmal herkam, und ob der Angriff ihm oder dem Mädchen galt. Er wusste nur, dass ihnen Gefahr drohte.

Diesen Gedanken konnte Charlie noch fassen, bevor er einen rasenden Schmerz an seinem Ohr spürte und zu Boden stürzte. Er fühlte ein Stechen im Brustkorb, während er aufsah und in ein männliches Gesicht unter einer Baseballkappe starrte. Ein junger Typ, vielleicht etwas älter als das Mädchen, mit wutverzerrtem Gesicht. Sein aufgeknöpftes Hemd wehte umher, als er die geballte Faust hob und ihm ins Gesicht schlug.

»Arschloch«, brüllte er und verpasste ihm eine Ohrfeige. »Wie gefällt dir das, du Mistkerl?«

»Lassen Sie mich los«, schrie Charlie. »Was wollen Sie von mir?«

Sein Angreifer antwortete nicht, aber er packte ihn am T-Shirt und prügelte auf eine Stelle zwischen Charlies Wange und seiner Nase ein. Als der Schmerz nachließ und die Tränen verschwanden, spürte Charlie das warme Blut, das ihm seitlich über das Gesicht ins Ohr rann. Er spürte einen Tritt gegen die Rippen, dann noch einen und noch einen.

»Lass ihn«, rief das Mädchen schrill, und Charlie konnte die Panik in ihrer Stimme hören. Offenbar schlug sie auf den Kerl ein, der ihn verprügelte, denn sein Oberkörper wurde mehrmals gegen den von Charlie gestoßen. Das Gesicht des Mannes näherte sich, und zum ersten Mal konnte er es genauer betrachten – dünne Nase, hohe Wangenknochen und blasse Augen. Er hatte feine, dünne Bartstoppeln und Herpesbläschen im Mundwinkel. Sein Mund stand offen und bewegte sich, aber Charlie hatte Mühe, seinen Worten zu folgen.

»Halt dich fern von Paddy Lanegan, hast du verstanden? Lass ihn in Ruhe, du Arschloch.« Er deutete direkt zwischen Charlies Augen. »Du dreckiger Mistkerl.«

Dann schlug er mit der Faust gegen die Asbestwand hinter Charlies Kopf, die laut krachend zerbrach. Charlie hörte, wie sein Angreifer kurz darauf leichtfüßig über die Holzplanken der Veranda davoneilte. Das Mädchen folgte ihm. Er blieb auf der Fußmatte liegen und hustete qualvoll.

Also hatte Patrick Lanegan doch einen Verbündeten. Am liebsten wäre er hier liegen geblieben, festgenagelt von den bohrenden Schmerzen, die Augen nach oben gerichtet. Dort schwirrten Mücken um die Glühbirne, in endlosen Kreisen, völlig nutzlos.

Von der Straße her sah das Anwesen aus wie eine ländliche Idylle. Klein und funktional mit dunklen Zypressenhecken auf der Wetterseite. Eine üppige grüne Wiese, umkränzt von Stacheldraht. Und roter Eukalyptus direkt vor dem Haus. Drei Kälber blickten ihn teilnahmslos an, als er ankam. An der Einfahrt hing ein aufgeschnittener weißer Plastikkübel, der als Briefkasten diente. Darauf stand in dicken schwarzen Ziffern, mit kindlicher Handschrift geschrieben, die Nummer »4231«. Charlie stieg über einen Weiderost und ging auf das Haus zu.

Als er näher kam, wurde der idyllische Eindruck durch ein wildes Durcheinander zerstört. Ein Kinderfahrrad lag im hochgewachsenen Gras am Rand des Kieswegs. Der Windfang vor der Eingangstür bestand aus verblichenem Kunststoff, dessen grüne Farbe einen kränklich wirkenden Schimmer auf die aus Zementplatten bestehende Hauswand warf. Ein verrosteter grüner Camira-Kombi stand davor. Es war derselbe, den er am Vortag am Footballplatz gesehen hatte.

Da er keinen Klingelknopf sah, schlug er laut gegen das Fliegengitter. Im Haus waren Kindergeräusche zu hören. Es rumste und die tiefe Stimme eines Erwachsenen ertönte, gefolgt von

Schritten, die sich näherten. Die Tür schwang auf und Patrick Hughes Lanegan stand vor ihm.

»Oh, Scheiße!«, rief er aus. Charlie hatte ganz vergessen, wie er aussah. Ein Junge im Grundschulalter spähte neben Lanegan nach draußen. »Was ist denn mit seinem Gesicht passiert, Paddy?«, fragte er und starrte ihn an.

»Halt die Klappe, Benny.« Lanegan schob die Tür auf, blockierte sie aber mit den Füßen und fragte Charlie herausfordernd: »Was gibt's?«

Charlie wusste, dass es nicht leicht werden würde, eine Unterhaltung in Gang zu bekommen. »Ich bin Charlie Jardim«, begann er. »Ich bin …«

»Der Schnüffler. Halten Sie mich für blöd? Sie sind von der Staatsanwaltschaft.« Patrick Lanegans gesamter Körper drückte Feindseligkeit aus.

»Was wollen Sie?«

»Ich möchte mit Ihnen über den Tod Ihres Bruders reden.«

Der Junge blökte ihm etwas entgegen, als er das sagte und trat mit seinem kleinen Fuß gegen die Drahttür. Lanegan tat so, als wollte er ihm eine Ohrfeige verpassen. »Hör auf mit dem Scheiß, Benny. Geh zu den anderen.« Der Junge warf Charlie noch einen bösen Blick zu und verschwand im Haus.

»Ich hab den Cops schon erzählt, was passiert ist. Fragen Sie die doch nach einer Kopie meiner Aussage.«

»Ich muss alles noch mal kurz durchgehen, wenn es Ihnen nichts ausmacht«, sagte Charlie. Er merkte, dass er nicht an den Kerl herankam, aber da sein Gesicht so höllisch schmerzte, wollte er ihm nicht auch noch den Gefallen tun, ihn um ein Gespräch anzuflehen.

»Dann machen Sie sich doch eine Kopie und gehen die durch. Ich bin fertig mit den Cops. Und würde es vorziehen, wenn Sie jetzt mein Grundstück verlassen. Bitte.«

»Na schön«, seufzte Charlie. »Aber ich will Ihnen noch was sagen. Ich bin diesen scheißlangen Weg hierhergekommen und hab dabei mein Auto zu Schrott gefahren. Ich habe mich bemüht, höflich zu sein, wurde aber überall nur mit Misstrauen und Grobheiten empfangen. Abgesehen von Les und seinem Pub ist dies hier das kaputteste, paranoideste Drecksloch, in das ich jemals geschickt wurde …«

Lanegan gab keine Antwort, also redete er weiter.

»Was ist denn bloß los mit euch? Ihr tut ja so, als würdet ihr belagert. Irgendein Vollidiot hat mich letzte Nacht aus dem Bett geholt und vor der Haustür zusammengeschlagen. Bloß weil ich hergekommen bin, um mit Ihnen zu reden. Und dabei geht es überhaupt nicht darum, Sie wegen irgendwas einzubuchten – ich bin hier, um Sie aus dem ganzen Schlamassel rauszuholen, verdammt.«

Aus der Stille im Haus schloss er, dass die Kinder lauschten. »Also gut, dann gehe ich wieder. Dreh mich um und geh nach Hause und vergesse diesen Ort hier. Trotzdem denke ich, dass Sie ruhig mal so freundlich sein könnten, mir zuzuhören.«

»Ja, ja.«

Lanegan blickte ihn eine Weile verärgert an.

»Wer hat Sie denn verprügelt?«, fragte er schließlich und legte dabei sein Kinn auf den Arm, der die Tür festhielt.

»Weiß ich nicht. Ein junger Typ, der ein Mädchen dabei hatte.« Charlie hob unwillkürlich die Hand und betastete die Schwellung an seinem Auge.

»Das ist wirklich eigenartig«, sagte Lanegan ruhig. »Kommen Sie rein.«

Die Küche war vollgepackt mit Essen in den verschiedensten Frischestadien: Lebensmittel in noch nicht ausgepackten Tüten, angebissene Sandwiches auf den Bänken, Obst in einer Schale und auf dem Tisch verstreut. Vergessenes schmutziges Geschirr. Der Geruch vergangener Mahlzeiten hing unangenehm in der Luft.

Charlie setzte sich an einen Tisch mit Resopalplatte und rostigen Chrombeinen. Lanegan hatte einen Wasserkessel auf den Herd gestellt und suchte nach Bechern. Zwei Jungs standen in der Tür. Ihre Neugier übertraf ihre Schüchternheit. Sie sahen sich sehr ähnlich und waren auch gleich gekleidet. Ihren rotbraunen Haaren hatte man einen Topfschnitt verpasst, die Gesichter waren mit Sommersprossen übersät. Einer hielt Charlie eine Plastikfigur hin. »Das ist ein Transformer«, sagte er ernst. »Der gehört mir.«

Patrick stellte ihm einen Kaffee hin, ohne gefragt zu haben, ob er einen wollte. Die Jungs rannten plötzlich davon, wie auf ein geheimes Kommando. Der Instantkaffee mit Milch wurde in einem schweren, angeschlagenen Becher serviert. Charlie nahm ihn dankbar an, auch wenn er vermutete, dass es nicht unbedingt ein Zeichen von Sympathie war, wenn man in dieser Stadt einen Kaffee spendiert bekam. Es war einfach nur ein Ritual, sonst nichts. Zögerliches Schweigen.

»Die Zwillinge sind acht Jahre alt, oder?«

»Yep.«

»Und wie alt sind Sie? Dreiundzwanzig? Ganz schöner Unterschied.«

»Hm.« Patrick fummelte an einem Plastikroboter herum, der am anderen Ende des Tischs stand, und schraubte die Batterieabdeckung ab.

»Die Eltern haben wohl früh angefangen?« Charlie verfluchte sich innerlich für diese Bemerkung.

Patrick runzelte die Stirn. »Nein, eigentlich nicht.«

Wieder brach Schweigen aus. Schließlich fragte Patrick: »Um was geht's denn nun?«

»Also, Sie scheinen ja zu wissen, wer ich bin«, begann Charlie. »Ich arbeite für das Büro der Staatsanwaltschaft. Eigentlich bin ich Rechtsanwalt, freischaffend, wenn Sie so wollen, aber im Moment arbeite ich für den Staatsanwalt. Es geht um die Mordanklage gegen die beiden Männer, die Ihren Bruder umgebracht haben.«

Patrick fixierte wieder den Roboter. »Aha.«

»Ich arbeite in dieser Sache mit dem leitenden Staatsanwalt zusammen. Wir teilen uns die verschiedenen Arbeiten auf, und wie Sie sich denken können, ist da jede Menge zu tun. Vor allem wenn man zwei Angeklagte und zwei Gruppen von Anwälten gegen sich hat und so weiter …«

»Hm. Da geht's wahrscheinlich richtig zur Sache.« Patrick hatte den Schraubenzieher in den Roboter geschoben und stemmte nun die Plastikklappe auf. Lautes Schnappen.

»Wir müssen jede Menge Beweismittel durchgehen, Patrick. Die ganzen Polizeiberichte, die Telefonprotokolle, Berichte über durchsuchte Autos und Häuser, die Autopsie bei der … bei Ihrem Bruder. Und alle möglichen forensischen Details, wie zum Beispiel die Waffe.«

»Yep.«

»Und dann wäre da noch Ihre Aussage.«

Charlies Worte gingen in einem lauten Klappern unter, als der eine der Jungen wieder auftauchte, dem er bereits an der Tür begegnet war. Ihm folgte eine zweite, größere Person. Charlies Blick wechselte blitzschnell von dem Jungen zu seiner Begleiterin, die nach ihm durch die Tür trat.

Blonde Haare, nachlässig blondiert. Große, dunkle Augen. Hübscher als in seiner Erinnerung, und jünger. Vielleicht gerade mal fünfzehn. Aber das war sie eindeutig.

Sie blieb abrupt in der Tür stehen und starrte ihn an. Er konnte geradezu spüren, wie ihr Blick über sein Gesicht mit den Schwellungen und die Schürfwunde am Kinn wanderte, und sah, wie ihre Augen sich weiteten wie in einer Komödie. Dann war sie wieder weg. Das Kind flitzte hinter ihr her, irgendwo in den vorderen Bereich des Hauses. Charlie schaute zu Patrick hin, er war jetzt misstrauisch geworden. Doch der fummelte immer noch an dem Roboter herum.

Dann sah er auf und fixierte Charlie. »Was ist denn eigentlich mit Ihrem Gesicht passiert?«

»Hab ich doch erzählt. Letzte Nacht kam jemand zu mir und hat mich zusammengeschlagen.« Charlie starrte zurück, bis Patrick sich wieder dem Spielzeug zuwandte. Er hatte nicht den Eindruck, dass dieser verstanden hatte, was gerade passiert war.

»Wer war das da eben?«

»Das ist meine Schwester Milly. He, Milly, sag doch mal Guten Tag«, rief er über Charlies Schulter hinweg in den Flur. Die Antwort kam von weiter vorn aus dem Haus. Ziemlich lässig.

»Also«, fuhr Charlie fort. »Die Beweislage. Ich möchte nicht, dass Sie das falsch verstehen, aber sowohl der leitende Staatsanwalt als auch ich haben Ihre Aussage gelesen und wir denken, dass sie nicht korrekt ist. Damit meine ich, dass wir glauben, dass Sie nicht die Wahrheit gesagt haben.«

Patricks Gesichtsausdruck änderte sich nicht. »Wie kommen Sie darauf?«, fragte er.

»Also, das soll jetzt keine Kritik an Ihnen sein, okay. So etwas kommt bei uns ständig vor. Manchmal wollen die Zeugen jemanden schützen, manchmal werden sie von jemandem unter Druck gesetzt, manchmal glauben sie, dass sie sich so richtig verhalten. Aber normalerweise fehlt der Aussage die Logik, und genau das ist uns bei ihrer aufgefallen, als wir sie gelesen haben. Ich glaube nicht, dass Sie Ihren Bruder in eine so gefährliche Situation hätten gehen lassen, ohne ihn zu begleiten. Ebenso wenig glaube ich, dass

Murchison und McVean so schnell abgehauen wären, während das Schiff brannte, wenn es nicht einen dringenden Grund dafür gegeben hätte. Und zwar den, dass Sie Ihnen entwischt sind. Das ist doch eine ziemlich vernünftige Annahme, finden Sie nicht?«

»Ich habe gesagt, was ich gesagt habe. Der Rest ist dann Ihr Problem.«

»Ja, klar, erst einmal ist es mein Problem. Aber die Sache ist die: Die Anwälte der Verteidigung werden es genauso schnell durchschauen wie ich, nur betrachten sie das Ganze aus einem anderen Blickwinkel. Sie werden behaupten, dass Sie es waren.« Er trank den Kaffee aus. »Und dann ist es Ihr Problem.«

Patrick legte den Roboter hin und gab ihm mit dem Finger einen Schubs, sodass er sich auf den Rücken drehte. »Was das betrifft, muss ich wohl mein Glück versuchen. War das alles?«

»Das war alles«, sagte Charlie niedergeschlagen. Er griff nach dem Becher und stellte ihn neben das Waschbecken. »Danke für den Kaffee.«

Als er durch den dunklen Flur zur Haustür ging, von einer unerklärlichen Traurigkeit ergriffen, spürte er, wie Patrick ihm dicht auf den Fersen folgte, um sicherzugehen, dass er möglichst schnell verschwand. Als ob er ein böses Omen wäre oder jemand, von dem Unglück ausging. Patrick schloss hinter ihm die Tür, noch bevor Charlie den Treppenabsatz verlassen hatte.

Er wollte gerade die Wagentür aufziehen, als von der einen Hausseite her eine Stimme ertönte und ihn innehalten ließ. Das Mädchen. Milly. Sie kam atemlos auf ihn zu, ziemlich nervös. Charlie fand, dass er das Recht hatte, sie ein bisschen zu quälen.

»Was gibt's?«

»Ich wollte mich nur entschuldigen.«

»Wofür?«

»Für letzte Nacht. Also, ich hätte nie gedacht, dass er es wirklich tut. Ich dachte, er wollte Sie bloß warnen, verstehen Sie. Ich meine, ich dachte, er würde … Ich hätte nie gedacht, dass er Sie so verprügeln würde.«

»Tatsächlich? Dann richte ihm doch aus, dass er ein kranker Irrer ist. Und da du es warst, die mich aus dem Haus gelockt hat, muss ich wohl annehmen, dass du einfach nur eine blöde Kuh bist, die nicht weiß, was sie tut.«

Er hatte erwartet, dass sie nun wütend werden würde, was ja seiner Ansicht nach der Zweck war, wenn man jemanden eine blöde Kuh nannte. Aber ihre Reaktion überraschte ihn: Ihre Gesichtszüge entgleisten und sie fing an zu weinen.

»Wir versuchen … doch bloß … uns um ihn zu kümmern«, schluchzte sie. Sie lehnte sich jetzt gegen das Heck des Saab, biss die Zähne zusammen, um das Schluchzen zu unterdrücken. »Paddy ist in Ordnung. Wirklich. Sie können ja nicht verstehen, mit was er sich alles herumschlagen muss – mit Ihnen, mit dem Sozialamt, mit den beschissenen Murchisons, mit den ganzen Geldproblemen und wer sich um die beiden Kleinen kümmert. Er schafft das alles gar nicht mehr. Er wird der Nächste sein, den das alles umbringt. Das macht ihn total fertig. Diese ganze verdammte Familie …« Sie schluchzte laut auf. »… ist eine einzige Katastrophe. Seit Jahren werden wir drangsaliert. Warum muss denn immer noch mehr Dreck auf uns geworfen werden? Warum könnt ihr uns nicht einfach in Ruhe lassen?« Sie flehte ihn an. Charlie wusste nicht, wo er hinschauen sollte. Er konnte ihren Blick nicht ertragen.

»Arch hat sich wie ein Arschloch verhalten, als er Sie so verprügelt hat. Ich erwarte ja nicht, dass Sie mir glauben, aber ich dachte, er wollte uns helfen. Es … es tut mir leid.«

»Okay. Schon gut.«

»Ich bin mit ihm zusammen«, sagte sie leise. »Irgendwie. So seit zwei Wochen. Ich hab ihn gefragt, ob er mitkommen will, weil ich Angst hatte, allein zu Ihnen zu gehen. Ich wusste ja nicht, dass er so ausrasten würde. Das wollte ich bestimmt nicht. Dieser blöde Idiot wollte bloß Eindruck bei mir schinden.«

Sie streckte plötzlich die Hand aus, bot sie Charlie an. Er musste sie wohl eine unangenehm lange Zeit angestarrt haben. Da wo er herkam, gaben Mädchen in Motocross-T-Shirts niemandem die Hand, schauten Fremde, die sie kürzlich überfallen hatten, nicht mit geröteten Augen an und bettelten um Vergebung. Er war, wieder einmal, ein Fremder in einem fremden Land. Schließlich nahm er ihre Hand und schüttelte sie. Ihr warmer, kräftiger Händedruck war die erste angenehme Erfahrung seit Langem.

In der Bar machte die Band gerade einen Soundcheck. Die Chromringe des Schlagzeugs leuchteten im Scheinwerferlicht, und als der schlaksige Gitarrist das Kabel in den Verstärker steckte, dröhnte und fiepte es so laut, dass die Gäste in der Nähe sich die Ohren zuhalten mussten.

Der Akku von Charlies Handy war leer, was häufig passierte, wenn er es brauchte. Er lehnte an der breiten Säule hinter der Bar und wählte Weirs Nummer auf dem Telefon des Pubs, das Les ihm freundlicherweise zur Verfügung gestellt hatte. Die Großzügigkeit des Barmanns verwunderte ihn. Der Gitarrist ließ gerade sein Plektrum über die Saiten gleiten und erzeugte ein metallisches »Drrringg«, als die Verbindung zustande kam. Charlie wurde von Weirs Stimme überrascht, die plötzlich extrem laut und durch ein Echo verzerrt aus dem Hörer schallte.

»Ja-ha.«

»Harlan, Charlie.«

»Hallo, wie geht's uns denn so?«

»Entschuldigung, aber irgendwie ist die Verbindung hier extrem schlecht. Haben Sie die Freisprechanlage eingeschaltet?«

»Viel besser. Ich hatte jemanden hier, der hat das Telefon an die Stereoanlage angeschlossen. Jetzt kann ich durchs ganze Haus gehen und telefonieren, und Ihre Stimme kommt über die verschiedenen Lautsprecher. Wenn ich von einem Zimmer ins nächste gehe, sind Sie immer noch dran. Funktioniert mit Infrarot, glaube ich. Oder Bluetooth oder so was. Ich bin jetzt im Wohnzimmer.«

»Sie können mich gerne einen Maschinenstürmer nennen, Harlan. Aber was für einen Sinn soll das denn haben?«

»Intelligente Technik.« Das sagte er mit einem leichten selbstironischen Unterton. »Wenn man das herausfiltert, was einen ablenken könnte, kann man ungehindert denken. Ich habe gestern einen Deal mit dem Basken ausgehandelt und musste dafür nicht mal die Küche verlassen. Das ist diese Sache in Pascoe Vale – Sie erinnern sich? – ich konnte währenddessen weiter meinen Koriander hacken. Wie auch immer, der Typ ist mit grober Fahrlässigkeit einverstanden, wenn wir die Absicht streichen, und ich hatte das malaysische Curryhuhn fertig, als ich mit ihm durch war. Ich hab keine Ahnung, was der Baske währenddessen getan hat, wahrscheinlich hat er Scotch in sich reingekippt, während er in der Anwaltskammer rumhockte, unter diesem Porträt von Ignatius Loyola. Was mich betrifft, so habe ich die Hände frei und die Tonqualität ist trotzdem super, das ist der springende Punkt, und man muss auch nicht so ein blödes Headset mit sich rumschleppen. Man kann gestikulieren, hin und her laufen. Toll, oder? Und ich kriege alle Nuancen in Ihrem Tonfall mit und so weiter. Weil's richtig laut aus den Lautsprechern in der Zimmerdecke dröhnt. Aber deshalb rufen Sie gar nicht an, stimmt's?«

Charlie stellte sich vor, wie Weir in seinem Wohnzimmer herumlief, in dem er nur ein einziges Mal gewesen war. Sauber, ordentlich und funktional, ein Dementi seines Alters. Fotos vom Fischen. Ein riesiger »Rank Arena«-Fernseher aus den Achtzigern. Sofas mit Blümchenmuster, ausgesucht von der leider schon verstorbenen Pamela. Stehlampen, geschmackvolle Kunstwerke, die sogar ein bisschen progressiv waren und keinerlei Bezug zu Weirs Beruf hatten. Eine detailreiche Lithografie von einem Honigfresser-Vogel in einem schmalen Goldrahmen. Seeansichten in dicken Ölfarben, die aus nächster Nähe keinen Sinn ergaben, mit größerem Abstand betrachtet aber geradezu fotorealistisch wirkten. Gerahmte Fotos von seinen Töchtern und Pamela standen in einer Nische auf dem Bücherregal. Das Zimmer eines Mannes, der niemandem etwas vormachen musste, der zu Hause wie ein Einsiedler in Socken vor dem Fernseher hockte.

»Hat das Curryhuhn Sie nicht abgelenkt?«

»Meine Güte, nein. Es gibt keinen besseren Stimulus für klares Denken als eine halb sitzende Tätigkeit. Etwas, was der Körper ohne geistige Anstrengung ausführen kann. Gehen zum Beispiel. Und jetzt erzählen Sie mir mal …« Charlie hatte den Eindruck, dass Weir aufgehört hatte herumzulaufen und nun unter einem der Deckenlautsprecher stand, durch den er ihn anzustarren schien. »… wie läuft's denn da unten so?«

»Sieht nicht gut aus, Boss. Ich habe unseren Zeugen aufgesucht und der ist ziemlich unbrauchbar. Er hatte mich schon erwartet und will nicht kooperieren. Die halbe Stadt weiß, was ich hier will. Einige unterstützen die Murchisons und denken, dass Lanegan seine verdiente Strafe bekommen hat. Andere sind der Ansicht, dass Patrick verrückt ist. Und dann gibt es noch ein paar, die ihm helfen wollen und meinen, ich sollte mich verpissen.« Charlie fuhr abwesend mit der Hand über die Steinwand. »Ehrlich gesagt bin ich mir nicht sicher, ob wir hier überhaupt etwas erreichen können.«

Am anderen Ende brach Schweigen aus.

»Wie kommen Sie denn mit den Leuten klar?«

»Was meinen Sie damit?«

»Ich meine … verstehen Sie mich jetzt bitte nicht falsch, hm? Sie sollten es mal mit etwas mehr, äh, Demut versuchen, um weiterzukommen.«

Die Hand auf der Steinwand hielt abrupt inne. Charlie wurde heiß und kalt zugleich.

»Ich … äh. Harlan, wollen Sie damit etwa andeuten, ich sei hochnäsig?«

Weir schlug sofort einen versöhnlicheren Ton an. »Überhaupt nicht. Aber Sie sind vielleicht zu verbissen und kommen daher komisch rüber. Diese Leute sind nicht so wie Sie. Das verstehen Sie doch, oder?«

»Heute Abend bin ich zum dritten Mal in dieser Bar, um was zu trinken. Und ich kann Ihnen versichern, die Leute hier sind wirklich anders drauf.«

»Da haben Sie es wieder – mit dieser Einstellung kommen Sie nur in Schwierigkeiten. Sie sind ein Außenseiter. Daher begegnet man Ihnen mit Misstrauen. Sie müssen mehr auf diese Leute zugehen. Bis zu einem gewissen Grad sollten die den Umgang mit Menschen von außerhalb ja gewohnt sein. Mit Touristen oder Bürokraten oder Rentnern, aber es fällt ihnen nicht leicht. Auf den Pitcairn-Inseln ist man entweder ein Eingeborener oder von woanders. Vielleicht ist das ein guter Vergleich … Entweder Sie wachsen auf einem winzig kleinen Felsbrocken mitten im Ozean auf oder Sie sind ein Außerirdischer. In Ihrem Fall ist es zwar nicht ganz so krass, aber Sie haben es mit dem gleichen Problem zu tun. Seien Sie einfühlsamer.«

»Harlan, ich will ehrlich zu Ihnen sein. Das ist nicht meine Arbeit. Ich kann vor Gericht treten und plädieren, genau wie Sie … Naja, ich kann's ganz offensichtlich nicht so gut wie Sie. Ich komme nicht vom Land, und ich bin auch nicht inkognito hier. Ich trag ja nicht mal Jeans. Sie haben mich hierhergeschickt, damit ich mit einem Zeugen rede, um herauszufinden, ob er etwas zur Beweislage beitragen kann … zur Wahrheitsfindung …« Charlie ertappte sich dabei, wie er mit dem Zeigefinger herumfuchtelte, um seine Aussage zu bekräftigen. Andere in der Bar hatten es auch bemerkt, also steckte er schnell seine Hand in die Hosentasche.

»Ich stoße hier überall auf ziemlich viel Widerstand und kann nur sagen, dass der Kerl mit der Wahrheit nicht rüberkommen will. Ich hab mit ihm gesprochen und den Eindruck, dass es ihm echt nicht gut geht. Psychisch meine ich. Das wäre dann die Antwort auf Ihre Frage. Mein Wagen ist total demoliert, ich wurde verprügelt, ich fange schon an, Selbstgespräche zu führen, und zu Hause habe ich auch einige verbrannte Erde hinterlassen. Wie wär's, wenn wir die Sache hier jetzt einfach abbrechen, hm?«

Schweigen am anderen Ende. Charlie konnte sich wieder ziemlich genau vorstellen, wie Weir jetzt dastand: Hände in die Hüften gestemmt, Stirn gerunzelt, Blick nach unten auf die Fußspitzen. Eine Pose, die er schon bei verschiedenen Gelegenheiten eingenommen hatte, wenn er schwer beunruhigt war.

»Sie müssen aber weitermachen.«

»Warum?«

Charlie hatte das Gefühl, dass diese ganze Unternehmung vollkommen schwachsinnig war. »Ich soll also mehr Druck machen und ihn härter rannehmen. Aber was, wenn er später im Kreuzverhör damit rausplatzt? Dann werden Sie und ich wegen Zeugenbeeinflussung aus dem Verfahren ausgeschlossen. Wollen Sie das etwa?«

Charlie bemerkte, dass er schon wieder hektisch gestikulierte. Ein stark behaarter Arm tauchte neben der Säule auf, stellte ein Bier auf der Theke ab und verschwand wieder.

»Wir sollten unseren ursprünglichen Plan weiterverfolgen«, lenkte Harlan ein. »Wir wissen doch beide, dass der Bursche mehr weiß, als er gesagt hat, oder?«

Charlie hörte, wie er über den Teppich tigerte.

»Also können wir ihn unter Strafandrohung vorladen, und was wird er dann tun? Er wird es uns gehörig übel nehmen, wenn wir ihn seiner vertrauten Umgebung entreißen, wieder störrisch werden und aggressiv auf uns losgehen wie ein Drongo. Wir könnten ihn natürlich auch fallen lassen, aber dann wird die Verteidigung Lunte riechen und verlangen, dass wir ihn ins Kreuzverhör nehmen. Es ist einfach unmöglich, ihn außen vor zu lassen. Welche Jury würde denn akzeptieren, dass wir einen Augenzeugen nicht vorladen?«

»Vielleicht ist tatsächlich alles aus, wenn wir ihn nicht zum Reden bringen, Harlan. Vielleicht sollten Sie aber auch einfach einsehen, dass es eh nicht funktioniert. Das, wozu Sie mich hier verdonnert haben, ist nicht nur verdammt erniedrigend, sondern hat auch überhaupt nichts mit meiner Arbeit zu tun. Es ist vielleicht sogar …«

»Mensch, Charlie jetzt lassen Sie es aber mal gut sein.«

»Entschuldigung?«

»Sie bekommen eine Tagespauschale, und ich habe dafür gesorgt, dass ihre kompletten Reisekosten übernommen werden, egal was Sie in ihrem … Hotel veranstalten. In Dauphin gibt es einen Mann namens Lewis, der Autos repariert. Gehen Sie zu ihm und lassen Sie ihren Wagen in Ordnung bringen. Ich hab dafür gesorgt, dass auch das gezahlt wird. Sie haben die Chance, mal ein bisschen aus ihrem Alltagstrott rauszukommen. Kein Druck. Ist das nicht genau das, was Sie wollten?«

Charlie lehnte sich gegen die Säule und starrte hoch zu der total versifften Decke. Irgendwo in der Bar ging ein Glas zu Bruch. Er seufzte, und die Luft, die er ausatmete, verursachte ein Rauschen im Hörer.

»Wie lange denn?«

»Solange Sie brauchen. Wenn es länger dauert als bis Ende Mai, beantrage ich eine Terminverschiebung.«

»Hm.«

»Charlie, wenn das klappt, und es wird klappen, dann wird es Ihr Erfolg sein. Und eines Tages wird der Bursche Ihnen sogar dafür danken, dass Sie ihn so weit gebracht haben. Er weiß es jetzt nur noch nicht.«

Charlie nahm einen Schluck von seinem Bier. Es war kalt und fühlte sich beunruhigend vertraut an. Harlan sagte nichts, während er schluckte, aufstöhnte und sich wieder gegen die Säule lehnte.

»Ehrlich gesagt habe ich keine Ahnung, was ich hier überhaupt tue …«

»Niemand von uns hat eine Ahnung, was er tut. Und das meine ich aufs große Ganze gesehen. Wir sollten uns einfach noch eine Weile weiter in diese Richtung vorantasten, einverstanden?«

Getrieben von dem Impuls, erneut zu widersprechen, legte Charlie den Hörer auf die Gabel, ohne noch etwas zu sagen. Doch sofort bereute er es. Er griff nach dem Bier und ging zurück an die Bar, als eine missgelaunt dreinblickende Frau anfing, die Essensnummern ins Bistro-Mikrophon zu sprechen.

Die Mädchen hatten gesagt, es sei das letzte Haus auf der linken Seite, wenn man auf die TV-Antenne zuläuft. Sie hatten ihn eingehend gemustert, als sie vor dem Gitarristen getanzt hatten, hatten geflirtet und ihre Haare fliegen lassen. Er hatte das Ritual über sich ergehen lassen, ohne eine Gemütsbewegung zu zeigen. Die billigen Klamotten, die geschmeidigen Körper, diese Haare; all das genügte schon, um sich im vollen Bewusstsein seiner Jugendlichkeit zur Schau stellen zu können. Noch.

»Wo kommst du her?«

Charlie lächelte schwach, als die Größere der beiden sich dicht zu ihm beugte und eine Parfümwolke verströmte. Sie hatte Sommersprossen und ein Piercing an der Augenbraue. »Meine Freundin möchte gern wissen, woher du kommst«, sagte sie lächelnd, und schon verpasste das andere Mädchen ihr einen Tritt in den Hintern und sie schrie: »Aua, du Miststück!«

Das große Mädchen brach in Lachen aus und streckte die Hand aus. »Komm tanzen!«, rief sie, als die Band gerade am Ende eines Songs angekommen war.

Köpfe drehten sich zu ihm um, und Charlie geriet in Panik. »Danke, im Moment nicht.«

Sie schmollte und schaute ihn enttäuscht an. Dann war sie schlagartig wieder gut gelaunt und erzählte ihm von der Party gar nicht weit von hier, nur ein Stück die Straße runter, wo es jede Menge Schnaps gäbe, weil die Typen vom Pub sich darum kümmern würden und der Gastgeber – Corey? Cody? – einfach unglaublich witzig sei. Die Band fing mit dem nächsten Song an und das ganze Lokal erbebte im Rhythmus.

Die Mädchen hüpften durch die Menge in eine andere Ecke und ließen Charlie mit dem Gefühl allein, ein echter Langweiler zu sein.

Etwas später ging er dann allein durch die Dunkelheit die Straße entlang, entfernte sich von der Küste und seiner behelfsmäßigen Unterkunft. Er folgte den Grüppchen von Betrunkenen, die die Zäune hinter sich ließen und in die freie Natur gingen, und ihr Gelächter und ihre Flüche hallten als Echos von den Hauswänden zurück. Sie stolperten in eine Zufahrt und gingen durch eine Reihe geparkter Autos hindurch, alles Pick-ups, und weiter zu einer hell erleuchteten Haustür. Charlie folgte ihnen in der Hoffnung, mit ihnen ins Haus schlüpfen zu können, hielt aber genug Abstand, um sich nicht vorstellen zu müssen.

Die Betonstufen rauf und durch die Tür, gut aufpassen, dass die scharfen Ecken der mit Sprungfedern versehenen Fliegengittertür nicht seine Achillesferse in Mitleidenschaft zogen. Im Flur war es voll und eng. Leute wechselten ständig zwischen den Zimmern. Weiter vorn schimmerte das kalte Licht einer Leuchtstoffröhre, wahrscheinlich war dort die Küche. Einige Gesichter kannte er aus dem Pub. Die junge Frau, die ihm einen Kaffee gemacht hatte. Zwei oder drei von den Footballspielern. Alle waren eifrig mit sich beschäftigt und unterhielten sich lautstark. Er ging links ins Badezimmer, dessen Wanne mit Eis gefüllt war, und stellte die Bierflaschen rein, die er in einer Plastiktüte mitgebracht hatte.

Er nahm sich eine davon und wollte sich wieder der Party zuwenden, als ein Pärchen lautstark hereinstürmte. Sie lachten über irgendwas, einen Witz, den sie mit ins Zimmer brachten. Sie brauchten ein paar Sekunden, bis sie Charlie bemerkten, und da hatte das Mädchen die Tür schon geschlossen.

»He!«, sagte der Typ. »Der Staatsanwalttyp!«

Charlie war sich nicht sicher, ob er die beiden schon mal gesehen hatte, aber sie machten einen harmlosen Eindruck.

»Haben Sie eine Visitenkarte?«

Charlie holte seine Brieftasche raus, in der einige Karten steckten. Er nahm eine raus und reichte sie dem Mädchen.

Charles J. Jardim, Rechtsanwalt bei Gericht. Sie las es mit leicht amüsiertem Interesse.

Die beiden setzten sich auf den Badezimmerschrank und fingen an Papierchen zusammenzukleben, um dann eine großzügige Portion Grünzeug aus einer Sandwichtüte darauf zu streuen. Die

Visitenkarte wurde längs durchgerissen und zu einem schmalen Zylinder gedreht.

»He, was soll das denn?«, protestierte Charlie.

»Hör mal Kumpel«, lachte der Typ mit dem Joint, »glauben Sie etwa, ich brauch einen …« Er warf einen Blick auf die Überreste der Karte. »… einen …walt bei Gericht? Was ist das überhaupt, ein Walt?«

»Anwalt, Dale, du Mongo«, kicherte das Mädchen. »Er ist Rechtsanwalt. Man muss Anwalt sein, damit man für den Staatsanwalt arbeiten kann. Mitdenken!« Sie deutete auf ihre Stirn und streckte ihm die Zunge raus.

Dale hatte den Joint fertig gedreht und überreichte Charlie den dicken Joint und das Feuerzeug mit großer Geste.

»Bitte sehr, der Herr«, betonte er ironisch. »Sie haben immerhin das Mundstück gespendet.«

Charlie nahm den Joint und schob den instinktiven Gedanken beiseite, dass dies bestimmt keine weise Entscheidung war, und zündete ihn an. Er war perfekt gerollt und zog sehr gut. Er nahm drei tiefe Züge und behielt den Rauch eine Weile in der Lunge, um ihn dann als dicke Wolke wieder auszustoßen. Mit einem dümmlichen Grinsen gab er das Ding an Dale weiter.

Dann knallte das Zeug rein.

Er griff nach dem Toilettenschrank, um sich festzuhalten, als seine Hände und Füße unglaublich schwer wurden. Sein Kopf schwebte davon, seine Zunge verwandelte sich in ein riesiges fremdartiges Monster in seinem Mund. Das Lachen der beiden neben ihm kam verzerrt aus weiter Ferne, wohingegen er die Worte, die auf der anderen Seite der geschlossenen Tür in der Küche gesprochen wurden, klar und deutlich verstehen konnte. Ihm war auch schlecht, aber es fühlte sich an wie das Unwohlsein eines anderen.

Die Stimme des Mädchens kam von weit her.

»Oje«, sagte sie, während sie ihm über den Rücken strich. »Wir hätten Ihnen sagen sollen, dass es Hydro-Zeug ist. Alles in Ordnung?«

Er versuchte tief durchzuatmen, wollte nicht zugeben, wie sehr es ihn aus der Bahn geworfen hatte. Aber der Sauerstoff verstärkte nur die Wirkung. Er hielt sich mit beiden Händen am Toilettenschrank fest und starrte in den Spiegel über dem Waschbecken in ein Gesicht, das ihm völlig unbekannt war. Zahnbürste, Zahnpasta, Seife. Eine Flasche Gesichtswasser sprach mit einer Deodorant-Spraydose. Dreckiges Waschbecken. Weit entferntes Brüllen rollte an und brach sich wie eine Welle in seinem Bewusstsein, das stille Lächeln auf dem Gesicht im Spiegel schien sich über etwas zu amüsieren, von dem er nichts wusste. Seine neuen Freunde zogen die Tür auf und machten sich auf den Weg in die überfüllte Küche, und er stellte mit einem eiskalten Gefühl von Panik fest, dass er von lauter völlig fremden Menschen umringt war – und so stoned wie nie zuvor.

Beklommen nahm er seine verkrampften Hände vom Toilettenschrank und brachte sie dazu, den Wasserhahn aufzudrehen. Der erste Versuch, sich Wasser ins Gesicht zu spritzen, schlug fehl, die Tropfen flogen an seinem linken Ohr vorbei. Beim zweiten Mal klappte es besser. Er kniff die Augen zusammen und suchte nach einem Handtuch. Nachdem er sich das Gesicht abgetrocknet hatte, schlurfte er langsam aus dem Bad und mischte sich unter die Leute in der Küche.

Fotos an der Kühlschranktür – genau solche, die er erwartet hatte, betrunkene Leute, die mit Bierdosen winkten, Mädchen, die Luftküsse verteilten und sich umarmten. Ein Hund, ein paar Typen, die sich unter dem Flügel eines Flugzeugs aufgereiht hatten. Aber dann gab es auch einige, die er nicht verstand: Kliffe, übereinander geschichteter Kalkstein, Wellen ohne Surfer, ein Seevogel, der von unten fotografiert worden war, sodass das Sonnenlicht sich in Kreisen an den Bildrändern brach. Es kam ihm total merkwürdig vor, dass die Besitzer dieses Kühlschranks beziehungsweise die Bewohner dieses Hauses offenbar genauso viel Wert auf diese Bilder von Naturphänomenen legten wie auf diejenigen, die ihre Freunde zeigten.

Charlie stand da und grübelte darüber – gefangen in einem komplizierten Netz von Gedanken –, ob die Wertschätzung unbelebter Dinge ein Zeichen von höherem Intellekt war. Er kam zu keiner Entscheidung, obwohl er sich diesen Menschen irgendwie verbunden fühlte und sein Oberschenkel sich eigenartig warm anfühlte.

Er schaute sich nach einem freien Platz um – überall standen leere Bier- und Weinflaschen herum. Fettige Pizzakartons stapelten sich. Gesichter tauchten vor ihm auf und verschwanden wieder. Wenn der Blickkontakt etwas länger dauerte, belohnte er ihn mit einem Lächeln. Ansonsten tat er so, als würde er einen Punkt in der näheren Umgebung fixieren und seine langsame Bewegung durch die Küche irgendeinem Zweck folgen. Diese Strategie hatte natürlich ihre Grenzen. Bald schon hatte er die Küche durchquert und trat in eine Art Wintergarten auf der Rückseite des Hauses. Also drehte er um und ging wieder zurück.

Auf seinem Weg zurück in die Küche – irgendwie hatte er das Gefühl, dass es unvermeidlich gewesen war – stand er plötzlich direkt vor Patrick Lanegan, der auf der Küchenbank saß. Neben ihm saß eine junge Frau. Er hatte einen Arm um ihre Hüfte gelegt. Sie schien Charlie noch gar nicht bemerkt zu haben, war klein, mit dunklem Teint und dünnen schwarzen Haaren, die sie lässig zu einem Pferdeschwanz gebunden hatte. Ihre Kleidung, Jeans, Boots und dicke Windjacke, sprach dafür, dass auch sie von hier kam, aber ihre Gesichtszüge unterschieden sich von denen der anderen. Sie hatten etwas von der Rohheit schottischer Kleinbauern oder dunkelhäutiger Iren. Ihre Haut war makellos. Charlie merkte, wie er sie anstarrte, aber er konnte sich nicht losreißen.

Patrick ergriff seine unglaublich schwere Hand und schüttelte sie. Dabei lachte er: »Charlie, Charlie … geht's Ihnen gut hier?«

»Ja, ja, ich wurde nur ein bisschen verprügelt von so einem Vollidioten gestern Nacht.« Charlie hob beschwichtigend eine Hand.

»Das weiß ich doch, Witzbold. Das haben Sie mir doch heute Nachmittag schon erzählt.«

»Oh, ja, klar. Hallo Patrick.«

»Alles klar mit Ihnen?« Er schaute ihm direkt in die Augen.

»Mir geht's bestens, danke.«

»Charlie, das hier ist Kate. Kate, das ist Charlie.« Sie schaute ihn aus ihren karamellfarbenen Augen kurz und unbewegt an. Nachdem sie ihn eine Weile gemustert hatte, sah sie weg und seufzte.

»Seit langer Zeit sind wir endlich mal wieder zusammen ausgegangen«, sagte Patrick. »Stimmt's?« Er tätschelte liebevoll ihre Hüfte, aber sie entwand sich seinem Griff, sprang von der Bank auf und verschwand im Flur. Patrick sprach mit leicht erhobener Stimme, um das laute Gemurmel und die Musik, die es unterlegte, zu übertönen. »Tut mir leid. Sie ist nicht so gut drauf. Wir kommen ja kaum von zu Hause weg, wissen Sie.«

»Warum nicht?« *Du schwankst ja,* sagte er zu sich selbst, *hör auf zu schwanken.*

»Wegen der anderen. Sie haben die ganze Bande ja kennengelernt. Ich hab eine kleine Schwester und zwei kleine Brüder. Die Zwillinge muss man die ganze Zeit im Auge behalten, sonst reißen sie das Haus ein.«

»Können Sie nicht jemanden zur Unterstützung dazu holen?«

»Kann ich mir nicht leisten. Milly passt ab und zu auf die Jungs auf. Sie ist fünfzehn. Aber ich will sie nicht zu oft einspannen, wissen Sie. Sie muss doch …« Er machte eine abwehrende Handbewegung. »Sie muss doch auch mal raus und Leute treffen. Also bin ich meistens mit der Hausarbeit beschäftigt. Manchmal kommt die alte Frau von gegenüber, um zu helfen, aber die Jungs turnen dann immer wie die Irren um sie herum. Tja, für Kate ist das alles nicht so witzig … He, komm mal vorbei, dann schau'n wir uns'n Video an, während die Jungs Amok laufen. Na, egal. Möchten Sie vielleicht ein bisschen Fisch?«

Er rutschte zur Seite und neben ihm kam ein großes Stück Alufolie zum Vorschein. Darauf lagen die Reste eines großen Fischs mit Glubschaugen und offenem Maul. Die eine Seite war aufgeschnitten worden, und unter einer Schicht Zitronen und Kräutern war das Fleisch zu sehen.

»Was ist das für einer?«

»Blue Eye Trevalla. Tiefseefisch. Schmeckt gut.« Patrick griff in die mit Eiswasser gefüllte Spüle, holte zwei Dosen aus einem Sixpack und reichte Charlie eine davon. Der starrte immer noch den Fisch an.

»Super. Wie kann ich den … gibt's irgendwo eine Gabel?«

»Scheiß drauf«, murmelte Patrick. Er bohrte eine Hand in die Seite des Fischs und riss ein Stück Fleisch ab, dass er Charlie reichte.

»Der kommt von einem der Trawler. Die fahren bis runter zur Westseite von Tasmanien. Sehen Sie den großen Typen da drüben?« Charlie folgte seinem Finger, der auf einen schwergewichtigen Mann von ungefähr fünfzig zeigte. Er unterhielt sich mit zwei jungen Typen, die eindeutig wie Surfer aussahen. Er sah derb und wettergegerbt aus. Manchmal lachte er über das, was die jungen Typen sagten, aber anscheinend eher widerwillig.

»Es gibt eine Menge Regeln zu den Fangobergrenzen und dem Beifang und allem«, fuhr Patrick fort. »Was nebenbei mit ins Netz geht, muss zurück ins Meer geworfen werden, es sei denn, es ist beschädigt, also ›nicht lebensfähig‹, wie es offiziell heißt. Das bringen sie dann hierher.« Er zuckte mit den Schultern. »So hat jeder was davon.«

Charlie zog die graue Haut vom Rücken des Fischs und riss ein größeres Stück davon ab. Er war auf einmal so hungrig, dass er es kaum aushalten konnte, stopfte sich das Stück in den Mund, und öffnete mit der anderen Hand die Bierdose. Während er einen großen Schluck nahm, versuchte er, sich auf das zu konzentrieren, was Patrick sagte.

»Wie geht's Ihrem Gesicht?«, fragte Patrick.

»Hm, ganz okay.« Im Moment tat es jedenfalls nicht weh. Charlie spuckte versehentlich ein Stück Fisch aus. »Hat mir aber einen ganz schönen Schrecken eingejagt. So was passiert ja nicht ständig bei meiner Arbeit.«

Patrick lachte. »Nee, das wohl nicht. Milly hat mir gesagt, dass es ihr neuer Freund war. So ein Schwachkopf. Ich vermute, dass Sie das nicht verstehen können, aber es hat was mit … Loyalität zu tun. Deswegen hat er es getan. Auf seine trottelige Art wollte er nur helfen.«

Charlie fiel keine Antwort darauf ein, also lächelte er bloß. Seine Augenlider wurden immer schwerer.

»Bleiben Sie hier, bis Sie das bekommen, was Sie haben wollen?«, fragte Patrick. Sein Tonfall hatte sich kaum wahrnehmbar geändert.

»Im Augenblick hab ich nichts Besseres zu tun«, antwortete Charlie. »Der Typ, für den ich arbeite, meint, ich müsste meinen Ansatz verändern. Sagt, ich sei zu verschlossen. Also misch ich mich unter die Leute, bis ihr alle gemerkt habt, dass ich da bin.«

»Das könnte eine Weile dauern.« Patrick stand von der Bank auf und gab Charlie einen Klaps auf die Schulter. »Ich schau mal nach Katie und handle mir noch ein bisschen mehr Ärger ein. Wir sehen uns später, hm?«

Er bahnte sich den Weg und verschwand im Flur. Charlie lehnte sich gegen die Bank und fragte sich, aus welcher Richtung wohl die nächste interessante Unterhaltung kommen könnte. *Alle hier in der Küche starren das Horn über deinem Auge an,* sagte er sich. *Alle reden über dich. Also misch dich unter die Leute, na los doch.* Er nahm einen weiteren Schluck aus der Dose. Als er sie senkte, fing er den Blick des Fischers auf. Ein neutraler Blick, weder freundlich noch aggressiv.

»Hat Ihnen der Fisch geschmeckt?«, rief er Charlie durch die Küche zu, gerade laut genug, um den Geräuschpegel zu übertönen. Charlie nickte freundlich und hob die Dose zum Gruß.

»Prima, dann hauen Sie ab.«

Noch vor Tagesanbruch begann der Regen auf das Blechdach zu trommeln und holte Charlie aus dem Tiefschlaf. Er gähnte und starrte den Schimmel an den Deckenbalken an. Sein malträtiertes Auge war über Nacht etwas abgeschwollen. Zwei Stechmücken flogen von der Wand auf und stiegen nach oben. Seine Knöchel juckten wie verrückt. Er ließ seine Hände über die Bettdecke gleiten, um zu fühlen, wo sie ihn gestochen hatten.

Plötzlich musste er an seine Kindheit denken, an dieses Gefühl, im Sommer abends im Bett zu liegen, nach einem langen Tag am Strand, sein Bruder im Bett über ihm, und wie sein Körper sich an das Auf und Ab der Meereswellen erinnert, und wie es sich anfühlt, mit Sonnenbrand unter der kühlen Bettdecke zu liegen.

Die Ereignisse des vergangenen Abends kamen ihm in den Sinn und verdrängten die nostalgischen Erinnerungen. Dieser blöde Weir und seine Anordnung. Das Bier, die Party, der überflüssige Joint. Patrick Lanegan, seine reizende Freundin, seine dämliche Widerborstigkeit. Was wollte er damit eigentlich erreichen?

Charlie stand auf und stapfte ins Badezimmer, das Linoleum des Bodens fühlte sich kalt an unter den Fußsohlen. Der Spiegel war fleckig und verkratzt. Er schaute sich sein rosa und gelb verfärbtes Veilchen an. Die Farben verblassten langsam. Die Platzwunde auf seinem Nasenrücken war jetzt dunkel verfärbt, die Schwellung hatte abgenommen, er sah nicht mehr wie ein Clown mit roter Nase aus. Auf dem Fußboden neben dem Waschbecken lagen seine schmutzigen Kleider, die er getragen hatte, als er mit dem Känguru zusammengestoßen war. Irgendwann würde er die wohl waschen müssen. Aber nicht jetzt, wo er noch total benommen von gestern Abend war und Magenschmerzen hatte.

Zwanzig Minuten später war er draußen und ging durch die Straßen. Er orientierte sich mit einem fotokopierten Stadtplan, den er vom Tresen der Bäckerei mitgenommen hatte. Er bog mal links, mal rechts ab, versuchte, die Pfützen zu umgehen und näherte sich dem Fischereihafen. Die Straße führte auf einen Parkplatz mit einer Reihe von Läden auf der linken Seite – Schiffsausrüster, Stauer, Treibstofflager, Kühlhäuser. Rechts von ihm verlief der Maschendrahtzaun, der den Hafen teilte. Er ging darauf zu, zog das Handy aus der Tasche und wählte ihre Nummer.

Regentropfen prasselten auf die träge graue Wasseroberfläche, als er sich gegen den Zaun lehnte und hinüber zu den farbenfrohen Rümpfen der Fischereiflotte schaute, mit ihren Antennen und Lichtpfosten, die sich in den traurigen stählernen Himmel reckten, die hölzernen Stege, die schweren Duckdalben, an denen sie befestigt waren. Nach dem vierten Klingeln ging der Anrufbeantworter abrupt an. Ihre Stimme klang ruhig und gemessen.

Hallo, dünn und körperlos, *Sie haben die Nummer von Anna Murdoch gewählt. Leider kann ich Ihren Anruf im Augenblick nicht entgegennehmen. Bitte hinterlassen Sie eine Nachricht.* Es war nicht die Stimme der Anna, die er kannte. Mit diesem klinisch kalten Mantra bediente sie die Bedürfnisse und Erwartungen ihrer Klienten und Kollegen. Der Regen hatte die Felsbrocken des Wellenbrechers leuchtend schwarz und dunkelbraun verfärbt. Als der Anrufbeantworter ein Piepen von sich gab, wurde ihm klar, dass er nichts zu sagen hatte. Zwar gab es Gefühle und Sehnsüchte, aber nichts, was er formulieren könnte. Die eisige Stille quälte ihn, er hätte gern irgendein Signal gesendet, egal wie flapsig es geworden wäre. Aber ihm fiel überhaupt nichts ein. Er drückte auf den Knopf und schob das Handy wieder in die Tasche.

Ein Stück weit entfernt, hinten an der Ufermauer konnte er die schwarzen Umrisse des Schiffs erkennen, wegen dem er hergekommen war. Am Heck stand sein Name in Weiß auf blauem Untergrund.

Caravel.

Darunter, etwas kleiner: *Port of Dauphin.* Das Boot lag wie ein Aussätziger zwischen den unbefleckten intakten, seetüchtigen Schiffen. Die Kabine war mit Vogelscheiße übersät, die Metallaufbauten waren verrostet. Das gesamte Deck war verkohlt, zerbrochen und an den Seiten nach innen eingebrochen. Ein langer, übel aussehender schwarzer Streifen verlief über die Kabinenwand, dort hatte die Farbe Blasen geschlagen. Charlie kannte das alles von den Fotos der Spurensicherung und es kam ihm vor, als würde er einen alten Bekannten treffen. Er stand jetzt direkt davor, zwischen ihm und dem Boot war nur ein schmaler Streifen Wasser. Durch die verkohlten Kabinenfenster konnte er einen Blick ins Schiffsinnere werfen. Die Instrumente hatte man abmontiert. Auch die Kühlapparatur war verschwunden, nur noch der stählerne Sockel war zu sehen. Der Rost zerstörte nun das, was das Feuer verschont hatte. Als er zur Wasserlinie schaute, sah er einen dichten Wald von Seetang, der zwischen den Planken festhing und sich in der Strömung hin und her bewegte. Am Heck malte eine Ölpfütze einen Regenbogen auf die Wasseroberfläche.

Er bahnte sich den Weg durch eine Lücke im Zaun, setzte sich auf einen Poller und ließ die Beine über dem Wasser baumeln. Wieder holte er das Handy heraus, holte tief Luft und versuchte einen klaren Gedanken zu fassen. Der Regen durchnässte ihn nach und nach. Die Schreie der Möwen hallten über die Wasseroberfläche, übertönten das Rauschen des Regens, aber ansonsten war es um ihn herum still und menschenleer.

Er wählte Weirs Nummer und wusste sofort, dass auch er nicht drangehen würde. Sonntagmorgens spielte er stundenlang Cello, nur für sich, ging nicht an die Tür und auch nicht ans Telefon. Dvorak, Elgar und Haydn, immer wieder, in ständigen Wiederholungen, bis er das angestrebte Niveau erreicht hatte. Von Weirs musikalischem Talent wusste Charlie erst, seitdem er eines Sonntags völlig frustriert an dessen Küchentür geklopft hatte. Eigentlich waren sie verabredet gewesen, um Anträge für einige Berufungsverfahren abzufassen.

Also ließ er das Telefon klingeln und wartete auf den Signalton, denn diesmal wusste er, was er sagen wollte.

»Harlan, ich bin's. Tut mir leid, dass ich gestern einfach aufgelegt habe, aber ich brauchte Zeit zum Nachdenken. Ich habe unseren Zeugen gestern nach unserem Telefonat noch mal gesehen … auf einer Party. Jetzt werden Sie mich fragen, was ich auf Partys zu suchen habe. Keine Ahnung. Vielleicht ist das ein Hinweis darauf, dass ich schleunigst hier weg sollte. Das ganze Projekt ist doch längst gestorben … es tut mir leid. Ich werde morgen den Wagen zu dem Automechaniker bringen, damit er die Vorderseite wieder geradebiegt, sodass ich damit halbwegs sicher fahren kann. Dann mache ich mich auf den Weg zurück in die Stadt. Ich denke, dass ich Mittwochmorgen in die Anwaltskammer komme … falls Sie mit mir noch einmal über die Sache sprechen wollen ... Äh, ja, tut mir echt leid. Sie können mich gern zurückrufen. Okay. Tschüss.«

Der Regen wurde stärker. Er suchte Schutz unter dem Vordach eines Aluminiumgebäudes auf dem CO-OP geschrieben stand und suchte in seinem Smartphone nach Hinweisen auf die Welt dort draußen. Wettervorhersage. Ein Tiefdruckgebiet. Heute Regen, aber morgen wird es aufklaren. Der Südwestwind wird in der Nacht abklingen und morgen nur noch schwach wehen.

Charlie stellte überrascht fest, dass ihn das tatsächlich interessierte. Soweit er sich erinnerte, war seine physikalische Umgebung bislang weitestgehend von den verschiedenen Stufen der Klimaanlage geprägt worden, und das Wetter war vor allem durch die Variationen der Innenbeleuchtung bestimmt gewesen. Hier aber veränderte das Wetter das Aussehen der Welt vollkommen, sorgte für dunkle Streifen oder helle Flächen, neue Schattierungen und Wandlungen bei sämtlichen Farben, die die Stadt zu bieten hatte. Der Wind, der sich gerade beruhigt hatte, sorgte für ganz unterschiedliche Erscheinungsformen der Bäume und Stimmungen des Meeres. Seine statische Umgebung hatte ihm diese Wirklichkeit vorenthalten: Die Welt war pausenlos in einem Zustand des Aufruhrs.

Das Telefon in seiner Tasche klingelte. Anna. Er griff hastig danach. Aber nein, es war eine unbekannte Nummer. Die Stimme am anderen Ende klang zögerlich und unbekannt.

»Äh, ist da Charlie?« Eine junge Stimme. Wind im Hintergrund.

»Wer ist denn dran?«

»Oh, hallo, guten Morgen. Hier ist Patrick Lanegan. Wie geht's Ihnen?«

Der bockige Zug in Charlies Charakter brach sich Bahn, verlangte, es ihm bloß nicht zu einfach zu machen. »Danke, gut«, sagte er knapp. »Ein bisschen angeschlagen nach gestern Abend vielleicht.«

Freundliches Lachen. »Sie haben ganz schön zugelangt bei dem Fisch, als ich wegging. Und jetzt auch noch der Regen, hm?«

»Ich dachte, Sie haben hier ziemlich viel Regen.«

»Haben wir auch, aber nicht so senkrecht. Normalerweise kommt er von der Seite.«

»Woher haben Sie meine Nummer?«

»Die hab ich von Les ... ist das okay?«

Herrje, Charlie, jetzt hör endlich auf mit dem Getue. »Ja, klar. Ich hab mich bloß gefragt, woher Les sie wohl hat.«

Leises Lachen am anderen Ende. »Die Wege von Les sind unergründlich. Er kann Ihnen alles Mögliche besorgen, wenn er Lust dazu hat. Wie finden Sie seine Kneipe?«

»Ganz nett. Mir gefällt's dort. Aber ich dachte nicht, dass Sie da auch hingehen. Gehört das Pub nicht zum Reich der Murchisons?« Charlie hatte nicht die leiseste Idee, wohin diese Unterhaltung führen sollte.

»Yep, aber wenn ich das so sehen würde, wäre die halbe Stadt für mich tabu.

Kurzes Schweigen brach aus. »Was kann ich für Sie tun, Patrick?«

»Also ich dachte ... das Wetter soll morgen ja wieder aufklaren, und bisher hat niemand Sie hier in der Gegend ein bisschen rumgeführt, oder?«

»Nee. Das hat wirklich niemand gemacht.« *Bis auf die Tatsache, dass jemand, der mit deiner Familie verbandelt ist, mich zusammengeschlagen hat.*

»Okay, wie wär's also mit Schnorcheln? Milly hat versprochen, nach der Schule auf die Kinder aufzupassen, also werde ich es sowieso machen. Sie können gern mitkommen, falls Sie Lust dazu haben.«

»Das wäre großartig. Brauche ich irgendwas dafür?«

»Nichts. Ich nehme an, dass Sie schwimmen können?«

Sie waren eine Weile über Schotterpisten gefahren, als Patrick mit einem Mal langsamer fuhr und den Zaun auf der linken Seite betrachtet. Hier im Süden am Ende der Weidewiesen hatten sich hohe Dünen gebildet, weitläufige sichelförmige Hügel, die auf den westlichen Hängen im grellen Licht der Nachmittagssonne badeten und von Bocksdorn und verrosteten Rohrleitungen verunziert wurden wie von Pockennarben. In regelmäßigen Abständen verliefen Zäune bis zum Fuß der Dünen und verloren sich im Sand, dort wo er sich aufgetürmt hatte. Charlie fragte sich, ob die Zäune bis in die Dünen gebaut worden waren oder ob die Dünen immer mehr nach Norden wanderten und die Weiden auffraßen.

Patrick bremste den Camira ab und bog nach links ab Richtung Küste. Als sie ein Tor erreichten, fischte Patrick einen Schlüssel aus dem Durcheinander auf der Konsole und hielt ihn Charlie wortlos hin. Neben dem Tor klapperte ein altes Windrad vor sich hin, während Charlie sich mit dem Vorhängeschloss abquälte. Unter dem Windrad stand ein ziemlich neu aussehender Kunststofftank. Daneben lagen die Überreste eines total verrosteten Metalltanks, der wohl vorher hier im Einsatz gewesen war, verrottende Eisenteile, von denen teilweise nur noch Späne übrig waren.

Der Weg bestand jetzt nur noch aus Reifenspuren und vielen tiefen Löchern. Sie fuhren in einer Geschwindigkeit, die darauf hindeutete, dass Patrick das Wohlergehen seines Wagens nicht besonders am Herzen lag. Ein letztes Tor am Ende der Strecke markierte die Stelle, wo die Wiesen von Dünen abgelöst wurden. Als Charlie das Tor aufschob, wurde ihm mulmig zumute. Es schien, als wollte Patrick einfach weiterfahren. »Sie werden mit dem Ding da doch nicht durchkommen«, sagte er mit fragendem Unterton beim Einsteigen.

»Wieso nicht?«

»Wie soll der denn durch den Sand fahren?«

Patrick schien die Frage einen Moment lang ernsthaft zu erwägen.

»Keine Ahnung.« Er gab Gas, bis der Motor jaulte, und dann schoss der Wagen über die kleinen Klumpen von Strandhafer hinweg. Charlie spürte jeden Huckel unter den Füßen, wenn der Unterboden des Wagens sich leicht nach oben wölbte. Der Geruch des Strandhafers drang ihm in die Nase. Sie passierten einen niedrigen Kamm und schon lag das Meer vor ihnen, flach, dunkel und ruhig im Licht des Nachmittags. Vor ihnen, unten rechts, verlief der Strand in einem Bogen Richtung Westen. Dort war jede Menge Treibholz und Strandgut angeschwemmt worden. An der Flutgrenze türmten sich Haufen von vertrocknetem Tang, dazwischen lagen allerlei Plastikteile – Kanister, Flaschen, Körbe.

Patrick gab wieder Gas und der Wagen schlingerte weiter dem Strand entgegen. Büsche und Büschel schlugen lautstark gegen Scheinwerfer und Kotflügel und die Stoßdämpfer quietschten erbärmlich. In einer Kuhle bemerkte Charlie einen Haufen Muscheln, der bis zur Unterseite der Autofenster reichte. Inzwischen wusste er, dass es Abalonenschalen waren.

Und dann hatten sie auch schon die Düne hinter sich gelassen und schossen über den weichen Sand im oberen Bereich des Strands und der Wagen neigte sich auf Charlies Seite sehr weit nach unten. Patrick hing mit gespreizten Ellbogen über dem

Lenkrad. Die Vorderräder drehten ein- oder zweimal durch und das Heck wurde hin und her geworfen. Hier und da lagen kleine Felsbrocken im Sand verstreut, die das ganze Manöver noch abenteuerlicher machten. Patrick lachte auf, als sie mit dem linken Vorderrad einen der Brocken mitnahmen.

»Der Trick ist«, sagte er, während er den Strand absuchte, »immer mit Vollgas zu fahren. Wenn man einmal nachlässt, ist alles aus.«

Die Biegung des Strands wurde am westlichen Ende enger und der Streifen, auf dem man mit dem Auto fahren konnte, immer schmaler. Ohne Vorwarnung lenkte Patrick den Wagen jäh nach unten, durch den knisternden Seetang hindurch bis auf den feuchten Sand, wo es mit zischendem Geräusch weiterging. Das Ende des Strands kam rasch näher und damit das Riff, das hier ins Meer ragte. Patrick fuhr einen weiten Bogen über die Sandbank, hielt den Wagen an und lenkte ihn dann im Rückwärtsgang den leicht ansteigenden Strand hinauf, bis der Sand so tief war, dass es nicht mehr weiterging. Sie befanden sich jetzt ungefähr drei Meter über der Wasserlinie auf einer Schräge, eine gute Ausgangsposition, um den Wagen wieder in Fahrt zu bringen und ohne Probleme wegzukommen.

Als der Camira auf dem weichen Sand zum Halten kam, rauchten die Überreste verbrannter Strandhaferbüschel an den Kotflügeln. Ein schärferer Geruch war ebenfalls wahrnehmbar, womöglich von den Bremsen. Charlie atmete lieber nicht allzu tief ein. Patrick holte die Tauchutensilien aus dem Kofferraum: einen altmodischen, ärmellosen Anzug aus schwarzem Gummi, lange schwarze Flossen, Taucherbrillen mit Metallrand. Er legt alles in zwei Haufen zurecht, zog sich in Windeseile um, schlang sich einen Bleigürtel um die Hüfte und warf Brille und Handschuhe – die eher wie Gartenhandschuhe aussahen – in ein Fangnetz.

Charlie stand vor der Heckklappe, die Patrick mit einem Stück Kühlerschlauch festgebunden hatte, und zwängte sich in den alten Taucheranzug. Die Sonne kam hinter dem langsam vorbeiziehenden Dunst im Nordwesten hervor und das Meer schimmerte auf, als hätte jemand auf einen Knopf gedrückt. Das hässliche Graugrün verwandelte sich in ein weites Spektrum türkiser und smaragdgrüner Nuancen, als der warme Glanz sich darüber ergoss. Charlie schaute auf und sah Vögel, die im Sonnenlicht ihre Bahnen zogen. Keine Möwen, wie er erwartet hatte, sondern viel größere Vögel mit bösartig aussehenden, krummen Schnäbeln und geflecktem Federkleid. Ihre Flügel reichten so weit wie seine ausgestreckten Arme, und sie kreisten wie Greifvögel über dem Meer. Während Charlie zusah, stürzte einer von ihnen mit einem Mal auf die Oberfläche hinunter und tauchte nur wenige Meter vom Strand entfernt in die Gischt des seichten Wassers. Kurz darauf stieg er wieder auf mit einem handtellergroßen Krebs im Maul und flog mit schweren Flügelschlägen davon. Der Krebs bewegte verzweifelt seine Scheren, schnappte nach dem Auge des Vogels, um in dem ungleichen Kampf einen Vorteil zu erringen, bis der Vogel ihn über einer Ansammlung von Felsbrocken fallen ließ.

Charlie spürte den eigenartigen Drang, sich einzuschalten, konnte aber von seiner Stelle aus sehen, dass der Krebs beim Aufprall auf den Stein zerplatzt war. Nun kämpften die Konkurrenten des Mörders um die verbliebenen Überreste. Die lautstarke Auseinandersetzung war schnell vorbei und die Vögel trugen ihren jeweiligen Anteil an der Beute zu verschiedenen Plätzen auf den Felsen. Aber das Bild des Krebses, wie er davongetragen wurde und vergeblich im Schnabel des Vogels mit seiner Schere um sich schlug, wollte Charlie nicht aus dem Kopf gehen.

Er stapfte hinter Patrick her über den Strand, kämpfte sich

einen Weg durch die Felsbrocken und schaute erst wieder auf, als er das Wasser erreicht hatte. Die Taucherbrille fühlte sich eigenartig an, als er sie aufsetzte, das Gummiband zerrte schmerzhaft an seinen Haaren. Er erinnerte sich an Sommer, die lange vorbei waren, nahm sie wieder ab und spuckte hinein. Dann zog er sie wieder über den Kopf, was erneut wehtat.

Patrick war ohne weitere Ankündigung ins Wasser geglitten, während Charlie noch mit seiner Ausrüstung beschäftigt war. Am Weg, den der Schnorchel über der Wasseroberfläche zurücklegte, konnte er seine Position erkennen. Er sprang vom Felsen, um ihm zu folgen. Als er das Wasser aus dem Schnorchel blies, stellte er erstaunt fest, dass das Mundstück in seiner Position geblieben war. Dann wartete er ab, dass die Wasserbläschen um ihn herum sich verflüchtigten.

Alles klang jetzt anders. Die Vögel, die leichte Brise, die sich brechenden Wellen – das alles war nicht mehr da. Dennoch gab es jede Menge Geräusche hier unten, alles klang irgendwie gespenstisch – ein Konzert aus Gurgeln und Plätschern, bei dem sich sogar die allerhöchsten Töne verzerrt anhörten. Alles unter Wasser hatte wackelige, schimmernde Konturen, ganz anders als an der Luft, er stellte fest, dass er damit nicht gut zurechtkam – ihm fehlten die Worte, er kannte einfach nichts Vergleichbares. Es fühlte sich an, als wäre er in einen unausgegorenen Mix aus Öl und Wasser geraten, der gleichzeitig heiß und kalt war, in sich selbst verwirbelt schien und seinen Sinn für Proportionen und Entfernungen wie auch seine Farbempfindung störte.

Sein Atem tönte laut in seinen Ohren. Ein Knöchel knackte und fügte sich widerwillig, als er die Flossen bewegte und über den Grund glitt, während die Haltebänder in seine Haut schnitten. Er brauchte eine Weile, bis er Patrick ausfindig gemacht hatte, der in mittlerer Entfernung gleichmäßig die schwarzen

Flossen bewegte und eine Spur silbrig glänzender Luftblasen hinter sich herzog, wie kleine wirbelige Nebelschleier vor dem Hintergrund der blaugrünen Felsmasse des Riffs. Charlie reckte den Kopf, um ihn nicht aus den Augen zu verlieren, während unter ihm der Meeresboden verschwand.

Einmal, als er und Harry noch klein gewesen waren, hatten sie auf der TV-Fernbedienung den Knopf für den Kontrast gefunden. Sie hatten ihn langsam runtergeregelt, bis die Dinge auf dem Bildschirm in einer vagen Dunkelheit ihre Konturen verloren und alles in einer grauschwarzen Dämmerung aufging. Ein ähnliches Bild hatte er nun vor Augen. Irgendwo da unten glitten dunkle, geheimnisvolle Fische vorbei auf dem Weg in ein unfassbares Nirgendwo. Entweder konnten sie ihn, der im Himmel über ihnen hing, aufgrund der Anordnung ihrer Augen nicht sehen oder sie wussten einfach, dass sie weit genug entfernt waren, um ihn nicht fürchten zu müssen.

Patricks Flossen bewegten sich immer weiter voran, und die Dunkelheit unter ihm wurde intensiver. Aus dem Winkel, in dem das blasse Sonnenlicht vor seiner rechten Schulter schräg durch das Wasser fiel, konnte Charlie schließen, dass Patrick den nächstgelegenen Rand der Gawleys ansteuerte. Irgendwann, wenn sie näher ans Riff kämen, würden die Felsen sichtbar werden. Die Sehnsucht nach dem Festland hing ihm so sehr in den Knochen, dass er sich dessen absolut sicher war. Es musste einfach eine Verbindung zwischen dem Festland und dem Riff geben, die Felsenformation dort draußen musste doch auf irgendeine Weise mit der Ansammlung von Steinen am Fuß des Kliffs verbunden sein. Doch als sie die tiefste Stelle erreicht hatten, tauchte Patrick plötzlich steil nach unten, zielstrebig mit kräftigen Flossenbewegungen, aber irgendwie auch entspannt, die Hände gegen die Hüften gelegt. Er verharrte an einer Stelle in der Tiefe, wo er sich kaum noch von der Umgebung absetzte und fasste nach seiner Taucherbrille. Dann schwamm er noch tiefer hinab, bis er nur noch ein bläulicher Schatten im konturlosen Raum war.

Er blieb so lange dort unten, dass Charlie sich entschloss, ihm zu folgen. Er sog so viel Luft durch den Schnorchel wie möglich und tauchte hinterher. Kaum hatten seine Flossen kurz die Oberfläche berührt, kaum war er ein Stück weit in die Tiefe getaucht, begannen seine Ohren zu schmerzen. Er wusste, dass das etwas mit dem Wasserdruck zu tun hatte und mit seiner Nase. Im Weitertauchen fasste er nach seiner Taucherbrille und drückte gegen die Stelle, an der er seine Nase vermutete. Doch die Maske löste sich von seiner Haut und Wasser drang ein. Desorientiert und blinzelnd zappelte er mit den Armen, geriet in Panik und verlor die Kontrolle und den Überblick. Der Schnorchel löste sich, Luftblasen schwirrten um ihn herum und stiegen zur Oberfläche. Am liebsten hätte er sie wieder eingefangen. Sein Gehirn gaukelte ihm vor, er müsse nur blinzeln, um wieder klar sehen zu können. Er merkte, wie seine Beine sich mechanisch bewegten, packte die Taucherbrille und versuchte, dieses feindselige Ding abzuziehen. Seine Lungen zogen sich schmerzhaft zusammen. In einer letzten Anstrengung gelang es ihm, die Brille vom Kopf zu reißen und loszulassen. Um ihn herum war alles gleichmäßig verzerrt und unklar, während er sich nach oben kämpfte, dorthin, wo es hell schimmerte. Als er durch die Oberfläche stieß, schnappte er zu früh nach Luft, atmete Seewasser ein und musste husten. Das Husten ging vorüber und er schwamm ganz allein auf dem Meer, so weit vom Ufer entfernt, dass die Felsenformation der Gawleys ihm als das nächstgelegene Festland erschien. Er wartete ab und strampelte auf der Stelle, um über Wasser zu bleiben. Das Licht am Strand verblasste und das Meer verlor seinen Glanz, als der Himmel dunkler wurde. Seine Gedankengänge verlangsamten sich, gingen ihre eigenen Wege. Er kam sich vor wie der quadratische, schwarze Ned Kelly auf dem berühmten Gemälde von Sidney Nolan – allein und verlassen in einer völlig fremden Welt. Sein Begleiter war gut trainiert und in eindeutig besserer Verfassung für diese Umgebung. Charlies Körper hingegen war nichts weiter als nutzloses Treibgut.

Als Patrick neben Charlie hochkam, sah er erschöpft aus. Er hielt Charlies Taucherbrille in der Hand. »Hab einen Krebs gefunden«, ächzte er, holte tief Luft und verschwand wieder.

Charlie setzte die Taucherbrille wieder auf und schaute zu, wie Patrick nach unten tauchte. Er kam wieder hoch, die Arme gegen die Seiten gelegt, diesmal mit einer orangefarbenen Languste in der einen Hand. Sie sah aus wie eine schwere, gepanzerte vorsintflutliche Kreatur. Gold und zinnoberrot gesprenkelt wie ein Schmuckstück.

Nachdem er sich abgetrocknet und wieder angezogen hatte, merkte Charlie, wie ihn eine schwere Müdigkeit überfiel. Er lag auf einem warmen flachen Stein hinter dem Heck des Wagens und sah rüber zu Patrick, der die Languste betrachtete. Er hob sie von dem Stein hoch, auf den er sie gelegt hatte, und fuhr mit einem Finger über ihren Panzer.

»Sehen Sie die Stacheln, die alle nach vorn zeigen? Die Beine sind auch alle vorne. Alles Ungenießbare befindet sich im vorderen Bereich – das gute Fleisch ist im Schwanz. Die Verteidigungswerkzeuge sind alle vorn, die gucken aus der Öffnung des Verstecks raus. Wenn das Tier läuft, nützen sie nichts, vor allem wenn es sich vorwärtsbewegt. Aber sie können ganz schnell nach hinten schnappen und einem übel zusetzen. Wenn man mit dem Finger hier hinkommt …« Er deutete auf einen langen konischen Sporn in einem Gelenk des Vorderbeins. »… stoßen sie den Stachel ganz durch. Ich hab mal gesehen, wie das jemandem passiert ist.« Er drehte die Languste um, deren Beine sich nun hilflos in der Luft bewegten. »Sehen Sie die Plättchen auf der Unterseite? Wenn die so übereinanderliegen, dann ist es ein Weibchen. Darunter hat sie ihre Eier. Bei den Männchen liegen die Plättchen nicht so dicht. Die Weibchen haben hier kleine Scheren …« Er wischte über die Enden der Hinterbeine. »… damit können sie sich an Wurzeln oder Pflanzen festhalten.«

Charlie schaute sich die Augen an – sie schimmerten wie schwarze Perlen und saßen auf Stielen. Sie blickten alarmiert und verzweifelt drein, jedenfalls kam es ihm so vor.

»Wie alt ist die?«

»Keine Ahnung. Ein paar Jahre, denke ich. Vielleicht zehn.« Patrick verfiel in Schweigen und begann Feuerholz zu sammeln.

Als das Feuer brannte, holte er einen schwarzen Eisentopf aus dem Kofferraum und füllte ihn mit Wasser aus einem Kunststofffässchen. Er nahm die Languste und hielt sie kurz hoch. Der orangefarbene Panzer leuchtete im Sonnenlicht. Dann packte er sie am Schwanz und gab sie vorsichtig ins Wasser. Sie zappelte ein oder zwei Mal, als sie ins frische Wasser eintauchte, dann blieb sie ruhig. Die langen, peitschenähnlichen Antennen ragten aus dem Topf.

»Ich dachte, man soll sie in kochendes Wasser werfen?«, fragte Charlie zurückhaltend.

»So ertränkt man sie. Weil es kein Salzwasser ist, schlafen sie ein. Ich bin nicht dafür, sie lebendig zu kochen. Möchten Sie was trinken?« Patrick ging zum Kofferraum und holte zwei große Bierflaschen ohne Etiketten heraus. Er klemmte sie unter die Stoßstange, um den Kronkorken abzumachen und reichte Charlie eine davon.

»Was ist das?«, fragte der und roch am Flaschenhals.

»Ich glaube, es ist Newcastle Brown. Bernie Harris, der Kumpel von Les, braut es. Er ist ziemlich pingelig, was das Sterilisieren betrifft. Sie müssen sich also keine Sorgen machen, weil die außen ein bisschen verschmiert sind. Er macht auch Whisky aus Gerste. Die kocht er in einem alten Heißwasserboiler, aber das Zeug …« Er schaute grinsend zum Meer hin. »… fördert nicht gerade die Geselligkeit.«

Das Bier schäumte aus der Flasche. Als es aufhörte, schlürfte Charlie den Schaum weg und war erstaunt, wie großartig und einzigartig es schmeckte. Er konnte es nicht beschreiben, musste aber direkt feststellen, dass er in seinem Leben viel zu viel industriell hergestelltes Bier getrunken hatte. Dies hier war warm, aber das spielte keine Rolle. Die Hand, in der er die Flasche hielt, war getrocknet und salzig und rau geworden vom Meerwasser, nur die Fingerspitzen, über die das Bier geflossen war, machten eine Ausnahme.

Eine Weile tranken sie schweigend. Fliegen schwirrten um die Beutetasche, in der noch etwas Schleim von der Languste glänzte. Die Bucht lag nun im Schatten und die Wasseroberfläche sah aus wie eine weite dunkle Glasfläche. Charlie schaute Patrick einen Moment lang sehr eingehend an: Er wirkte sorglos, vielleicht auch einfach nur zerstreut. Seine Bewegungen waren langsam und seine Augen schienen einen Punkt dicht vor ihm zu fixieren. Schließlich zog er ein Plastiktütchen aus der Tasche und fing an, sich eine Kippe zu drehen.

»Ist das Gras?«, fragte Charlie.

»Nein, Herr Staatsanwalt, das ist reiner Tabak. Dales Hydrostoff ist für Sie ab sofort tabu.«

»Ich frage nur, weil es nicht aus einem Päckchen kommt.«

»Das liegt daran, dass es Chop-Chop ist.« Patrick befeuchtete das Blättchen mit der Zunge und drehte die Zigarette fertig.

Charlie grinste. »Das Bier, die Langusten, der Tabak … Kauft ihr eigentlich auch mal was im Laden?«

Patrick hielt die Zigarette in die glühenden Kohlen am Rand des Feuers.

»Kommt eben drauf an, ob man es sich leisten kann.«

Wenn ich jetzt nicht nachhake, bleibt die Stimmung locker, dachte Charlie. Druck zu machen, lief meistens auf Ärger hinaus. Das war immer so. »Was ist eigentlich aus Ihren Eltern geworden?«

»Wen interessiert das schon?«

»Mich zum Beispiel.«

Patrick nahm einen tiefen Zug und atmete langsam aus.

»Na ja, Dad war Alkoholiker. Der Arzt hatte ihn immer wieder gewarnt. Er hatte Probleme mit der Bauchspeicheldrüse, glaube ich. Manchmal nahm er sich ein paar Tage frei und verschwand im Busch, um alles zu vergessen. Fuhr in die Otways und parkte seinen Wagen irgendwo in der Wildnis. Ich weiß nicht, was ihn immer wieder packte, aber irgendetwas machte ihn fertig. Er war kein unangenehmer Trinker. Wurde immer ganz ruhig, und wir ließen ihn dann in Ruhe. Wir hatten keine Angst vor ihm. Er verschloss sich einfach, sodass keiner mehr an ihn rankam. Klingt das eigenartig? So war es jedenfalls. Es war sein persönliches Ding und wir kannten es nicht anders, also versuchten wir damit klarzukommen.

Es gab vieles, worüber er sich hätte aufregen können, schätze ich. Er war immer pleite, obwohl alle Leute der Ansicht waren, dass man mit der Fischerei so viel Geld verdienen konnte, wie man wollte. Er wusste halt nicht mit Geld umzugehen. Hat für alles viel zu viel gezahlt. Er konnte sich nicht durchsetzen. Hatte viel Pech und schlechte Geschäfte gemacht. Alle Boote, die er über die Jahre hatte, sind Schrott gegangen. Mit seinem Hals stimmte auch was nicht. Irgendein Lukendeckel ist ihm nachts auf den Kopf geknallt, als mal wieder Sturm war. Die Wunde konnte genäht werden, die Gehirnerschütterung ging vorüber, aber irgendwas stimmte nicht mehr mit seinem Hals. Er hatte natürlich keine Versicherung, also konnte er es sich nicht leisten, zu einem Spezialisten zu gehen. Uns gegenüber hat er sich nie beklagt, aber man konnte es von seinem Gesicht ablesen, wenn er Sachen hochgehoben hat. Das ist so was, das ich mit meiner Kindheit verbinde: Jedes Mal, wenn er im Auto nach dem Sicherheitsgurt griff, stöhnte er auf. Ich glaube nicht, dass er das selbst überhaupt merkte.

Mags meinte mal, dass Dad seine Schmerzen nie in den Griff bekommen hat. Dass er immer nur deshalb so viel trank, um sie ertragen zu können. Aber ich glaube das nicht – das würde vielleicht erklären, warum er abends immer trank – drei, vier Bier vor dem Abendessen und dann beim Essen ein paar und hinterher auch, bis er in seinem Sessel einpennte. Aber diese Aktionen in der Wildnis, das war was anderes. Und soweit ich weiß, ist er niemals betrunken mit dem Boot rausgefahren. Er muss ein paarmal richtig übel verkatert gewesen sein, und der Witz bei meinem Vater war, dass er schnell seekrank wurde. Man sollte meinen, dass ein Typ, der sein ganzes Leben auf Booten verbringt, das irgendwann in den Griff bekommt, aber er konnte stundenlang kotzen. Und dann drehte seine Bauchspeicheldrüse durch und schon ging's wieder von vorne los. Immer der gleiche Teufelskreis.«

Patrick schürte das Feuer mit einem Metallstab und starrte in das brennende Treibholz. Funken wirbelten auf.

»Wie auch immer. Als ich dreizehn war, im Jahr sieben war das. Wie das klingt – im Jahr sieben, meine Güte! Egal, Dad war seit drei Tagen weg und ich war stocksauer auf ihn, weil er nicht da war, um mich zum Football zu bringen. Aber dennoch hat niemand je darüber geredet. Es fand sich immer jemand, der mich im Auto mitnahm, doch keiner sprach mich auf die Sache mit Dad an. Und dann tauchte er bei seinem Kumpel Wal in Lavers Hill auf, wir hörten davon. Wal erzählte, er sei mit Ach und Krach durch die Einfahrt gekommen und hätte den Carport gerammt. Dann sei er ausgestiegen und wäre total neben der Spur gewesen, hätte sich kaum aufrecht halten können. Vor allem aber brüllte er und hielt sich den Bauch, und Wal dachte, er sei angeschossen worden. Sie brachten ihn ins Krankenhaus und es hieß, es sei irgendwas in ihm drin zerrissen. Wir sind alle hin, um ihn zu besuchen, und das werde ich nie vergessen. Das werde ich nie vergessen. Mum war gerade mit den Zwillingen schwanger. Sie hatte versucht, einen guten Tag auszuwählen, einen, an dem er angeblich einen stabilen Eindruck machte, dabei war er sowieso schon halb tot. Wir wurden aus der Schule genommen und sind dort in sein Zimmer gegangen. Er sah einfach nur grau aus und es waren furchtbar viele Schläuche da. Er schlief und hatte die Augen ein kleines bisschen geöffnet. Ich dachte, er wäre schon weg, also gestorben. Und neben ihm stand so eine Kiste mit großen Papiertüchern, dieses beschissene rot-schwarze Ding, das man nirgendwo sieht, nur im Krankenhaus neben den Betten. Und dann fing er an zu husten und bäumte sich auf und warf die Arme hoch. Das ganze Blut spritzte aus ihm raus und lief über seine Brust. Er klammerte sich an diese Schläuche und Mum hielt ihn fest. Aber er schlug auf sie ein, und wir standen da und starrten ihn an, so wie Kinder das halt tun, wenn sie was richtig Schlimmes sehen, sie starren bloß hin.

Irgendjemand hat uns dann wohl rausgebracht, aber das Letzte, was ich von ihm sah, waren das ganze Blut und die vielen Tücher überall. Und bevor ich mich wegdrehte, konnte ich noch in seine Augen schauen. Das hat mich besonders fertiggemacht, weil die so weit aus den Höhlen getreten waren, als würden sie gleich rausfallen, und eine Riesenangst ausdrückten. Es war mehr als nur der Schmerz, das konnte man sehen, es waren nicht die Schmerzen, die hatte er ja schon seit Jahren ertragen, nein, es war was anderes. Er war vor Angst erstarrt, der arme Kerl.

So war das. Sechs oder acht Stunden später ist er dann gestorben. Das haben wir am nächsten Morgen erfahren. Wir saßen am Küchentisch, an diesem langen Tisch und versteckten uns hinter den Müslipackungen. Als Mum ins Zimmer kam, musste sie nicht viel sagen. Niemand hat an diesem Morgen viel gesagt. Ich weiß noch, dass ich nach einer Weile an einer der Packungen vorbeispähte und Mags sehen konnte, wie er vor sich hin schluchzte. Ich schätze, weil er älter war und Dad viel besser gekannt hatte als wir. Später konnte er dann damit auftrumpfen. Da hatte er dann immer eine Story von Dad parat oder korrigierte uns, wenn wir was über ihn gesagt hatten. Außerdem ging er uns total auf die Nerven, weil er jetzt den Herrn im Haus spielte. Ich fand das total lächerlich, und wir hatten einige harte Auseinandersetzungen deswegen. Aber es ist schon komisch, mit der Zeit habe ich dann verstanden, was ihn dazu gebracht hat. Ich glaube, er hat so gehandelt, um Dad dadurch irgendwie am Leben zu erhalten, als sein Nachfolger oder so was. Sie wissen ja wahrscheinlich, wie so was läuft. Haben Sie Brüder, Charlie?«

Charlie starrte ins Feuer. »Ich hatte mal einen Bruder.«

Stille.

»Dann wissen Sie ja Bescheid. Mags hatte schon irgendwie recht, als er das alles so weiterführen wollte. Ich kannte Dad nicht so gut wie er, aber ich musste oft darüber nachdenken, wie er mit seinem Wagen abgehauen ist, und hab mich gefragt, ob er dort in der Wildnis so was wie Frieden gefunden hat. Das war doch der Grund, warum er das getan hat, nehme ich jedenfalls an.«

Patrick wandte sich vom Feuer ab und schaute Charlie an. Als keine Antwort kam, sprach er weiter.

»Aber was mir wirklich zu schaffen macht in Bezug auf den Tod meines Vaters, das ist, dass es so … brutal war, verstehen Sie? Es war einfach nur grausam. Das ist ja erst neun Jahre her … und ich dachte immer, Krankenhäuser seien dazu da, so etwas in den Griff zu bekommen. Ich dachte, wenn jemand leidet, dann kommen sie in ihren weißen Kitteln angerannt und pumpen ihn mit Drogen voll oder versetzen ihn in Schlaf oder so was. Ich hätte nie gedacht, dass jemand vor Schmerzen mit den Armen rudert und ihm die Augen aus dem Kopf treten. Es war ziemlich schlimm, vorgeführt zu bekommen, dass man wirklich auf so … so brutale Weise sterben kann, in einem Bett in einem modernen Krankenhaus, während nebenan jemand was im Fernsehen anschaut und Mütter draußen auf der Straße gerade zum Einkaufen gehen … und vor dir liegt dieser Mann mit den ganzen Schläuchen und ertrinkt in seinem eigenen Blut und spritzt es überall hin und schlägt um sich, während seine Kinder dabei zuschauen. Ich kann's immer noch nicht verstehen. Es wird so viel getan und trotzdem ist alles so primitiv. Wie kann das sein? Ich muss immer wieder darüber nachdenken und irgendwie glaube ich, dass Mags im Vergleich zu meinem Vater nicht so viel leiden musste.

Das ist also die Geschichte von meinem Dad. Meine Mutter lebte nur fünf Jahre länger. Ich erinnere mich noch, dass ich meinen achtzehnten Geburtstag im Football-Klub gefeiert habe und sie ein paar Monate später gestorben ist. Ich weiß bis heute nicht, was wirklich passiert ist, aber sie ging eines Tages raus in die Dünen bei den Antonias. Niemand weiß wirklich, was in ihr vorging, aber sie ist ziemlich weit vom Haus weggegangen, fünf oder sechs Kilometer weit. Später haben sie es dann irgendwie rekonstruiert, nachdem man sie dort gefunden hatte. Sie lag in einer kleinen Kuhle zwischen den Sandhügeln an einer Stelle, wo kein Strandhafer wächst. Drei Tage hat sie da gelegen, und wir sind zu Hause total durchgedreht. Mehrere Suchtrupps sind losgezogen. Ich bin sogar mit der Harke durch die Dünen gelaufen. Dad ist oft abgehauen, verstehen Sie, aber Mum hat so was nie gemacht. Sie war ja gewissermaßen ans Haus gefesselt, musste sich um uns Kinder kümmern. Und jetzt lag sie da. Fischer haben sie gefunden. Sie hatte nicht mal einen Kratzer, aber um sich herum im Sand hatte sie Spuren hinterlassen – ich weiß nicht, wie man das sonst nennen soll: Wirbel, Halbkreise. Schließlich sind wir zu dem Schluss gekommen, dass sie einen Anfall hatte und mit den Händen und Füßen gezuckt hat und dabei diese Muster in den Sand malte. Ich glaube, sie hat schon vorher so ein Gefühl gehabt. Eine Vorahnung vielleicht, und deshalb ist sie weggegangen, um woanders zu sterben. Es machte keinen Sinn, zu viel darüber nachzudenken, oder? Sie war tot. Niemand hatte etwas damit zu tun gehabt – es gab nur ihre eigenen Fußspuren, die zu der Stelle führten, wo sie gefunden wurde, die Spuren der Fischer kamen aus der anderen Richtung. Es war furchtbar traurig, aber ich glaube, wir waren zu diesem Zeitpunkt alle schon irgendwie betäubt. Wir hatten Geldprobleme und Mum war nach Dads Tod auch sehr verändert. Wir mussten uns einfach weiter durchkämpfen. Mags nahm ihre Regenjacke an sich, bevor der Totengräber sie mitnahm, und Millie trägt sie heute noch manchmal.

Es kommt immer irgendwann der Tag, an dem man sterben muss. Mum konnte einfach nicht mehr. Gemessen an dem, was Dad durchgemacht hat … na ja. So war das.«

Wieder lang anhaltende Stille. Eine weitere Gelegenheit, die Sache auf sich beruhen zu lassen, dachte Charlie. Später würde er sich fragen, warum er trotzdem weiter nachhakte.

»Was wirst du nun damit machen, Patrick?«

»Womit denn?«

»Mit Ihrer Zeugenaussage.«

»Scheiße. Sie können es wohl nicht lassen, hm? Ich hab doch gesagt, was passiert ist.«

»Das glaube ich eben nicht. Sie haben ziemlich viel durchgemacht, und ich möchte nicht unhöflich sein, aber meiner Meinung nach ist das, was Sie ausgesagt haben, absoluter Schwachsinn. So was kommt ja ziemlich oft vor, aber in Ihrem Fall ist es wirklich schade. Wenn Sie das nämlich nicht korrigieren, werden Sie im Zeugenstand total auseinandergenommen. Diese beiden Mistkerle werden davonkommen und Sie werden ganz allein schuld daran sein.«

»Na schön, nehmen wir mal ganz kurz an, Sie haben recht. Gehen wir einfach mal davon aus, ich bin dagewesen und hab alles mitangesehen und ändere meine Aussage, so wie Sie das gerne hätten, gehe in den Zeugenstand und erzähle allen, was ich gesehen habe. Was passiert dann?«

»Dann werden die beiden sehr wahrscheinlich verurteilt.«

»Und dann?«

»Kommen sie in den Knast und werden … ich schätze mal … so fünfzehn bis siebzehn Jahre absitzen.«

»Gut, sie kommen also in den Knast, okay. Und was passiert mit mir? Was passiert mit meiner Familie? Sie nehmen sich dann Ihren nächsten Fall vor und anschließend wieder den nächsten, und eines Tages werden Sie vielleicht sogar Richter oder so was. Der Frau von der Zeugenbetreuung wird ein Vergewaltigungsopfer zugeteilt, und das ist auch gut für sie. Irgendjemand wird irgendjemanden erschießen. Der ganze Zirkus geht weiter. Ihr seid alle ganz scharf darauf, einen Fall in eurem Sinn über die Bühne zu kriegen, aber es ist nur so was wie das Tor des Monats. Für mich bedeutet es aber, dass ich meinen Arsch hinhalten muss, in aller Öffentlichkeit. Ich habe keinen Bruder mehr, keine Eltern und das Leben geht trotzdem weiter. Der Wassertank leckt, das Auto ist im Arsch, die Kinder brauchen ihre Pausenbrote.« Er hob die Stimme. »Ha! Pausenbrote …«

Er schnippte die Zigarettenkippe gegen die Stoßstange am Heck des Camira. »Also … warum und wofür?«

»Weil es getan werden muss.« Charlie stöhnte innerlich.

»Weil es getan werden muss. Das ist ja ein toller Grund.« Patrick wurde immer zorniger, und Charlie stellte besorgt fest, dass er sich nichts zurechtgelegt hatte, um das Thema zu wechseln.

»Ich erzähle Ihnen jetzt mal die andere Version. Ich gehe in den Zeugenstand und stelle alles genau so dar wie in meiner Zeugenaussage. Und wenn ich damit fertig bin, gehe ich wieder nach Hause. Da wird es anschließend vielleicht noch etwas Ärger geben, aber wenn ich das Kreuzverhör geschafft habe, werden mich die Murchisons in Ruhe lassen. Und wer weiß, vielleicht werden sie ja trotzdem verurteilt …« Seine Hände zuckten nervös und seine Augen leuchteten auf. Er stocherte erneut mit dem Metallstab im Feuer herum.

»Aber es wäre Meineid.«

»Jetzt mal langsam! Ich sagte doch, das war rein hypothetisch. Ich habe nie behauptet, nicht die Wahrheit gesagt zu haben.« Patrick nahm einen Schluck von seinem Bier.

»Es ist aber nicht die Wahrheit. Das wissen wir doch beide.«

Längeres Schweigen brach aus. »Na schön, wenn ich also lüge, warum hab ich dann das mit den Drogen in meine Aussage eingebaut? Wäre es nicht einfacher zu behaupten, dass ich überhaupt nichts weiß? Sie kommen mir doch die ganze Zeit damit, dass ich Ihnen eine große Story liefern soll. Was ich angeblich alles gesehen habe und wer es gewesen ist und all das. So blöd bin ich aber nicht. Ich weiß genau, dass Sie hergeschickt wurden, damit Sie bei

Ihrer Rückkehr sagen können: ›Ich hab's geschafft, er wird kooperieren, ich hab ihn rumgekriegt und so weiter bla bla‹ …«

Sein Gesicht verdüsterte sich.

»Es geht doch sowieso bloß um Sie, stimmt's? In Wirklichkeit interessieren Sie sich doch einen Scheiß für Wahrheit und Gerechtigkeit und tun bloß so, als wären Sie der Superheld, der Kätzchen von einem hohen Baum rettet. Sie geben vor, mein Freund zu sein, behaupten, wir müssten gemeinsam ein Problem lösen. Angeblich sind Sie nur gekommen, um zu helfen, aber das stimmt nicht. Egal, was Sie tun, Sie tun es immer als Anwalt. Ehrlich gesagt hab ich sowieso den Verdacht, dass alles, was ich Ihnen erzähle, irgendwann in einem offiziellen Bericht auftaucht. Und wenn die Bullen erst mal eine neue Aussage von mir haben, dann werden sie damit schnurstracks zu den Angeklagten gehen und sagen: ›Hier haben wir was Neues von diesem Lanegan, damit seid ihr am Arsch, wie wär's, wenn ihr endlich alles zugebt?‹ Ich hab selbst genug Anklagen miterlebt, ich weiß, wie das läuft. Sie können mir viel versprechen, und es sogar ehrlich meinen, aber am Ende werden die Murchisons und ihre Familie wissen, dass ich es war. Und das würde mein Leben hier verdammt schwer machen, eigentlich so gut wie unmöglich, also … nein.«

Er stand auf, ging ein paar Schritte vom Feuer weg, drehte sich um und pinkelte auf einen Strandhaferbusch.

»Wären Sie das nicht Ihrem Bruder Mags schuldig? Die haben ihn erschossen. Hinterrücks. Und dann haben sie sogar versucht, seine Leiche zu verbrennen. Haben Sie nicht das Gefühl, Sie müssten für ihn eintreten?«

»Hören Sie bloß auf mit dem Scheiß«, rief Patrick ihm über die Schulter zu. »Zum einen hat er sowieso nicht so gedacht und außerdem ist er tot. Er ist tot, und ich muss jetzt die Familie durchbringen, ohne dass die vom Sozialamt kommen und uns die Zwillinge wegnehmen.«

Er nahm die Languste aus dem Wasser und schaute sie an. Als er sie umdrehte, fielen die Beine schlaff nach unten. Er schien zufrieden zu sein, setzte den Topf zurück aufs Feuer und legte die Languste vorsichtig auf den Felsen neben sich.

»Jetzt erzählen sie mir mal, wie ich ganz allein mit dem Boot klarkommen soll. Haifischfänger – ha, ha! Es gibt ja kaum noch Haie da draußen. Ich muss die halbe Strecke bis Kings Island zurücklegen, damit es sich überhaupt lohnt, und das meiste von dem, was ich verdiene, geht fürs Benzin drauf.« Er griff nach einem Stück Treibholz und setzte die Languste darauf. Dann nahm er das Messer, löste die Karkasse, drehte den vorderen Teil des Tiers mit einer Handbewegung ab. Eine dampfende braune Flüssigkeit tropfte aufs Holz. Patrick platzierte das Messer längs auf dem Langustenschwanz, spaltete ihn in zwei Teile und reichte Charlie die eine Hälfte.

»Den Darm müssen Sie wegwerfen«, murmelte er. Charlie interpretierte das als Waffenstillstand.

Patrick zog die blassen Innereien aus dem weißen Fleisch und schnippte sie weg, bevor er sich ein Stück in den Mund schob. Wieder schien alle Erregung aus ihm zu weichen, als er das Langustenfleisch mit einem Schluck Bier hinunterspülte. Er zupfte die Beine aus der Karkasse und warf Charlie ein paar davon hin.

»Vielleicht sprechen wir eines Tages ja mal über das, was passiert ist. Aber bevor ich Ihnen was darüber erzähle, müsste ich erst mal nachdenken … *wie* ich es Ihnen sage, verstehen Sie?«

Er schaute Charlie schelmisch an. »Ich will's Ihnen noch mal anders erklären. Sie müssten erst mal darüber nachdenken, warum Sie mir zuhören und was Sie tun würden, wenn ich es Ihnen erzählt hätte.«

Charlie starrte auf ein feines rosafarbenes Stück von frischem Perlmutt unter der harten Schale des Langustenschwanzes. »Da komme ich jetzt nicht ganz mit.«

»Damit meine ich die Sache zwischen Ihnen und dem Gesetz. Ich kenne Sie ja nicht besonders gut, aber das habe ich schon bemerkt. Sie mögen die Menschen nicht besonders, aber Sie sind ganz schön besessen vom Gesetz. Ich schätze, das ist eine Art von vielen, wie man Probleme lösen kann. Man kann sich gegenseitig die Köpfe einschlagen wie bei den Steinzeitmenschen oder man kann darüber reden. Die Leute hier in der Gegend konnten sich lange Zeit nicht auf das Gesetz verlassen. Es reichte nicht bis hierher, es gab keine Cops und keine Gerichte. Also haben sie eigene Wege beschritten, um mit diesem Scheiß fertigzuwerden. Vielleicht können wir irgendwann mal diesen ganzen Quatsch von Meineid und Schwurgericht und so weiter einfach beiseitelassen. Dann erkläre ich Ihnen alles, und Sie betrachten es auf meine Art. Aber im Moment sind wir in unseren Rollen gefangen. Zeuge und Ankläger, und die Regeln sind auf Ihrer Seite. Ich sehe das anders und habe keine große Achtung vor diesem tollen System, in das Sie alles reinquetschen wollen.«

Er knackte die Langustenbeine, während er sprach, und benutzte die Enden der Antenne, um das rosige Fleisch aus den Röhren zu schieben. Nachdem er das Fleisch aller Beine aufgeschichtet hatte, stand er auf.

»Wie auch immer, das war lecker, oder?« Patrick schaute auf das Meer, das inzwischen eine dunklere Färbung angenommen hatte. »Das müssen wir irgendwann wiederholen. Aber ohne, dass Sie beinahe ertrinken.«

Er hielt jetzt wieder den Metallstab in der Hand und ging wortlos zur Vorderseite des Camira. Erst als er die Motorhaube hochhob und den Stab in den Motor steckte, wurde Charlie bewusst, dass er das Feuer mit dem Ölmessstab geschürt hatte. Anschließend schob Patrick die leeren Karkassen zusammen und warf sie ins heruntergebrannte Feuer. Als er damit fertig war, schob er Sand mit dem Fuß über die Asche und verstaute die Ausrüstung im Wagen, ohne etwas zu sagen. Erst als er schon auf dem Fahrersitz saß und den Motor startete, reagierte Charlie und sprang auf. Der Camira rollte schon über den Strand und zog eine Abgaswolke hinter sich her, als Charlie die Beifahrertür zuschlug. Er traute sich nicht, Patrick anzuschauen, der offenbar tief in Gedanken versunken war.

Nach einer Woche rief Lewis, der Automechaniker, an und teilte ihm mit, er habe bei dem Saab einen neuen Kotflügel eingesetzt, und der Wagen könne abgeholt werden. Dann hatte er offenbar das Bedürfnis, sich zu korrigieren und stellte klar, dass der Kotflügel tatsächlich ein gebrauchter war, der von einem Schrottplatz stammte, also nicht als neu bezeichnet werde konnte. Charlie versicherte ihm, das sei alles bestens.

Er hatte sich inzwischen angewöhnt, zu Fuß durch den Ort zu gehen, und war beinahe enttäuscht, als er die Industriegegend erreichte, wo das Auto auf ihn wartete. Als der Kopf von Lewis in dem kleinen Bürofenster in der Ecke seines Schuppens auftauchte, hatte Charlie das Geld schon auf den Tresen gezählt. Er konnte sich gar nicht mehr daran erinnern, wann er zum letzten Mal eine Kreditkarte in Dauphin benutzt hatte, und das Barzahlen war für ihn zu einem angenehmen Ritual geworden: das gemächliche Ausfüllen eines Quittungsblocks, das Aufdrücken des Daumens auf den Durchschlag, um das Original abzureißen, das bedächtige Zählen der Banknoten. Charlie hatte alle Quittungen der letzten Tage aufbewahrt, nicht weil er sich die Auslagen zurückerstatten lassen wollte, sondern weil er dieses kleine Ritual so liebte. *Curle-*

wis Sports and Leisure, Dawkins Pharmacy, Bowman Family Grocers.

Auf dem Weg zurück in die Stadt kam er am *Normans Woe* vorbei und entschied, dass er nicht noch einmal dort im Pub essen wollte. Er ertrug den Gedanken nicht, zum siebten Mal seinen Blick über die Kreidetafel mit dem Speisenangebot schweifen zu lassen und wieder die Beilage aus gekochten Karotten und Erbsen zu bestellen. Jetzt am frühen Abend waren die meisten Läden geschlossen, die Straße war unbelebt bis auf eine Handvoll Einwohner, die gerade in den Supermarkt schlurften oder neben ihren Autos standen und sich unterhielten. Viele Schaufenster waren nur schwach erleuchtet, weshalb eine grelle Neonreklame Charlies Aufmerksamkeit auf sich zog: *Fortune Palace Chinese Restaurant.* Die alten Kacheln an der Fassade deuteten darauf hin, dass sich ursprünglich mal ein Schlachter in diesem Gebäude befunden hatte. Drinnen fand Charlie ein Dutzend leerer Tische vor und einen asiatischen Mann, der wahrscheinlich der Inhaber war. Er saß im hinteren Bereich nahe der Küchendurchreiche und las in einem Buch. Neben der Tür war ein Fenster beklebt mit Fotos der Speisen, die im *Fortune Palace* serviert wurden: kaiserliches Huhn, Tintenfisch in Salz und Pfeffer, Rindfleisch auf Sezuan-Art. Die Fotos waren blassblau verblichen, die Gerichte optisch nicht zu unterscheiden.

Er ging an einem hell erleuchteten Aquarium vorbei. Der Besitzer legte das Buch beiseite und eilte ihm entgegen, in der Hand eine Speisekarte, mit der er herumwedelte und auf die Sitznischen deutete. Charlie setzte sich in die nächstgelegene Ecke. Das Kissen gab ein seufzendes Geräusch von sich, als er Platz nahm. Die Bee Gees sangen im Hintergrund leise »How Deep Is Your Love«. Er bestellte ein Bier und ließ den Zeigefinger über die Speisekarte gleiten, unfähig, sich einzugestehen, nach was er sich eigentlich sehnte. Manchmal in solchen Momenten, dachte er, nach Anna, aber das war eher eine vage Vermutung als ein echtes Gefühl, weshalb er den Gedanken beiseiteschob.

Folgende Punkte standen auf seiner Agenda: Den Wagen reparieren lassen, Patrick zum Reden bringen, nach Hause fahren. Das Auto war wieder in Ordnung, also stand einer Fahrt nach Hause nichts Unüberwindbares mehr im Weg. Aber was war mit Patrick? Er hatte seine Haltung unmissverständlich dargelegt, schien aber gleichzeitig seine Position neu zu überdenken. Charlie hatte gespürt, wie es auf der Rückfahrt vom Strand in ihm gebrodelt hatte. Patrick arbeitete sich an irgendetwas ab und war noch nicht fertig damit.

Charlie hatte alle Arbeiten in Melbourne vorübergehend auf Eis gelegt, bis er sicher wusste, wann er zurückfahren würde. Ihm war aber auch klar, dass die Staatsanwaltschaft ihn nicht ewig für das Herumlungern in dieser Stadt bezahlen würde, egal was Harlan sagte. In Bezug auf Patrick hatte er entschieden, ihn vorerst nicht weiter zu bedrängen, damit er in Ruhe eine Entscheidung treffen konnte. Ob das passieren würde, stand natürlich in den Sternen. Wenn Charlie ehrlich war, wollte er auf diese Weise auch sich selbst ein bisschen mehr Zeit zum Nachdenken verschaffen. Er musste die Sache mit Annie sacken lassen. Außerdem brauchte auch sie sicher ein wenig Zeit für sich allein. Vor allem aber musste er mit sich selbst im Reinen sein, bevor er das nächste Mal vor einen Richter trat, der womöglich genauso unnachgiebig war wie Lefcovics.

Bestimmt hatte er recht mit der Annahme, dass es keinen Sinn machte, die Sache zu forcieren. Aber je länger er hier herumhing, umso mehr Aufmerksamkeit zog er auf sich. Alle in diesem Ort waren offenbar besessen davon, sich mit den Angelegenheiten anderer Leute zu beschäftigen.

Das Bier wurde serviert und er bestellte Rindfleisch mit Chili. Ein älteres Paar betrat das Restaurant und setzte sich an einen Tisch. Der Inhaber schien sie zu kennen und machte sich nicht die Mühe aufzustehen, als sie eintraten. Charlie wandte sich wieder seinen Gedanken zu, während die Goldfische ihre Kreise schwammen. In der Durchreiche wurde eine Glocke betätigt, als die letzten Akkorde von »More Than A Woman« von den Bee Gees verhallten. Der Chinese brachte das Essen, und Charlie bestellte eine Flasche Rotwein. Falls es zu viel war, konnte er sich immer noch den Korken bringen lassen.

Als er sich etwas ins Glas einschenkte, ging die Tür erneut auf und ein Paar trat ein: ein mittelalter Mann und eine ältere Frau von ungefähr fünfundsechzig Jahren. Er hielt die Hand hinter ihren Rücken, um sie zu führen, berührte sie aber nicht. Sie blieben dicht nebeneinander stehen. Charlie hätte nicht sagen können, ob sie Mutter und Sohn oder auf irgendeine Art befreundet waren, aber die leicht schräge Kopfhaltung des Mannes drückte so etwas wie Widerwillen aus.

Sie schauten sich suchend um und entdeckten ihn. Anscheinend hatten sie ihn hier erwartet, denn sie kamen direkt auf ihn zu. Das Gesicht der Frau war sehr runzelig, aber sie lächelte freundlich. Sie trug eine randlose Brille und hatte sich die ergrauten Haare rötlich-braun gefärbt und sorgfältig zu einer lockeren Frisur geföhnt. Sie wirkte wie eine Frau, die ihr Leben lang hart gearbeitet hatte, aber es schien sich gelohnt zu haben: An beiden Händen schimmerten Ringe und ihr Schal wurde von einer Silberbrosche zusammengehalten.

»Hallo, junger Mann«, sagte sie freundlich, als wäre sie gerade ihrem Lieblingsneffen begegnet. »Dürfen wir uns zu Ihnen setzen?«

Der Gesichtsausdruck des Mannes hatte sich nicht verändert. Er war leicht seitlich hinter der Frau stehengeblieben und beobachtete Charlie. Kurze Haare, kräftig gebaut, sehr aufrechte Haltung, unter seinem Hemd war ein leichter Bauchansatz zu erkennen. Er wandte sich kurz von Charlie ab, um einen Blick zur Tür und zu den anderen Tischen zu werfen. Der steht in keiner persönlichen Beziehung zu dieser Frau, dachte Charlie. Das ist ein Cop.

Charlie stand auf und reichte der Frau die Hand. »Charlie Jardim.«

»Freut mich sehr, Sie kennenzulernen«, sagte die Frau und ging an ihm vorbei, um sich zu setzen. Charlie stand die Verwirrung offenbar ins Gesicht geschrieben, denn der Mann streckte seine Hand aus.

»Das ist Delvene Murchison, Charlie«, sagte er. »Und ich bin Neil Robertson.«

»Detective Sergeant?«

»Yep.«

Delvene Murchison schaute sich nach dem Inhaber des Restaurants um. Robertson nahm sich einen Stuhl vom Nebentisch, stellte ihn vors schmale Ende des Tischs und duckte sich zur Seite, als der Chinese sich näherte.

»Ken, mein Lieber, wie geht es Ihnen«, strahlte die alte Dame den Restaurantbesitzer an.

»Mrs. Delvene«, sagte er mit gezücktem Kugelschreiber. »Sie sehen bezaubernd aus heute Abend. Möchten Sie eine Vorspeise? Ein Hauptgericht?«

»Ken, ich hätte gern dieses … wie heißt das noch? Das, was der junge Mr. Jarman dort isst. Und Zitronenhühnchen für Neil, bitte.« Sie legte die Speisekarte beiseite und schob das Körbchen mit den Gewürzen so weit weg wie möglich, um sich genügend Ellbogenfreiheit zu verschaffen.

»Sie sind also Charlie. Wie läuft's denn so bei Ihnen?«

»Wie meinen Sie das?«

»Na, wie gefällt Ihnen die Stadt?«

»Ganz gut. Ist schön ruhig hier.«

»Ja, das kann man sagen.« Sie warf ihm einen zustimmenden Blick zu. »Aber unter der Oberfläche ist sehr viel *Leben.* Ich schätze, für jemanden wie Sie wirkt das alles sehr verschlossen, aber so sind die Leute auf dem Land nun mal. Sehr *konservativ*, wissen Sie.«

Robertson saß ganz still da. Charlie bemühte sich, Delvene Murchison freundlich anzuschauen, aber es fiel ihm schwer sie einzuschätzen.

»Ich bin nie hier gewesen, bis ich Alan geheiratet habe«, fuhr sie fort. »Ich komme aus dem Inland, von einer Farm, und zu Anfang dachte ich, ich würde mich niemals einleben. Aber die Leute hier sind sehr nett, wenn man sie erst mal kennengelernt hat. Einige stammen direkt von den Bass-Strait-Robbenfängern ab, wissen Sie. Aber ab und zu muss auch mal frisches Blut reinkommen, sonst gibt es Inzucht! Ha!« Sie klatschte in die Hände. »Die aus der Stadt herziehen, bringen neue Sachen mit und so. Sie wissen schon, handwerkliche Fertigkeiten, Geld. Alan und ich, wir mussten am Anfang sehr hart arbeiten. Er fuhr zum Fischen raus und ich zog die Kinder groß und arbeitete im Pub. Schließlich kauften wir den Möbelladen und dann lief's gut! Das Pub konnten wir in bar bezahlen.«

Sie schaute ihn über ihre Brillengläser hinweg an.

»Haben das ganze Ding ohne Schulden übernommen. So was hatte es hier noch nie gegeben. Damals stand der Laden kurz vor dem Ruin, aber wir haben ordentlich zugepackt, haben rund um die Uhr geschuftet. Meine Güte!« Sie hielt inne, überwältigt von der Erinnerung an diese anstrengende Zeit.

»In einem Jahr, das muss wohl 1980 gewesen sein, denke ich,

hab ich die Zimmer geputzt und das Bier gezapft, bis ich im neunten Monat schwanger war und beinahe zerplatzte. Das war ein sehr heißes Jahr. Aber je mehr Energie wir reingesteckt haben, umso mehr kam dabei heraus. Mit dem Boot lief es auch sehr gut. Damals war es ziemlich einfach, hier in der Gegend als Fischer zu leben. Wir konnten immer ein oder zwei junge Leute aus der Gegend anheuern … und natürlich unsere eigenen Kinder. Ich schätze, so gut wie jeder Junge hier hat mal auf unserem Boot oder hinter unserem Tresen gestanden. Manche haben anschließend was aus sich gemacht, haben sich eine Abalonen- oder eine Langusten-Lizenz besorgt oder so was. Ein paar sind auch zur Uni gegangen. Manche hatten keine Lust zu arbeiten, selbst wenn ihr Leben davon abhing. Denen war nicht zu helfen. Irgendwann war dann der Punkt erreicht, wo man ihnen sagen musste, dass sie nicht mehr zu kommen brauchten. Manche lassen sich einfach treiben. Die meisten von denen, die es nicht schaffen, bleiben nicht hier, sondern gehen in eine größere Stadt oder sogar nach Melbourne. Einige bleiben aber auch – und stehen dann auf der anderen Seite vom Tresen.

Aber Les ist von einem anderen Schlag. Der ist ein echter Juwel, wirklich. Der ist Tag für Tag voll dabei. Man kann ihm absolut vertrauen und er hat ein Gedächtnis wie ein Elefant. Tatsächlich hat er sogar einen Arsch wie ein Elefant, was Robbo!«

Sie verpasste Robertson einen Schlag auf den Oberschenkel, so fest, dass der vor Schreck zusammenzuckte.

»Wir lieben Les. Alle lieben Les. Haben Sie sich mal mit ihm unterhalten?«

»Hab ich.«

»Na bitte. Und? Ist er nicht goldig?«

»Scheint ein guter Kerl zu sein. Und was ist mit Mr. Murchison?«

»Alan? Ach Gott.« Sie warf Robertson einen kurzen Blick zu. »Hat ihn jemals einer Mister genannt? Der hat eine Magenverstimmung.« Sie kicherte. »Aber die hat er sich nicht hier geholt. Auch nicht im Pub.« Sie hob drohend den Zeigefinger für den Fall, dass er das bezweifeln wollte.

Schweigen brach aus. Charlie war das unangenehm, aber Delvene schien es nichts auszumachen. Das Essen wurde serviert. Sie aß es mit der Gabel und schenkte den Stäbchen in der Papiertüte keine Beachtung. Das Zitronenhühnchen wurde vor Robertson gestellt, aber er machte keine Anstalten, es zu essen. Er starrte auf einen Punkt irgendwo vor Charlie in der Luft.

»Gibt es einen besonderen Grund, warum Sie mit mir sprechen möchten?«

Delvene schaute ihn erstaunt an.

»Aber nicht im Geringsten«, sagte sie und behielt die Gabel in der Luft. »Wir dachten einfach, wir sagen mal Hallo, fragen, wie's so läuft, weiter nichts. Wir … Sie sind ganz allein hier am Ort und wir Murchisons sind ja aufs Gastgewerbe spezialisiert.« Sie lächelte scheinheilig. »Und außerdem haben wir etwas gemeinsam.«

»Was könnte das sein?«

»Na ja, wir interessieren uns beide für den jungen Skip.« Sie schob das Essen mit der Gabel hin und her, schichtete sorgfältig eine Portion auf die Gabel.

»Was meinen Sie damit?«

»Ich meine damit, dass ich seine Mutter bin. Ich kenne ihn und mache mir Sorgen um ihn. Und Sie …« Sie deutete mit der Gabel auf Charlie. »… wollen ihn reinlegen.«

»Ich denke nicht, dass ich mit Ihnen über ihn reden möchte, Mrs. Murchison.«

»Delvene, bitte. Sogar in diesem kleinen Lokal …« Sie schaute sich um. »… steckt mehr hinter den Menschen, als man mit bloßem Auge sehen kann. Nehmen Sie zum Beispiel Ken.« Sie deutete mit der Gabel auf den Restaurantbesitzer, der sich wieder in sein Buch vertieft hatte. »Wenn Sie ihn oberflächlich betrachten, sehen Sie bloß irgendeinen Chinesen. Ken kommt aus Zhuhai an der chinesischen Küste in der Nähe von Hongkong. Es war mal eine Stadt der Fischer wie unser Ort hier. Allerdings ein ganzes Stück größer, nehme ich an. Bevor er hierherkam, war er in der Fischerei beschäftigt. Aber es lief schlecht, weil die Regierung ihm Schwierigkeiten machte. Weil er Taoist ist, ein Shenyi-Taoist. Kennen Sie sich aus mit Taoismus, Charlie?«

Charlie musste zugeben, dass er keine Ahnung hatte. Sein Essen war kalt geworden.

»Unter anderem glauben sie an eine Seegöttin. Interessant, nicht? Der arme Ken hier ist ein Flüchtling, hat ein Visum und alles, aber wartet immer noch darauf, dass seine Familie nachkommt. Seine Einsamkeit muss unerträglich sein. Also, zuerst sehen Sie nur einen Chinesen, der ein Restaurant führt, aber hinter ihm steht eine ganze Welt. Genauso verhält es sich mit den Leuten hier in der Stadt. Die schauen Sie an und sehen nur irgendein Arschloch aus Melbourne …« Ihr Gesichtsausdruck änderte sich nicht, als sie das sagte. »… aber ich bin mir sicher, dass auch hinter Ihnen eine Geschichte steckt, Mr. Jarman.«

»J-Jardim.«

»Entschuldigung.« Ihr Lächeln war eisig. Sie sprach jetzt langsamer weiter, achtete genau auf ihre Wortwahl. »Sie haben wahrscheinlich Ihre Gründe, warum Sie hier sind, mein Lieber. Ich bin mir sicher, dass Sie diese Gründe für gut befinden. Aber Alan und ich, wir können nicht tatenlos zusehen, wie unser Sohn in der Untersuchungshaft verrottet, nur wegen dieser … Sache. Ich möchte …«

»Ich sagte doch, ich will nicht darüber reden.«

Wieder hob sie warnend den Zeigefinger. Robertson hatte sich noch immer keinen Millimeter bewegt.

»Sie müssen ja gar nichts sagen. Sie sollen bloß zuhören. Skip hat nichts mit Matt Lanegans Tod zu tun. Gar nichts. Das ist bloß eine hässliche interne Angelegenheit zwischen den Lanegans und dem brutalen Gesindel, mit dem sie sich abgeben. Wilderer und Drogendealer. Widerliches Gesocks, das die Tendenz hat, in Kofferräumen oder Gruben zu enden und keiner weiß wieso. Mein Junge mag sich ja einiges geleistet haben, junger Mann. Ich weiß, dass er unbeherrscht ist, schließlich hat er Alan und mich eine Menge Geld gekostet wegen seines idiotischen Gehabes. Aber er ist kein Mörder. Ehrlich gesagt glaube ich nicht mal, dass er das Zeug dazu hätte.«

»Ich habe ihn nicht deswegen angeklagt, Mrs. Murchison …«

»*Delvene*«, korrigierte sie ihn erneut, diesmal vehementer.

»Meine Aufgabe ist es, den Anschuldigungen nachzugehen, die die Polizei erhoben hat. Wenn Sie irgendwelche Dinge bezüglich der Anschuldigungen gegen Ihren Sohn entkräften wollen, sollten Sie sich eher an Detective Robertson halten.«

Charlie legte die Stäbchen zusammen und knüllte die Papiertüte zu einem kleinen Ball zusammen, den er über die Fingerspitzen auf die Tischdecke rollen ließ. Er wollte, dass der Detective sich in das Gespräch einbrachte, wollte die Vormachtstellung dieser alten Frau brechen.

»Robbo und ich haben die Angelegenheit mehrmals durchgesprochen, glauben Sie mir«, fuhr Delvene Murchison fort. »Läge die ganze Sache noch in seiner Verantwortung, wäre die Situation jetzt sicher eine ganz andere. Aber natürlich geht es hier um Mord, und deshalb musste die Polizei von Melbourne eingeschaltet werden. Ihm wurde der Fall entzogen, ungeachtet seiner Kenntnisse der …« Sie zögerte, kniff die Augen zusammen. »… hiesigen Situation. Sie sind nicht der erste Eindringling, der glaubt, er könne uns erzählen, was in unserer Stadt vor sich geht.«

Charlie seufzte. Er hoffte, es würde müde klingen, aber in Wahrheit war er total genervt. »Ich kann mich des Eindrucks nicht erwehren, dass Sie etwas von mir wollen. Ich erwarte nicht, dass er dort damit herausrückt. Also erzählen Sie mir doch bitte, um was es eigentlich geht.«

»Na, das kommt jetzt aber sehr plötzlich. Ich weiß gar nicht, wie ich darauf reagieren soll. Also, Sie kommen hier in unsere Stadt, trinken in unserem Pub, sprechen mit unseren Angestellten und stehlen ihnen die Zeit. Sie machen sich in unserem Lokal breit und tun so, als wäre das in Ordnung. Für uns ist das aber nicht in Ordnung, verstehen Sie?«

Sie hatte immer noch dieses aufgesetzte Lächeln, beugte sich jetzt vor und starrte ihm über ihre Brille hinweg direkt in die Augen. »Ich weiß, dass Sie mit dem Lanegan-Jungen gesprochen haben, und ich kann mir einfach nicht erklären, warum Sie ihn dazu bringen wollen, seine Aussage zu ändern.«

»Tue ich gar nicht.«

»Unterbrechen Sie mich nicht.« Sie deutete mit dem Finger direkt zwischen seine Augen, und er konnte gar nicht anders, als ihre Goldringe anzustarren. »Er hat seine Aussage gemacht, er hat gesagt, was er zu sagen hatte, und damit ist die Sache erledigt. Mein Sohn steckt auch so schon in genug Schwierigkeiten, da müssen Sie nicht noch andere Leute überreden, irgendwelche Dinge zu behaupten.«

»Was ich hier tue und mit wem ich spreche, geht Sie überhaupt nichts an, Delvene.«

»Da täuschen Sie sich aber gewaltig, junger Mann. Das geht mich sehr wohl etwas an.« Sie legte die Gabel und die Tüte mit den nicht benutzten Stäbchen auf ihren Teller und griff nach der Handtasche.

»Es wird bestimmt sehr unangenehm werden für Patrick Lanegan, wenn ich weiterhin mitansehen muss, was da vor sich geht.«

Charlie traute seinen Ohren nicht.

»Wollen Sie mir etwa Angst machen?«

»Nein, ich will ihm Angst machen.«

Wieder starrte sie Charlie an, ohne mit der Wimper zu zucken.

»So wie es aussieht, drohen Sie mir aber, und zwar in Anwesenheit eines Polizisten.« Charlie deutete auf Robertson, der keine Reaktion zeigte. Delvene Murchison blickte den Detective an, als würde sie ihn zum ersten Mal sehen.

»Er kennt seinen Platz, junger Mann. Und das sollten Sie auch. Packen Sie lieber Ihren Kram und fahren Sie zurück nach Melbourne, hm?«

Ohne ein weiteres Wort warf sie sich die Handtasche um, stand auf und ging. Detective Robertson folgte ihr auf dem Fuß.

Charlie sah ihnen nach, als sie das Restaurant verließen. Detective Robertson hielt Delvene Murchison beflissen die Tür auf.

Er winkte dem chinesischen Wirt.

»Ken, kann ich bitte die Rechnung haben?«

Er lächelte fröhlich.

»Oh, nein, Sir. Mrs. Delvene schon alles gemacht.«

Die Reifen des Traktors nahmen den pulverigen weißen Sand auf und verstreuten ihn, während sie sich drehten. Patrick saß oben auf dem Fahrersitz, schaute nach hinten und lenkte das Fahrzeug im Rückwärtsgang ans Meer heran. Ein schweres Stahlboot – Charlie hätte es Blechwanne genannt – hing hinten am Traktor.

Patrick gab Gas und das Boot rutschte ins seichte Wasser.

Schwarze Dieselschwaden quollen aus dem Auspuff des Traktors. Charlie hielt das Schiffstau in der Hand, das nun stramm gezogen wurde. Er musste ein paar Schritte ins Wasser gehen, um die Bewegung des Boots unter Kontrolle zu bekommen. Das Tau klatschte mehrmals auf die Wasseroberfläche, als das Boot sich auf und ab bewegte. Patrick fuhr den Traktor wieder den Strand hinauf, dann über den Kiesweg und parkte ihn dort unter einem Busch. Hier im Schutz des hohen Kliffs wuchsen die Bäume höher und die Büsche üppiger.

Kleine Fische huschten um Charlies Waden als Patrick über den Strand auf ihn zukam.

»Springen Sie rein«, sagte er und stemmte sich gegen das Heck des Boots, um den Bug seewärts zu drehen.

Charlie schwang sich über die Bordwand, von seiner nassen Jeans tropfte das Wasser. Er landete ungelenk auf einem stählernen Sitz und zog seinen linken Fuß hastig von der Ablage mit den Angelgeräten zurück. Zum Glück war er nicht aufgespießt worden. Patrick watete durchs Wasser, gab dem Boot einen Stoß und stieg ein. Der Motor sprang ohne Probleme an und sie fuhren langsam los. Die Sonne stand noch hinter dem Kliff und das Meer lag im Schatten. Charlie schaute ins smaragdgrün schimmernde Wasser und sah den sandigen Grund. Klumpen von losgerissenem Seetang huschten unter ihnen vorbei.

Draußen im offenen Meer sah er schwarze Felsen umgeben von einem Teppich aus Seetang, an denen sich die Brandung in regelmäßigen Abständen brach. Schläfrig aussehende Vögel hockten auf ihnen und ignorierten das Boot. Sie waren nur ein paar Minuten lang gefahren, als Patrick plötzlich den Motor ausschaltete. Der Bug des Boots senkte sich und die Wellen gaben ihm einen letzten Schub.

»Milly hat mir erzählt, Sie hätten sich gestern die Schnorchelausrüstung geliehen«, sagte Patrick, während er den Anker und die Kette über den Bootsrand hob.

»Hab ich.« Längeres Schweigen brach aus. Charlie war sich nicht sicher, ob er es brechen sollte. »Wie nennt man diese Fische, die aussehen, als wären sie mit Diamanten besetzt?«

»Die Silbrigen?«

»Ja … eher silbergrau.«

»Steuerbarsche. Standen die im wirbeligen Wasser am Rand von irgendwas?«

»Yep.«

»Ja, das machen die immer so. Sie sind sehr neugierig. Schwimmen einem direkt vor die Taucherbrille. Ich verstehe nicht, warum jemand die mit der Harpune erlegt.« Er lachte abfällig. »Die schmecken ziemlich gut.«

Patrick band das Ankertau fest und nahm sich zwei Pilkruten. Er spießte einen fettig glänzenden Köderfisch auf den Haken und reichte Charlie die erste Rute. »Warum sind Sie denn schnorcheln gegangen? Ich dachte Sie sind hierhergekommen, um zu arbeiten.«

Charlie bemerkte den ironischen Unterton. »Es ist so schön friedlich. Ich kann jetzt verstehen, warum Sie das so oft machen.«

»Ich mach das gar nicht mehr so oft«, entgegnete Patrick. »Früher schon. Da bin ich andauernd schnorcheln gewesen, egal, ob die Wellen hoch waren oder nicht. Die anderen jungen Typen wollten surfen, ich eben schnorcheln. Aber das hat sich alles geändert wegen der Familie.«

Charlie schlang die Angelleine um den Zeigefinger, wie er es mal bei seinem Vater gesehen hatte. Er stemmte einen Fuß gegen die gegenüberliegende Sitzbank, betrachtete die sandige Haut und die Konturen der Knochen, die zu den Zehen liefen. Er spürte ein leichtes Ziehen an der Leine und zog sie kurz an. Sie wurde wieder ruhig.

»Sie brauchen einen neuen Köder«, sagte Patrick. »Den hat er Ihnen geklaut.«

Charlie holte die Leine ein und stellte fest, dass der Haken leer war. Er nahm einen weiteren Köderfisch aus der Plastiktüte und stach die Spitze des Hakens direkt durchs Auge. Der Fisch hing wackelig in der Krümmung des Hakens, und Patrick schaute zweifelnd zu, wie Charlie ihn über den Bootsrand ins Wasser warf. Kaum hatte Charlie sich zurückgelehnt, wurde heftig an der Leine gezogen, und er musste ziemlich viel Kraft anwenden, um sie hochzuziehen. Er stand auf und holte sie in großen Schlaufen ein. Der Fisch zappelte und zerrte an der Leine und Charlie hatte Mühe, die Kontrolle zu behalten. Die Leine wurde um den Bug herumgezogen, und unten im klaren Wasser zeichneten sich jetzt die glänzenden Umrisse eines Tiers ab, das sich in engen Kreisen bewegte. Zuerst hob es sich nur silbrig wie reflektiertes Sonnenlicht von dem grünblauen Hintergrund ab. Aber als er ihn hochzog, konnte er den breiten Kopf und die wachen Augen des Fischs erkennen. Als er zappelnd aus dem Wasser kam, spritzten Wassertropfen durch die Luft, und Charlie hievte ihn an Bord.

»Ein Snapper!«, rief Patrick, der seine Begeisterung nicht verbergen konnte. Die Seiten des Fischs waren rosa und mit silbernen und blauen Punkten gesprenkelt. Eine Linie weißer Tupfen verlief von den Kiemen bis zum Schwanz. Das große Auge des Fischs bewegte sich leicht, als Patrick ihn hochhob und den Haken in seinem Maul inspizierte. Er drehte den Kopf des Tiers leicht zur Seite, um den Haken aus seiner Lippe zu ziehen. Der Fisch zuckte und glitt ihm aus der Hand. Patrick griff ihn erneut und warf ihn in den Eimer. Einen Moment lang starrten beide Männer abwesend auf den Fang, tief in Gedanken versunken. Dann lehnten sie sich zurück und genau da kamen die ersten Sonnenstrahlen über die Klippe.

»Ich werde Ihnen erzählen, was passiert ist«, sagte Patrick, ohne aufzuschauen.

Charlie wurde kalt erwischt. Er hatte überlegt, ob er Patrick von seiner Begegnung mit Delvene Murchison berichten sollte, dann aber entschieden, es bleiben zu lassen.

»Wie jetzt, einfach so?«

»Wenigstens ist es dann genauso Ihr Problem wie meins. Geben Sie mir mal den Köder.«

Charlie reichte ihm wortlos den Köder.

»Wir wissen also beide, dass auch ich in dieser Nacht auf der *Caravel* gewesen bin«, begann Patrick bedächtig. »Ich machte mir Sorgen um Matt. Die ganze Sache gefiel mir nicht, deshalb wollte ich nicht, dass er alleine geht. Wir fuhren also zusammen raus zu den Gawleys – eigentlich war der Boulder Point als Treffpunkt vereinbart gewesen, aber Matt und Skip müssen es sich dann doch noch anders überlegt haben. Ich hab das zuerst gar nicht bemerkt.«

Er warf die Angelleine wieder ins Wasser und schaute aufs Meer. »Es passierte dann alles da drüben.« Er deutete nach Süden. »Wir fuhren dort entlang, weil wir ihr Licht am Ende der Gawleys sehen konnten. Wir gingen längsseits und Matt kletterte als Erster rüber und forderte mich auf, unser Boot festzumachen. Bei Skips Boot liegt die Kabine vorne. Der Arbeitsbereich befindet sich hinten und ist überdacht. Dort brannte eine Lampe, aber nicht der Scheinwerfer, der eingeschaltet wird, wenn auf See gearbeitet wird, denn der ist viel heller. Es war nur eine Lampe und ich schätze, die war unter der Plane, denn es war nicht sehr hell, als er rüberkletterte. Ich weiß noch, dass mir das auffiel, auf so was achtet man in solchen Momenten. Jedenfalls kam es mir eigenartig vor, dass sie nur diese Lampe eingeschaltet hatten. Ich weiß noch, wie Matt beim Auslaufen mit ihnen telefonierte und wiederholte, was sie ihm sagten, nämlich, dass an Bord ein Licht brennen würde. Es war dann aber nur diese kleine Lampe … Ich denke, ich habe mir das so erklärt, dass sie einfach nur vorsichtig sein wollten, um keine Aufmerksamkeit auf sich zu ziehen.

Ich habe keine Ahnung, was genau Matt erwartet hatte. Sein Verhalten in dieser Nacht hat das nicht verraten. Ob er tatsächlich hoffte, sein Geld zu kriegen, oder ob er dachte, sie würden ihm etwas anderes als Entschädigung anbieten, das weiß ich nicht. Das Geld ging ja immer hin und her, wissen Sie – sie zahlten ihm Kommission, wenn er für sie Abalonen nach Melbourne bringen sollte, und er gab ihnen Geld, um Hydro von ihnen zu bekommen. Wie auch immer, er kletterte also rüber und ich drehte mich kurz um, weil ich das Boot festmachen wollte. Ich ging nach vorne zum Bug, um dort anzufangen, und Matt stieg etwa in der Mitte des Bootes über die Reling. Zuletzt sah ich ihn, wie er nach vorne lief, was ja logisch ist, weil er glaubte, sie wären im Ruderhaus. Ich machte also fest, und er rief mir zu, dass niemand da sei. Ich glaube, er hat es ganz genau so gesagt: ›Es ist ja überhaupt kein Arsch da.‹

Er ist dann irgendwo weiter vorne verschwunden, weshalb ich, als ich an Bord stieg, ebenfalls in diese Richtung ging. Und dann entdeckte ich etwas auf der Backbordseite neben der Kabine. Da waren solche Metallklammern, mit denen man Kunststofffässer befestigen kann. Man schiebt die Behälter vor die Kabinenwand und legt diese Klammern um sie herum und schon sitzen sie fest. Das Boot der Murchisons ist für den Abalonenfang ausgerüstet, ich hab nie gesehen, dass sie diese Klammern benutzt haben – man hätte sie vielleicht für Leinen oder Bojen verwenden können, wenn man mit Leinen fischt oder Netze auswirft. Als ich weiterging, fiel mir eine große blaue Tonne auf, die mit einer solchen

Klammer festgehalten wurde, so eine mit einem Drehverschluss, die an einen Chemie-Behälter erinnert. Ich fand das total seltsam und drehte den Deckel ab. Aber da es ziemlich dunkel war, konnte ich nichts erkennen und fasste mit der Hand hinein. Ja, und dabei stellte sich dann raus, dass die ganze Tonne vollgepackt war mit vakuumverpacktem Dope. Blöcke so groß wie Ziegelsteine, nur flacher. Jede Menge davon, bis oben hin voll. Der Geruch, der aus dieser Tonne kam, war unglaublich. In meinem ganzen Leben hatte ich noch nie so viel Dope gesehen. Ich stand da mit einem dieser Blöcke in der Hand und in meinem Kopf drehte sich alles. Dann hörte ich es plötzlich Krachen und Scheppern und eine wütende Stimme schrie laut: ›Wo bist du, du Arschloch?‹ Dann ein Knall, und ich wusste sofort, dass es ein Gewehr war. Ich ließ den Packen Dope fallen, und im gleichen Moment schießt jemand die Lampe kaputt. Mit einem Mal war es stockdunkel, und ich bekam eine Höllenangst. Aber ich ging trotzdem einfach weiter. In meinem Kopf war wohl noch das Bild, das ich kurz zuvor gesehen hatte, außerdem war ich ja schon ein oder zwei Mal auf ihrem Boot gewesen und konnte mich ungefähr an den Aufbau erinnern.«

Patrick zog an seiner Leine und holte sie langsam ein. Wieder hing ein Snapper am Haken, der etwas kleiner war als der Erste. Er nahm ihn vom Haken und warf ihn kommentarlos in den Eimer.

»Ich ging also weiter, den gleichen Weg, den Matt zuvor gegangen sein musste. Ein paar Sekunden herrschte totales Chaos – irgendwo waren eilige Schritte zu hören und jemand stolperte gegen etwas. Auf der Rückseite der Kabine traf ich dann auf Matt, da wo die Gangway ist, rannte einfach gegen ihn. Ich bin ziemlich schnell gelaufen, weiß aber nicht, ob er auch rannte. Auf jeden Fall fallen wir beide hin und ich bleibe auf seinem linken Bein liegen, direkt neben der Luke für den Kran. Er atmet schwer, ganz flach und schnell, und ich weiß sofort, dass sie ihn angeschossen haben. Ich bleibe bei ihm, und er versucht aufzustehen, fällt aber wieder zurück. Neben der Stelle, wo wir gestürzt sind, ist so eine Reihe mit Schraubenköpfen, da greift er hin und versucht sich aufzurichten. Aber ich merke gleich, dass da was nicht stimmt, jedenfalls schafft er es nicht. Ich weiß nicht, wo sie ihn getroffen haben – es ist zu dunkel, überall ist Blut, aber ich habe keine Ahnung, woher es kommt. Ganz leise versuche ich mit ihm zu reden: Alles in Ordnung? Und er …, ich glaube nicht, dass er absichtlich leise spricht, er kann einfach nicht anders, es kommt nur so ein pfeifendes Geräusch aus ihm, als er es versucht.

Wir haben da vielleicht nur ein paar Sekunden lang gelegen, dann hat er es doch noch geschafft, was zu sagen. Ganz deutlich sogar. Er sagte: ›Scheiße, ich sterbe.‹ Und kaum hat er das gesagt, wird mir klar, dass sie gehorcht haben, um rauszukriegen, wo er ist, und jetzt auf uns zukommen – ich höre die Schritte von zwei Personen, die in unsere Richtung laufen. Und als sie schon dicht bei uns sind, streckt Matt den Arm aus, packt mich am Hemd und rollt mich irgendwie über seinen Körper, ich versuche, mit dem Fuß die Balance zu halten, aber da war nichts, nur leerer Raum, jetzt erst verstehe ich, was er vorhat. Er will mich durch die Luke ins Meer schubsen. Ich rutsche immer weiter, bis ich schließlich so weit über dem Rand hänge, dass ich mich nicht mehr halten kann. Bevor ich falle, schaue ich noch mal zu Matt, weil ich immer noch nicht kapiere, warum er das macht, aber er sieht mich bloß wortlos an. Und dann entdecke ich Skip, der neben ihm steht, erkenne das Gesicht von diesem Mistkerl ganz deutlich. Wenn man jemanden jeden Tag sieht, und dieser jemand einen noch dazu ständig schikaniert, dann hat man irgendwann auch seine Kopfform verinnerlicht. Das ist genau wie beim

Footballspielen, da kennt man ja auch die Schultern des Mitspielers bestens und weiß, wie er sich bewegt. Wie dem auch sei, Skip steht jedenfalls neben Matt, aber sein Blick ist gar nicht auf ihn gerichtet, sondern auf mich. Beide sehen zu mir hin. Und Skip hat eine Waffe in der Hand, ein Gewehr, das er nach unten hält. Und während ich falle, legt er das Gewehr an. Dann treffe ich auf dem Wasser auf und tauche ziemlich tief ein, weil ich ja aus großer Höhe nach unten gefallen bin. Als ich wieder an die Oberfläche komme, sehe ich neben mir den Rumpf, der sich vom dunklen Himmel abzeichnet, ich tauche unter den Kiel und schwimme ein Stück weit, bis ich zwischen den beiden Booten wieder auftauche, knapp hinter dem Bug. Ich bleibe kurz über Wasser, schnappe nach Luft und höre, wie Mick McVean direkt über mir einen Schrei ausstößt, ich schaue hoch und merke, dass er mich entdeckt hat, also tauche ich wieder ab, nur weg von den beiden Booten. Ich habe keine Ahnung, wohin ich schwimme, ich versuche einfach nur, ihnen zu entkommen. Sie schießen auf mich, ich kann's hören, es ist ein beschissenes zischendes Geräusch, wenn die Kugeln direkt neben einem ins Wasser klatschen. Dann denke ich mir, dass sie bestimmt erwarten, dass ich weiter von den Booten wegschwimme. Deshalb tauche ich stattdessen tief nach unten, runter zum Riff, ungefähr vier, fünf Meter tief und halte mich dort ein paar Sekunden lang am Seetang fest. Aber ich kann die Luft nicht so lange anhalten wie normalerweise, weil ich total panisch bin, also tauche ich wieder auf, schaue mich um und sehe, dass sie auf der anderen Bordseite sind und in die falsche Richtung gucken. Ich hole ein paarmal tief Luft und tauche wieder nach unten. Als ich nach unten schwimme, höre ich, wie die Motoren anspringen und der Anker gelichtet wird, das kann man unter Wasser sehr deutlich hören.

Diesmal habe ich richtig gut Luft holen können und bleibe

eine ganze Weile unten, greife in den Tang und bewege mich ganz langsam über den Grund. Während ich mich voranbewege, höre ich, wie noch eine Kugel einschlägt, ungefähr einen Meter neben mir. Es klickt so eigenartig, als sie auf den Felsen trifft. Ich überlege und frage mich, woher zum Teufel sie wissen, wo ich gerade bin. Beim letzten Mal, als ich oben war, haben sie doch in die falsche Richtung geschaut. Und dann schlagen noch zwei Kugeln ein, diesmal sehr nah, wieder dieses schreckliche Zischen. Ich spüre sogar die Bläschen von einem Einschlag direkt neben mir, während ich mich weiterbewege. Und höre wieder, wie es klickt, als die Kugeln auf das Riff prallen. Da wird mir plötzlich klar, dass diese Mistkerle den Peilsender für die Fische eingeschaltet haben. Und natürlich bin ich das einzige verdammte Objekt, was sich über ihren Bildschirm bewegt, hier direkt unter ihnen. Mir geht die Luft aus, ich denke, jetzt haben sie mich, ich bin erledigt, ich muss auftauchen und sie werden direkt über mir sein. Aber sie bewegen sich immer noch langsam voran, also komme ich direkt hinter den Schrauben hoch, im Kielwasser und hoffe, dass sie mich da nicht sehen können. Sie fahren noch eine Weile weiter. Über den Motorenlärm hinweg höre ich sie immer noch ins Wasser schießen. Sie haben die großen Scheinwerfer eingeschaltet und leuchten damit den Bereich vor dem Bug ab, wo sie mich vermuten. Ich verharre hinten an der Oberfläche, ganz ruhig, und versuche wieder zu Atem zu kommen. Und sie entfernen sich von unserem Boot, fahren in Richtung Strand weg. Wahrscheinlich weil sie glauben, ich schwimme auch dort hin. Unser Boot ist hinter mir, aber ich lasse ihr Boot nicht aus den Augen, bereit, sofort unterzutauchen, wenn sie umkehren sollten. Es ist sehr dunkel da draußen. Für sie war es sicherlich noch schwerer als für mich, etwas zu erkennen, weil sie an Deck im Licht standen. Also bleibe ich über Wasser und schwimme sogar ein Stück weiter raus aufs Meer, weg von unserem Boot. Ich tue genau das, von dem ich denke, dass sie nicht erwarten, dass ich es tue. Doch dann holen Sie diesen Suchscheinwerfer raus. Ich sehe, wie sie ihn hierhin und dorthin richten und nach mir suchen. Und immer wieder schießen sie ins Wasser, einfach auf gut Glück.

Ein paar Mal richten sie den Sucher ganz in meine Nähe, und ich tauche wieder ab und höre unter Wasser die Kugeln zischen. Diese Schüsse haben mir eine Höllenangst gemacht. Ich bin da unten und merke, wie mein Herz rast. Es ist schwierig, das zu beschreiben. Wenn jemand an Land auf Sie schießt, dann wissen Sie bloß, dass er nicht getroffen hat. Sie kriegen gar nicht mit, wie dicht dran es war. Im Wasser spürt man aber die Bewegung, die die Kugeln verursachen, man merkt, wie dicht sie vorbeigehen. Wie auch immer, sie fahren dann in einem weiten Kreis zurück zu unserem Boot, suchen immer noch mit dem Scheinwerfer nach mir und ballern wild herum. Als sie bei unserem Boot angekommen sind, gehen sie längsseits und stellen den Motor ab. Mit einem Mal ist es ganz ruhig. Ich schwimme immer noch da herum und höre, wie sie schreien: ›Na, wirst du müde, Paddy?‹ und ›Paddy, alter Kumpel, wir warten auf dich, wir machen dich fertig, Junge.‹ Daran kann ich mich noch besonders gut erinnern. Und ich sehe Mick noch vor mir, mit dem Gewehr im Anschlag, wie er aufs Meer schießt und schreit: ›Arschloch!‹ und wieder schießt und schreit: ›Scheißkerl!‹ und wieder schießt. Er war völlig aufgebracht.

Ich treibe da also rum, nur mit dem Kopf überm Wasser, und sie fahren diesen Bogen und kommen zu unserem Boot zurück. Und ich sehe, wie sie längsseits gehen und … äh … wie sie Matt auf das Deck unseres Boots werfen. Bis zu diesem Moment hatte ich die vage Hoffnung, noch einmal zurückschwimmen und ihn retten zu können. Natürlich hatte ich eine Scheißangst, ganz bestimmt. Die meiste Zeit hab ich ja auch versucht, mich selbst in Sicherheit zu bringen, aber irgendwie hab ich trotzdem noch gehofft, ihm helfen zu können. Aber egal …, sie warfen ihn also rüber auf unser Boot, das ungefähr einen Meter zwanzig niedriger ist als ihres. Er fiel ein ganzes Stück weit nach unten, da begriff ich plötzlich, dass er tot war. Weil er einfach so … schlaff war. Wie ein schwerer Sack. Prallte mit dem Kopf voran aufs Deck und zuckte nicht mal oder so, reagierte überhaupt nicht. Er traf so hart auf dem Stahl auf, dass er sicher irgendwie reagiert hätte, wenn noch ein bisschen Leben in ihm gewesen wäre. Es war so ein grässliches Geräusch, als sein Körper unten aufschlug. Da wusste ich also, dass er tot war.

Zu diesem Zeitpunkt hatten sie mit dem Schießen aufgehört, und ich hatte keine Ahnung, was sie nun im Schilde führten. Sie brüllten sich gegenseitig an, als wären sie völlig von Sinnen. Arschloch hier, Arschloch da. Das ging eine ganze Weile so, als wüssten sie nicht, was sie tun sollten. Dann beobachte ich, wie Mick den Inhalt eines Benzinkanisters über unserem Boot ausgießt. Im Scheinwerferlicht, sehe ich, wie das Benzin auf Matt spritzt, der sich die ganze Zeit nicht rührt. Und dann haben sie den Motor wieder angeschmissen, irgendwas angezündet, ein Stück Stoff oder so, und es rübergeworfen. Das Boot geht sofort in Flammen auf. Kaum dass es brennt, hauen sie auch schon ab. Von meinem Platz im Wasser aus kann ich Matts Beine sehen und erkennen, dass sie sich auch jetzt nicht bewegen. Er brennt und seine Beine bewegen sich nicht. Ich kann die Turnschuhe sehen, die er anhat, diese ausgelatschten alten Dinger, und plötzlich sehe ich ihn vor mir, wie er im Pub steht mit einem Bier in der Hand, und ich hab auch eins, und wir prosten uns zu, und ich lache über irgendwas und schaue auf seine Füße, und da hat er dieselben dreckigen alten Turnschuhe an, und sein Bier tropft drauf. Er trug sie immer und überall, sogar auf dem Boot. Ich versuche nur zu erklären, wie ich ihn da sich selbst überlassen konnte, weil ich weiß, dass Sie das nur schwer verstehen können, aber er war ja schon tot, und ich musste darüber nachdenken, was als Nächstes kommen würde. Ich schwamm da draußen auf der Stelle, sah zu, wie das Boot abbrannte, sah zu, wie er verbrannte, und wusste, dass die ganze Stadt diesen Mistkerlen glauben wird, falls überhaupt jemand wissen wollte, was passiert war. Wahrscheinlich werden Sie einfach behaupten, dass Matt was Schlimmes vorhatte, dachte ich – alle kannten ihn ja als einen, der ständig Probleme machte. Und wenn bekannt würde, dass ich dabei gewesen war, als er eine Kugel abbekam und dass das Boot abgefackelt wurde, während ich im Wasser war, ohne einen Kratzer, dann würde das für mich gar nicht gut aussehen. Nicht bei meinem schlechten Ruf. Mein Bruder und ich sind sowieso nicht gut miteinander ausgekommen. Und drei Wochen vor dieser Sache hatten wir eine ziemlich handfeste Auseinandersetzung.

Das alles ging mir durch den Kopf. Ich schwamm also zum Strand. Wahrscheinlich werde ich deswegen in die Hölle kommen, aber so war es nun mal. Ich behielt das Boot von den Murchisons im Auge, um sicherzugehen, dass sie es sich nicht anders überlegten. Aber ich war mir eigentlich sehr sicher, dass sie alles dransetzen würden, um so schnell wie möglich von dem brennenden Boot wegzukommen. Damit behielt ich auch recht. Als ich schließlich am Strand ankam, schlich ich nach Hause und hoffte, dass niemand mich sehen würde. Ich war ja völlig durchnässt, was nicht leicht zu erklären wäre. Ich kam zu Hause an und hatte gerade noch genug Zeit, mir trockene Sachen anzuziehen, da stand auch schon Robbo vor der Tür, und die Aussage, die ich ihm gegenüber gemacht habe, kennen Sie ja.«

»Scheiße«, sagte Charlie leise. Mehr fiel ihm dazu nicht ein.

Das Ausmaß dieser Schilderung hatte ihn völlig fertiggemacht. »Was für eine … Scheiße.«

Er dachte kurz nach. »Wo ist dieses Fass mit dem Dope denn jetzt?«

»Keine Ahnung. Ich schätze, die Murchisons haben es so schnell wie möglich verschwinden lassen, als sie zurückkamen.«

Sie verfielen wieder in Schweigen, jeder dachte über seine Situation nach.

»Warum?«

»Warum was?«

»Na ja, warum fand das Treffen auf See statt? Und warum waren sie bewaffnet?«

Patrick zuckte mit den Schultern. »Man kann nie vorsichtig genug sein.«

»Was? Wegen einer Handvoll Abalonen und ein bisschen Bargeld? Ach kommen Sie. Glauben Sie nicht auch, dass das Fass mit Dope eine Rolle gespielt hat? Woher wollen Sie wissen, dass Matt nicht etwas völlig anderes vorhatte, etwas, von dem Sie überhaupt nichts wussten?«

»Keine Ahnung. Was immer er vorhatte, jetzt ist er tot und das Fass ist auch weg.«

»Genau«, sagte Charlie. Ihm war plötzlich kalt trotz der Morgensonne. »Wissen Sie wirklich nicht, wo das Fass abgeblieben ist?«

Patrick schnaubte verächtlich. »Was denken Sie denn? Dass ich es habe? Ich bin Zeuge in einem Mordprozess und sitze auf einem großen Fass mit Drogen. Das wäre wirklich sehr schlau …«

»Was werden Sie also tun, wenn Sie in den Zeugenstand gerufen werden? Sie haben mich ja in eine ganz schön vertrackte Situation gebracht.«

Patrick hielt seinem Blick stand.

»Sie sind doch freiwillig hierhergekommen. Sie haben sich das alles selbst zu verdanken. Sie hätten es ja auf sich beruhen lassen können, dann wären Sie jetzt nicht in dieser … vertrackten Situation. Solche Probleme kriegt man nur, wenn man herumläuft und sich in Sachen einmischt, die einen nichts angehen. Wie ich schon sagte, jetzt ist es genauso Ihr Problem wie meins.«

Sie angelten noch eine weitere Stunde und füllten den Eimer mit Snappern. Als die Köder zur Neige gingen, lichtete Patrick den Anker und startete den Motor. Die Sonne stand jetzt sehr hoch, alle Spalten und Nischen im Riff wurden ausgeleuchtet. Große Schwärme von silbrigen Fischen schwammen unter ihnen vorbei, Tausende, die sich in perfektem Einklang bewegten.

Je näher sie dem Strand kamen, desto mehr Details zeichneten sich ab, auch das Gebüsch war jetzt zu sehen. Charlie bemerkte, dass Patrick etwas beobachtete, seinen Blick von den Spuren des Traktors im Sand zum Rand des Gebüschs schweifen ließ, wo er ihn abgestellt hatte. Schließlich konnte Charlie den Traktor erkennen und sah einen hellen roten Fleck, der sich von dem graugrünen Hintergrund abhob. Es war ein Junge, der regungslos auf dem Fahrersitz hockte. Er schaute übers Meer zu ihnen hin, eine Hand zum Schutz vor der Sonne über die Augen gelegt. Sein T-Shirt hatte er über die Knie gezogen und beide Arme darauf gelegt. Patrick starrte ihn weiter an, und der Junge starrte zurück, bis er ganz plötzlich vom Traktor sprang und zwischen den Büschen verschwand.

»Kennen Sie ihn?«, fragte Charlie.

»Nee. Das war nur irgendein Junge.«

Am Strand setzte Charlie sich in seinen Wagen und scrollte durch die Handvoll Nachrichten auf seinem Handy, während Patrick die Sachen aus dem Boot holte. Er hatte nun das bekommen, weswegen er gekommen war. Nun konnte er zurück in die Stadt fahren, wo er sich mit der Aufsichtsbehörde herumschlagen, den Prozess vorbereiten und sein Privatleben in Ordnung bringen musste. Was hatte Annie wegen der Möbel gesagt? Patrick saß am Bug des Boots, das noch am Traktor befestigt war. Er legte Seile zusammen. Während er eine Schleife nach der anderen ablegte, ließ er den Blick über den Strand in die Ferne schweifen. Charlie konnte nicht einschätzen, ob sein vorsichtiger, skeptischer Gesichtsausdruck das Ergebnis jahrelanger Enttäuschung und erzwungener Verantwortung war oder ihm etwas Schwerwiegenderes durch den Kopf ging.

Patrick hatte an diesem Morgen eine Entscheidung getroffen, von der er nicht mehr zurücktreten konnte – seine erste Aussage war hinfällig geworden, er konnte nun nicht mehr behaupten, zu Hause gewesen zu sein, denn er hatte Charlie eingeweiht und zugegeben, dass dies nicht der Wahrheit entsprach. Das Verfahren würde nun entweder eingestellt werden oder aber die Anklage durch seine Aussage in sich zusammenbrechen, sodass Murchison und McVean freikämen. Was auch immer geschah, Patrick stand eine schwere Zeit bevor, bis zum Prozessbeginn. Delvene Murchison würde ihn zweifellos unter Druck setzen, entweder über Neil Robertson oder direkter. Charlie konnte nach Melbourne zurückfahren und alles hinter sich lassen. Patrick hingegen hatte keine Möglichkeit, sich dem Ganzen zu entziehen. Er musste sich jeden Tag um seine Geschwister kümmern und hatte eine Last zu tragen, die er sicher nicht verdient hatte, aber so schnell nicht loswerden würde.

Er legte das Tau ab und saß regungslos im Boot, wirkte niedergeschlagen. Tiefe Schatten lagen um seine Augen. Charlie kam zu dem Schluss, dass sein eigenes Schicksal einem Zyklus von Gewinnen und Verlieren unterworfen war, einem Prozess der ständigen Erneuerung durch Urteile und Vergleiche. Er konnte sich nicht in eine Situation hineinversetzen, in der es unmöglich war, die schwere Bürde des Daseins abzuwerfen.

Am Abend wickelte Charlie die Snapper-Filets, die Patrick ihm gegeben hatte, aus dem Zeitungspapier. Die Buchstaben hatten Abdrücke auf dem weißen Fleisch hinterlassen, spiegelverkehrt auf den Muskelfasern, aber dennoch lesbar. Er legte sie in eine Pfanne und briet sie, bis sie sich kräuselten und ihm heißes Öl auf den Handrücken spritzte, als er sie auf den Teller hob. Im Kühlschrank war Bier. Er konnte sich nicht erinnern, die Flaschen gekauft zu haben, und hatte den vagen Verdacht, Les könnte vorbeigekommen sein, um sie dort zu deponieren, auch wenn er sich nicht vorstellen konnte, warum der so etwas tun sollte.

Er aß allein vor dem Fernseher. Innerlich hatte er schon begonnen, sich von dem Haus zu verabschieden, diesem Ort, den er am Anfang überhaupt nicht gemocht hatte, dem er sich jetzt aber durchaus verbunden fühlte. Er stellte den leeren Teller auf den Couchtisch und holte sich ein weiteres Bier aus dem Kühlschrank, dann ein drittes und ein viertes. Als er das fünfte Bier halb ausgetrunken hatte, wurde ihm klar, dass er Dauphin schon allein deshalb verlassen musste, um seinen Alkoholkonsum unter Kontrolle zu bekommen. Dann schlief er im Sessel sitzend ein.

Ein paar Stunden später wachte er auf und musste dringend pissen. Er roch den kalten Bratfischduft, der in der Luft hing. Als er zum Badezimmer schlurfte, bemerkte er ein Geräusch in der Ferne. Ein Heulen.

Eine Sirene.

Ihr Klang erinnerte ihn an die Luftschutzsirenen in alten Kriegsfilmen, die er in echt allerdings noch nie gehört hatte. Er schwoll an und ab, an und ab, sehr melancholisch. Während seine Blase sich leerte, kamen noch jaulende Polizeisirenen dazu. Schlechte Neuigkeiten. Umgekippte Boote, zertrümmerte Autos, weinende Mütter. Er fand eine Jacke im dunklen Flur, stolperte nach draußen und stieg ins Auto, ohne zu wissen, warum er das tat.

Es war eine kalte Nacht und Nebel hing in der Luft. Das Radio rauschte nur und die Heizung funktionierte nicht. Auf der Straße zwischen seinem Haus und der Stadt war überhaupt kein Verkehr, aber als er näher kam, lag ein heller Schimmer über den Häusern. Er brauchte einen Moment, um zu verstehen, was das bedeutete, warum der Himmel orange erleuchtet war. Dann bog er in die Hauptstraße ein und sah, was die Ursache des ganzen Lärms war: Überall standen Autos herum – Polizei, Feuerwehr, Krankenwagen, Schaulustige. Die Leute drängten sich auf der Straße, viele rannten hin und her und schrien. *Normans Woe* stand in Flammen.

Er parkte den Wagen und stellte den Motor ab, zog seine Jacke zu. Feuerwehrautos standen auf beiden Seiten des Pubs. Die Mannschaften waren gerade damit beschäftigt, die Schläuche an zwei Hydranten anzuschließen. Neben dem Hydranten diskutierte ein Mann mit einem großen Schraubenschlüssel mit zwei anderen. Einer deutete zum Einsatzfahrzeug. Die andere Gruppe hatte den Schlauch bereits angeschlossen und richtete einen langen Wasserstrahl auf das Dach des Lokals, aber das Feuer war schon sehr weit fortgeschritten. Die Flammen schlugen bereits durch die Metallplatten auf dem Dach, deren Ränder sich anhoben und verbogen. Sie leckten gierig an den Fenstern, brachten die wenigen noch verbliebenen Fensterscheiben zum Bersten und verschlangen die hölzernen Rahmen. Funkenwolken wirbelten über das Dach, gefolgt von dunklen Rauchschwaden. Alles leuchtete orange – der Rauch, die Bäume in der Nähe und der Himmel über dem Dach.

Der zweite Schlauch wurde direkt auf das Feuer ausgerichtet. Eins der Dachbodenfenster sackte in sich zusammen. Eine Gruppe

Feuerwehrmänner brach die Vordertür des Gebäudes auf. Sie trugen Atemgeräte und sahen in ihrer unförmigen Schutzkleidung aus wie Astronauten. Im Inneren des Pubs war ein lautes Krachen zu hören, als ein Teil des Dachs einbrach. Nachdem dieses Hemmnis verschwunden war, schlugen die Flammen frei in den nächtlichen Himmel. Das gesamte Gebäude mit seinen Mauern, Türen, Fenstern, Säulen und Balken war nur noch eine Silhouette, vor der Feuerwehrmänner hin und her rannten: Das Feuer leuchtete unerträglich hell. Als würde man in die Sonne starren.

Charlie schaute sich das alles mit großem Entsetzen an. Ohne darüber nachzudenken, stieg er aus dem Wagen, schlug die Tür zu und lehnte sich gegen den Kotflügel. Aus der Dunkelheit näherte sich ein Mann auf einem Kinderfahrrad, heftig tretend und sehr wackelig, was unfreiwillig komisch aussah. Es war Les. Er hielt neben Charlie an und starrte wortlos in die Flammen, die Hände auf den Lenker gestemmt. Nach einer Weile sah Charlie zu ihm hin. Sein Gesicht wurde vom Feuer und den Scheinwerfern der Einsatzfahrzeuge angestrahlt. Tränen rollten über seine Wangen. Seine Augen schimmerten feucht im grellen Licht. Charlie wusste nicht, wie er reagieren sollte. Er streckte die Hand aus und legte sie auf die hängenden Schultern des Barmanns, ließ sie eine Weile dort liegen, kam sich dann aber lächerlich vor und nahm sie wieder weg. Les wischte sich mit dem Handrücken über die Nase und schluchzte kurz auf.

»Das ist das Schlimmste von allem, «, sagte er mit angestrengter Stimme. Er hob das Vorderrad des Fahrrads hoch und gab ihm einen Schubs, damit es sich drehte. »Von all den üblen Sachen, die sie sich geleistet haben, ist das hier die allerschlimmste.«

Wasser floss über den Fußweg, von den Flammen grellorange erleuchtet. Ein Windstoß wehte Rauch und einen Hitzeschwall über die beiden Männer.

»Wie meinen Sie das?«

Les schaute ihn an.

»Das ist ihr Werk. Das von diesem beschissenen Alan und der genauso beschissenen Del. Sie bieten das Haus schon seit zwei Jahren zum Kauf an, weil der Stadtrat ihren Umbauantrag abgelehnt hat. Sie wollten einen bescheuerten Apartment-Komplex daraus machen mit winzig kleinen Wohnungen und so.« Er machte eine geringschätzige Handbewegung. »Sie haben es vor ein Schiedsgericht gebracht und dort wurde es ebenfalls abgelehnt, obwohl sie eine Menge Geld in die Angelegenheit investiert hatten. Das blöde Ding hing ihnen seitdem wie ein Mühlstein am Hals. Ich hab ne Menge Geld ausgegeben, um das Pub am Laufen zu halten. Hab sie gebeten für die Reparatur der Kühlung zu bezahlen, für die kaputte Beleuchtung hinterm Haus, aber sie wollten keinen Cent ausgeben. Ich hab die Buchhaltung gemacht, ich hab alles gesehen. Sie haben das Ding für neunhundert Riesen versichert. Neunhundert … bei einer Auktion würde es höchstens die Hälfte bringen. Damit stoßen die sich gesund, Mann.«

»Wenn sie es angezündet haben, werden die Cops es herausfinden, Les. Es lässt sich immer sehr leicht feststellen, ob ein Feuer absichtlich gelegt wurde.«

Auf der Rückseite des Hauses gab es einen lauten Knall und eine Feuersäule stieg auf. Die Menge der Schaulustigen wich zurück, als die Hitzewelle sie traf. Charlie bemerkte den Priester, den er auf dem Football-Platz gesehen hatte, die Frauen, die ihm Kaffee gemacht hatten, und ganz vorn in der Menge Delvene Murchison, die ganz offensichtlich geschockt war und sich auf einen Mann stützen musste, der wohl ihr Ehemann sein musste. Das schmerzverzerrte Gesicht passte überhaupt nicht zu der machtlüsternen Frau, der er im China-Restaurant begegnet war.

Les dachte nach und drehte weiter am Vorderrad seines Fahrrads.

»Falls es Brandstiftung ist und eindeutig festgestellt wird, wer wird es dann wohl ausbaden müssen, Charlie? Wen wird der gute alte Robbo wohl zu einem Verhör abholen? Bestimmt nicht die Murchisons. Es wird der Typ sein, mit dem sie noch ein Hühnchen zu rupfen haben. Der gleiche Typ, den Sie als Zeugen brauchen.«

»Das ist nicht Ihr Ernst.«

»Wenn Sie meinen. Alles lief doch bestens. Skip wurde zwar wegen Mordes angeklagt, aber Patrick will nicht reden. Die Murchisons werden das nicht gerade super gefunden haben, aber sie mussten die Sache ja bloß aussitzen und alles käme in Ordnung. Dann tauchen Sie hier auf und nun ändert der Junge seine Meinung und entschließt sich dazu, auszusagen, was in dieser Nacht wirklich passiert ist, stimmt's?«

Er schaute Charlie fragend an, dem auf einmal sehr mulmig wurde.

»Sie wissen ganz genau, dass ich nichts dazu sagen darf, Les.«

»Na, das ist ja so gut wie eine Bestätigung. Also müssen die Murchisons seinen Namen in den Dreck ziehen, um ihn als Zeugen unglaubwürdig zu machen. Ihn *diskreditieren*, das ist doch das richtige Wort, oder?«

Charlie antwortete nicht.

»Die Anschuldigungen müssen sich ja nicht als wahr herausstellen. Sie werden sicher nicht wollen, dass es auf sie zurückfällt. Letztlich ist es aber auch völlig egal, ob es an Patrick hängen bleibt oder nicht. Sie müssen einfach nur genug Ärger machen, um seine Glaubwürdigkeit vor Gericht zu zerstören. Und nebenbei sacken sie dann noch neunhundert Riesen ein und entledigen sich eines Geschäfts, das ihnen eh bloß Kleingeld eingebracht hat. Und sie holen ihren Jungen aus dem Schlamassel.«

Er ließ das Vorderrad ein paarmal auf den Boden prallen.

»Scheiße, so einfach ist das alles, oder etwa nicht?«

Charlie sah zu, wie die vordere Wand des Hauses nachgab. Große Brocken aus Backsteinen, die einst von unbekannten Händen dort aufgeschichtet worden waren, gerieten ins Wanken und stürzten auf die Straße, zuerst nur kleine Mauerteile, dann größere Flächen. Wolken aus Rauch und Staub waberten ins Licht der Scheinwerfer der umstehenden Autos. Charlie kam das alles wie eine schreckliche Verschwendung vor. Die absichtliche Zerstörung dieses Gebäudes, das Generationen erbaut und gepflegt hatten, aufgrund von Machenschaften einer Handvoll egoistischer Personen. Stürme, Überschwemmungen und Krisen, Prügeleien, Partys und Straßenfeste … all das hatte dieses Gemäuer über sich ergehen lassen, hatte die kollektive Erinnerung in sich aufgenommen. Er fand es einfach nur zum Kotzen, dass davon am Morgen nur noch feuchte Asche, Schutt und Dreckwasser übrig sein würden.

Sie standen schweigend da und sahen zu, wie die Feuerwehrmänner ihrer Arbeit nachgingen. Sie mussten sich nicht mehr allzu sehr anstrengen, denn die Flammen hatten den Kampf schon gewonnen.

Von den anderen unbemerkt, hatte Patricks Camira hinter den Feuerwehrfahrzeugen angehalten. Charlie konnte sein Gesicht vage hinter der Windschutzscheibe erkennen. Er trug dasselbe zerrissene Baumwollhemd wie immer und machte keine Anstalten auszusteigen. Er sprach mit jemandem auf dem Beifahrersitz. Charlie war sich ziemlich sicher, dass Patrick mit dem Brand nichts zu tun hatte. Nichts deutete darauf hin. Was Patrick Lanegan betraf, so hatte Charlie eine Sache definitiv herausgefunden, nämlich, dass er absolut keine Begabung hatte, die Dinge, die um ihn herum passierten, zu beeinflussen. Er war niemand, der dem Gang der Ereignisse seinen Stempel aufdrückte.

Die Flammen erstarben. Entweder wegen des Löschwassers oder weil sie keine Nahrung mehr fanden. Einer der Löschtrupps hatte aufgehört, Wasser auf die Überreste des Gebäudes zu spritzen und die Männer begannen, die Gerätschaften ins Fahrzeug zu laden. Les sprach mit einem Feuerwehrmann, der herübergekommen war. Beide hatten die Arme verschränkt und standen mit gesenkten Köpfen Schulter an Schulter nebeneinander. Der Feuerwehrmann klopfte mit den Stiefeln auf den Bordstein.

Les schlenderte zu Charlie zurück, stieg auf sein Fahrrad und seufzte tief. »Sie hatten recht. Sie haben nicht sehr lange gebraucht, um die Ursache des Brandes herauszufinden. Die Hintertür der Küche wurde aufgebrochen und die Gashähne bis zum Anschlag aufgedreht.«

Die Strahlungshitze des Brandes ließ langsam nach. Vereinzelte Flammen brachen gelegentlich hervor und wurden von der Karosserie des Autos reflektiert, hatten aber ihre Kraft verloren. Ein verängstigter Hund, der durch die Menge gerannt war, von Gruppe zu Gruppe, auf der Suche nach einer Hand, die ihn streicheln würde, lief wieder davon und verschwand in der Nacht.

Charlie wusste, dass er viel zu dicht an seinem Fall war. Es gab eine entscheidende Trennungslinie zwischen dem Beobachten und der Einflussnahme auf Ereignisse, die nicht überschritten werden durfte. Er konnte Patrick nicht noch mehr Sympathie zeigen, durfte sich noch nicht einmal zu seiner eigenen Beruhigung versichern, dass er mit dem Brand nichts zu tun hatte. Er musste allem den Rücken kehren, bevor die ganze Verhandlung daran scheiterte, dass der Assistent des Staatsanwalts sich zu sehr in den Fall hineinziehen ließ. Als er die dunklen Umrisse von Patricks Auto betrachtete, stieg jemand auf der Beifahrerseite aus und ging hinter den Schaulustigen und den Einsatzfahrzeugen der Feuerwehr entlang auf ihn zu. Es war das Mädchen, das ihn überfallen hatte, die Schwester von Patrick. Einen Moment lang war ihm ihr Name entfallen.

Milly.

Sie trug ein weißes Kleid und ging unsicher auf hohen Absätzen.

»Sie sind ja ganz schön aufgedonnert«, stellte er fest.

»Wir hatten Generalprobe für den Debütantenball«, erklärte sie und strich sich selbstbewusst über die Hüften. »Paddy hat mich gebeten, Ihnen etwas zu sagen.«

Sogar aus ihrem Mund und in diesem Moment klang es wie der berühmte Klischeesatz, und Charlie ertappte sich dabei, wie er sich prüfend umschaute, in Erwartung eines Schlägertyps, der sich aus der Kulisse heraus auf ihn stürzte.

»Er sagte, er wird Ihnen gegenüber hierzu keine Aussage machen.«

Charlie nickte müde.

»Er sagte, die Murchisons hätten das getan.« Sie deutete mit dem Kopf zum Feuer. »Und er sagte, er wird die Wahrheit sagen. Vor Gericht.«

Charlie ließ es kurz auf sich wirken.

»Richten Sie ihm aus, das Auto ist repariert«, antwortete er. »Ich fahre morgen früh los.«

Er schaute zum Feuer. Delvene Murchison stützte sich noch immer auf den Mann, von dem Charlie annahm, dass er ihr Ehemann war. Ihre Betroffenheitsshow war beinahe genauso hypnotisch wie das Feuer selbst: theatralischer Schmerz, ausgebreitete Arme, lautes Schluchzen.

Aber während er sie anschaute, geschah etwas Bemerkenswertes. Sie hob den Kopf von der Brust ihres Mannes, schaute auf und über die Kreuzung hinweg direkt zu ihm. Sie suchte seinen

Blick und enthüllte ihm für den Bruchteil einer Sekunde etwas, nur ganz kurz und verstohlen. Der Ansatz eines Lächelns. Dieser Blick würde ihn auf dem ganzen Weg zurück nach Melbourne begleiten. Ein umfassendes Eingeständnis, und gleichzeitig die Garantie, niemals etwas zuzugeben.

DIE VERHANDLUNG

ABALONEN-MORDFALL: JURY FÜR DEN PROZESS ERNANNT

Emma Killian, Gerichtsreporterin

Heute wurde die Ernennung der Jury im Prozess gegen zwei Männer abgeschlossen, denen die Ermordung eines Fischers aus Dauphin im Westen des Landes zur Last gelegt wird.

Toby James Murchison und Michael Jordan, beide 25 und aus Dauphin in Victoria, werden beschuldigt, im August letzten Jahres den 24-jährigen Matthew Lanegan erschossen zu haben.

Staatsanwalt Harlan Weir eröffnete das Verfahren im Namen der Krone vor der Jury und beschuldigte die Angeklagten, den Mord aus ›Gier und Feigheit‹ verübt zu haben. Den beiden Männern wird zur Last gelegt, Abalonen über der ihnen zustehenden Quote gefangen und auf dem Schwarzmarkt verkauft zu haben, wofür sie das Opfer und seinen jüngeren Bruder als Kuriere beschäftigten. Wegen einer Auseinandersetzung um die Bezahlung dieser Dienste wurde nach Angaben von Mr. Weir das Opfer zu einem nächtlichen Treffen an Bord des Fischerboots der Beschuldigten gelockt, draußen vor der Küste ihrer Heimatstadt Dauphin. Das Opfer wurde unmittelbar nach Betreten des Bootes erschossen, seine Leiche auf sein eigenes Boot geworfen, welches anschließend angezündet wurde. Die Verdächtigen wurden zwei Tage später verhaftet, nachdem Anruflisten und das Sicherheitssystem am Hafen von Dauphin ihre Anwesenheit bei der Begegnung bewiesen hatten. Die Mordwaffe, ein Gewehr, wurde in der

Nähe des Ortes der Zusammenkunft der beiden Boote in der betreffenden Nacht aus dem Meer gefischt.

Murchison, dessen Vater das einzige Hotel in der Stadt gehört und der auch über eine lukrative Abalonen-Fang-Lizenz verfügt und im Tourismus tätig ist, wird von dem renommierten Rechtsanwalt Jose Ocas verteidigt. Mr. Ocas kritisierte die Anklage gegen seinen Klienten als »plump zusammengestümpert und lediglich auf Indizien, Gerüchten und Vermutungen beruhend«.

Mr. McVean wiederum wurde ein Pflichtverteidiger zugeteilt, es soll sich dabei um Franz Rhodes handeln. Die Verhandlung unter Vorsitz von Richter Fabian Williams wird voraussichtlich zwei Wochen dauern.

Die kleine Stadt Dauphin hat in den letzten Jahren bereits unfreiwillig im Licht der Öffentlichkeit gestanden, aufgrund von Ermittlungen der Fischereibehörde, die Hinweise bezüglich des illegalen Fangs von Abalonen bekommen hatte, der von Gruppen durchgeführt wird, die auch im Drogenschmuggel aktiv sind. Übrigens liegt der Ort in dem Bezirk mit dem höchsten Pro-Kopf-Einkommen im Staat, vor allem weil hier mehrere Besitzer von Abalonen-Lizenzen ansässig sind. Diese Lizenzen sind zurzeit zwei bis drei Millionen Dollar wert und können dem Inhaber hohe Gewinne einbringen. Ein Vertreter des Bezirks, der anonym bleiben möchte, sagte in dieser Woche, die Stadt könne sich »nicht leisten, diese Angelegenheit auf sich beruhen zu lassen … viele Menschen hier hängen beruflich von den Murchisons ab.«

Ein interessantes Detail im Zusammenhang mit dem Beginn des Prozesses ist, dass Charlie Jardim als Assistent der Staatsanwaltschaft verpflichtet wurde, ein junger Anwalt, der es im Februar zu zweifelhafter Berühmtheit gebracht hat, als er wegen Beleidigung des Gerichts in Gewahrsam genommen wurde. In einer lebhaften Auseinandersetzung mit Richter Maurice Lefcovics hatte Mr. Jardim den altgedienten hohen Beamten als »im ganzen Staat bekannten herzlosen alten Drecksack und Trunkenbold« beschimpft. Darüber hinaus sei die Ernennung der Schwiegertochter des Richters zur Richterin ein Fall von »schmutzigem, korruptem Nepotismus«. Ein Protokoll dieses Vorfalls wurde in den nachfolgenden Wochen per E-Mail unter Anwälten verbreitet.

Auf die Frage, warum ausgerechnet Mr. Jardim in diesem Mordprozess als Assistent der Staatsanwaltschaft verpflichtet wurde, erklärte der Leiter der Anklagebehörde lediglich, es sei »schon immer üblich gewesen, dass der anklagende Staatsanwalt sich seine Assistenten selbst aussuchen dürfe«. Mr. Jardim sei immer noch zur Arbeit zugelassen und im Augenblick mit keinen Sanktionen belegt, die ein Erscheinen vor Gericht ausschließen würden. Hinter vorgehaltener Hand heißt es, der Oberste Staatsanwalt habe getobt, als er davon gehört habe, und hätte angeordnet, alle Ernennungen von Assistenten in den Hauptverfahren von seinem Büro überprüfen zu lassen.

Die Verhandlung wird morgen fortgesetzt. Mit der Aussage von Patrick Lanegan, dem Bruder des Opfers, ist Anfang kommender Woche zu rechnen.

Charlie nahm sich einen Stapel der Protokolle vom Vortag und machte sich auf den Weg zur Bibliothek. Er hatte noch nie in der Mittagspause während einer Verhandlung essen können. Das lag nicht am Stress, sein Motor lief einfach weiter auch ohne Auftanken. Er konnte stundenlang denken und reden, bis er dann am Abend zusammenklappte. Das war etwas, so hatte er überlegt, was ihn zu einem schlechten Gesellschafter machte: Ein Mann, der seine ganze Energie und Geisteskraft darauf verwendete, einen Raum voller feindselig gesonnener Fremder zu beeindrucken, hatte hinterher nichts mehr in petto, um seine Freunde zu beeindrucken.

Er mochte diese massiven Steinplatten des Obersten Gerichts, ihren brutalen Charakter, der noch aus der viktorianischen Zeit stammte. Dort, wo die Flure eine Biegung machten, waren die Platten besonders abgelaufen. Unzählige Füße hatten den harten Basalt über Jahrhunderte fein zermahlen und kleine Kuhlen erzeugt. Alles drückte eine Art Todeskult aus, auch wenn die letzten Menschen, die die Zeit der Todesstrafe noch miterlebt hatten, nun in den Ruhestand gingen. Jose Ocas, »der Baske«, hatte es eines Morgens beiläufig angemerkt, als sie darauf gewartet hatten, dass der Gerichtssaal aufgeschlossen wurde.

»Sind Sie nicht ein bisschen angespannt wegen alledem?«, hatte er gefragt.

»Nein«, hatte Charlie lächelnd erwidert, weil er ihn auf Distanz halten wollte.

»Natürlich sind Sie das«, hatte der Baske entgegnet. »Es gibt nichts Ernsteres als das, was wir hier tun. Ich kann mich noch an die Zeit erinnern, als am Ende eines solchen Verfahrens eine Schlinge geknüpft wurde.«

»Wenn ich die Anklage vertreten hätte«, hatte Charlie gekontert, »warum hätte mich das dann stören sollen? Wäre es nicht eher etwas, das den Verteidiger beunruhigen müsste?«

Dann war das bekannte laute metallische Schnappen zu hören, als direkt vor ihnen die altertümlichen Türen zum Gerichtssaal aufgeschlossen wurden.

»Klar«, hatte Ocas gesagt. »Man will natürlich nicht, dass der eigene Klient zum Tode verurteilt wird. Aber die Staatsanwälte hat es auch belastet, manchmal sogar noch mehr. Immerhin hatten die Verteidiger ja das beruhigende Gefühl, dass sie zumindest versucht hatten, den armen Kerl zu retten. Während Ihre Leute alles daran setzten, ihn umzubringen.«

Solche Begegnungen mit dem Basken gehörten üblicherweise

zum Theaterdonner, zu den unzähligen kleinen Sticheleien, mit denen er seine Gegner weichzuklopfen versuchte. Er hatte ein ziemlich gutes Gespür dafür.

Charlie ging an den Porträts toter Richter vorbei, an Messingschildern, die die Gerichtssäle und Büros kennzeichneten, an fleckigen Sandsteinwänden, verursacht durch die Berührungen der Vorbeilaufenden. Es war unmöglich, in diesem Flur die Anwesenheit von Gerechtigkeit zu spüren. Es war nur ein Korridor, der zum immer Gleichen führte: Gewalt und Niedertracht und ihre Konsequenzen. Diese Steine ernährten sich von Menschenleben.

Er dachte über die Erklärung in eigener Sache nach, die Patrick an diesem Morgen abgegeben hatte. Angesichts der Tatsache, dass eine solche Vernehmung immer die Tendenz hatte, einer Geschichte alles Lebendige zu rauben, hatte Patrick sich darauf verlegt, die ganze Sache genauso darzustellen, wie er sie Charlie vor einigen Wochen im Boot geschildert hatte. Er hatte in allen Details vollkommen glaubwürdig geklungen und alle Stichworte aufgenommen, die Charlie ihm bei seiner offenen Befragung gegeben hatte, und darüber hinaus genug Schmerz und Trauer gezeigt, um glaubwürdig zu wirken. Der Richter hatte hier und da eingegriffen, wenn es zu vage wurde, und hatte an einigen Stellen leichte Skepsis geäußert. Aber er hatte sich größtenteils herausgehalten und schweigend zugehört. Weir war ruhig und aufmerksam geblieben, hatte sich gelegentlich Notizen in einem Ringbuch gemacht, Stichworte für sein Abschlussplädoyer. Sogar der Baske hatte sich zurückgenommen, auch wenn Charlie alarmiert war, weil er während des gesamten Verhörs breit gegrinst hatte. Vielleicht nur, um die Jury für sich zu gewinnen, aber dennoch war Charlie stark beunruhigt, weil er wusste, dass er ihm seinen unsicheren Zeugen nach der Mittagspause zum Kreuzverhör überlassen musste.

Er ging weiter auf die blassen Reflexe des Sonnenlichts zu, die darauf hindeuteten, dass es dort vorne irgendwo nach draußen ging. Dann durch mehrere Türen und einen Säulengang in den hexagonalen Innenhof des Gerichtsgebäudes mit der ebenfalls sechseckigen alten Bibliothek im Zentrum. Er blieb an einer Stelle stehen, die von der Sonne beschienen wurde, und spürte, wie die Wärme durch die Robe bis auf seine Haut drang. Eine einsame Platane hatte schon erste Knospen. In einigen Wochen würde das Frühlingsgrün ausschlagen, wenn er diesen grässlichen Prozess endlich hinter sich gebracht hatte. Er nahm sich fest vor, von hier verschwunden zu sein, bevor die Blätter ihre volle Größe erreicht hätten, den Hof vor der Sommerhitze schützten und sich im Nordwind wiegten.

Eine Stimme aus dem Schatten rief leise seinen Namen. Es war Patrick, der an einem Verandapfosten lehnte, in der Hand eine halb aufgerauchte Zigarette. Seine knochigen Handgelenke ragten aus den Ärmeln des geliehenen Anzugs. Charlie schaute sich hastig um, denn er wusste, dass es Probleme geben könnte, wenn man ihn dabei ertappte, wie er mit dem Zeugen sprach.

»Mache ich mich gut?«

»Dazu darf ich nichts sagen«, flüsterte Charlie. »Sie stehen unter Eid, bis das Kreuzverhör beendet ist. Ich kann mit Ihnen jetzt nicht über Ihre Aussage sprechen.«

»Ja, aber Sie können mir doch sagen, ob ich es gut mache oder nicht. Das hat doch nichts mit meiner Aussage zu tun.«

Charlie sah zu Boden. »Nein, kann ich nicht.«

Patrick nahm einen langen Zug von seiner Zigarette und aschte zur Seite.

»Ist schon seltsam, oder? Jetzt sind wir wieder in Ihrer Welt. Überall Regeln, Regeln, Regeln.«

Charlie konnte nicht anders.

»Vor allem seien Sie ehrlich, das ist das Wichtigste«, sagte er. Aber als er den verletzten Gesichtsausdruck von Patrick sah, wusste er, dass er unfair gewesen war.

»Bleiben Sie einfach aufrecht«, schlug er lahm vor.

»Hm.« Patrick ließ die Kippe fallen und zertrat sie mit dem Absatz. Ohne Charlie noch einen Blick zu schenken, wandte er sich ab und ging zurück ins Gebäude. Charlie sah zu, wie die leicht gebeugte Gestalt im Schatten verschwand.

Um 14:17 Uhr stand Jose Ocas auf, um das Kreuzverhör zu beginnen. Mit seinen dunklen Gesichtszügen, seinem massigen Körper und seinem ausgeklügelten Auftreten wirkte er in diesem Raum so exotisch, wie es gerade noch erlaubt schien. Er erinnerte an einen Jahrmarktsboxer, den man in die ehrwürdige Robe des alten England gesteckt hatte: das weiße Lätzchen, die Perücke, die seltsamen Falten des weiten schwarzen Gewands. Nichts in seinem Benehmen wollte so recht zu dieser pompösen Ausstattung passen.

Ocas ließ seine tiefsitzenden Augen durch den Raum schweifen und blieb einen Moment lang an der Jury hängen, bevor er aus dem Durcheinander auf seinem Pult ein Blatt herausgriff. Er hielt es auf halber Armeslänge, um es schweigend zu studieren und strich sich dabei über den Kinnbart. Patrick wartete starr und hilflos, während der Anwalt seine Show abzog.

»Ich wollte Sie eigentlich zu Ihrer Aussage befragen, Mr. Lanegan«, begann Ocas mit leicht amüsiertem Unterton. »Aber das hat ja jetzt keinen Zweck mehr, oder?«

Er warf das Papier auf den Tisch zurück und schaute zur Jury, das Gesicht zu einer schmerzvollen Grimasse verzogen. *Dieser treulose Zeuge hat uns hintergangen.* Er machte sich nicht die Mühe auf die Beantwortung seiner rhetorischen Frage zu warten.

»Alles gelogen. Sie haben die Polizei belogen, ist das richtig, Mr. Lanegan?«

Weir sprang auf und protestierte. »Könnte Mr. Ocas bitte ein wenig präziser werden?«

Der Richter nickte leicht und Ocas streckte eine Hand in seine Richtung aus. »Ich komme gleich dazu, Euer Ehren. Ganz sicher.«

Ocas wartete ab, bis es im Raum ganz still geworden war und er allein im Mittelpunkt der Aufmerksamkeit stand. Charlie saß da, über seine Unterlagen gebeugt und merkte, wie er sogar ein klein wenig Bewunderung für das Schauspieltalent seines Gegners hegte. In genau jenem Moment, wo noch mehr Schweigen zu Protestgemurmel geführt hätte, fuhr Ocas mit seiner wütenden Anklage fort.

»Sie haben im Auftrag der Murchisons Abalonen auf dem Schwarzmarkt verkauft!«, rief er aus.

»Ja, hab ich.«

»Sie haben von ihnen zu verschiedenen Zeitpunkten Cannabis aus Hydrokulturen zum Weiterverkauf erstanden!«

»Mein Bruder und ich, ja.«

»Sie wurden bereits wegen anderer Vergehen verurteilt, schwere Körperverletzung beispielsweise.«

»Das ist richtig.«

»Androhung von Gewalt …«

»Ja.«

»Einbruch, Diebstahl eines Autos und Prügeleien.«

»Ja. Das habe ich alles getan.« Patricks Stimme war jetzt nur noch ein leises Murmeln. Er fixierte die hölzerne Brüstung des Zeugenstands, ließ seine Finger wie abwesend über die Maserung gleiten.

»Sie haben ganze, äh, neunzehn Monate vor diesem Ereignis keine Straftat mehr verübt, ist das richtig?« Ocas wedelte mit seinem Notizzettel und tat so, als wäre er überaus verwundert.

»Ja, das stimmt.« Patrick hob trotzig den Kopf. »Ich habe mich auf meine Familie konzentriert.«

»Auf Ihre *Familie* …«, wiederholte Ocas und legte so viel Sarkasmus wie möglich in seine Stimme. »Das ist ja wirklich nobel. Haben Sie sich auch auf Ihre Familie konzentriert, als sie gegenüber Detective Sergeant Robertson eine komplett falsche Aussage gemacht haben?«

Patrick warf seinem Peiniger einen Blick zu, sagte aber nichts. Während Charlie seine hilflose Wut registrierte, fragte er sich, ob diese arme Seele im Zeugenstand jetzt endlich die Wahrheit von dem erkannte, was Charlie ihm nahezubringen versucht hatte – dass die Regeln sich letzten Endes durchsetzen würden, dass das Gesetz unübersichtliche Situationen wie diese erzeugte, wo Zorn, List oder Gleichmut nichts bewirken konnten. Es fand hier eine genau erdachte, staatlich sanktionierte Folter statt, die einem komplexen, aber unsichtbaren Code folgte. Nur die in den Roben, vier Anwälte und ein Richter, wussten genau, wie weit diese Tortur gehen durfte, wo die Grenzen waren. Und Charlie wusste, dass es eine Menge Platz dafür gab, bis hin zur totalen Erniedrigung. Ocas hatte wochenlang an diesen Fragen gefeilt, hatte sich sehr genau überlegt, welche Auswirkung jede einzelne von ihnen haben würde. Jede Zeile, die Ocas von seinem Blatt ablas und in den Raum schickte, war mit einem Fühler seines lang erprobten Barometers für die Stimmung unter den Anwesenden ausgestattet, für die emotionale Verfassung des Zeugen und die Geduld der Zuhörer. Jede Frage war schon lange ausgereift, formuliert und genauestens eingeübt worden, bevor sie zur Anwendung kam, auch wenn alles sich nach spontaner Eingebung anhörte. Und für jede Antwort hatte Patrick nur wenige Sekunden Zeit.

Ocas deutete nach links. »Sie schulden dieser Jury eine Antwort, Mr. Lanegan. Ihr Bruder war erst wenige Stunden tot, da haben Sie Detective Sergeant Robertson bereits die ungeheuerlichsten Lügen aufgetischt, nicht wahr?«

»Ich weiß nicht, ob sie ungeheuerlich waren«, sagte Patrick seufzend. »Dieses Wort haben Sie benutzt. Aber es waren Lügen, das stimmt. Ich dachte, das wäre ziemlich offensichtlich.«

Wieder tat Ocas so, als wäre er geradezu beleidigt. »Offensichtlich, Mr. Lanegan? Na schön, dann werde ich Ihnen mal Ihre Aussage geben, und Sie können mir dann sagen, welche Teile wahr sind – ich nehme an, es gibt *einige* wahre Teile darin, oder?«

»Gibt es, ja.« Im Saal wurde es still, nur das leise Kritzeln der Stenographin war noch zu hören, als das Dokument zunächst dem Assistenten, dann dem Gerichtsdiener und schließlich dem Zeugen überreicht wurde. Patrick studierte es eine Weile.

»Die erste Seite ist wahr«, sagte er leise. Er drehte die Seite um, die auf der Brüstung lag und nun herabhing, während er weiterlas. »Die zweite Seite ist auch wahr.« Wieder blätterte er um. »Die dritte Seite habe ich mir ausgedacht.«

»Hm-m«, machte Ocas. »Ist das da Ihre Unterschrift am Ende des Dokuments, Mr. Lanegan, nach der dritten Seite, die Sie sich, wie Sie es so eloquent ausdrückten, ausgedacht haben? Ich beziehe mich damit auf das, was auf Seite vier ganz oben zu sehen ist.«

»Ja, ist sie.«

»Dann lesen Sie mir doch bitte mal das vor, was direkt über Ihrer Unterschrift steht, bitte, Mr. Lanegan.«

»Ich bestätige hiermit, dass diese Aussage der Wahrheit entspricht und korrekt ist, und tue dies in der Gewissheit, dass eine Person, die eine falsche Aussage gemacht hat, wegen Mein- … Meineids zur Verantwortung gezogen werden kann.«

»Obwohl Sie also geschworen haben, die Wahrheit zu sagen, was Sie auch heute wieder getan haben, verlangen Sie von uns, dass wir diese Version Ihrer Geschichte glauben und nicht die andere. Ist das der Fall?«

»Entschuldigen Sie bitte, können Sie das wiederholen?«, fragte Patrick. Das war der einzige Trick, von denen, die Charlie ihm beigebracht hatte, an den er sich, bislang, erinnert hatte. Wenn es eng wird, hatte Charlie ihm erklärt, bitten Sie den Fragesteller, die Frage, die er gerade gestellt hat, zu wiederholen. Das verlangsamt die Sache und gibt Ihnen die Chance sich zu konzentrieren.

»Sie verlangen also von uns, dass wir Ihnen glauben, dass diese heutige Version der Geschichte die Wahrheit ist?«

Patrick zögerte einen Moment, als er merkte, dass es auf so eine Frage keine gute Antwort geben konnte. »Ja, das tue ich.«

»Nun, bevor ich also zu der Frage komme, die für uns alle von großem Interesse ist – nämlich warum Sie die Polizei belogen haben – möchte ich Sie etwas anderes fragen. Wer hat Sie davon überzeugt, Ihre Aussage zu ändern?«

»Niemand.«

»Niemand? Es war Ihnen ganz plötzlich eine Herzensangelegenheit?«

»Äh, so könnte man es ausdrücken, ja.«

»Ich würde es so ausdrücken, Mr. Lanegan, dass etwas passiert ist zwischen …« Er überflog den Zettel mit der Aussage. »… dem 11. August letzten Jahres und heute, das Sie dazu gebracht hat, Ihre Aussage zu ändern.«

»Nein.«

»Entweder eine Person oder ein Vorfall hat Sie dazu gebracht, Ihre Aussage aus jener Nacht zu ändern.«

»Nein.«

»Sie stehen unter Eid, Mr. Lanegan.«

»Nein.«

»Das hier ist nicht irgendein Bezirksgericht in West-Victoria, Mr. Lanegan. Dies ist das große ...«

Weir griff endlich ein, seine Worte überdeckten lautstark das Ende von Ocas Satz. »Ich denke, die Jury ist nicht dazu da, um dieser Art von Selbstdarstellung zu huldigen, Euer Ehren.«

Charlie sah, wie die Augen des alten Krokodils von Weir zum Basken und wieder zurückschnellten. »Ich bin geneigt, dem zuzustimmen, Mr. Ocas. Versuchen Sie doch bitte, sich etwas zurückzunehmen.«

»Selbstverständlich, Euer Ehren.«

Ocas legte eine haarige Hand auf seine Perücke und schob sie nach vorn. Sein stämmiger Körper wurde nun völlig von der Robe verhüllt, als er die Fäuste auf das Pult stemmte und sich nach vorn beugte. In dieser Haltung erinnerte er an einen Pitbull, der versucht, sich von seiner Leine loszureißen.

»Haben Sie während der Pause mit Mr. Jardim gesprochen, Mr. Lanegan?«

Patrick warf Charlie einen verwirrten Blick zu. »Wie, eben gerade?«

»Ja, eben gerade. Während der Mittagspause. Zwischen Ihrer Aussage in eigener Sache und dem Beginn des Kreuzverhörs. Haben Sie da mit Mr. Jardim gesprochen?«

Charlie kannte Patrick gut genug, um zu merken, dass der Baske jetzt seinen Widerstandsgeist mobilisiert hatte. »Ja, ja, hab ich. Warum?«

»Haben Sie mit Mr. Jardim über Ihre Aussagen gesprochen?«

Die Frage hing in der Luft, und Charlie spürte, wie sich seine Nackenhaare aufrichteten und ihm unter der Perücke der Schweiß ausbrach. Er tat so, als würde er sich zerstreut einige Notizen machen und diese Frage ihn überhaupt nichts angehen.

Patrick grinste Ocas an. »Ich hab's versucht, ja, weil ich diese

Regel nicht kannte, aber er hat nicht zugelassen, dass wir darüber reden.«

»Sie wollten, dass er Ihnen Tipps gibt, wie sie das Kreuzverhör bestehen«, hakte Ocas nach. »Sie wollten mogeln, Mr. Lanegan.«

»Nee. Tatsächlich wollte ich ihn bloß fragen, wie ich mich im ersten Teil so geschlagen habe.« Das Grinsen verschwand so schnell, wie es gekommen war. »War ja eine große Sache für mich, verstehen Sie, vor so vielen Leuten zu reden …« Seine Stimme verklang, während seine Augen nervös durch den Raum glitten, von der Pressebank auf der einen Seite zur Jury auf der anderen.

»Also hat Mr. Jardim Ihnen in der Mittagspause keine Tipps gegeben, sagen Sie?«

»Das ist richtig.«

»Aber tatsächlich hat er Ihnen in Dauphin einen Besuch abgestattet, nicht wahr?« Ocas machte weiter Druck.

»Ja.«

»In diesen drei Wochen zwischen dem sechsten und dem fünfundzwanzigsten März dieses Jahres war Mr. Jardim in Dauphin. Ist das richtig, Mr. Lanegan?«

»Ich kann mich nicht an das genaue Datum erinnern, aber er war da für ein paar Wochen, soweit ich weiß.«

»Und er war nicht dort, um Ferien zu machen.«

»Nein, wahrscheinlich nicht, aber er schien auch nicht zu arbeiten.«

»Was meinen Sie damit?«

»Weiß ich auch nicht. Ich schätze, ich dachte, wenn ein Anwalt bei der Arbeit ist, dann trägt er einen Anzug und so und hat Zeug zum Schreiben dabei, äh, einen Computer zum Beispiel oder er tritt vor Gericht auf oder so was. All das hat er aber nicht getan. Das meine ich damit.« Charlie bewunderte seine Schlagfertigkeit.

Er hatte sich hinter der Maske des Hinterwäldlers verschanzt. Der Junge war ein Paradebeispiel für Bauernschläue.

Ein schwaches Lächeln erschien unter dem Bart des Basken. »Anwälte arbeiten manchmal auf eigenartige Weise, Mr. Lanegan.« Ocas schien darüber nachzudenken. »Ich ziehe das zurück, Euer Ehren.« Er blätterte durch sein Notizbuch, dessen Seiten ein besonderes Gewicht zu haben schienen, so dicht waren sie mit dicker Tinte beschrieben.

»Nun, ich möchte mich nicht negativ über Mr. Jardim äußern, verstehen Sie mich richtig, aber man könnte doch wohl durchaus sagen, dass Sie sich mit ihm ein wenig angefreundet haben.«

Du darfst mich jetzt sehr gerne verleugnen, dachte Charlie.

»Wir sind ganz gut miteinander klargekommen. Ich meine, er hatte einen Job zu erledigen, und das habe ich respektiert.« Der Effekt dieser Worte war im Saal deutlich zu spüren, und es war offensichtlich, dass Patrick sie zutiefst bedauerte. Er spannte sich an, als wollte er noch etwas hinzufügen, aber Ocas fiel gleich wieder über ihn her.

»Er hatte ganz bestimmt einen Job zu erledigen! Er war gekommen um Sie, Mr. Lanegan, in Ihrer Darstellung des Geschehens zu beeinflussen.«

Weir sprang erneut auf. »Darauf kann der Zeuge nicht antworten, Euer Ehren, es ist eine rhetorische Frage …«

Willams spitzte nachdenklich die Lippen. »Gerichtsdiener, führen Sie bitte den Zeugen und die Jury aus dem Saal.« Die Jurymitglieder mussten aufstehen und verließen ihre Plätze, um hinter einer schweren Holztür zu verschwinden, die sie von der Außenwelt abschirmte. Patrick wurde durch eine ähnliche Tür geführt, in die Ecke eines großen Zimmers, das hinter dem Zeugenstand lag. Erst als beide Türen geschlossen waren, begann der Richter zu sprechen.

»Mr. Ocas, ich bin damit einverstanden, dass es hier um elementare juristische Fragen geht, aber Sie begeben sich hier auf ein Territorium, das … nun, im besten Fall ist es für die Beweisfindung nutzlos. Im schlimmsten Fall läuft es auf Verfahrensmängel hinaus. Ist es das, worauf Sie abzielen?«

»Euer Ehren, ich versuche nur der Jury zu vermitteln, dass der Zeuge eine Version des Geschehens gegeben hat und nun eine andere liefert, die auf eine viel …« Er suchte nach dem richtigen Wort. »… angenehmere Weise zu der vorliegenden Beweislage passt. Das mag ja ein bloßer Zufall sein, aber meine Aufgabe ist es auch, herauszufinden, wie es zu diesem Wandel der Sichtweise kam.«

»Ich denke, es ist ganz offensichtlich, auf was Sie abzielen, Mr. Ocas. Die Juristen sind ja durchaus verschiedener Meinung, was die Verständnisfähigkeit von Jurys betrifft, aber Ihnen dürfte bekannt sein, dass ich seit vielen Jahren schon die Ansicht vertrete, dass sie empfindsame Organismen sind, die Jurys, und dass das, was Sie hier versuchen, ganz offensichtlich ist. Ich denke nicht, dass Sie es nötig haben, Mr. Jardim hier zusammen mit dem Zeugen in eine Schlammschlacht zu ziehen. Was ist, wenn wir in eine Situation kommen, wo Mr. Jardim Beweise liefern soll, um eine Behauptung von Ihnen oder des Zeugen zu widerlegen. Was dann?«

»Nun, bei allem Respekt, Euer Ehren, ich habe Mr. Jardim nicht gebeten, nach Dauphin zu fahren und sich in das dortige Milieu hineinziehen zu lassen.« Er deutete auf Weir. »Vielleicht hat Mr. Weir das getan, vielleicht hat Mr. Jardim es aus eigenem Antrieb getan. Aber das Hohe Gericht präsentiert uns nun diesen jungen Mann als Augenzeuge eines Mordes. Bei Lektüre der Anklageschrift muss man zu dem Schluss kommen, dass es sich bei ihm um wenig mehr als einen trauernden Hinterbliebenen handelt. Angesichts dessen denke ich, muss es der Verteidigung gestattet sein, seine Glaubwürdigkeit zu befragen. Ich möchte nicht – um die Formulierung von Euer Ehren aufzugreifen – zur nutzlosen Beweisfindung beitragen, aber ich kann eine Hundertachtzig-Grad-Wendung eines Zeugen nicht einfach so hinnehmen im Sinne von: ›Oh, na schön, sei's drum, darf ich Ihnen dann ein paar Fragen zu Ihrer neuen Version stellen'.«

Wieder gab der Richter kein Zeichen, zu welchem Schluss er gekommen war. »Mr. Weir?«

»Nun, Euer Ehren, ich habe Einspruch erhoben, wegen genau dieses Risikos, das wir gerade diskutieren. Ich möchte darauf hinweisen, dass diese Art der Befragung nur in einer Entlassung der Jury münden kann. Falls es darauf hinausläuft, dass der Zeuge gegenüber Mr. Ocas erklärt, er und Mr. Jardim hätten konspiriert, um Beweismittel ›zurechtzubiegen‹, dann würde dieser Behauptung selbstverständlich vehement widersprochen, und mein Assistent würde zu einem Zeugen bei einer Wiederaufnahme des Verfahrens. Es gäbe also gute Gründe für die Entlassung dieser Jury. Falls der Zeuge aber andererseits erklären sollte, es sei nichts an diesem Vorwurf dran, und sich auf die erste Version zurückzieht, aus dem einzigen Grund, um heil davonzukommen, oder falls er behauptet, es gäbe noch andere, sachfremde Gründe für seinen Gesinnungswandel, wohin bringt uns das dann? Was ist, wenn Mr. Ocas den Zeugen beschuldigt, er würde Mr. Jardim schützen wollen, indem er leugnet, dass er ihn beeinflusst hat? Dann sind wir wieder ganz am Anfang. Mr. Jardim wird dann alle seine Funktionen in diesem Verfahren niederlegen, die Jury wird entlassen und bei einer Wiederaufnahme wird er von der Anklage als Zeuge aufgerufen, um zu erklären, was sich im März in Dauphin nun tatsächlich zugetragen hat.«

»Sie selbst wissen also nicht, was sich zugetragen hat, Mr. Weir?«

»Nein, das weiß ich nicht. Zu meiner Vorgehensweise gehört es, Zeugen im Vorfeld zu überprüfen, und Mr. Ocas weiß das auch. Ich nehme mir jeden Zeugen vor, befrage ihn oder lasse sie von meinem Assistenten befragen, bevor ich sie in den Zeugenstand berufe. Das ist ja nichts Besonderes, das kommt ständig vor. In diesem Fall habe ich Mr. Jardim nach Dauphin geschickt, um mit dem Zeugen zusammen die Aussage durchzugehen, nur um das Prozedere zu vereinfachen. Er fuhr also dorthin, damit ich mich auf andere Dinge konzentrieren konnte, und es lief dann darauf hinaus, dass er dort aus, äh, bestimmten Gründen für einige Zeit festgehalten wurde. Ich weiß nicht, ob es zwei oder drei Wochen waren oder wie auch immer. Aber ich bin der festen Überzeugung, dass kein Druck ausgeübt wurde.«

»Haben Sie darüber mit ihm gesprochen?«

»Nicht im Detail, Euer Ehren. Nach meinem eigenen Gespräch mit dem Zeugen war mir bekannt, dass er einen Widerruf plante und eine neue Version vorbringen wollte. Soweit ich weiß, hat er das auch Mr. Jardim gegenüber geäußert, bevor dieser Dauphin Ende März verließ. Mr. Jardim erklärte mir, dass es dazu kommen könnte, nachdem er mit dem Zeugen dort gesprochen hatte.«

»Hm. Mr. Jardim …« Richter Fabian Williams, ein Veteran der Royal Australian Air Force, Experte für frühe Kolonialarchitektur und Großvater von Drillingen, drehte sich zu Charlie um, der aufsprang und seine Robe zurechtzupfte.

»Mr. Jardim, wir sprechen hier die ganze Zeit über Sie, was keine angenehme Sache ist, wenn der Betreffende sich im gleichen Raum befindet. Aber Ihnen dürfte die Bedeutung dieses Themas klar sein. Erklären Sie mir doch bitte selbst einmal, welche Rolle Sie Ihrer Ansicht nach gespielt haben in … in dieser Sache.«

Charlie schaute nach links und sah, das Harlan beinahe horizontal in seinem Stuhl lag und über seine Schulter zu ihm schaute.

Er hatte einen Kugelschreiber im Mund und seine Brille war ihm über die Nase gerutscht. In Charlies Kopf ertönte ein fernes Zischen, das klang wie das Hintergrundgeräusch in einem Supermarkt oder einer gut gefüllten Bar. Er wartete kurz, bis es abgeklungen war. Seine Gedanken wurden wieder klarer und er klammerte sich fest an einen, als er den Mund zum Sprechen öffnete.

»Euer Ehren, wie Mr. Weir schon sagte, fuhr ich nach Dauphin, weil wir eine Arbeitsteilung vereinbart hatten. Er wollte sich auf die Ergebnisse der forensischen Untersuchungen konzentrieren und die technischen Beweise wie zum Beispiel die elektronische Überwachungsanlage am Hafentor. Wir waren der Auffassung, dass es nötig sei, nach Dauphin zu fahren, weil wir von Detective Sergeant Robertson erfahren hatten, dass der Zeuge nicht kooperieren wollte, und uns außerdem klar war, dass seine Aussage entscheidend für den ordnungsgemäßen Verlauf des Prozesses sein würde. Also fuhr ich dorthin, mit dem Ziel, Mr. Lanegan aufzusuchen und mit ihm zu sprechen und ihn zu ermutigen, der Wahrheit entsprechend auszusagen.«

Charlie hielt inne und dachte über diese Formulierung nach.

»Damit meine ich nicht, dass ich ihm Anweisungen erteilte oder Warnungen aussprach bezüglich der Glaubwürdigkeit der ersten Aussage. Sie war ja ganz offensichtlich falsch, aber ich hatte, wie auch alle anderen, keine Ahnung, wie die ›richtige‹ Version aussehen würde. Was Mr. Ocas suggeriert, nämlich dass wir genaue Beweise haben, um ihm vorschreiben zu können, was er aussagen sollte, entspricht schlicht und einfach nicht der Wahrheit.«

Das Mikrophon stand direkt vor ihm. Wie oft hatte er Zeugen ermahnt, lauter zu sprechen, weil die Mikrophone nicht verstärkten, sondern nur aufnahmen. Und nun war er selbst so aufgeregt, dass das panische Pochen seines Herzens, nur wenige Zentimeter entfernt von dem silbernen Kopf des Mikros, mit Sicherheit in den Raum übertragen wurde und weiter in die ganze Welt. Kalter Schweiß rann über seinen Rücken. Er umklammerte den Rand seines Pults, um das Zittern seiner Hände zu kaschieren.

Die Miene des Richters entspannte sich leicht. »Sie dürfen sich selbstverständlich auf Ihr professionelles Aussageverweigerungsrecht zurückziehen, was Ihre Begegnung mit dem Zeugen in Dauphin betrifft. Aber ich muss Sie sicherlich nicht darauf hinweisen, Mr. Jardim, dass es möglicherweise große Probleme in diesem Verfahren verursacht, wenn sich herausstellen sollte, dass Sie den Zeugen beeinflusst haben. Für den Augenblick genügt es mir, die Sache auf sich beruhen zu lassen. Ja, Sie dürfen sich wieder setzen. Mr. Ocas, was gibt es noch?

Der Baske war wieder aufgestanden, diesmal mit vor der Brust verschränkten Armen. »Euer Ehren«, begann er, bevor er auf Charlie herabsah und auf ihn deutete. »Sie haben darum gebeten, dass dies als eine Angelegenheit von Treu und Glauben behandelt werden soll. Nun bin ich kein Mensch, der die Grundlagen antasten möchte, die uns alle verbinden. Aber bei allem Respekt, Sir, gegen diesen Anwalt hier wurde erst vor wenigen Monaten ein Disziplinarverfahren angestrengt, das meines Wissens noch nicht beendet ist, und jetzt ist er …«

»Das hat überhaupt nichts mit dieser Angelegenheit zu tun!«, brüllte Weir und sprang auf, wobei er Aktenordner und Notizzettel durcheinanderwirbelte. »Überhaupt nichts! Mr. Ocas ist sehr wohl bewusst, wie es auch diesem Gericht bewusst ist, dass die Angelegenheit vor der Disziplinarkommission die Integrität meines Assistenten oder seine Ehrlichkeit in diesem Fall nicht im Geringsten zu …« Harlan schaute Charlie jetzt direkt an, während er nach der Formulierung suchte, mit der er diesen Satz beenden könnte. »Nein, das hat ausschließlich etwas mit seinem Temperament zu tun.«

»Das hängt ganz von dem Scheiß-Urteil ab, Harlan«, zischte der Baske.

Der Richter runzelte die Stirn. »Was war das eben mit dem Urteil, Mr. Ocas?«

Jetzt sprang Ocas auf.

»Euer Ehren, ich sagte eben, dass das Disziplinarverfahren sehr wohl Mr. Jardims Urteilsvermögen beeinflusst, von dem ich nämlich meine, dass es in dieser Angelegenheit getrübt sein könnte.«

Der Richter hatte jetzt genug davon. »Ich denke, dass Mr. Jardims Charakter, sein Urteilsvermögen oder wie Sie es ausdrücken möchten, im Zusammenhang mit dieser Angelegenheit mehr als einmal einer genauen Überprüfung unterzogen wurde. Weshalb ich Sie, Mr. Ocas, dringend bitten möchte, mit derartigen Anschuldigungen in Zukunft vorsichtiger umzugehen. Habe ich mich klar genug ausgedrückt?«

Für einen kurzen Moment wirkte der Baske eingeschüchtert. »Ja, Euer Ehren.«

»Gerichtsdiener, bringen Sie bitte die Jury wieder herein.«

Charlie starrte auf den vorderen Rand seines Pults, studierte eingehend jede Rille und jede Kerbe in der Oberfläche; jene, die schon so alt waren, dass sie zur Patina gehörten, und jene, die noch frisch und aggressiv aussahen. Die Initialen von denen, die schon lange nicht mehr hier waren, die Abdrücke von Worten, die so leidenschaftlich aufs Papier gedrückt worden waren, dass sie ein unlesbares Muster auf der Oberfläche hinterlassen hatten. Verblasste Spuren anderer Stürme und anderer Auseinandersetzungen. Eines Tages würde auch er nur noch ein solches Überbleibsel sein. Vielleicht war er es ja bereits. Er hätte nie gedacht, dass er mal Anlass eines solchen Krieges sein würde, dass er die Ehre haben würde, den jahrzehntealten Zwist zwischen zwei alten Haudegen zu befeuern. In diesem Moment war er der Grund ihres Streits, aber das würde sich auch wieder ändern. Wie Patrick es ganz richtig beobachtet hatte, als sie nach dem Schnorchelausflug auf den Steinen am Strand gesessen hatten: Die Karawane zieht weiter. Charlie versank immer tiefer in sich selbst, während die beiden Streithähne weiter aufeinander einhackten. Dabei sagte er sich, dass weder das erfolgreiche Diskreditieren seiner Person durch den einen noch seine Verteidigung durch den anderen am Ende etwas bedeutete.

Auch morgen würde die Sonne wieder aufgehen und, während sie ihre Strahlen über Melbourne schickte und den Smog durchdrang, im Osten aufsteigen und im Laufe des Tages ihren Weg nach Westen zurücklegen, um hinter den mit Strandhafer bewachsenen Dünen und den Klippen, die die Gawleys überragten, wieder unterzugehen, gänzlich unberührt von seinem Schicksal.

Die Jury wurde wieder hereingebracht und die Geschworenen schleppten ihre mehr oder weniger identischen suburbanen Hinterteile zu den Sitzen, legten die Notizblöcke auf die Oberschenkel und schlugen sie auf. Kurz darauf wurde Patrick wieder in den Zeugenstand geführt. Der Richter ignorierte ihn und wandte sich an die Geschworenen.

»Meine Damen und Herren, wie sie bereits im Laufe dieses Verfahrens bemerkt haben, kommt es von Zeit zu Zeit zu Unstimmigkeiten zwischen den Anwälten und mir, die in Ihrer Abwesenheit gelöst werden müssen. Dabei handelt es sich mehr oder weniger um langweilige Verfahrensfragen, die Sie nicht weiter interessieren müssen. Deshalb wende ich mich direkt an Sie mit der Bitte: Lassen Sie sich nicht zu irgendwelchen, positiven oder negativen, Schlussfolgerungen verleiten, nur weil wir gerade in

Ihrer Abwesenheit eine Diskussion geführt haben. Mr. Ocas, fahren Sie jetzt bitte fort.«

Der Baske stand wieder auf und schob dabei den schweren Stuhl aus Kolonialzeiten zurück und zupfte die weiten Falten seiner Robe zurecht. Dann nahm er von zwei Stiften die Schutzkappen ab, von einem blauen und einem roten. Seine Bewegungen deuteten darauf hin, dass er keine Eile hatte. Er warf noch einen prüfenden Blick auf die Dinge, die vor ihm auf dem Pult lagen, bevor er Patrick im Zeugenstand fixierte.

»Also gut«, murmelte er gedankenverloren. »Also gut, also gut. Ich möchte mit dem beginnen, was Sie uns heute geschildert haben, Mr. Lanegan. Sie waren also in der betreffenden Nacht an Bord dieses Boots, der *Caravel*. Sie waren dort, ist das richtig?«

»Ja, das stimmt.«

»Und ich habe Sie gebeten, Ihre Aussage, die Sie in dieser Nacht vor der Polizei gemacht haben, noch einmal durchzugehen, und Sie haben erklärt, dass sie ab Seite drei reine Fiktion ist, richtig?«

»Dieser Teil entspricht nicht der Wahrheit, ja.«

»Das war also eindeutig gelogen, Mr. Lanegan.« Ocas schnaubte lautstark, um der Jury zu signalisieren, wie sehr er über diesen jungen Kerl verärgert war.

»Es entspricht nicht der Wahrheit, das habe ich ja schon gesagt.«

»Diese Aussage haben Sie zwei Stunden nach dem Fund der Leiche Ihres Bruders gemacht, sehe ich das richtig?«

»Ja, habe ich.«

»Sie haben Sie also gemacht, als die Ereignisse der Nacht Ihnen noch ganz frisch im Gedächtnis waren?«

»Hm, es war ja alles ziemlich hektisch … es ist ja ziemlich viel losgewesen.«

»Ja, aber wenn wir mal die Klarheit Ihrer Erinnerung betrachten, dann konnte sie kaum schärfer sein, würde ich meinen.«

»Ich nehme an, das stimmt.«

»Und Sie bestätigen, dass die Unterschrift am Ende des Dokuments, das zwei Stunden nach dem Fund der Leiche Ihres Bruders niedergeschrieben wurde, Ihre eigene ist?«

»Ja, ist sie.«

Ocas schaute zum Richter, der gerade etwas notierte. Er wartete schweigend bis Williams fertig war und den Kopf hob.

»Euer Ehren, ich möchte dies als Beweismittel einreichen.«

Fabian Williams nahm das Dokument entgegen, nachdem es seine Runde bei den Anwaltsgehilfen und dem Gerichtsdiener gemacht hatte, schaute es eingehend an und schrieb etwas auf.

»Beweismittel eins der Verteidigung«, brummte er. »Bitte fahren Sie fort.«

»Also, Mr. Lanegan. Ich werde Ihnen jetzt einige Fragen stellen bezüglich der Version der Ereignisse, die Sie heute vor diesem Gericht vorgebracht haben. Bevor Sie antworten, möchte ich Sie bitten, diese beiden Dinge zu beherzigen: Erstens, Sie sagen unter Eid aus, und zweitens, die Jury hat Ihre erste Aussage vorliegen, um diese mit Ihren Ausführungen zu vergleichen. Haben Sie mich verstanden?«

»Ja, habe ich.«

»Gut. Also laut Ihrer Aussage konnte keiner von Ihnen beiden an Bord der *Open Quest* etwas erkennen, nachdem Sie an Bord gegangen waren. Ist das richtig?«

»Na ja, ich kann nicht für Matt sprechen, aber ich habe definitiv niemanden gesehen.«

»Stimmen Sie mir darin zu, dass die Personen, die an Bord waren, das Geräusch Ihres Bootes gehört haben müssen, als Sie sich näherten?« Achtundvierzig Stunden vorher hatte Charlie eine

Football-Übertragung im Fernsehen gesehen und eine ähnliche Situation beobachtet. Ocas war hier die dominierende Mannschaft, die den Ball über das Mittelfeld spielte und geduldig darauf wartete, dass sich eine Lücke auftat.

»Ja.«

»Sie haben das Geräusch Ihres Bootes nicht irgendwie gedämpft?«

»Nein.«

»Und als Sie an Bord gegangen sind, sind Sie auch nicht geschlichen?«

»Nein.«

Ein Sperling kreiste unter der reichverzierten Stuckdecke, flatterte von der breiten Rosette in der Mitte nach rechts zum Kranzgesims und dann um die Fenster herum. Er war gefangen, aber er wusste es nicht.

»Weil Sie, wie Sie in Ihrer schriftlichen Aussage erklärt haben, zu einem vereinbarten Treffen fuhren.«

»Ja.«

»Sie hatten keinen Grund für Heimlichtuereien?«

»Ja, das stimmt.«

»Also machten Sie eine Menge Lärm, als Sie sich näherten und eine Menge Lärm, als Sie an Bord gingen.«

»Ja.«

Der Baske strich sich geistesabwesend über den Bauch und begann an den Knöpfen seiner Weste zu drehen. »Und dann haben Sie beide sich umgeschaut, sind auf die Brücke gegangen und haben einen kurzen Blick auf die Karten und das GPS geworfen?«

»Haben wir.«

»Auch das in der ganz entspannten Annahme, dass die Personen, die Sie dort treffen wollten, irgendwo sein mussten und in Erscheinung treten würden.«

»Entspannt waren wir nicht, aber sonst stimmt es.«

»Aber gemäß der Aussage, die Sie heute hier gemacht haben, hat keiner von Ihnen beiden daran gedacht zu rufen? So was wie ›He, Skip, wir sind da!‹ wäre zum Beispiel passend gewesen.« Ocas hatte die Lücke in der Abwehrreihe entdeckt und zielte auf das Tor. Nach diesen Ausführungen herrschte im Saal lange Zeit Stille.

»Nein, das haben wir nicht getan.«

»Aber warum denn nicht, um Himmels willen? Das Boot ist doch nicht sehr groß? Sie haben ausgesagt, die Boote hätten ruhig gelegen, die Motoren wären ausgeschaltet gewesen, es sei eine ruhige Nacht gewesen … hätten Sie nicht einfach mal rufen können?«

»Ich … ich weiß nicht wieso, aber wir haben es nicht getan.«

»Na gut. Dann beantworten Sie bitte diese Frage: Als Sie an Bord gingen, wie weit waren Sie da von Matthew entfernt? Wie lange dauerte es, bis Sie nach ihm auf das andere Deck gestiegen sind?«

»Vielleicht zwei Minuten.«

»Um fair zu sein, darf ich Ihnen versichern, dass zwei Minuten wahrscheinlich ein viel längerer Zeitraum sind, als Sie glauben. Sind Sie sicher, dass es so lange gedauert hat?«

Patrick dachte darüber nach. »Ja. Ich musste ja noch das Heck und den Bug festmachen und ein paar Fender zwischen die Boote legen. Das dürfte wohl zwei Minuten gedauert haben.«

»Okay. Wie lange dauerte es, bis sie das Ruderhaus erreicht hatten?«

»Vielleicht nochmal zwei.«

»Warum? Was haben Sie auf dem Weg dorthin getan?«

Charlie kannte Patricks Gedankengänge gut genug, um zu merken, dass diese Frage ihn beunruhigte.

»Nichts«, sagte er nach einer kurzen Pause. »Ich hab mir Zeit gelassen, stand ein oder zwei Sekunden auf der Backbordseite, bevor ich weiterging.«

»Damit meinen Sie, dass Sie die kleine Treppe hinaufgingen, die von den Gangways an den Seiten des Boots hinauf zum Eingang des Ruderhauses führt?«

»Ja.«

»Gut, für Matthew waren also vier Minuten vergangen, bevor Sie im Ruderhaus zu ihm stießen, wo er … was tat, sich die Karten ansah?«

»Ja.«

»Nach diesen vier Minuten kommen Sie also zu ihm ins Ruderhaus und dort tat er genau das?

»Ja.«

»Nicht früher als vier Minuten danach und auch nicht später?«

»Nein.«

Charlie spürte, dass Patrick sich mit diesen Fragen zu langweilen begann. Das war genau das, was der Baske im Schilde führte. Er tat so, als ginge es nur darum, einige Fakten abzuhaken. Später dann würde der Zeuge total verschreckt reagieren, wenn er nach einem Dutzend einfacher Bejahungen feststellte, dass er alle diese getroffenen Aussagen nicht mehr zurückziehen konnte, wenn er sie später noch einmal überdacht hatte.

Ocas hielt inne und warf der Jury einen bedeutsamen Blick zu. Das war die theatralische Version einer Hervorhebung mit dem Textmarker, dachte Charlie. *Vergesst dieses Detail nicht, Leute, wir werden später darauf zurückkommen …*

»Vier lange Minuten. Und dann glaube ich, sagten Sie, Sie seien noch mal ungefähr zwei Minuten da drin gewesen, während genau das geschah.«

»Ungefähr. Da bin ich mir nicht hundert Prozent sicher.«

»Na gut, aber sagen wir mal zwei Minuten, darüber müssen wir jetzt nicht streiten, ja? Also, laut Ihrer Aussage hat Matthew dann das Ruderhaus verlassen und ging *den gleichen Weg zurück, den Sie gekommen waren.* Ist das richtig?«

»Ja.«

»Und er war weitere drei Minuten weg, bevor Sie das erste Geräusch hörten, eine Stimme, die sagte: ›Wo bist du, Arschloch?‹«

»Es waren gleichzeitig auch Schläge und ein Krachen zu hören, ja.«

»Schläge und ein Krachen.« Ocas schrieb sorgfältig mit. »Sind Sie sicher, dass das weitere drei Minuten gedauert hat?«

»Es war eine sehr angespannte Situation. Wir hatten ja keine Ahnung, was da los war. Also hatte ich keine Zeit, auf die Uhr zu schauen, okay? Aber es wird wohl ungefähr so lange gedauert haben.«

»Nein, nein, das ist schon in Ordnung«, stimmte Ocas hastig zu. »Als Ihr Bruder an Bord der *Open Quest* gegangen war, sagen Sie, vergingen zwei Minuten und noch mal zwei Minuten und noch mal zwei und dann weitere drei Minuten – zusammen neun Minuten – bevor die Falle zuschnappte, die mein Klient sich ausgedacht hatte?«

Patrick rollte unfreiwillig die Augen, weil es ihm schwerfiel zu folgen. »Wenn Sie das meinen.«

»Nein, Mr. Lanegan, es geht nicht darum, was ich meine, es geht um Ihre Aussage unter Eid, auf die ich mich hier beziehe. Neun Minuten!« Ocas drehte sich um und schaute zur Uhr, die hoch oben an der hinteren Wand des Saals hing. »Das ist länger, als die Zeit, die vergangen ist, seit ich aufgestanden bin. Letzte Chance, Mr. Lanegan, sind Sie sich all dessen sicher?«

»Äh, nein, bin ich nicht. Meine Güte, wie kann man da denn sicher sein? Es war total unheimlich auf dem Boot. Ganz offensichtlich ging da irgendwas vor sich.«

»Ja, es ist wirklich kaum zu glauben, dass sie neun volle Minuten warteten, bis sie ihre Falle zuschnappen ließen, finden Sie nicht? Aber ich schlage vor, mal darüber nachzudenken, dass noch was anderes vor sich ging – so etwas wie die Aufhebung der Gesetze der Physik.« Wieder warf er der Jury einen bedeutungsvollen Blick zu. »Sie sagen, Sie machten an der Backbordseite der *Open Quest* fest, richtig?«

»Ja.«

»Und Sie und Ihr Bruder gingen also im hinteren Drittel des Bootes an Bord?«

»Ja.«

»Und nachdem Matthew Sie verlassen hatte, sagen Sie, nahm er den gleichen Weg zurück, den auch Sie gekommen waren. So sagten Sie es unter Eid aus, nicht wahr, Mr. Lanegan?«

»Ja, das ist korrekt. Das hat er gemacht.«

»Aber nachdem Sie diese Worte hörten, die Sie uns wiedergegeben haben, handelten Sie wie folgt. Ich zitiere nun die nächste Aussage, die Sie Mr. Jardim gegenüber gemacht haben: ›Ich ging nach unten – auf der Seite ihres Boots entlang, auf der anderen Seite, wo wir nicht festgemacht hatten, dort ist eine Gangway‹ …«

»Ja.«

»Ich gehe also davon aus, Mr. Lanegan, dass Sie hier die Steuerbordseite beschreiben, nicht die Backbordseite.«

»Ja. Na und?«

Der Vorsitzende richtete sich ruckartig auf, als wäre er von einem unsichtbaren Insekt gestochen worden. »Mr. Lanegan, wenn Sie vor diesem Gericht aussagen, sollten Sie sich derartige sarkastische Bemerkungen verkneifen. Vielen Dank.«

»Entschuldigen Sie, Euer Ehren.«

Der Baske hob jetzt die Stimme zu einem selbstsicheren Crescendo.

»Ich kann Ihre Frage beantworten, Mr. Lanegan. In Ihrer Aussage erklären Sie, dass Sie, als Sie auf das Deck fielen und Ihr Bruder auf Sie drauf, Ihre beiden Gesichter zum Heck des Boots gerichtet waren, für uns Laien ist das der hintere Bereich, richtig?«

»Ja.« Charlie konnte sehen, wie sich immer mehr Verwirrung auf dem Gesicht von Patrick breitmachte.

»Und dann führten Sie noch Folgendes aus: Als der Bewaffnete Sie bemerkte, so sagten Sie, sei er alarmiert von Ihrer Anwesenheit gewesen und habe sich auf dem Deck befunden, und Sie sagen: ›Matt hat mich nach links geschoben – ich verlor das Gleichgewicht, und er legte ein Bein um mich herum und drehte mich auf meine linke Seite und ich fiel durch die Öffnung …‹ Also das ist totaler Unsinn, finden Sie nicht, Mr. Lanegan?«

»Nein, das ist kein Unsinn. Daran werde ich mich mein ganzes Leben erinnern.«

»Nun, wenn es so in Ihre Erinnerung eingraviert ist, wie Sie sagen, wie kommt es dann, dass er Sie nach links schob, wenn das bedeutet hätte, dass er Sie gegen die Kabinenwand drückt?«

Schweigen brach in Saal drei des Obersten Gerichts aus, als das Geschilderte in den Köpfen der Zuhörer Gestalt annahm.

»Folgt man Ihrer Schilderung, dürften Sie für den Rest Ihres Lebens einem Missverständnis unterliegen. Wenn Ihr Kopf zum Heck zeigte, auf der Steuerbordseite, dann hätte er Sie nach rechts schieben müssen, damit Sie über Bord gehen, Mr. Lanegan. Was war jetzt also los: Hat er Sie nach rechts geschoben? Oder haben Sie in Wirklichkeit den Bug vor sich gesehen? Oder waren Sie auf der Backbordseite der *Open Quest*, oder waren Sie …«

»Weiß ich nicht.«

»Oder waren Sie …«

»Ich sagte doch, ich weiß es nicht.«

»Ich war noch nicht fertig, Mr. Lanegan. Oder waren Sie tatsächlich …« Er wandte kurz den Blick ab. »… gar nicht an Bord der *Open Quest*?«

»Das ist ja lächerlich. Natürlich war ich an Bord.«

»Sie wollen Ihre Aussage also nicht ändern, jetzt, wo Sie unter Eid stehen, vor dieser Jury, und uns erklären, dass Sie in dieser Nacht überhaupt nicht auf der *Open Quest* gewesen sind?«

»Nein, will ich nicht.« Charlie stellte erleichtert fest, dass Patrick wütend und energisch klang. Er starrte den Basken an und klammerte sich an die Brüstung des Zeugenstands. Aber Ocas hielt das locker aus, hatte er auch in der Vergangenheit schon oft ausgehalten. Er starrte einfach zurück, bis Patrick aufgab und auf seine Hände blickte.

»Na schön. Wie lange, sagen Sie, war der Zeitraum zwischen dem Schuss, den Sie hörten und dem Moment, in dem Sie ins Wasser fielen?«

Patrick dachte lange darüber nach. »Das ist schwer zu sagen. Ich schätze eineinhalb Minuten oder zwei.« Er schien noch darüber nachzudenken, als er es bereits ausgesprochen hatte.

»In diesem Zeitraum also, innerhalb eineinhalb oder zwei Minuten, wie Sie sagen, ist nach Ihrer Aussage Folgendes passiert: Sie hörten, wie Ihr Bruder ›Hau ab hier, Paddy!‹ rief, kurz nachdem der Schuss ertönte?«

»Ja.«

»Sie rannten die Steuerbordseite entlang Richtung Bug und hatten ungefähr die Hälfte der Strecke zurückgelegt?«

»Ja, hatte ich.«

»Und Ihr Bruder kam Ihnen entgegengerannt von dort, wo sich das Ruderhaus befindet?«

»Ja.«

»Er überwand dabei wie viele – ein, zwei, drei, vier Stufen der Gangway?«

»Er taumelte herunter, und fiel hin, als er unten angekommen war.«

»Ja, aber es war ihm gelungen, die Stufen hinunterzusteigen, oder?«

»Ja, ich denke schon.«

»Dann prallte er gegen Sie und Sie sagen, anschließend fiel er auf Sie drauf.«

»Das ist richtig.«

»Und er sagte Ihnen, er sei angeschossen worden?«

»Ja.«

»Und er sagte, er würde sterben?«

»Ich kann mich nicht an die genauen Worte erinnern, aber etwas in dieser Art, ja, etwas, dass es ziemlich deutlich machte.«

»Ja, ja, ich verstehe.« Ocas senkte leicht die Stimme, um Mitgefühl zu suggerieren. »Und dann sagten Sie, die letzten Worte Ihres Bruders seien wie gewesen: ›Sag den Kids, dass ich sie liebe …‹?«

»Das ist richtig.«

Der Baske wartete lange genug, bis er sicher war, dass er in die vollkommene Stille feuern konnte: »Mit dem größten Respekt für Ihren verstorbenen Bruder, aber ist das nicht ein bisschen melodramatisch?«

Patrick verzog ungläubig das Gesicht. »Wie können Sie so etwas mit *Respekt* sagen, Mann? Das war das, was mein Bruder gesagt hat!« Er schaute nach links unten in den Schatten am Boden des Zeugenstands und fluchte vor sich hin. Der Richter, der das Kinn auf die Hände gestützt hatte, hob warnend einen Finger Richtung Patrick und wandte sich dann an Ocas.

»Herr Verteidiger, ich nehme an, diese Frage ist unerlässlich für die Beweisaufnahme, denn vordergründig betrachtet ist sie extrem gefühllos.«

Ocas tat so, als wäre er leicht überrascht über diesen Tadel. »Ist sie in der Tat, Euer Ehren. Es geht hier um die Anwendung der Brown-and-Dunn-Regelung. Darf ich fortfahren?«

Der Richter nickte. »Machen Sie weiter, aber gehen Sie bitte behutsamer vor.«

Im ganzen Saal war deutlich zu hören, wie Patrick murmelte: »Was denn für ein Brown-Dunn-Scheiß?«

Der Baske ließ sich nicht beirren. »Also gut, Mr. Lanegan, also gut«, begann er in etwas versöhnlicherem Tonfall. »Darf ich Sie dann dies fragen: Sind Sie sicher, dass dies die exakten Worte waren, die er sagte?«

»Ja, da bin ich mir sicher.«

»Klar und deutlich artikuliert?«

»Was soll das heißen? Ob ich ihn klar verstehen konnte?«

»Ja.«

»So klar, wie ich Sie jetzt verstehe.«

»›Sag den Kids, ich liebe sie‹?«

»Richtig.«

»Und mit ›den Kids‹ meinte er Ihrer Ansicht nach Ihre Geschwister?«

»Ja, so ist es. Unsere Eltern sind tot. Wir nennen die Zwillinge und Milly ›die Kids‹.« Patrick schien sich nicht bewusst zu sein, dass er mit dieser kurzen Antwort einen deutlichen Punktsieg davongetragen hatte. Der Baske hatte in einem seltenen Moment von Unaufmerksamkeit dem Zeugen erlaubt, seine Menschlichkeit unter Beweis zu stellen. Jetzt wusste die Jury, dass er ein Waise war.

»Sagte er sonst noch etwas?«

»Nein, er sagte das, und dann tauchte die Person mit der Waffe wieder auf, und er schubste mich über den Rand. Als ich ihn vom Wasser aus wieder sehen konnte, schien er sich überhaupt nicht mehr zu bewegen.«

»›Sag den Kids, ich liebe sie‹. Sechs deutliche Worte.«

»Hab ich doch schon gesagt.«

Ocas seufzte zögernd und blätterte dann in einem Ringbuch, das vor ihm am Rand des Pults gestanden hatte. Als er die gesuchte Seite gefunden hatte, klappte er die vorhergehenden Seiten ganz um und nahm einen Textmarker, um eine Stelle auf der Seite grell hervorzuheben.

»Mr. Lanegan, Ihr Bruder wurde durch die rechte Schläfe geschossen. Das Projektil drang in die vorderen Gehirnlappen ein. Sie verstehen, oder?«

»Nicht als es passierte. Jetzt schon.« Patricks Stimme klang wie von weit her.

»In den kommenden Tagen werden wir einen Gerichtsmediziner befragen, der uns mitteilen wird, dass Ihr Bruder fast augenblicklich an dieser Verletzung gestorben sein muss. Kennen Sie diese Einschätzung?«

»Nein, kenne ich nicht.«

»Nun, so wie Sie es darstellen, hat er sich in diesem Moment, nachdem er von der Kugel getroffen worden war, körperlich noch sehr stark betätigt. Eineinhalb bis zwei Minuten lang laut Ihrer Auskunft.«

»Ich weiß nicht, was Sie damit meinen.«

»Nun, Sie wollen doch nichts anderes behaupten, als dass der Schuss, den Sie hörten, auch der war, der den Tod Ihres Bruders verursacht hat, oder?«

»Nein, will ich nicht.«

»Sie hörten nur diesen einen Schuss. Und später wurde entsprechend festgestellt, dass Ihr Bruder an einer Schusswunde gestorben ist.«

»Ja.«

»Also wurde er nicht später erschossen, verstehen Sie? Er sagte Ihnen ja selbst, dass er sterben würde.«

»Ja.« Die Gesichter der Geschworenen ähnelten dem von Patrick. Unverständnis breitete sich im Saal aus.

»Und obwohl diese Kugel, wie erwiesen ist, den vorderen Bereich seines Gehirns durchschlug und vitale Funktionen und Strukturen zerstörte, bleiben Sie dabei, dass er noch rannte, eine Treppe hinabstieg, redete, sogar schrie, komplette Sätze formulierte und das über einen Zeitraum von eineinhalb bis zwei Minuten?«

»Ich kann das nicht erklären. Ich kann nur sagen, wie es gewesen ist.«

»Tja, ich komme leider zu dem Schluss, dass Sie *nicht* sagen, wie es gewesen ist, Mr. Lanegan. Ich komme zu dem Schluss, dass Sie diese Episode an Bord der *Open Quest* frei erfunden haben.«

»Habe ich nicht.«

»Ich gebe Ihnen ein weiteres Mal die Möglichkeit, Ihre Aussage zu widerrufen, Mr. Lanegan. Ich erkläre Ihnen hiermit, dass Sie in dieser Nacht nicht an Bord der *Open Quest* gewesen sind.«

»Ich hab doch gesagt, dass ich dort war. Ich kann nur dabei bleiben.«

»Also gut. Nächstes Problem. Kann jemand dem Zeugen eine Kopie der Fotosammlung geben, bitte?« Der Gerichtsdiener stand auf und eilte zum Zeugenstand.

»Haben Sie's? Gut. Blättern Sie jetzt bitte zu Foto Nummer zweiundsechzig. Also, Ihre Aussage gegenüber Mr. Jardim lautete, nachdem Sie dieses Büchlein aufgeschlagen hatten, und ich möchte Sie jetzt zitieren: ›Wir waren in der Nähe von Nummer vier und drei, jedenfalls irgendwo dort, ich bin mir nicht ganz hundertprozentig sicher. Irgendwo dort, wo die Nummern vier und drei sind. Und er ist auf mich draufgefallen und hat mir gesagt, dass er getroffen wurde. Als ich feststellte, dass ich ihn nicht hochheben kann, versuchte ich, ihn ein Stück weit zur Reling zu schieben.‹ Stimmen Sie mir zu, dass Sie das gesagt haben?«

»Ja, so ist es gewesen.«

»Gut. Das Letzte, was Sie also von den Ereignissen an Bord der *Open Quest* mitbekamen, war, dass Matthew genau dort lag, wo diese Nummern der Spurensicherung platziert wurden, und er lag dort regungslos für eine längere Zeit, richtig?«

»Ja.«

»Sie waren doch im Gerichtssaal, als der Beamte von der Spurensicherung seine Beweismittel eingebracht hat, nicht wahr, Mr. Lanegan?«

»War das der Typ, der diese Slideshow gemacht hat?«

»Genau der«, sagte der Baske lächelnd.

»Ja, war ich.«

»Dann haben Sie sicher gehört, wie er sagte, dass er diese Stellen markiert hat, weil ihm, als er das Boot nach Spuren absuchte, zwei dunkle Flecken aufgefallen sind, die nach seinen Worten ungefähr den Umfang von Tennisbällen hatten. Erinnern Sie sich?«

»Ja.«

»Er erwähnte allerdings nicht, es habe dort, wo die Nummern drei und vier angebracht sind, Blutflecken oder andere Spuren eines menschlichen Körpers gegeben, oder?«

Patrick zuckte mit den Schultern. »Nein, hat er nicht.«

»Und tatsächlich stellte sich nach seinen Worten später heraus, dass es sich bei diesen Flecken um Fischabfälle handelte, nicht wahr?«

»Ja klar, es ist ja schließlich ein Fischerboot.«

»Die Markierungen wurden dort nicht angebracht, um etwas zu kennzeichnen, was zu Ihren Ausführungen passt, denn als die Spurensicherung ihre Arbeit machte, haben Sie ja noch allen Leuten erzählt, dass Sie in dieser Nacht gar nicht auf dem Boot gewesen sind – ist das richtig?«

»Hab ich, ja.«

»Und nun haben Sie ihre Meinung geändert und behaupten, in dieser Nacht auf der *Open Quest* gewesen zu sein. Und nun auf einmal nutzen Sie diese gelben Plastikmarkierungen dazu, den Bereich zu bezeichnen, an dem Ihr Bruder ums Leben kam.«

»Es waren einfach zwei Anhaltspunkte. Ich hätte auch sagen können, direkt vor der Kurbel oder so was, aber das ist ja die Stelle, wo die Karten hingeklebt wurden. Es ist ein Zufall, verstehe schon, aber da ist er hingefallen.«

»Das Problem, Mr. Lanegan, ist jedoch, dass der Gerichtsmediziner später vor den Geschworenen aussagen wird, dass Ihr Bruder viel Blut verloren hat. Eine ganze Menge Blut sogar. Wenn wir jetzt nur mal für den Moment annehmen, dass das stimmt, dann verraten Sie mal der Jury, wo das ganze Blut geblieben ist, Mr. Lanegan.«

»Weiß ich nicht. Ich bin ja kein Wissenschaftler. Ist es auf den Fotos zu sehen?« Und damit griff Patrick erneut nach dem Buch und drehte es hin und her, als hätte er einen Stadtplan vor sich, den er nicht verstand. Ocas wartete lange genug, um seine Pantomime so lächerlich wie nur möglich wirken zu lassen.

»Nun, Mr. Lanegan, das wirkt jetzt nicht gerade wie eine überzeugende Antwort. Nicht nur, dass Sie die Jury glauben machen wollen, dass ein Mann mit einer derartigen Wunde, die sofort tödlich ist, noch herumrennt und schreit. Sie wollen Ihnen auch weismachen, dass diese große Menge Blut, die er verloren hat, ganz einfach … verschwunden ist! Wie kann das sein, Mr. Lanegan?«

Patrick legte das Buch auf das schmale Pult vor sich. Charlie versuchte, nicht zu ihm hinzuschauen, aber er wusste, dass er dort oben völlig isoliert und hilflos saß. »Ich habe schon gesagt, dass ich das nicht erklären kann«, erklärte er wenig überzeugend. »Aber ich sage die Wahrheit.«

Ocas lachte. »Na, diesen Satz kennen wir schon. Der steht auch direkt über Ihrer Unterschrift am Ende des Protokolls Ihrer mit Lügen gespickten ersten Aussage. Wo ist das Blut, Mr. Lanegan?«

Patrick antwortete nicht, konnte nicht antworten. Nachdem das Schweigen lange genug im Raum gestanden hatte, fing der Baske von Neuem an.

»Sie hatten oft Meinungsverschiedenheiten mit Ihrem Bruder, richtig?«

»Ich war manchmal anderer Meinung als er. Das kommt doch bei allen Brüdern vor.«

»Oft, Mr. Lanegan. Nicht nur ab und zu. Womit ich sagen will, dass es ein bekanntes Spektakel in der Stadt war, dass die Lanegan-Brüder – Sie und er – sich anbrüllten, sich Sachen an den Kopf warfen und sogar in tätliche Auseinandersetzungen gerieten.«

»Das ist völlig übertrieben. Er war ziemlich geradeaus. Wenn er anderer Meinung war, dann hat er das ziemlich deutlich gesagt. Ab und zu artete das schon mal in eine Prügelei aus.«

Sag doch einfach, dass du ihn geliebt hast, du verdammter Idiot, dachte Charlie. Das war jetzt nicht der richtige Zeitpunkt, den Macker raushängen zu lassen, aber Charlie wusste, dass Patrick keine Lust hatte, auf so etwas zurückzugreifen, nicht mal in diesem Augenblick.

»Ringkämpfe, Würgegriffe, sich gegenseitig die Nase blutig schlagen in diesem Hotel, dem … *Normans Woe*?«

»Würgegriffe? Was ist das denn? Hat das was mit Rugby zu tun?«

Verhaltenes Gelächter auf der Geschworenenbank. Ocas brachte es zum Schweigen, indem er mit seinem behaarten Zeigefinger auf Patrick deutete.

»Hatten Sie mit Ihrem Bruder eine tätliche Auseinandersetzung im Hotel, vor den Augen der anderen Gäste, drei Wochen vor dem achten August, dem Tag, an dem er ums Leben kam?«

»Ja. Er hat etwas Unfreundliches gesagt über meine …« Patricks Augen wanderten durch den Saal, bis er Kate oben auf der Galerie gefunden hatte. »… über meine Freundin. Ich hab verlangt, dass er sich entschuldigt. Das wollte er nicht. Ich hatte was getrunken und hab ihm dann einen Schlag verpasst. Hab ihn übrigens verfehlt, und dann endete es damit, dass wir uns einen ziemlich dämlichen Ringkampf lieferten. Es war vor allem peinlich.«

»Sie hatten mit ihm ein Geschäft aufgezogen, das mindestens drei Monate lang lief, soweit wir wissen. Dabei ging es um den Transport von Abalonen, die über die erlaubte Fanggrenze hinaus angelandet wurden.«

»Ich würde es nicht Geschäft nennen. Er hat das alles mit Skip Murchison organisiert. Ich habe ihm nur ein bisschen geholfen, wenn er mich brauchte. Aber das Geld, das er auf die Art verdiente, kam voll und ganz der Familie zugute. Genauso wie das Geld, das wir mit dem Fischfang einnahmen oder mit dem Verkauf von Heu oder ein paar Milchkälbern … wir hielten zusammen, damit wir durchkamen.«

Ocas neigte den Kopf und streckte die Unterlippe vor, um zu signalisieren, dass er diese Darstellung nicht sehr plausibel fand. »Das wäre eine Erklärung«, sagte er nach einer Weile. »Und ich will Ihnen noch eine andere liefern – Sie und Ihr Bruder haben sich im Handel mit illegalen Substanzen betätigt, mit Abalonen und mit Cannabis. Da kann man eine Menge Geld machen und unter solchen Umständen kommt es schon mal zu ernsteren Meinungsverschiedenheiten.«

»Das könnte sein. War aber nicht der Fall. Ich würde auch nicht behaupten, dass es eine Menge Geld eingebracht hat.« Als Charlie das hörte, wusste er, dass Patrick seine Kampfkraft verloren hatte. Aber Ocas fuhr mit seinem Angriff fort.

»Ach kommen Sie, Mr. Lanegan. In diesem Gerichtssaal wurden schon unzählige Geschichten von Leuten verhandelt, die sich über das Drogengeschäft zerstritten haben. Das wissen Sie doch.«

»Ich arbeite nicht hier«, antwortete Patrick ziemlich apathisch. »Das wissen Sie besser als ich.«

»Ich sage Ihnen gern, was ich weiß. Sie und Ihr Bruder Matthew Lanegan waren in Streit geraten wegen eines Geschäfts, dass Sie gemacht hatten, und Sie waren an einem Punkt angelangt, wo Sie etwas dagegen tun mussten.«

»Das ist doch Quatsch.«

»Sie haben Ihr ganzes Leben in seinem Schatten verbracht, im Schatten des großen Bruders, der immer alles besser wusste, der immer alles organisierte und der über Ihren Kopf hinweg entschied ...«

»Wollen Sie etwa, dass ich darauf antworte?«

»Ja, das will ich, Mr. Lanegan.«

»Tja, das ist totaler Quatsch.«

»Irgendein Ereignis löste es dann aus. Er war zu weit gegangen und Sie entschieden, dass es an der Zeit war, etwas zu unternehmen ...«

»Ich weiß nicht, was Sie damit bezwecken, aber nichts davon ist wahr.«

»Sie haben sich eine Waffe besorgt.«

»Hab ich nicht.«

»Sie sind ins Haus der Murchisons eingebrochen, das drei Straßen von Ihrem entfernt liegt, und zwar zu einem unbekannten Zeitpunkt in der ersten Augustwoche ...«

»Nein, bin ich nicht.«

»Sie haben aber eine gewisse Erfahrung mit Einbrüchen, oder?«

»Ich hab das zweimal gemacht, aber das ist lange her.«

»Aber solche Fertigkeiten verlernt man nicht so schnell, hm?«

Der Richter brüllte sofort los, kaum dass die Frage über die Lippen des Basken gekommen war. »Mister Ocas! Halten Sie sich bitte freundlicherweise an die Regeln des Kreuzverhörs. Diese Art der Befragung ist absolut indiskutabel.«

»Tut mir leid, Euer Ehren. Mr. Lanegan, ich behaupte, dass Sie sich in der Zeit vor der fraglichen Nacht mit einer Waffe versehen haben.«

»Ich hatte nie in meinem Leben eine Waffe.«

»Und dass Sie Ihren Bruder auf das Boot gelockt haben, auf die Caravel, meine ich.«

»Ich habe ihn nicht dahin gelockt. Ich habe ihm angeboten, mit ihm rauszufahren, weil ich mir Sorgen um ihn gemacht habe, weil er die Murchisons alleine treffen wollte.«

»Sie lockten ihn aufs Boot, und als Sie erst mal auf hoher See waren, haben Sie Ihren Bruder, entweder geplant oder in einem Streit, mit der Waffe, die Sie sich besorgt hatten, getötet.«

»Das ist ja absoluter Scheiß. Ich hab nie …«

»Achten Sie auf Ihren Umgangston, Mr. Lanegan«, kam die scharfe Zurechtweisung von der Richterbank.

»Es würde uns jedenfalls eine plausible Antwort auf die Frage liefern, wo das ganze Blut geblieben ist, nicht wahr?«

»Das haben Sie sich ausgedacht! Gehen Sie doch hin und untersuchen Sie das Boot! Da ist kein Blut drauf!«

Ein hämisches Grinsen huschte über Ocas Gesicht. »Tja, wir würden es ja untersuchen, aber Sie haben es ja in Brand gesteckt.«

»Hab ich nicht! Das ist ja lächerlich!«

»Sie haben es in Brand gesteckt und dann sind Sie – und das ist die einzige wahrheitsgemäße Stelle in Ihrer Aussage – sind Sie ans Ufer geschwommen und heimlich nach Hause geschlichen, bevor Sie vor der Polizei eine Falschaussage bezüglich Ihres Aufenthaltsorts gemacht haben.«

»Nichts davon ist wahr.«

»Nun, der Teil mit dem Schwimmen ist es schon, wie Sie sagen. Und wir scheinen auch beide der Ansicht zu sein, dass Ihre Aussage falsch war. Sie haben uns bereits erzählt, dass Sie die nassen Kleider versteckt haben. Da kommt eins zum anderen, finden Sie nicht?«

Patrick schien völlig erschöpft zu sein.

»Und wo wir gerade von dem Feuer sprachen, Mr. Lanegan. Gehe ich recht in der Annahme, dass das Hotel in Dauphin im April niedergebrannt ist? Das, äh, ich kann mir den Namen einfach nicht merken, das *Normans Woe*?«

»Ist es.«

»Und dieses Hotel gehörte den Eltern meines Klienten, Mr. und Mrs. Murchison, richtig?«

Delvene und Alan Murchison saßen nebeneinander auf der Besuchergalerie. Beide ganz aufrecht, würdevoll und zutiefst gekränkt.

»Ja, das stimmt.«

»Das Feuer hat das Gebäude vollständig zerstört.«

»Ja, ich glaube, so ist es.«

»Sie wissen, dass es so ist. Sie wissen es. Jetzt steht rein gar nichts mehr auf dem Grundstück, nicht wahr?«

»Nee, nichts ist davon übrig.«

»Ein hundertfünfzig Jahre altes Pub, bis auf die Grundmauern abgebrannt.«

»Ist das eine Frage?«

Einen Moment lang schauten sie einander an. Niemand im Saal regte sich oder sagte etwas. Während die Sekunden verstrichen, fragte Charlie sich, warum Weir nicht Einspruch erhoben hatte. Patrick hatte ja absolut recht – das war überhaupt keine Frage. Schließlich gab er auf und antwortete.

»Ich weiß nicht, wie alt es war. Ziemlich alt.«

»Und das Feuer brach genau in der Woche aus, in der Sie mit Mr. Jardim dort …« Er deutete auf Charlie. »… gesprochen und entschieden hatten, Ihre Aussage zu verändern. Habe ich recht?«

»Weiß ich nicht«, entgegnete Patrick müde. »Es war wohl ungefähr zu dieser Zeit.«

»Na, es ist doch allgemein bekannt, oder?« Ocas schaute nach rechts und links und dann auf seine Notizen, während er fortfuhr. »Dass es Brandstiftung war, meine ich.«

»Stellen Sie eine Frage!«, brüllte Weir, ohne aufzustehen.

Das Gesicht des Richters sprach Bände: Er war ein alter Mann mit wenig Geduld. »Mr. Weir hat recht, Mr. Ocas«, sagte er mit erhobener Stimme. »Wenn Sie dem Zeugen eine Frage stellen wollen, dann tun Sie das. Niemand hier kann etwas mit Ihrer Ausmalung dieser Szene anfangen.«

Wieder zeigte Ocas so etwas wie Reue und hob entschuldigend eine Hand. »Mr. Lanegan, ich werfe Ihnen vor, dass Sie dieses Feuer gelegt haben.«

Patrick verdrehte die Augen, hob die Hände und ließ sie wieder fallen.

»Ich hab das Feuer nicht gelegt. Ich habe meinen eigenen Bruder nicht erschossen. Ich habe … Scheiße, was denn noch alles?«

Der Richter ließ ihm das unflätige Wort durchgehen. *Scheiße* schien in diesem Zusammenhang angebracht. Es zu entfernen, wäre beinahe unhöflich gewesen.

»Es ist Teil einer Kampagne gegen diese Leute, nicht wahr, Mr. Lanegan? Nicht nur haben Sie sie für Ihre eigenen Missetaten verantwortlich gemacht, nicht nur sitzt ihr Sohn in Untersuchungshaft aufgrund Ihrer Anschuldigungen …«

»Mann, ich hab ihr Pub nicht angezündet. Das hab ich Ihnen doch schon gesagt.«

»Sie haben uns auch viele andere Dinge gesagt, Mr. Lanegan. Aber ich möchte darauf hinweisen, dass Sie uns bislang noch nicht die Wahrheit gesagt haben.«

»Das ist Ihre Meinung. Jeder hat das Recht auf seine Meinung.«

Ocas macht eine lange Pause und blätterte viele Seiten in seinem Notizblock durch und legte sie beiseite, nachdem er sie studiert hatte, als wäre er von jedem einzelnen Zettel enttäuscht, so wie er von der Aussage dieses jungen Mannes enttäuscht war.

»Sie hatten ein Motiv, Ihren Bruder zu töten, das möchte ich noch erwähnen, und Sie hatten die Gelegenheit dazu. Nach Ihren eigenen Angaben hatten Sie sich zusammen mit Ihrem Bruder im Drogenhandel betätigt, einem unmoralischen Geschäft. Und Sie waren mit ihm in dieser Nacht allein auf der *Caravel.* Ich denke mir doch jetzt nichts aus, oder?«

»Nein, tun Sie nicht. Das ist alles wahr, aber ich bin nicht der Ansicht, dass es Drogenhandel war.«

»Okay, dann will ich es anders ausdrücken. Sie haben größere Mengen von Cannabis nach Melbourne transportiert an einen bestimmten Ort, den Sie uns bis jetzt noch nicht verraten haben. Wie würden *Sie* das bezeichnen, Mr. Lanegan?«

Wieder fiel Patrick keine Antwort ein.

»Dann mach ich mal weiter. Ihre Handlungen nach dem Ereignis deuten auf ein Schuldbewusstsein hin: Die weggeworfene Waffe, die versteckten Kleider, die Falschaussage … und ich lasse mal die großen Lücken in Ihren Ausführungen hier vor Gericht außen vor. Mr. Lanegan, ich werfe Ihnen noch einmal vor, dass Sie und nicht mein Klient, Ihren Bruder erschossen haben.«

»Ich hab's Ihnen doch immer wieder gesagt. Ich war's nicht. Es gibt Dinge, die sind schwer zu erklären, und manche Punkte sprechen gegen mich, das stimmt, aber ich hab es nicht getan.«

»Nicht nur war kein Blut an Deck der *Open Quest* zu finden, an der Stelle, die Sie bezeichnet haben, ich muss Ihnen darüber hinaus entgegenhalten – und Mr. Weir wird bestimmt sofort aufspringen, wenn ich etwas Falsches sage –, dass es auch nicht den kleinsten wissenschaftlichen Beweis dafür gibt, dass Sie oder Ihr Bruder überhaupt in dieser Nacht an Bord des Boots der Murchisons gewesen sind.«

»Dazu kann ich jetzt nichts sagen, oder …?«

»Keine Fingerabdrücke, keine Blutflecke, keine Fußspuren, nichts. Kein Haar von Ihrem oder seinem Kopf. Und zwar deshalb, weil Sie nicht da waren.«

Ocas warf Patrick einen finsteren Blick zu, nachdem er sich weit über die Brüstung gelehnt und seine Hände auf das blank polierte Holz gestemmt hatte. Patrick saß mit hängenden Schultern da und wirkte vollständig besiegt. Wieder schien er nach den richtigen Worten zu suchen. Er stotterte etwas Unverständliches, gab auf und zuckte nur mit den Schultern.

Ocas warf seine Robe zurück, schob seinen Stuhl ans Pult und setzte sich.

Ein Raunen ging durch den Saal und ebbte langsam ab. Der Richter hörte auf zu schreiben und wandte sich an McVean, der sich während des Kreuzverhörs die Finger wundgeschrieben hatte.

»Mr. Rhodes, Sie wären dann an der Reihe?«

Franz Rhodes blieb demonstrativ sitzen. Er schaute zu Patrick, der zitternd und blass dastand, drehte sich zum Basken um, der zufrieden seine Papiere ordnete und sie mit Gummibändern zusammenband. Dann schenkte er dem Richter ein freundliches Lächeln.

»Euer Ehren, ich habe keine Fragen an den Zeugen.«

Weir war aufgestanden, und die zwölf Geschworenen starrten ihn an mit den skeptischen Blicken von Kindern, die den Auftritt eines Zauberers verfolgen. Charlie beugte sich vor und wäre am liebsten in seiner Robe versunken. Er schaute auf das geöffnete Notebook, das vor ihm stand, und ließ seinen Stift abwesend über den Schreibblock kreisen, als wollte er sich Notizen machen. Weir musste erst mal das Fundament für seine Anklage legen, bevor er mit seiner Show beginnen konnte. Charlie hatte ihn immer für einen verkappten Verteidiger gehalten, weil ihm die Zielstrebigkeit fehlte, die ein Staatsanwalt eigentlich benötigte, und er sich eher in endlosen Anspielungen oder rhetorischen Selbstgesprächen verlor. Er hatte den Entwurf für das Schlussplädoyer gelesen und konnte sich nicht vorstellen, dass sich Harlan tatsächlich an sein Skript halten würde.

Charlie ließ seinen Blick durch den Saal schweifen und blendete Weirs Stimme aus, die langsam ihren Rhythmus fand. Zwölf Geschworene, ein Richter, ein Beisitzer und ein Gerichtsdiener. Eine Stenographin, ein Reporter von einem kommerziellen Fernsehsender und zwei von den Printmedien. Ein, zwei, drei, neun interessierte Zuhörer auf der Zuschauergalerie. Zwei Angeklagte, die weiter hinten saßen, mit zwei Polizisten, die sie bewachten. Drei Rechtsanwälte an den gegenüberliegenden Tischen, vier Vertreter der Staatsanwaltschaft auf dieser Seite. Alles in allem befanden sich neununddreißig Personen im Raum, zwölf davon weiblich. Neununddreißig in Stoff gehüllte Primaten. Neununddreißig Affen, die auf ihren Plätzen saßen, zuhörten und peinlich genau darauf achteten, dass zwischen ihnen genug Platz war, damit sie einander nicht berührten. Unter dem Stoff schlugen die Herzen dieser Affen und maßen die Zeit, die ihnen noch blieb, bis sie sterben würden. Charlie musste lächeln, als er darüber nachdachte, dass einige dieser Affen die ihnen verbliebene Zeit erfolgreich für Geld an andere Affen verkauften, eine Übung, die genauso künstlich war wie alles andere. Was hielt sie nur davon ab, sich wieder wie in vergangen Zeiten zu benehmen, über die Bänke und Balustraden zu hüpfen und dabei zu kreischen und mit den Armen zu fuchteln? Er warf einen verstohlenen Blick auf Patricks Freundin Kate, die ruhig und melancholisch auf der Galerie saß. Sie übertraf die anderen Affen um einiges.

Weir bereitete seine Argumentation vor, wie es die Situation erforderte.

»... um zu beweisen, dass die Angeklagten sich dem Verbrechen des Mordes schuldig gemacht haben, ist es wichtig sich vor Augen zu führen, auf welcher Grundlage ein derartiges Verbrechen beurteilt wird.

Das Gesetz stellt folgende notwendige Bedingungen, die ohne begründbaren Zweifel erfüllt sein müssen. Erstens natürlich, dass Matthew Lanegan getötet wurde. Zweitens, dass sein Tod durch eine oder mehrere Handlungen der Beschuldigten verursacht wurde ...« Harlan deutete vage zu ihnen hin, ohne sie dabei anzusehen.

»Diese Handlungen muss einer der Angeklagten ausgeführt haben und sie müssen zum Tod des Opfers geführt haben. Wenn der andere sein Komplize gewesen ist, dann sind sie beide für diesen Mord verantwortlich, egal, wer von ihnen die Tat letztendlich ausgeführt hat. Bevor Sie die beiden Beschuldigten für den Mord zur Verantwortung ziehen dürfen, müssen Sie sich sicher sein, dass beide Männer diese Tat gemeinsam begangen haben, ganz gleich, wer den tödlichen Schuss auf Matthew Lanegan abgefeuert hat.

Drittens ... drittens ... dass die Tat oder die Taten, die den Tod von Matthew Lanegan verursacht haben, bei vollem Bewusstsein, aus eigenem Antrieb und vorsätzlich durchgeführt wurden.« Harlan hielt inne und schaute auf etwas, das vor ihm auf dem Tisch lag. Es dauerte so lange, dass sogar Charlie, der seine Masche kannte, sich dabei ertappte, gespannt aufzusehen. Der alte Fuchs zählte ganz leise vor sich hin.

»Bei vollem Bewusstsein.«

Er drehte sich um und ließ seinen Blick über die Reihen der Zuhörer schweifen, als würde er jemanden suchen, der das ebenso wichtig nahm wie er.

»Aus eigenem Antrieb.«

Er behielt sie alle im Auge.

»Vorsätzlich.«

Offenbar war er zufrieden und konnte fortfahren.

»Nehmen wir also an, Sie sind davon überzeugt. Was kommt dann, meine Damen und Herren? Dann müssen Sie sich versichern, dass die Beschuldigten, oder einer von ihnen, die Tat oder die Taten, die Matthew Lanegans Tod verursachten, mit der Absicht, ihn zu töten durchgeführt hat oder … » Er hob wieder schulmeisterlich den Zeigefinger. »… oder mit der Absicht, ihm sehr ernsten körperlichen Schaden zuzufügen.«

»Zu guter Letzt, meine Damen und Herren – und das wird Sie nicht mehr so sehr quälen, wenn Sie erst einmal so weit gekommen sind –, zu guter Letzt müssen Sie davon überzeugt sein, dass das Töten von Matthew Lanegan nicht durch irgendwelche gesetzlichen Vorschriften zu begründen ist.«

Wieder wurde es ganz still im Saal. Charlie schaute zu Kate hinüber, die so etwas wie selbstbewussten Trotz ausstrahlte. Woher zum Teufel kam das? Sie saß eine Reihe vor diesen verdammten Murchisons.

»So legt es das Gesetz fest, liebe Freunde.« Charlie zuckte innerlich zusammen angesichts dieser intimen Formulierung. »Und nun zu den Beweisen …«

Charlie wusste, was jetzt kam und konnte nicht anders, als dem Geschehen mit Bewunderung zu folgen. Harlan griff nach unten neben sein Pult und förderte ein Gewehr zutage. Er hielt es demonstrativ in die Höhe, eine Hand um den Holzschaft nahe dem Abzug gelegt. Und schon beherrschte die Waffe den Raum. Seit Charlie das unheilvolle Gerät zum ersten Mal gesehen hatte, war er davon überzeugt, dass das aufmontierte Teleskop der Schlüssel zum Erfolg war. Es verlieh der Waffe einen besonders grausamen Zug, etwas Bösartiges und Absichtsvolles. Harlan wandte sich stirnrunzelnd an den Gerichtsdiener.

»Gerichtsdiener, ist die Identität dieser Waffe geprüft worden?« Nachdem er ein kaum wahrnehmbares, zustimmendes Nicken erhalten hatte, ließ Harlan seine andere Hand aus dem Ärmel der Robe rutschen und umfasste den Metallknauf am Ende des Verschlusshebels.

»Meine Damen und Herren, es gibt wenige Handlungen, die man noch bewusster und vorsätzlicher durchführen kann, als das Betätigen eines Zylinderverschlusses bei einem Gewehr.« Er setzte eine ernste Miene auf und betätigte den Verschluss. Ruckzuck. Der Lauf der Waffe schimmerte auf. »Das kann man nicht versehentlich durchführen, nicht wahr?«

Er legte die Waffe auf das Pult und Charlie sah zu, wie die Mündung direkt vor seinem Notizblock zur Ruhe kam. Das laute Geräusch beim Ablegen der Waffe war auch einer von Harlans Tricks. Warum sollte man so ein Gerät leise ablegen und auf einen theatralischen Effekt verzichten? Er schaute auf das leere Auge des Gewehrs und die Kringel auf seinem Notizblock. Er könnte jetzt das Gewehr nehmen, sich auf seinen Stuhl stellen, Harlan damit einen Stoß ins Gesicht verpassen, damit er in einem Haufen herumwirbelnder schwarzer Seide zurücktaumelt, und die bleichen Geschworenen mit der Remington ins Visier nehmen und genüsslich zusehen, wie sie sich schreiend und um ihr Leben bettelnd zu Boden warfen, obwohl das Gewehr ganz offensichtlich nicht geladen war. Es wäre wie ein Amoklauf in einer Schule, nur dass er sich am Schluss nicht selbst umbringen müsste. Sie würden ihm dafür sechs oder vielleicht auch zwölf Monate aufbrummen, und die Geschworenen wären für den Rest ihres Lebens von der Jury-Arbeit befreit. Harlan würde am nachfolgenden Montag wieder zur Arbeit erscheinen, als wäre nichts geschehen. Charlie hätte damit Harlans in dreißig Jahren aufgebaute Reputation in drei oder vier Minuten in den Schatten gestellt.

Er fragte sich, ob noch jemand im Saal solche Gedanken hegte.

»Sie wissen, dass die Angeklagten in dieser Nacht dort draußen waren, auf ihrem Boot, der *Open Quest*. Sie wissen das, weil jeder von Ihnen seine elektronische Schüsselkarte benutzte, um die Tür zum Fischereihafen zu öffnen, der vom öffentlichen Hafen abgetrennt ist. Zeugen haben Ihnen berichtet, dass sie sahen, wie der Kutter – den sie Trawler nannten, was aber ein typisches Touristenmissverständnis ist – die Flussmündung verließ. Ein Zeuge hat Ihnen darüber hinaus mitgeteilt, dass er einen Mann, der Mr. McVean ähnelte, auf dem Deck herumlaufen sah. Mr. Murchison ist nicht so weit gegangen, bei seinem Verhör durch die Polizei zuzugeben, dass er auf See war, aber Sie erinnern sich daran, wie der Polizist ihn in seiner Befragung genau zu diesem Punkt hinführte, bevor Mr. Murchison plötzlich einen Anfall von Übelkeit bekam und darum bat, die Befragung zu beenden. Sie dürfen hierbei in Betracht ziehen, dass die Bitte um eine Beendigung des Verhörs ein Hinweis auf sein Schuldbewusstsein sein könnte …«

Zwei Tage lang hatte es vor der Verhandlung eine Diskussion über den Begriff des »Schuldbewusstseins« gegeben. Nur damit Weir diese beiläufige Bemerkung über den Abbruch des Verhörs machen konnte. Was für eigenartige Wege man doch beschritt. Die Geschworenen blickten verwirrt drein, und Charlie konnte ihr Erstaunen durchaus nachvollziehen.

»Machen Sie sich vorerst nicht zu viele Gedanken über diesen Begriff. Er wird Ihnen noch vom Vorsitzenden Richter erklärt. Aber lassen Sie mich von der Annahme ausgehen, dass Sie der Überzeugung sind, dass diese beiden Männer in jener Nacht auf See waren. Auf ihrem Boot. Mit ihrem Gewehr …«

Die rhythmische Aufzählung wurde unterbrochen von einem lauten Seufzen auf der Zuschauergalerie. Delvene Murchison, die bislang mit einem Ausdruck peinvoller Geduld dagesessen hatte, schüttelte nun den Kopf über das, was Weir hier behauptete. Den Bruchteil einer Sekunde trafen sich ihre Blicke, und sie funkelte ihn zornig an. Der Richter schaute genau zu, bereit, sofort einzuschreiten. Als sie erkannte, dass alle im Raum zu ihr schauten, senkte sie den Kopf.

Charlie schaltete ab. Weir würde nun einige Stunden lang die Beweislage referieren und alles bis ins letzte Detail genau beschreiben, gespickt mit Anspielungen und allzu offensichtlichen Vergleichen. Charlie dachte wieder an das Riff und an die unendliche blaue Tiefe, über der er geschwommen war, und die Fische, die unter ihm ihre Kreise gezogen hatten. Mit nur wenig mentaler Anstrengung konnte er sich in sie hineinversetzen und sich selbst aus ihrem Blickwinkel betrachten, dort oben am Himmel im hellen Licht der Wasseroberfläche, in Form eines treibenden Kreuzes. Diese Kreaturen, deren Existenz nichts mit seiner eigenen zu tun hatte, die einfach nur selbstzufrieden durch unsichtbare Schluchten glitten, inmitten einer gigantischen Wassermasse. Der hypnotische Klang der Luftblasen um ihn herum. Ohne das Gefühl der Angst, das ihn an diesem Tag gepackt hatte, konnte er nun genauer zuhören und vernahm klimpernde, gläserne, fast metallische Töne, die mal lauter mal leiser zu hören waren, je nach Entfernung. Das Licht da unten war grandios gewesen, hatte alles in einen sanften Glanz gehüllt, war in schrägen Streifen nach unten in die Tiefe gefallen, hatte hier einen Felsen, dort eine Sandfläche erleuchtet. Ab und zu schwamm ein Fisch durch diese Streifen und blitzte chromhell auf.

»Sie haben während der Beweisaufnahme gehört, dass die *Open Quest* ein sehr leistungsstarkes GPS an Bord hatte. Und sie haben gehört, dass dieses GPS dringend ausgetauscht werden musste, am Tag nach dem Fund von Mr. Lanegans Leiche. Warum das, meine Damen und Herren? Warum so plötzlich? Warum wurde das Gerät von Toby Murchison ausgebaut? Sie wissen warum. Die Polizisten, die den Schuppen der Murchisons durchsuchten, haben es ihnen erklärt: Das GPS, das sie in einem Mülleimer im Schuppen fanden, hatte eine sogenannte Wegpunktliste. Eine Aufzeichnung, die in der Nacht des Mordes gemacht wurde. Und nun erinnern Sie sich bitte noch einmal an die Aussage von Mr. Lanegan, an das, was er uns im Zusammenhang mit seinem verstorbenen Bruder schilderte. Ich muss mich kurz an den Wortlaut erinnern … ›Ich glaube, er machte sich kurz am GPS zu schaffen.‹ Verstehen Sie, was ich meine? Der Wegpunkt wurde genau an der Stelle eingegeben, die Patrick Lanegan das Krebsloch nannte, und zwar genau zweiundzwanzig Minuten bevor Zeugen draußen auf dem Meer einen Brand bemerkten. Es ist also logisch, daraus zu schließen – Sie müssen wirklich kein professioneller Fischer sein, um das zu tun –, dass Matthew Lanegan das Gefühl hatte, dass etwas auf diesem Boot nicht in Ordnung war, weshalb er vorsichtshalber den Wegpunkt setzte …«

Charlie dachte an Dauphin zurück, an den Tag, als ein Gewitter losgebrochen war und den Himmel in lebhaftes Purpurrot und das Meer in leuchtendes Grün getaucht hatte. Der weiße Schaum der Brandung hatte sich vor dem Hintergrund der hereinbrechenden Dunkelheit intensiviert, es war ein wunderbarer Anblick gewesen. Die Luft selbst war ihm wie elektrisch aufgeladen erschienen. Nachdem er auf die Düne hinter dem Haus gestiegen war, hatte er gehört, wie sich von Westen her ein lautes Tosen näherte, als würde eine riesige Welle die ganze Stadt verschlingen. Das Tosen war immer lauter geworden und immer näher gekommen. Und dann hatte er die Ursache bemerkt: ein Hagelsturm peitschte über die Blechdächer, hatte aber noch nicht die Stelle erreicht, wo er inmitten der elektrisch aufgeladenen Atmosphäre stand.

Während der Hagelsturm schon auf die Häuser im Westen der Stadt hämmerte, hatte er noch im Trockenen gestanden, jedoch nicht lange. Wenige Augenblicke später hatte der Sturm dann auch ihn überfallen, und die harten Eiskügelchen waren auf seinen Kopf und seine Hände geprasselt. Als das laute Tosen des Sturms über ihn hereinbrach, hatte es sich angefühlt, als würde die Welt sich unter diesem brutalen Angriff wegducken. Er war ins Haus zurückgerannt, noch immer überwältigt von dem Moment, als die eisige Kälte ihn traf und der Hagelsturm ihn erreicht hatte, der eben noch zwei Straßen entfernt getobt hatte. Er erinnerte sich noch genau, wie die Sturmfront über ihn hinweggezogen war. Damals war er zu gebannt gewesen, um sich Gedanken über die Folgen des Sturms machen zu können. Erst jetzt, im Rückblick, spürte er so etwas wie Sorge um die kleinen Häuser mit ihren Blechdächern, die dem brüllenden Sturm stoisch widerstanden hatten.

Weir hatte jetzt seinen Rhythmus gefunden, die schwarze Robe wogte, während er sprach. Er schaute immer weniger auf seine Notizen, seine Rede entwickelte sich beinahe wie von selbst, und gelegentlich auftretende Lücken füllte er mit eloquenten Formulierungen, an denen es ihm dank seiner langen Berufserfahrung nicht mangelte.

»Und dann war da noch der Suchscheinwerfer, meine Damen und Herren. Der hat eine ähnliche Bedeutung wie das GPS, denn Sie können sich vorstellen, dass die beiden, nachdem Patrick Lanegan verschwunden war, alle Spuren beseitigen mussten, die seine Darstellung des Geschehens bestätigt hätten. Sie mussten annehmen, dass Patrick sich klüger verhalten würde, als er es dann tatsächlich tat. Sie mussten befürchten, dass er der Polizei erzählen würde, was er gesehen hatte. Deshalb musste mit dem GPS auch der Suchscheinwerfer verschwinden. Wie Sie aus dem Mund von Patrick Lanegan gehört haben, haben sie ihn im Wasser gejagt – im wahrsten Sinne des Wortes! – nachdem die Schüsse an Bord gefallen waren und bevor das Feuer ausbrach. Es gibt auch eine Person in der Gruppe der Augenzeugen, die den Brand gesehen haben, die das bestätigt.« Er blätterte durch das vor ihm liegende Ringbuch. »Pederson. Marjorie Pederson. Sie sah die Scheinwerferlichter, bevor das Feuer in der Nähe des Riffs ausbrach. Das, meine Damen und Herren, war entweder Mr. McVean oder Mr. Murchison, der mit dem Suchscheinwerfer Patrick Lanegan im Wasser jagte. Stellen Sie sich mal diese wahnsinnige Angst vor. Es ist dunkel, Sie schwimmen mitten im Ozean, es ist August, so ähnlich wie jetzt …« Er warf einen Blick zum Fenster. »… also sehr kalt. Sie haben mitangesehen, wie zwei Männer Ihren Bruder erschossen haben, und nun sind diese Männer wild entschlossen, auch Sie zu erledigen. Der einzige Ort, wo Sie sich verstecken können, ist das tiefschwarze Wasser. Aber es gibt einen Scheinwerfer. Dieser Scheinwerfer, meine Damen und Herren, ist wirklich ein grauenhafter Albtraum.

Wir legen Ihnen also nahe, dass Mr. McVean sich entschloss, den Scheinwerfer zu beseitigen, weil er ahnte, welche Rolle dieser im Zusammenhang mit der Aussage von Patrick Lanegan spielen würde. Und wie schon das GPS im Schuppen von Murchison auftauchte, wurde auch der Scheinwerfer nicht weit entfernt von seiner Wohnung auf dem Dachboden des Hauses seiner Mutter gefunden. Was für ein merkwürdiger Aufbewahrungsort für einen Bootsscheinwerfer – stell dein Licht nicht unter den Scheffel, pack es auf den Dachboden! Sie sollten diesen Fund und auch den Angriff von Mr. McVean auf den Polizeibeamten, der die Suche durchführte, als Tatsachen berücksichtigen, die für das Schuldbewusstsein von Mr. McVean sprechen. Würde ein Unschuldiger so auf eine Durchsuchung reagieren? Würde ein Unschuldiger einen Scheinwerfer an diesem Ort aufbewahren? Sie kennen die Antwort auf diese Fragen, meine Damen und Herren.«

Charlie verlor sich erneut in seinen Gedanken. Jetzt sah er den langgestreckten Strand im Westen vor sich, wo die parallel zur Küste verlaufende Strömung ihr Strandgut ablud, wie Les ihm erzählt hatte. Als er dort, wo die Wellen bei hoher Flut ankamen, durch die dicke Schicht des angeschwemmten Abfalls gestapft war, hatte er verstanden, warum Les die Einsamkeit dieses Ortes so beschworen hatte. Menschen waren dort nicht willkommen, auch wenn es jede Menge Hinweise auf menschliches Leben gab – Flaschen, abgerissene Taue, Treibgut und Plastiktüten. Jeder Stein hinterließ im nassen Sand ein Muster, wenn das Wasser sich zurückzog und die Wellen sich um ihn kräuselten. Auf einem vertrockneten Haufen Tang lag der vertrocknete Leib eines Kofferfischs, dem die Augen fehlten. Weiter unten am Wasser versuchte ein Austernfischer, zwischen zwei heranrollenden Wellen Würmer aus dem nassen Sand zu ziehen. Auf dem Trockenen lag eine Holzplanke, glatt und abgerundet, gebleicht vom Ozean und übersät von Seepocken, die sich noch verzweifelt wanden und ihren Wirt jetzt nur zu gerne verlassen hätten.

Und mitten in der Düne, direkt unterhalb der Linie, wo der

Seehafer wuchs, hatte er etwas entdeckt, ein rundes graues Ding, das aus dem trockenen Sand geragt hatte. Charlie war über den Strand darauf zugegangen und hatte festgestellt, dass es ein Knochen war, ein Stück von etwas wesentlich Größerem, das unter dem Sand vergraben war. Er war auf den schmalen Rand der Düne geklettert und dort oben stehengeblieben. Unter seinem Gewicht gab sie nach, und als der Sand links neben ihm wegbrach, kam ein langes Rippenstück zum Vorschein. Es rollte die Düne hinunter und blieb unten liegen. Charlie hatte es eine ganze Weile angeschaut, das Ausmaß der Vergänglichkeit gespürt und den Eindruck gewonnen, dass die ganze Düne eine Art Beinhaus für vergessene Monster war.

Ein riesiges Tier war hier vor langer Zeit gestorben. War verrottet und vertrocknet. Sein Skelett war zusammengebrochen und hatte nur noch verstreut herumliegende Knochen hinterlassen, nachdem sich Ratten, Krebse, Maden und Möwen über das Fleisch hergemacht hatten. Im Laufe der Jahre hatte die Düne sich verändert, hatte mal etwas verborgen, mal etwas enthüllt, hatte sich vergrößert, war wieder kleiner geworden und hatte ihm diesen Knochen präsentiert, Zeugnis einer verschütteten Stadt aus langen Knochen, Schädelteilen und Wirbeln, die viele Jahre still im Verborgenen unter diesem mächtigen Sandhaufen gelegen hatte.

Weir hielt wieder die Remington in den Händen.

»Dann wäre da noch dieses Gewehr als Beweisstück. Ein verdammt eindeutiges Beweisstück, könnte man sagen. Sie wissen, dass Mr. Lanegan mit einem Remington-Repetiergewehr Kaliber .308 erschossen wurde. Das Projektil wurde in der Leiche von Mr. Lanegan gefunden. Die Waffe wiederum wurde aus dem Riff geborgen, an einer Stelle, die sich auf direkter Linie von der Wegmarke auf dem GPS und der Hafeneinfahrt befindet. Die Spuren am Projektil, die beim Abschuss im Gewehrlauf entstehen – Sie erinnern sich, dass der Ballistik-Experte der Polizei Ihnen diese Vorgänge beschrieben hat, und dass die Spuren bei jeder Waffe einzigartig sind wie ein Fingerabdruck beim Menschen –, diese Spuren passen perfekt zu denen, die von der Polizei auf der zu Testzwecken mit der gefundenen Waffe abgefeuerten Kugel festgestellt wurden. Aus diesem Gewehr, das auf den Namen von Toby Murchison registriert ist, wurde die Kugel abgefeuert, die in Mr. Lanegans Kopf gefunden wurde, das ist wissenschaftlich erwiesen.« Diesen Satz ließ er eine Weile so stehen. »Dieses Gewehr konnte auf dem Grundstück der Murchisons zu dem Zeitpunkt der polizeilichen Durchsuchung nicht aufgefunden werden.

Es war nicht da, meine Damen und Herren. Sie haben gehört, was der Beamte, der mit der Durchsuchung beauftragt war, Ihnen mitteilte. Als er Mr. Murchison nach dem Verbleib der Waffe fragte, die nach dem Gesetz über Feuerwaffen in einem verschlossenen Schrank aufbewahrt werden muss, gab dieser verschiedene widersprüchliche Antworten: ›Ich hab es schon seit Jahren nicht mehr gesehen.‹, ›Ich glaube Dad hat es.‹, und mein Lieblingssatz: ›Oh, das! Ich glaube, das haben wir verkauft.‹

Dabei lag es auf dem Grund des Meeres, ungefähr hundert Meter entfernt von der Stelle, wo dieser Mann«, er deutete auf Murchison, der auf der Anklagebank saß, »dieser Mann Matthew Lanegan erschossen hat. Während des Kreuzverhörs wurde der Verdacht geäußert – wofür ich Mr. Ocas nicht kritisieren möchte, er macht seine Arbeit ja schließlich aufgrund der Instruktionen seines Klienten –, es wurde also der Verdacht formuliert, dass die Waffe irgendwie in die Hände von Patrick Lanegan gelangt sei, dieser den tödlichen Schuss abgegeben und die Waffe anschließend im Riff entsorgt habe. Diese Theorie, so meine ich, ist ungefähr so fantastisch wie manche Verschwörungstheorien um den Mord an JFK, die Leugnung der Mondlandung oder die angeblichen Hintergründe von 9/11. Davon sollten Sie sich nicht in die Irre führen lassen, meine Damen und Herren Geschworenen, denn es ist völlig absurd.«

Weir hatte an diesem Morgen etwas Eigenartiges gesagt, als er mit Charlie im leeren Gerichtssaal saß, um mit ihm das Schlussplädoyer zu besprechen. Charlie hatte eine Hand auf die abgenutzte Eichenholzplatte des Pults gelegt und die Finger über die Dellen und Rillen gleiten lassen, als Weir plötzlich das Schweigen brach.

»Und, haben Sie Les gemocht?«

Charlie schaute ihn begriffsstutzig an.

»Les. Den Barmann vom *Normans Woe.*« Weir grinste breit und drehte seine Lesebrille in der Hand.

»Woher zum Teufel kennen Sie Les? Sie haben mir doch gesagt, Sie seien nie in Dauphin gewesen.«

»Bin ich auch nicht. Ich hab mal eine Saison lang Football in der Landesliga zusammen mit Les Reynolds gespielt, in Daylesford. Während meiner Uni-Zeit. Bin einmal die Woche zum Training hingefahren und einmal pro Woche zum Spiel. Irgendwann war dann Schluss. Wir kamen in die Vorrunde fürs Finale und sind zusammen Bier trinken gegangen. Ich hab Les nach Hause gefahren und bin am Steuer eingeschlafen, im Fahren. Ich kam mit einem gebrochenen Schlüsselbein davon, aber er hätte beinahe sein Bein verloren. Er hat nie mehr gespielt. Hat auch nie ein Wort darüber verloren. Er blieb auch in den folgenden Jahre ein guter Freund, auch wenn wir uns nicht mehr so oft sehen wie früher. Les ist ein guter Kerl. Und sehr intelligent. Hatte nur nie die Chance, was draus zu machen.«

»Weiß er davon? Ich meine, weiß er, dass Sie mit mir diesen

Prozess führen?« Charlie wäre es lieber gewesen, wenn es sich hierbei um einen Zufall gehandelt hätte, denn der Verdacht, Weir könnte alles arrangiert haben, behagte ihm gar nicht.

»Was denken Sie?«

Bevor Charlie antworten konnte, trat der Gerichtsdiener ein und machte sich an den Mikrophonen zu schaffen. Er warf Weir einen missbilligenden Blick zu, weil der seine auf Hochglanz polierten Oxford-Schuhe aufs Pult gelegt hatte.

»Keiner der Angeklagten hat eine Aussage gemacht, was selbstverständlich ihr gutes Recht ist. Sie haben das Recht zu schweigen und sie haben sich dazu entschieden, es wahrzunehmen. Sie lehnten es ab, vor Ihnen hier im Gerichtssaal auszusagen wie auch der Polizei gegenüber Angaben zu machen. Das bedeutet, dass Sie aus den Fragen, die ihr Anwalt Mr. Ocas den Zeugen der Anklage gestellt hat, schließen müssen, was sie zu ihrer Verteidigung zu sagen haben. Und daraus können Sie, meine Damen und Herren, den Schluss ziehen, dass die Angeklagten den Bruder des Verstorbenen, Patrick Lanegan, für dessen Tod verantwortlich machen.

Nun ist es eine wenig bekannte Tatsache in Strafverfahren, die durch das amerikanische Fernsehen allerdings verzerrt wurde, dass die Staatsanwaltschaft nicht nur Zeugen präsentiert, die die Beschuldigten belasten. Wir tragen auch die Verantwortung dafür, Personen aufzurufen, deren Schilderungen nicht eindeutig ins Bild passen, also nicht unbedingt die Schuld der Angeklagten belegen, sondern diese womöglich sogar entlasten. Ihre Aufgabe ist nun, festzustellen, welche dieser Kategorien am besten auf Patrick Lanegan zutrifft. Hat er einfach nur versucht, etwas zu verschleiern, indem er zwei verschiedene Versionen des Geschehens lieferte? Entlastet er die Angeklagten, spricht er sie frei von der strafrechtlichen Verantwortung für diesen Tod, indem er Zweifel säht?

Belastet er sich selbst? Mr. Ocas wird zweifellos versuchen, Sie zu diesem Schluss zu verleiten, wenn er gleich zu Wort kommt.

Ich erlaube mir, Ihnen eine andere Einschätzung seiner vorgetragenen Beweise zu geben. Patrick Lanegan kam her und hat Ihnen die Wahrheit gesagt – auch wenn das sehr spät war. Aber Strafprozesse sind keine wissenschaftlichen Angelegenheiten, sie stehen unter dem Einfluss verschiedenster menschlicher Schwächen. Der Mensch verhält sich eigenartig, wenn er unter Druck steht, und Mr. Lanegan, das steht zweifelsfrei fest, stand unter enormem Druck. Seine erste Version des Geschehens – seine Aussage vor der Polizei wurde Ihnen vorgetragen – war, dass er von einer Fahrt nach Melbourne nach Hause zurückkam, während sein Bruder unterwegs war, um Murchison und McVean zu treffen. Ein vernünftiger Mensch würde nun fragen: warum? Warum lässt er ihn allein aufbrechen, um mit diesen Leute zu reden, wo doch klar war, dass es Ärger geben würde? Von der Familie Lanegan wissen wir, dass sie einen schwierigen Hintergrund hat, weil beide Elternteile verstorben sind, die Fischerei nicht genug abwirft, und sie unter chronischem Geldmangel leiden. Wenn man alle diese Faktoren einbezieht, klingt es dann plausibel, dass Patrick seinen Bruder allein losfahren lässt, um etwas zu klären, wie er im Polizeiverhör sagte? Das wage ich zu bezweifeln. Es steht eindeutig fest, dass sich zwei Männer an Bord der *Open Quest* befunden haben, nämlich McVean und Murchison. Und Patrick Lanegan, das gebe ich Ihnen zu bedenken, war sich bewusst, dass dies der Fall sein könnte, und wollte seinen Bruder im Fall von auftretenden Schwierigkeiten unterstützen.

Warum also diese Kehrtwende? Weil, wie Mr. Ocas Sie glauben machen will, er selbst dieses Verbrechen verübt hat? Dafür gibt es aber kein Motiv. Es gibt viel mehr eine lange Geschichte von gegenseitiger Loyalität zwischen den Brüdern, obwohl sie, wie es in diesem Prozess dargestellt wurde, gelegentlich handfeste Meinungsverschiedenheiten hatten. Meine Damen und Herren, Sie mögen dies vielleicht für eine abfällige Bemerkung halten, aber in einer Stadt wie dieser werden Dinge anders gehandhabt. Sie haben während dieser Verhandlung einige Beispiele dafür geliefert bekommen. Leute wie die Lanegans tragen ihre Differenzen nicht bei einem Glas Prosecco beim Italiener an der Ecke aus.«

Weir ließ das aufgekommene Gelächter abklingen, bevor er weitermachte.

»Prügeleien zwischen Brüdern in einer Kleinstadt auf dem Land machen noch lange keinen Mörder. Meinungsverschiedenheiten über Drogen und illegalen Handel mit Meeresfrüchten, bei denen es um Zehntausende Dollar geht, schon eher. Welche anderen Motive könnte Mr. Lanegan haben, dieses Verbrechen zu verüben? Eifersucht? Wegen was? Rivalitäten um den Familienbesitz? Um Himmels willen! Ihre wirtschaftlichen Verhältnisse sind katastrophal!

Dann wäre noch zu fragen, wie er in den Besitz des Gewehrs der Murchisons gekommen sein soll. Dafür gibt es nicht den kleinsten Beweis, aber lassen wir mal die harten Fakten beiseite und wenden uns spaßeshalber dieser Verschwörungstheorie zu. Selbst wenn wir ihm ein Motiv unterstellen und davon ausgehen, dass er Zugang zu der Waffe gehabt hat, sollten Sie sich Folgendes fragen und dabei Ihren gesunden Menschenverstand benutzen: Falls Patrick Lanegan seinen Bruder umbringen wollte, warum sollte er ihn dafür aufs Boot locken, mit ihm rausfahren, ihn erschießen, seine Leiche verbrennen und das für die Familie unverzichtbare Boot mit der gesamten Ausrüstung abfackeln und anschließend auch noch das Risiko auf sich nehmen, durchs offene Meer ans Ufer zurückzuschwimmen, in der Gewissheit, dass die Beweise für seine Tat da draußen auf dem Meer herumschwimmen? Das klingt doch vollkommen lächerlich, meine Damen und Herren.

Vergleichen Sie diese mit der anderen Version, nach der die beiden Angeklagten die Tat begangen haben und Patrick Lanegan Ihnen die Wahrheit gesagt hat, als er im Zeugenstand war. Das heißt, dass er dort draußen war und dass er nur knapp dem Schicksal entkommen konnte, das zweite Opfer zu werden. Und hier haben wir auch ein perfektes Motiv, das Boot anzuzünden: Es war nicht möglich, die Leiche von Matthew Lanegan auf dem Meer zu entsorgen, weil Patrick Lanegan nämlich dort herumschwamm und alles gesehen hätte. Oberste Priorität für die Beschuldigten war also, sich mit dem Zeugen zu befassen. Also zündeten sie die *Caravel* an, auf dem der unglückliche Matthew Lanegan lag, und hofften das Beste, während sie sich auf die Suche nach Patrick Lanegan machten.«

Am Klang von Weirs Stimme konnte Charlie erkennen, dass er zum Schluss kam. Er hatte die Notizblätter, die vor ihm lagen, eins nach dem anderen umgeblättert und zu einem neuen Stapel auf der linken Seite angehäuft. Auf dem ursprünglichen Stapel waren nur noch eine Handvoll Seiten übrig.

»Was Sie bei der Bewertung der Aussage von Patrick Lanegan nicht vergessen dürfen«, fuhr Weir fort, »ist die Tatsache, dass sie absolut plausibel klingt. Es ist so gut wie unmöglich, sich eine solche grausige Geschichte, wie er sie uns während des Verhörs durch Mr. Jardim geschildert hat, in all ihren Details einfach auszudenken. Könnten Sie uns beschreiben, wie es sich anfühlt, wenn man unter Wasser beschossen wird, ohne es selbst erlebt zu haben? Könnten Sie beschreiben, wie es war, als die Leiche Ihres Bruders an Deck der *Caravel* geworfen wurde, oder den anschließenden Brand, wenn Sie es nicht mit eigenen Augen gesehen hätten?

Ich will kein Geheimnis daraus machen, dass der Zeuge im Kreuzverhör keine gute Figur gemacht hat. Aber, meine Damen und Herren, eine gute Figur machen ist eine Sache, die Wahrheit eine andere. Erinnern Sie sich daran, dass Mr. Lanegan nie mit dem Gerichtsmediziner gesprochen und nie den Autopsiebericht gelesen hat. Dennoch werden Sie, wenn Sie sich die Mühe machen, die Angelegenheit zu überprüfen, feststellen, dass seine Beschreibung der Vorgänge perfekt zu den Untersuchungsergebnissen passt. Dem sollten Sie viel Gewicht beimessen, wenn Sie seine Glaubwürdigkeit bewerten.

Weir machte eine Pause, legte eine Hand auf die Brust und musste schlucken. Einen Augenblick lang schien er sich unbehaglich zu fühlen, aber dieser kurze Moment ging rasch vorbei.

»Das ist alles, was ich zu den Aussagen von Patrick Lanegan zu sagen habe. Was nun Ihre Aufgabe betrifft, so werden Sie ihr zweifellos mit dem nötigen Ernst begegnen. Jeder der beiden Angeklagten hat ein verabscheuungswürdiges Verbrechen begangen, das verabscheuungswürdigste, das unser Strafgesetz kennt. Sie haben sich gemeinsam zu einer Tat entschlossen, die beinhaltete, dass sie in einer ruhigen, kalten Nacht im letzten August an Bord der *Open Quest* gingen und ein Remington-Gewehr mit dem Kaliber .308 mit sich führten. Ganz gleich, wer von den beiden die Waffe in der Hand hatte, sie hegten beide dieselbe Absicht: Sich auf ihrem Kutter zu verbergen, um Matthew Lanegan an Bord zu locken und ihn zu ermorden, weil sie ihn nicht für die geschäftlichen Transaktionen bezahlen wollten, die stattgefunden hatten und bei denen es um illegal gefischte Abalonen und Cannabis ging. Meiner Ansicht nach planten sie, sich der Leiche des Ermordeten auf hoher See zu entledigen. Wie sich dann herausstellte, war der jüngere Bruder des Opfers ebenfalls an Bord des Boots, das neben der *Open Quest* festgemacht hatte, also der *Caravel*.

Und weil Patrick Lanegan entkommen konnte und sich mutig dazu entschlossen hat, gegen die beiden Angeklagten auszusagen, sind wir nun in der Lage, ohne den Schatten eines Zweifels sagen zu können, dass diese Männer des Mordes schuldig sind. Beide sind gleichermaßen verantwortlich für das, was in dieser Nacht geschah. Beide sollten nun von Ihnen strengstens bestraft werden.«

Nach diesen Worten warf Weir seine Robe zurück und setzte sich hin.

»Haben Sie Ihren Führerschein dabei?«

»Ich denke schon.«

Er kramte in der Konsole herum, fand schließlich seine Brieftasche und ging sie mit zittrigen Fingern durch, bis er den Führerschein in der Hand hielt.

»Wir machen nur einen routinemäßigen Atemtest, Mr. … Mr. Egan. Haben Sie heute Alkohol getrunken, Sir?« Der kalte Augustwind wehte um den Cop, der eine Warnweste trug. Er hatte die Arme vor der Brust verschränkt, weil ihm kalt war, in der einen Hand hielt er das Teströhrchen.

Sein alter Erzfeind, das lang anhaltende Ausatmen.

»Nee.« Er lachte ein bisschen zu bemüht. »Wollen Sie mir einen aus-ausgeben?«

»Nur einmal ganz tief ausatmen, bitte. Ich sage halt, wenn es genug ist.« Der Cop las die neue Adresse, die hinten auf den Ausweis geklebt worden war. »Das genügt dann, Mr. Egan. Dauphin, hm? Hübsche Gegend. Gehen Sie gern fischen?«

»Nein, ich, äh, also wissen Sie … Ich hab's ein biss-bisschen übertrieben mit allem. Schätze ich sollte es lang-langsamer angehen, seit meine Frau gestorben ist.«

»Hm. Das tut mir leid. Was führt Sie denn in unsere Stadt?«

»Ich wollte mir das Footballspiel morgen Abend ansehen.« Er dachte scharf nach. Die Saints gegen die Swans.

Das Gesicht des Cops hellte sich auf. »Sind Sie Saints-Fan?«

»Äh, eigentlich von den Swans. Mein Vater ist in der Dorcas Street aufgewachsen.«

Autos reihten sich hinter Barrys Pick-up. Der Cop warf einen Blick auf den Stau und blieb ruhig.

»Was haben Sie denn hinten drin?«

Er schaute direkt zu dem Fass. Natürlich. Was anderes stand ja gar nicht da hinten.

»Weizenspreu. Futter für die Milchkälber von einem Freund.«

Der Cop strich mit der Hand über den schwarzen Kunststoffdeckel. Dann packte er ihn am Rand, schüttelte das Fass und zog an dem Nylonband, mit dem es am Überrollbügel festgemacht war.

»Hauptsache es ist gut gesichert.« Er ging nun zum Heck des Wagens und schaute sich das Nummernschild an. Barry wusste, dass er die Zulassungsgebühr bezahlt hatte, erinnerte sich noch genau, wie er fluchend den Scheck bei VicRoads ausgestellt hatte. »Alles klar, gute Fahrt.« Der Cop reichte ihm den Führerschein durchs Fenster und nahm die Reihe der Fahrzeuge hinter ihm ins Visier.

Barry fuhr weiter durch Royal Parade, an der Universität vorbei, bis er tief in Brunswick war. Der Cop hatte ihn nervös gemacht. Er schwitzte, sein Puls raste. Die grelle Fassade eines Pubs tauchte auf der rechten Seite auf. *Brunswick Club,* las er laut. In seinem Kopf tauchten Pressefotos eines Mordopfers auf, der Blick durchs Fenster auf Schuhsohlen, die unter einem Billardtisch zu sehen waren, im Vordergrund unscharf das Absperrband der Polizei. Eine übertrieben aufgetakelte Tussi mit riesigen Brillengläsern, die während des Begräbnisses theatralisch weinte. Weiter nördlich bog er rechts ab und fuhr eine schmale Straße entlang, die von kleinen Fabrikgebäuden und ein paar viktorianischen Häusern gesäumt wurde. Die Straße lag im Schatten des Nachmittags, die Sonne hatte sich irgendwo hinter den Klimaanlagen und Entlüftungen versteckt.

Barry zählte die Hausnummern, bis er ein zweistöckiges braunes Backsteinhaus erreichte, das einen halben Straßenzug einnahm. Auf der Fassade stand in verblichenen graublauen Buchstaben *Seafood Handlers International*. Er lenkte den Pick-up vor das Gebäude und schaute zu den Bürofenstern hinauf, während er unter ihnen vorbeifuhr. Kein Zeichen von Aktivität.

Vor einer nicht markierten Tür hielt er an. Der Türpfosten war mit einer langen Stahlplatte verstärkt worden. Als er ausstieg, warf er einen kurzen Blick auf das Fass, dann klopfte er.

»Ja?«, meldete sich eine schwache weibliche Stimme. Weiblich. Mittelalt. Nicht besonders freundlich.

Barry hatte diesen Moment immer wieder durchgespielt und geübt, wie er seinen dämlichen Namen sagen sollte. »Barry Egan. Ich möchte zu Terepai Taia.«

»Der ist nicht hier.«

»Würden Sie ihm bitte sagen, dass ich sein Fass habe?«

Pause.

»Warten Sie.«

Es folgten mehrere gedämpfte Schläge, als wären schwere Türen in einem langen Korridor nacheinander geöffnet und wieder geschlossen worden. Genau wie die Türen im Zellentrakt der Polizei, wo er '88 in eine Ausnüchterungszelle gesperrt worden war. Er schaute nach unten auf die Betonstufe. Jemand hatte gegen die Wand neben der Tür gekotzt, die hüfthohe Spur hatte eine parabolische Form. Neben der Pfütze am Boden lag ein Haufen aus Verpackungsresten und Blättern, die der Wind hergeweht hatte. Eine verblichene Tüte Salt-and-Vinegar-Chips von Samboy.

Schritte näherten sich von drinnen und die Schlösser wurden betätigt. Die Tür wäre beinahe gegen ihn geknallt, als sie nach draußen aufschwang. Eine kleine Frau tauchte vor ihm auf, bekleidet mit einer Plastikschürze und einem Haarnetz. Sie hatte einen Gummihandschuh ausgezogen, um die Tür zu öffnen. Sie war in den Fünfzigern, hatte ein strenges, aufgedunsenes Gesicht mit vielen Falten um die Augen und schürzte abfällig die Lippen.

»Gehen Sie durch.«

Barry betrat einen mit Linoleumplatten ausgelegten Flur. Die Frau mit der Schürze führte ihn zu einer weiteren Tür, tippte einen Code in ein Display, dann gingen sie durch. Hinter der Tür lag eine riesige Fabrikhalle. Auf der linken Seite standen weitere Arbeiterinnen vor einem Fließband. Die Objekte, die darüber liefen, waren Barry nur allzu bekannt. *Haliotis rubra* – die Schwarzlippen-Abalone. An dem einen Ende des Bands standen mehrere Frauen um große Kunststoff-Becken herum, schrubbten die Meeresschnecken mit Plastikbürsten ab und schoben sie weiter. Andere griffen nach den transportierten Produkten und legten sie auf ihre Arbeitsflächen, wo sie die Innereien und überstehenden Enden abschnitten. Sie trugen Gummistiefel und spritzten die Abalonen mit Wasser aus kurzen Schläuchen ab. Rechts von ihm stand eine Frau mit dem Rücken zu ihm, die die Abalonen in eine Maschine aus Edelstahl warf und dann den Deckel darauf legte, bevor sie grellbunte Etiketten von einer Rolle abzupfte. Eine Cryovac-Maschine zur Vakuumverpackung. Er hatte so eine mal bei einem Ausverkauf in einem Großhandelsgeschäft gesehen. Die Frau an der Maschine füllte jetzt eine Kunststoffwanne mit den Packungen, und Barry bemerkte neben ihr einen kleinen Mann, der die Wanne mit gesenktem Blick zu einer Bank trug. Hier stapelte ein größerer Mann die Tüten in bereitstehende große, quadratische Kartons. Auf den Seiten der

Kartons war der Schriftzug *Ocean Fresh South Seas Trevally* zu lesen.

Barry war gedankenverloren stehengeblieben, während er all dies in sich aufnahm. Jetzt erst bemerkte er, dass jemand hinter ihm stand. Als er sich umdrehte, sah er einen Mann mit Schürze und Haarnetz, die Arme vor der gewaltigen Brust verschränkt. Er hatte einen ungepflegten Ziegenbart und kniff den Mund zusammen, was weder freundlich noch abweisend wirkte. Gesicht und Körperhaltung wirkten entspannt, aber auch unbeweglich. Barry stand wie gebannt da. Hier war er nicht zu Hause. Diese Welt funktionierte nach Gesetzen, die er nicht kannte. Er ließ ja auch mal Fünfe gerade sein, wie jeder andere auch, aber das hier … fand garantiert jenseits des Gesetzes statt, sogar unter absoluter Missachtung desselben.

Der Mann griff unter seine Schürze und zog eine Waffe hervor. Einen Revolver. Deutete damit zu Boden direkt neben seinen Fuß, bewegte ganz sachte die Mündung hin und her und dirigierte ihn voran. Barry war sprachlos vor Angst, aber tief in seinem Inneren fühlte er sich großartig. Dieser Mann richtete eine Waffe auf ihn. Stand direkt neben ihm. Wenn er das Deb erzählen könnte, sie würde es nicht glauben. Er hob die Arme an, eine lahme Geste der Unterwerfung und ging langsam rückwärts.

Der Mann dirigierte ihn quer durch die Fabrikhalle und eine Treppe hoch in ein kleines Büro mit einem Fenster, durch das man in die Halle sehen konnte. Auf halbem Weg machte seine Hüfte ihm Schwierigkeiten und er hielt an, um sich das Knie mit der Hand zu halten. Die Frau hatte jetzt das Ende der Treppe erreicht, hielt die Bürotür auf und schaute ihn ungeduldig an. Er stieg weiter hinauf, schlurfte an ihr vorbei über den Treppenabsatz und betrat das Büro.

Eine nackte helle Energiesparlampe strahlte ihm grell ins Gesicht. Seine beiden Begleiter bauten sich zwischen ihm und der Tür auf. Die winzige Frau sah im Vergleich zu dem riesigen Kerl mit dem Revolver ziemlich komisch aus. Beim Betreten des Raums hatte Barry sich zur Seite gewandt und stand nun vor einem einfachen Holzschreibtisch. Ein wildes Durcheinander an Papieren türmte sich darauf, nur an den äußersten Ecken nicht. Dort war Platz für einen Computer und ein Telefon. Die gesamte Wand gegenüber des Fensters wurde von einem dort hängenden Fisch eingenommen. Ein Blauflossen-Thunfisch, sagte eine vorlaute Stimme in Barrys Kopf. Zwei Sessel mit Kunststoffüberzug, ein Aktenschrank in einer Ecke des Raums. Aber keins dieser Objekte konnte Barrys Aufmerksamkeit länger auf sich ziehen, er war völlig fixiert auf die Person, die hinter dem Schreibtisch saß.

Der Mann war ungefähr fünfzig Jahre alt und sah aus, als hätte er diese fünfzig Jahre mit körperlicher Arbeit verbracht. Sein Körperbau war massiv, wirkte wie aus Stein gehauen, angefangen bei den schweren Händen, die auf der Tischplatte lagen, über die knotigen Schultermuskeln bis hin zu seinem Nacken, der sich unglaublich breit zwischen seinen Ohrläppchen erstreckte. Er hatte sehr kurz geschnittenes, dunkles Haar, das dicht und drahtig war, aber bereits leichte Geheimratsecken aufwies. Sein Gesicht hatte polynesische Züge, genau wie bei dem Mann an der Tür, aber es war vollständig tätowiert, sogar die Lippen. Wieder sagte eine Stimme etwas in Barrys Kopf, angetrieben von der riesigen Angst, die ihn gepackt hatte. *Ta moko.* Inmitten dieses blauschwarzen Musters befanden sich zwei dunkle, eng stehende Augen, die ihn ausdruckslos anstarrten. Sie schlugen ihn in ihren Bann, während er gnadenlos gemustert wurde. Dann schienen sie weicher zu werden, und das Gesicht entspannte sich.

Der Mann stand auf und sein gigantischer Oberkörper kam zum Vorschein mit einer Taille in deren Umfang Barry zweimal reingepasst hätte. Als er ihm eine seiner unglaublichen Hände über die Tischplatte hinhielt, breitete sich ein freundliches Grinsen auf seinem tätowierten Gesicht aus. Sein weißes Hemd spannte an den Knöpfen, als er Barrys Hand überraschend sanft drückte. »Mr. Egan«, sagte er lachend. »Es ist mir ein Vergnügen, Sie endlich kennenzulernen. Ich bin Mr. Taia.«

Jetzt, wo seine Hand in der riesigen Pranke dieses Mannes verschwunden war, der seine zerstörerischen Kräfte im Zaum zu halten wusste und nichts als guten Willen zeigte, spürte Barry, wie seine Entschlossenheit wankte. Er musste sich konzentrieren. Er wollte ruhig bleiben. Dies war nicht sein Reich, eindeutig nicht. Normale Menschen stellten sich nicht als ›Mister‹ vor. Der Riese setzte sich wieder und deutete auf einen der Sessel. Barry nahm Platz und wusste nicht, wohin mit seinen Händen, so verwirrt war er.

Taia musterte ihn kurz.

»Mein lieber Freund, ich muss sagen, das ist wirklich sehr ungewöhnlich.«

Barry zuckte mit den Schultern und antwortete nicht.

»Sie haben das gut gemacht. Sind Sie nervös?« Taias Gesicht drückte Unzufriedenheit aus.

»Ich will nur das Geschäftliche erledigen, dann gehe ich wieder«, sagte Barry. »Und wenn Sie nicht interessiert sind, dann finde ich jemand anderen.«

Taia lachte. »Sie haben aber nicht gut auf Ihre Ware aufgepasst. Na, na …« Er hob tadelnd den Finger. »Sie haben sie einfach im Wagen gelassen, mein Freund.«

»Ich weiß, dass Sie Ihr Gebäude überwachen. Der Ein-Einzige, der das Fass stehlen könnte, wären Sie. Und wenn Sie mich bestehlen wollten, dann hätten sie sowieso die Ge-Gelegenheit dazu.«

Taia dachte stirnrunzelnd darüber nach. Barry wusste, dass er sein Stottern bemerkt hatte.

»Na schön.« Er schaute zu dem Mann, der Barry durch die Fabrikhalle geführt hatte. »Liam, komm her!«

Der Mann tat, was von ihm verlangt wurde.

»Hast du unseren Gast hier mit einer Waffe bedroht?«

»Sozusagen, Boss.« Er schluckte. »Ja.«

Er senkte unterwürfig den Blick. Taia verpasste ihm einen schweren Schlag gegen den Kopf, so fest, dass man das Dröhnen des Schädels hörte. Der ganze Körper des Mannes erzitterte unter dem Aufprall. Instinktiv hielt er sich eine Hand vors Gesicht, aber Taia hatte gar nicht die Absicht, ihn ein weiteres Mal zu schlagen.

»Geh raus«, sagte er leise. Und wandte seine Aufmerksamkeit wieder Barry zu.

»Dann erzählen Sie mir mal was von Ihrem Kunden.«

»Von wem?«

»Ihrem Kunden – Sie haben mir am Telefon gesagt, Sie würden im Auftrag eines Kunden verkaufen.«

Barry hatte ganz vergessen, dass er das gesagt hatte. Jetzt, wo er direkt vor seinem möglichen Geschäftspartner saß, wurde ihm klar, wie waghalsig sein Ansinnen war.

»Das geht Sie gar nichts an.«

»Im Gegenteil, Mr. Egan. Wenn ich mit Abalonen, Rauschmitteln oder anderen wertvollen Dingen handle, dann möchte ich gern wissen, für wen ich tätig werde. Andernfalls laufe ich Gefahr, reingelegt zu werden.«

Barry versuchte, nicht wieder mit den Schultern zu zucken.

»Sie sind gar kein richtiger Drogenhändler, stimmt's?« Taia beugte sich vor, neigte den Kopf zur Seite und schaute Barry durchdringend an. Barry bekam so viel Schiss, dass er es kaum noch aushielt.

»Ich hab Ihnen doch gesagt, wer ich bin. Ich will Sie nicht reinlegen. Durchsuchen Sie doch meinen Wagen, wenn Sie wollen. Hier, bitte, da ist mein Portemonnaie.« Er warf es auf den Schreibtisch, aber Taia machte keine Anstalten, es zu nehmen.

»Wir haben Ihre Zulassung schon überprüft. Sie wohnen in Dauphin, Victoria. Bei den Gawleys, wo die berühmten Meeresfrüchte herkommen. Ich kriege ziemlich viele Abalonen aus Ihrer Gegend, Mr. Egan. Sehr viele. Aber es gibt dort nicht sehr viele Leute, die mit so etwas hier handeln.«

Er machte eine Kopfbewegung zur Tür hin. Barry drehte sich um und sah die Frau, die ihn ins Büro geführt hatte, zusammen mit einem kleineren Mann das blaue Fass in den Raum tragen. Barry nahm resigniert hin, dass sie den Kofferraum seines Wagens ohne zu fragen geöffnet hatten.

»Genauer gesagt, gibt es dort in Ihrer Gegend überhaupt nicht viele Leute, hm?« Taia schlenderte an Barry vorbei zu dem Fass. Er beugte sich darüber, umfasste den schwarzen Deckel mit beiden Händen und machte sich daran zu schaffen. Zwei der größten Bizepse, die Barry je gesehen hatte, schwollen in den Ärmeln seines Hemds an. Der Deckel bewegte sich, aber noch bevor er sich ganz gelöst hatte, richtete Taia sich erneut auf.

»Haben Sie das hier von der Familie Murchison bekommen?«

Diese Frage konnte Barry wahrheitsgemäß beantworten.

»Nein, habe ich nicht.«

Taia hob den Deckel ab, ohne in das Fass zu schauen.

»Haben Sie es von dem Angestellten der Murchisons bekommen – wie heißt er noch? – von McVean? Haben Sie es von ihm bekommen?« Taia klang milde erstaunt, aber gleichzeitig wirkte dieser beifällige Tonfall beängstigend. Unter der ganzen Farbe in seinem Gesicht schien ein bösartiges Krokodilsgrinsen zu lauern.

»Nein.« Barry versuchte so gut es ging, seinem Blick standzuhalten. Dieser bekannte Geruch drang jetzt aus dem Fass, dieser Geruch, der ihm nächtelang in der Nase gehangen hatte, als er in seiner Garage gehockt und das beschissene Ding angestarrt hatte. Mit diesem ganz speziellen Gefühl. Den Geruch kannte er noch von den Partys in den Siebzigern. Es war Dope, aber es roch stärker und wirkte klebriger als das Zeug, das er aus den kleinen Tüten von damals kannte. Taia griff in das Fass und holte einen der in Papier eingewickelten Blöcke heraus.

»Wissen Sie, als Sie mir am Telefon erzählten, es seien neunzig Kilo … das ist eine ziemlich große Menge Haschisch, mein Freund. Ich glaube, das hier ist mehr Hasch, als ich in meinem Leben je an einem Ort gesehen habe. Sehr ungewöhnlich, verstehen Sie. Sehr ungewöhnlich.«

Er deutete mit einer Ecke des Haschischpäckchens auf Barrys Kopf und schaute ihn durchdringend an. »Ich hab so einen Verdacht, wie Sie zu diesem Fass gekommen sind, wissen Sie. Diese Burschen stehen gerade wegen Mordes vor Gericht. Sie könnten etwas *verlegt* haben.«

Barry versuchte, seinem Blick standzuhalten. Seine Knie zitterten.

»Das macht mir keine großen Sorgen«, fuhr Taia fort. »Geschäft ist Geschäft, Mr. Egan. Aber *Sie* sollten genau darüber nachdenken, was Sie tun.«

»Können wir jetzt bitte übers Geld sprechen?« Barrys Stimme war schwach und dünn. In den Monaten, in denen er sich aufreibende Gedanken über diese Sache gemacht hatte, war er sich nie sicher gewesen, wie es laufen würde, aber er hätte nie gedacht, dass die Machtverhältnisse bei diesem Deal so unausgeglichen sein würden. Sogar die Schritte dieses Mannes klangen beängstigend.

Taia sah ihn noch einen Moment lang an, dann trat er ans

Fenster und schaute in die Fabrikhalle. Er schüttelte den Kopf und grinste amüsiert. »Sie haben wirklich Mumm, mein Lieber.« Er lachte vor sich hin.

Es klopfte an der Tür und eine Frau trat ein. Eine jüngere in Bürokleidung. Sie hatte eine schwarze Sporttasche bei sich, die sie wortlos auf den Schreibtisch stellte. Taia wartete, bis sie wieder gegangen war, und schob ihm die Tasche hin. »Da, bitte sehr.«

»Müssen Sie es nicht zählen?«, fragte Barry.

»Nein, muss ich nicht. Ich weiß, wie viel da drin ist. Sie sind derjenige, der es zählen sollte.« Er lächelte wieder.

Barry blickte auf die Tasche, dann über sie hinweg direkt zu Taia. »Wenn es Ihnen nichts ausmacht, würde ich jetzt lieber gehen.« Seine Hände waren feucht und er musste so dringen pissen, dass er Angst hatte, sich in die Hose zu machen.

»Selbstverständlich.«

Taia stand auf und kam um den Schreibtisch herum auf Barry zu und legte ihm einen Arm um die Schultern. Barry erinnerte sich, wie er mal ein Reh geschossen hatte und es anschließend einen Berg hinunterschleppen musste. Er war sich ziemlich sicher, dass dieses Reh leichter gewesen war als der Arm, der in diesem Moment auf ihm lastete.

An der Bürotür gab Taia ihm einen leichten Klaps auf die Schulter. »Wenn Sie unten am Ende der Treppe angekommen sind, wird man Sie zu Ihrem Wagen bringen. Auf dem Weg nach Hause sollten Sie besser nicht anhalten, okay?«

Barry trat auf die erste Stufe und wandte sich um, um zu antworten, aber Taia hatte die Tür hinter sich bereits geschlossen. Nachdem sie ihn aus der Fabrik geführt hatten und die Tür hinter ihm zugefallen war, warf Barry die Tasche auf den Beifahrersitz und fuhr so hastig im Rückwärtsgang vom Parkplatz, dass er beinahe die Pfeiler umgefahren hätte, die das obere Stockwerk der

Fabrikhallte abstützten. Als er die Ausfahrt passierte, drückte er die Verriegelung auf beiden Seiten herunter.

Erst als er die erste Abzweigung nach links nahm, Richtung Süden fuhr und damit seine lange Reise nach Hause antrat, fühlte er sich sicher genug, um den Reißverschluss der Tasche aufzuziehen und hineinzusehen. Taia hatte seine neunzig Kilo Haschisch bekommen und das war für ihn wahrscheinlich eine Supersache. Aber dies hier war eindeutig mehr Geld, als Barry jemals auf einem Haufen gesehen hatte.

Am Freitag um elf Uhr abends hatte Charlie es sich auf dem Sofa bequem gemacht, den Fernseher auf stumm geschaltet und sah zu, wie die Football-Spieler über den sattgrünen Rasen des *Melbourne Cricket Ground* rannten. Seine Füße in den flauschigen Wollsocken ragten in seinem Sichtfeld unmittelbar vor dem Bildschirm auf, und er kaute nachdenklich an seinem Kugelschreiber. Auf seinem Schoß lag der handgeschriebene Entwurf für den Strafantrag der Staatsanwaltschaft. Montagnachmittag musste er in perfekter Form dem Richter übergeben werden.

Weir hatte das Plädoyer der Verteidigung an diesem Nachmittag, dem fünfzehnten Verhandlungstag, beendet. Während seiner langen Ansprache hatte er seine optimistische Grundhaltung und seine theatralische Eloquenz beibehalten. Dennoch, das wusste Charlie aus den privaten Gesprächen mit ihm, hatte er längst eingesehen, dass sie verloren hatten – die Jury würde niemals über die Bloßstellung Patrick Lanegans durch den Basken hinweggehen.

Sie waren zu der Auffassung gekommen, dass es in diesem Zusammenhang noch mehr Aspekte gab, als die simple Frage nach Schuld oder Unschuld, wie sie sich die Jury stellen musste. Entweder-Oder schien eine absolute Vereinfachung zu sein und wurde dem komplexen Hintergrund des Falles wahrscheinlich nicht gerecht. Es musste noch einen dritten Weg geben, den sie nicht kannten. Wie auch immer der aussah, die Angeklagten wussten es, und Patrick wusste es auch – sogar einige Zeugen schienen die Sache wesentlich differenzierter zu betrachten. Charlie war sich ziemlich sicher, dass sie trotz aller Versuche der Wahrheit nicht besonders nahe gekommen waren.

Weir schien das nicht sonderlich zu interessieren. Es war der beste Beweis dafür, wie perfekt er in seine Rolle passte. Er kämpfte so hart, arbeitete systematisch auf ein Ziel hin und am Ende akzeptierte er den Ausgang der Sache, egal ob gut oder schlecht, mit völliger Gelassenheit. Selbst wenn das Urteil in seinem Sinne ausfiel, verhielt er sich ebenso gleichgültig. Man musste schon fanatisch an dieses System glauben, um die Argumentation mit so viel Sorgfalt aufzubauen, ohne dem Hochmut zu verfallen, den eigenen Argumenten zu glauben.

Sie hatten sich bei den Aufzügen vor den Büros der Staatsanwaltschaft getrennt. Weir wollte am Wochenende Vögel beobachten und hatte sich dafür erst kürzlich eine neue Ausgabe des Bestimmungsbuchs von Simpson & Day und ein nagelneues Bushnell 8x42-Fernglas besorgt. Charlie hatte kein großes Interesse gezeigt. Er war müde und hatte erst mal genug von Weirs Extravaganzen.

Das Mobiltelefon klingelte, er ignorierte es und wartete auf den Piepton des Anrufbeantworters. Dieser blieb jedoch aus. Stattdessen brach der Anruf ab, und kurz darauf klingelte es erneut. Annie? Sie hatte sich seit Monaten nicht mehr gemeldet. Und es war nicht ihre Angewohnheit, Leute zu später Stunde aus dem Bett zu klingeln. Er griff nach dem Apparat und hörte eine unbekannte männliche Stimme.

»Charlie Jardim?«

»Ja.«

»Charlie, mein Name ist Phil Weir. Wir kennen uns nicht. Ich …«

»Ah, ja, Phil. Harlan hat mal von Ihnen gesprochen. Wie geht's Ihnen?«

Am anderen Ende brach Schweigen aus, im Hintergrund spielte leise Musik. Dann hörte man lautes Ausatmen.

»Charlie, mein Vater hatte eine Arterienerweiterung. Bei sich zu Hause. Er ist …«

»Oh, Mist. Wie geht's ihm denn?«

»Er ist gestorben, Charlie. Er ist weg.« Seine Stimme versagte. »Es war nichts mehr zu machen.«

»Was?« Charlies Gedanken überschlugen sich. Wegen des Schocks fiel ihm überhaupt nichts Einfühlsames ein. »Wer hat ihn gefunden?«

»Ein … ein Freund von ihm. Ein Freund wollte ihn abholen, sie wollten Vögel beobachten. Ich hab seine Karte hier. Alan Soundso. Hat ihn in der Küche gefunden. Rief den Notarzt. Ich wusste nicht, wer, ich dachte … Ich weiß, dass Sie viel miteinander zu tun hatten. Ich dachte, Sie sollten es wissen. Wegen der Verhandlung und so.«

»Danke, vielen Dank«, sage Charlie leise.

Die Verbindung brach ab, und Charlie sah Weirs Kopf vor sich, seine wehenden silbergrauen Haare, seine Hängebacken, sein Lächeln. Seine Augenbrauen, die sich anhoben, wenn er amüsiert war, die Säcke unter seinen Augen, die Mitgefühl und nicht Müdigkeit signalisierten. Der abgetragene Anzug, den er immer trug. Die zerschlissene Robe, an der er ständig herumgezupft hatte. *Er kann jetzt doch nicht einfach weg sein.*

Eine Säule seiner Existenz war weggebrochen, und er fühlte sich schlagartig älter. *Das darf nicht sein*, hörte er sich sagen, *wir sind doch mitten in einem Prozess.* Natürlich passte Weirs Tod niemanden in den Zeitplan. Es hatte sich ganz einfach ein Loch aufgetan, ein dunkler, unerklärlicher Abgrund, der ihn zu verschlingen drohte.

Richter Fabian Williams erlaubte der Verteidigung, ihr Schlussplädoyer abzuhalten. Charlie saß ganz allein am Pult der Anklagevertreter, anschließend wurde die Verhandlung wegen der Beerdigung vertagt. Die Geschworenen erfuhren nichts davon: Kein Ereignis, nicht einmal ein Todesfall sollte ihre Objektivität ins Wanken bringen, wenn es um die Entscheidungsfindung ging. Ihnen wurde einfach nur mitgeteilt, dass sie einen Tag frei hätten. Sie hätten hart gearbeitet, sagte der Richter, und nun stünde ihnen der wichtigste Teil der Aufgabe bevor, die sie übernommen hätten. Ein Tag Ruhe würde ihnen gut tun. Diese Entscheidung kam für sie so überraschend, dass sie dem leeren Stuhl keinerlei Aufmerksamkeit zollten.

Am nächsten Morgen kam Charlie sehr früh ins Gericht, denn ein älterer Amtsrichter, der Weir schon seit der Universität kannte, hatte ihm angeboten, ihn zur Kirche mitzunehmen. Auf seinem Schreibtisch fand er einen Karton mit einer schriftlichen Mitteilung, die mit Klebeband auf dem Deckel befestigt war. Sie kam von Weirs Sekretärin. Sie hatte sein Büro aufgeräumt, schrieb sie, und hätte einige Sachen ausgewählt, von denen sie annahm, dass Weir sie ihm gerne übereignet hätte. Sie waren sorgfältig in Packpapier eingewickelt. Er nahm sie eins nach dem anderen heraus. Drei gläserne Briefbeschwerer, die kleine, detailreich gestaltete Vögel darstellten. Sein Notizbuch aus dem Prozess mit seiner schrägen Handschrift. Als er es aufschlug, stellte Charlie fest, dass Weir alle gelben Post-it-Zettel dort eingeklebt hatte, die sie in den letzten drei Wochen ausgetauscht hatten: Praktische Hinweise *(unzulässiges Gerücht – Einspruch!)* und abfällige Bemerkungen

(Ocas kriegt ne Glatze – überall Haare auf seinem Pult). Wie er es immer tat, wenn er im Gerichtssaal saß, hatte Weir kleine Skizzen gemacht – Tiere, Gebäude, kunstvoll verzierte Großbuchstaben, abstrakte Muster. Eine Karikatur zeigte das mürrische Gesicht des Richters. Auf ein oder zwei anderen Porträts erkannte Charlie Gesichter der Jurymitglieder.

Weiter unten in der Kiste stieß er auf fünf schwere Bände von *Begriffen und Phrasen zur Anwendung vor Gericht*, in Leder gebunden und mit goldenen Lettern bedruckt. Er hatte mal den Fehler begangen, Weir gegenüber zu bemerken, dass sämtliche Informationen aus diesen Büchern nicht mal eine CD füllen würden. Kaum dass er es gesagt hatte, kam er sich auch schon wie ein Rüpel vor. Und jetzt, als er die Bücher in der Hand hielt, erschien ihm diese Bemerkung einfach nur unglaublich dumm. Er stapelte sie säuberlich übereinander auf seinem Schreibtisch.

Als Letztes hob er Weirs Perückenkoffer aus dem Karton. Die musste schon altmodisch gewesen sein, als Weir sie bekommen hatte. Sie war bestimmt dreißig Jahre alt, der Lack blätterte ab und Rost hatte die Nähte im Innern verfärbt. Die Perücke lag darin, ein zotteliges, übel riechendes Ding. Charlie kam es vor, als hätte er ein Körperteil des Verstorbenen vor sich, so oft hatte er ihn damit vor Gericht erlebt. Er ließ seine Hand über ihren ausgefransten Rand gleiten, legte sie vorsichtig zurück in die Box und setzte den Deckel darauf. Der Wagen wartete sicher schon unten. Er schloss die Tür ab und eilte zum Aufzug.

Im Auto redete Weirs alter Kumpel ohne Unterlass, mit der bekümmerten Miene eines Mannes, der feststellt, dass immer mehr seiner gleichaltrigen Weggefährten ihn Jahr um Jahr im Stich ließen. »Ich weiß viel von Ihnen«, sagte er. »Harlan hat sich ununterbrochen Sorgen um Sie gemacht.«

Die Kirche lag in Coburg an der Sydney Road, eine Gegend, in die Charlie nie freiwillig gegangen wäre. Das Gebäude ragte in den winterlichen Himmel und wirkte düster und einschüchternd. Drinnen dröhnte die Orgel und die Luft war weihrauchgeschwängert. Weir hatte sich mal als entwurzelten Katholiken bezeichnet, umso überraschender war die Wahl dieses Ortes für Charlie.

Er setzte sich in eine der Bänke, nickte bekannten Gesichtern zu: den anderen Staatsanwälten, Ocas und dem Richter, die sich mit einigen Reihen Abstand voneinander niedergelassen hatten. Vier Reihen vor ihm bemerkte er das unverkennbare Profil von Les Reynolds, der in seinem Anzug sehr fremd wirkte.

Charlie schaute zwischen den Schultern der Trauergäste hindurch und sah den Sarg mit den schimmernden Messinggriffen und den Blumen auf dem Deckel. Er spürte eine Trauer, die ihm unerklärlich war. Ist Trauer letzten Endes nichts weiter als selbstsüchtig? Er erinnerte sich an diese Gefühle aus der Zeit nach Harrys Tod, als er seinen verstorbenen Bruder nicht so sehr bemitleidete, sondern ihn vielmehr zurückhaben wollte, für sich selbst. Und nun ging es um seinen Freund, seinen Beichtvater, seinen einzigen professionellen Verbündeten. Um den Mann, der zwei Whiskys einschenkte, Charlie einen hinschob und sich selbst den anderen genehmigte; der ihm einfühlsam Fragen stellte und die Wahrheit durch freundliche Dekonstruktion zum Vorschein brachte. Seine Geschicklichkeit, wenn es darum ging, den Nebel zu verscheuchen, um eine Antwort zu finden. Jetzt war er fort, und die Tatsache, dass diese Gespräche nie mehr stattfinden würden, versetzte Charlie mehr in Panik als die Aussicht darauf, den Prozess allein zu Ende bringen zu müssen.

Er schlug das Faltblatt mit der Abfolge des Gottesdienstes auf und betrachtete das schlichte Schwarzweiß-Bild des Verstorbenen, das die Familie ausgesucht hatte: Weir in seinen Angelklamotten, wie er irgendwo an einem Gartentisch saß, vor sich eine Flasche Wein, und jungenhaft grinste. Unter dem Foto hatten sie einen Vers von Byron gesetzt, den er so gern zitierte, er stammte aus *Childe Harolds Pilgerfahrt:*

Ha, welche Lust im unwegsamen Walde,
Welch ein Entzücken an dem öden Strand!
Gesellschaft gibt‹s dort auf des Meeres Halde.
Und Tanzmusik in seiner Wogen Brand.
Ich werde nicht den Menschen abgewandt,
Doch mit Natur vertrauter in den Stunden,
Wo abgestreift jed‹ irdisch Thun und Band
Ich ganz und tief mich mit dem All verbunden
Und was unsagbar ist, und sichtbar doch, empfunden.

[Quelle: Projekt Gutenberg, Ü: Adolf Seubert]

Die Trauergäste zu seiner Linken lehnten sich zurück, um den zu spät Gekommenen Platz zu machen. Charlie hob den Blick und sah Anna in ihrem Bürokostüm, sie war strahlend schön. Viele Augen folgten ihr, als sie neben ihm Platz nahm und ihm ihr schönstes Lächeln schenkte, während sie sich die Haare aus dem Gesicht strich. Mit einem Mal war der Weihrauchduft verschwunden und er roch nur noch ihren Duft, so wie er sich an ihn erinnerte. Sie schob ihren Arm unter seinen, fasste seine Hand und drückte sie hastig. Dann blickte sie starr nach vorn, und er saß einfach nur da und wunderte sich über die Zufälligkeit derartiger Momente. Sein Freund im Sarg, und sie hier neben ihm, als wäre nichts geschehen, als wäre es immer so gewesen.

Die Trauerfeier fand in Weirs Klub statt, einem Ort, den er selbst als lächerliches Relikt aus dem späten neunzehnten Jahrhundert bezeichnet hatte, einen Treffpunkt von Schnöseln und Monarchisten. Sie hatten dort ein- oder zweimal zu Mittag gegessen, und Charlie hatte sich damals über die Chesterfield-Sofas mit ihren fleckigen Schonbezügen, die Teewägelchen mit ihren Messingbeschlägen und die Porträts der syphilitischen Herzöge mokiert. Weir hatte es mit Würde ertragen und während der Suppe Charlie aufgezogen, indem er laut aus der Zeitschrift *Quadrant* vorlas.

Die Gäste griffen nach den Hühnchen-Sandwiches, ließen Fetzen von geschnittenen Salatblättern auf die Teppiche fallen, während sie sich gegenseitig ihre Kriegsanekdoten erzählten. Charlie und Anna standen in der Mitte des Raums und unterhielten sich leise inmitten der Geräuschkulisse. Sie sagte, er hätte ihr gefehlt. Er erzählte ihr, er hätte die Wohnzimmergarnitur mit dem Geld bezahlt, dass er für die Vorbereitung des Prozesses bekommen hatte. Sie sagte, man hätte ihr eine Partnerschaft in einer Kanzlei angeboten, was sie jedoch abgelehnt hatte. Warum, wusste sie nicht. Er hatte sich die wissenschaftlichen Namen verschiedener Krebsarten, Abalonen und Krokodilfische eingeprägt. Auch er wusste nicht warum. Er erzählte ihr von dem Karton mit Weirs Hinterlassenschaften. Sie meinte, er sollte einen der Briefbeschwerer in seinem Büro aufstellen und einen anderen in seinem Bücherregal zu Hause. Sie selbst wollte auch gerne einen für ihr eigenes Büro haben, damit er sie an sie beide erinnerte. Er nahm eine Flasche Schaumwein von einem Sideboard und schenkte ihnen beiden etwas ein. Sie wollte wissen, ob es in der Verhandlung eine Auseinandersetzung über die Zulässigkeit von Patricks erster Aussage gegeben hatte. Er erklärte ihr, dass sie als vorläufiges widersprüchliches Zeugnis in die Beweisaufnahme Eingang gefunden hatte. Sie sagte, Strafverteidiger seien primitiv. Er fragte, woher sie die Ohrringe hätte, die sie trug, weil er sie noch nie an ihr gesehen hatte, und spürte dabei, wie die Angst in ihm hochkroch. Sie erzählte ihm, sie hätte sie selbst gekauft, als Geschenk nach ihrer Trennung, und von ihrem gemeinsamen Konto bezahlt. Als er gestand, dass er den fehlenden Betrag auf dem Kontoauszug gar nicht bemerkt hatte, knuffte sie ihn in den Arm. Und sie gab zu, dass sie geweint hätte, als sie sie anprobierte.

Michael John McVean sah zu, wie die Geschworenen wieder ihre Plätze einnahmen, die sie dreieinhalb Tage zuvor verlassen hatten. Während des ganzen Prozesses hatten sie sich nie zweimal in derselben Reihenfolge hingesetzt: Mal strebte die Mutter aus der Vorstadt dem Platz am Ende der Reihe zu, mal kam der mittelalte Schlaffi mit dem Holden-T-Shirt als Letzter rein und pflanzte sich in die obere linke Ecke. Aber nie saßen die Zwölf in der gleichen Sitzordnung. Er nahm dies als Zeichen dafür, dass sich unter ihnen keine Gruppen von Verbündeten gebildet hatten, dass sie einfach nur zwölf einsame Inseln darstellten. Aber er wusste nicht, was er davon halten sollte. Es konnte bedeuten, dass jeder Einzelne von seiner Schuld so sehr überzeugt war, dass keiner von ihnen den Rückhalt einer Gruppe benötigte, um sich der Richtigkeit seiner Ansicht zu versichern. Aber es konnte auch bedeuten, dass sie sich hoffnungslos zerstritten hatten und nie zu einem Urteil kommen würden, egal ob schuldig oder nicht. Es konnte alles und nichts bedeuten. Vielleicht war es auch einfach nur so, wie es immer war.

Jeder Juror schob sich an den leeren Sitzen entlang bis zum entlegensten freien Platz, um sich dort hinzusetzen. Es erinnerte McVean an Zuschauer in einem Kino, die gegen Schienbeine liefen oder auf Füße traten, während sie sich in der Hüfte verdrehten, um den schmalen Durchgang zwischen den Stuhlreihen zu bewältigen. Nur zwei der Geschworenen schauten zur Anklagebank, als sie hereinkamen: der fette Glatzkopf mit der Brille, bei dem man die meiste Zeit nicht wusste, wo er hinglotzte; und die junge Frau, die irgendwo an einer Rezeption arbeitete, die kurz innehielt und ihm und Murchison einen hasserfüllten Blick zuwarf. Auch wenn er nicht sagen konnte, ob dieser Blick ihm persönlich galt oder Murchison oder beiden, machte es ihn doch unruhig, vor allem, als er, nachdem sie sich gesetzt hatte, bemerkte, dass sie geweint hatte.

Panik erfasste ihn als er ihre verweinten Augen und geröteten Wangen betrachtete. Auf McVean wirkte sie wie jemand, der sich wenig um Verfahrensabläufe und geschliffene Reden scherte. Er versuchte, alle Möglichkeiten abzuwägen. Sie hasste sie, ob nun einzeln oder beide zusammen konnte er nicht sagen, aber er entschied, dass sie beide gemeint waren, um den Gedanken zu Ende zu führen. Sie wollte also, dass sie verurteilt wurden. Und jetzt war sie in Tränen ausgebrochen, weil sie überstimmt worden war. Ihm schwante, dass diese Frau ihm soeben laut und deutlich verraten hatte, dass sie heute noch nach Hause gehen durften.

Er hörte dem Richter zu, diesem aufgeblasenen alten Drecksack, der mit den Geschworenen sprach und ihnen schmallippig zulächelte, während sie eifrig nickten. Der alte Mistkerl beugte sich über das Pult und zeigte seine schimmernde Glatze, die sich zwischen zwei silbrigen Haarinseln erstreckte, zog die Augenbrauen zusammen und murmelte seinem Lakaien Instruktionen zu. Und der Lakai stand auf und las die ganze dämliche Anklage noch einmal vor. Und dann brach Schweigen aus, als die allerletzte Frage im Raum stand, zwischen den Plätzen der Anklage und der Verteidigung, über den Bänken und den Pulten aus uraltem Holz und dem Teppich, und über dem Sprecher der Geschworenen, der ebenfalls aufgestanden war.

McVean war längst zu der Ansicht gekommen, dass es nichts

Spannendes mehr zu verkünden gab, denn die offensichtliche Frustration der jungen Frau hatte ihm bereits alles gesagt. Er schaute auf seine Hände und rang sie, als würde er imaginäre Fesseln abstreifen. Und dann wurde ausgesprochen, was er sich schon gedacht hatte.

Er war ein freier Mann.

Murchison ebenfalls, aber der spielte keine Rolle mehr für ihn und bekam nicht einmal einen kurzen Blick, schon gar keinen Handschlag. Er würde nun diesen Gerichtssaal verlassen und sein Leben weiterführen und keiner von diesen Mistkerlen und Parasiten würde ihn jemals wieder belästigen.

Franz Rhodes eilte mit ausgestreckter Hand und gebleckten Zähnen auf ihn zu. Beschissener Heuchler. Dieser sabbernde Schwachkopf hatte ihn vor der Verhandlung praktisch angebettelt, sich schuldig zu bekennen, und hatte sich erst wieder vernünftig benommen, als ihm klar geworden war, dass er mit Ocas im Team arbeiten musste und sich am besten aus allem heraushielt. Was er dann auch mehr oder weniger getan hatte. Der Staat würde sein Honorar bezahlen, aber wahre Gerechtigkeit würde bedeuten, dass der Staat Michael John McVean einen Scheck ausstellen müsste, als Entschädigung für ein Jahr Knast und diesen Scheiß-Anwalt.

Er trat aus der Absperrung in den Gerichtssaal, immer noch in Begleitung des Gerichtsdieners, der ihn weiter am Ellbogen festhielt. Er schüttelte seine Hand ab. Um ihn ein einziges Durcheinander, Menschen umarmten sich, weinten, liefen von einem zum andern. Niemand kam zu ihm. Er sah zu, wie die Geschworenen in ihrem Zimmer verschwanden, und zwinkerte der weinenden jungen Frau zu. Sie würde darüber hinwegkommen.

Der Junge, der Bruder, saß einfach nur da, wie er es während des ganzen Prozesses getan hatte, nach vorn gebeugt, die Ellbogen auf den Oberschenkeln, das Kinn auf die Hände gestützt und starrte die gegenüberliegende Wand an. Seine Freundin beugte sich tröstend zu ihm, tätschelte ihm den Rücken und weinte auch ein bisschen. *Du kannst mich gerne auch mal trösten, Kleine.*

Während er hinschaute, stand der Lanegan-Bruder auf und ging Richtung Ausgang.

Warte mal. Die alte Mrs. Murch war auch aufgestanden und lief hinter ihm her. Das wird gut. Sie holte ihn ein, als der Junge gerade an Micks Platz vorbeiging, der senile alte Alan stolperte hinter ihr her. Sie streckte die Hand mit den vielen Klunkern aus und packte Lanegans Schulter. Der wirbelte herum, als hätte jemand ihm ein Messer in den Rücken gebohrt. Sie packte ihn am Hemd, direkt vor McVean und zog ihn zu sich. Dann zischte sie ihm leise etwas zu, aber McVean konnte es sehr gut verstehen: *So und jetzt werden wir mal ein Wörtchen mit dem Jugendamt reden wegen dieser dreckigen kleinen Kinder.*

Der Junge prallte zurück und riss sich los. Einer der Gerichtsdiener musste zwischen sie gehen. Großartig. Er bräuchte wirklich einen verdammt guten Grund, um wieder in dieses dreckige Kaff zurückzukehren. Aber zuzuschauen, wie die alte Murchison sich die Lanegan-Gang vorknöpfte, wäre fast schon Grund genug.

McVean wurde schwermütig und das verwunderte ihn. Er war jetzt ein freier Mann. Vielleicht sollte er nach Geelong gehen, sich mit den Motorradtypen zusammentun, die er in der Untersuchungshaft kennengelernt hatte, mal was Neues ausprobieren. In fünf Jahren hätte er sich gesundgestoßen, könnte eine eigene Truppe aufmachen und hätte genug Kohle, um verschiedene Projekte durchzuziehen. Genauso wie es niemanden gejuckt hätte, wenn er für fünfundzwanzig Jahre im Knast verschwunden wäre, interessierte es auch niemanden, wo er jetzt hinging. Er war so gut wie unsichtbar.

Aber dieser dumpfe Schmerz war immer noch da. Die Anwälte packten ihre Aktenordner auf die Trolleys – die Verteidiger lachten und scherzten, der Vertreter der Anklage, der in den letzten Tagen allein gewesen war, würdigte ihn keines Blickes. Diese ganzen Ordner machten einen mordsmäßigen Eindruck, wenn sie aufgeschlagen wurden, wenn die Anwälte mit ihren Brillen herumfuchtelten und angeberische Vorträge hielten. Aber jetzt wurden sie einfach nur recycelt. Der junge Anwalt, Mr. Jardim, hatte gekriegt, was er verdiente. Ocas hatte schon recht gehabt – der hatte in der Stadt herumgelungert und versucht, die Aussagen der Leute zu verdrehen. Wenn McVean zu Hause gewesen wäre, anstatt in der U-Haft Sudokus zu lösen, hätte er diesen kleinen Drecksack aus der Stadt geprügelt, noch bevor er Zeit gehabt hätte, seine Koffer auszupacken. Aber so wie's aussah, lagen ohnehin schwere Zeiten vor ihm. Alle Anwälte waren Lügner. Und was den Älteren betraf, der hatte sowieso die ganze Zeit ausgesehen, als wäre er kurz vor einem Herzinfarkt. Wahrscheinlich setzten sie ihm gerade einen Bypass ein.

Geelong hatte schon was, aber er war sich ziemlich sicher, dass er nach Dauphin zurückgehen würde. Er musste noch einiges zu Ende bringen. Für diese beschissenen Murchisons würde er garantiert nicht wieder arbeiten, aber die wollten sowieso nichts mehr mit ihm zu tun haben.

Der Job bei den Murchisons hatte eigentlich ganz vielversprechend angefangen. Aber dabei ging es eben auch darum, mit anderen zusammenzuarbeiten. Und McVean arbeitete lieber auf eigene Rechnung. Und mit Skip Murchison zusammenzuarbeiten, brachte einem sowieso bloß Kopfschmerzen ein. Großmannssucht, Tausende beschissener Geschäftsideen und kein Plan. McVean hatte stillgehalten und sich darum gekümmert, Leute wie den jungen Lanegan in Schach zu halten, was ihm nach und nach die Rolle des Feldwebels für den Goldjungen des Murchison-Clans, diesen Scheißkerl, eingebracht hatte. Aber jetzt, wo dieser ganze Mist hier vorüber war, konnte er sich wieder um seine eigenen Geschäfte kümmern.

Er ging durch die Sicherheitsschleuse aus dem Gerichtssaal hinaus, ließ sich die Plastiktüte aushändigen, in der seine Brieftasche, die Schlüssel und das Telefon waren, und trat durch die schweren Türen nach draußen in die Sonne. Zwei Reporter eilten laut quasselnd auf ihn zu. Er machte einen Ausfallschritt, grinste breit, und sie zogen sich stolpernd zurück und verhedderten sich in den Kabeln ihrer großen, puscheligen Mikrophone.

Ein Zug wäre jetzt keine schlechte Sache. Nach Westen fahren, nach Dauphin und sich dort überlegen, was als Nächstes anstand. Er ging Richtung Southern Cross Station, die Lonsdale Street hinunter und freute sich über die Platanen, die das Sonnenlicht über ihm filterten. Die Welt war ein großartiger Ort, und er stand genau in ihrem Zentrum. Das klamme Gefühl, das ihn erfasst hatte, war verflogen.

Nein. Der Bruder. Er musste sich ein paar Gedanken wegen des Bruders machen. Der hätte doch nur bei seiner ursprünglichen Aussage bleiben müssen, und alles wäre glattgegangen, aber er wollte ja unbedingt den Helden spielen. Angestiftet von diesem Mr. Jardim, der ganz bestimmt einen Vornamen und eine Adresse hatte. Wie auch immer, dafür war noch jede Menge Zeit.

Aber viel irritierender war die Sache mit dem Fass. Diese besondere Fracht, die den absoluten Höhepunkt von Mags Lanegans Größenwahn dargestellt hatte. Und jetzt war es verschwunden. Weil Skip geglaubt hatte, er könnte Lanegan in ein kleingeistiges Joint-Venture miteinbeziehen, bei dem er den längeren Atem hatte. Weil Skip nicht den Unterschied kannte zwischen einem gutwilligen Partner und einem unfreiwilligen Drogenkurier. Weil

Mags, wie es vorhersehbar gewesen war, seinen kleinen Bruder mit angeschleppt hatte. Und weil der kleine Bruder die Geistesgegenwart gehabt hatte, das Ding über Bord zu werfen, als er Lunte gerochen und gemerkt hatte, dass sie in einen Hinterhalt geraten waren. Das Fass schwamm immer noch irgendwo da draußen herum, trieb wahrscheinlich auf die beschissenen Galapagos-Inseln zu oder so, und nun musste jemand anderes für die Kosten der Arbeit aufkommen, die Michael John McVean da reingesteckt hatte.

Nur keine Panik. Alles zu seiner Zeit.

Er kaufte sich eine Fahrkarte und ging nach nebenan in die Cafeteria. Ein Mädchen von vielleicht sechzehn, siebzehn Jahren bediente ihn. Er genoss den Anblick der knappen weißen Schürze über den schwarzen Leggings und dem T-Shirt. Genoss ihr übertriebenes Make-up. Sie wischte ihre Hände an der Schürze ab, als sie ihn begrüßte, und auch das genoss er.

»Was darf's denn sein?«, fragte sie freundlich lächelnd. Sie drückte ihre Hüfte gegen den Tresen, als sie sich nach vorn beugte. Drückte sie dagegen.

»Nur ein Würstchen im Blätterteig bitte. Und etwas Soße.«

Sie nahm das Gebäckstück mit einer Zange aus der Vitrine und schob es in eine Papiertüte. Dann griff sie nach der Plastikflasche und spritzte die Soße in die Tüte. *Oh ja,* dachte er bei sich, als er zusah, wie die kleine Hand mit den Sommersprossen, die Plastikflasche drückte. Und drückte seine eigene Hüfte gegen den Tresen.

»Und wie geht's Ihnen so heute?«, fragte sie zerstreut, als sie die Tüten verschloss.

»Großartig, danke.« Er schaute sie genauer an, registrierte ihr nervöses Lächeln, als sie das Geld nahm und die Kasse betätigte. Die Tüte fühlte sich warm an, und mit einem Mal wurde er mitteilsam.

»Ich hab's getan, weißt du?«

Sie hielt inne und runzelte die Stirn, als wollte sie gut zuhören.

»Was getan?«, fragte sie zögernd.

Er zuckte mit den Schultern, griff in die Tüte und brach ein Stück von dem Gebäck ab.

»Spielt keine Rolle. Einen schönen Tag noch.«

Er zwinkerte zum zweiten Mal an diesem Tag und schlenderte Richtung Bahnsteig.

Charlie ließ sich auf den Stuhl hinter dem Schreibtisch fallen und seufzte laut auf. Die Robe, die neben ihm lag, hatte seine Körperwärme gespeichert, die Perücke war noch feucht von seinem Schweiß und roch nach nassem Hund. Er drehte den Verschluss der Metallflasche auf, die er neben den Computer gestellt hatte, und nahm einen großen Schluck Wasser. Dann schob er den Stapel der neuen Gesetzesblätter zusammen, die im Eingangsordner gelandet waren, und warf sie auf den Boden. Auf ein großes Stück Papier schrieb er: *Zurück an die Staatsanwaltschaft.* Das Papier legte er auf den obersten Ordner auf dem silbernen Trolley und schob ihn zur Tür hin.

Die ersten Anzeichen des nahenden Frühlings machten sich draußen vor seinem Fenster in den Baumkronen bemerkbar.

Bis zu Weirs Tod hatte er alles geplant. Hatte sich vorgenommen, nach dem Urteil noch mal herzukommen, an einem ruhigen Wochenende. Wollte seine persönlichen Sachen einpacken, Annies blöde Uhr dalassen, ebenso die Perücke und die Robe und die Bücher. Die Büroutensilien hätte er womöglich in eine Einkaufstüte getan, weil er ein Faible dafür hatte; wegen Harry wahrscheinlich, Bleistiftkästen, Stärke drei. Wie auch immer, als er damit fertig war, würde er einen Zettel auf den ganzen Kram legen und ihn in die Nische neben dem Aufzug stellen: *Freies Büro*

– *Zimmer 804. Einrichtung gratis.* Bitte beeilen, der Vorrat ist begrenzt. Ein paar Stunden würde man sich zieren, um nicht gierig zu erscheinen, aber dann würden sie reingehen, seine direkten Nachbarn zuerst, und Ringbücher, Lampen und Kabel raustragen, bis das Zimmer total leer war.

Aber seine Entschlossenheit war während der letzten angespannten Tage vor dem Urteil gebröckelt. Ohne Weir war das alles sehr merkwürdig gewesen. Natürlich wäre Weir niemals dageblieben und hätte auf das Votum der Geschworenen gewartet. Er war grundsätzlich bis zum Zeitpunkt der Urteilsverkündung nach Hause gegangen, hatte sich per Telefon rechtzeitig benachrichtigen lassen, sich dann ein Taxi gerufen und den Fahrer mit einem Extra-Trinkgeld dazu gebracht, ordentlich auf die Tube zu drücken.

Charlie hatte die Tage allein verbracht, Zeitungen im Internet studiert, es sich in einem Sessel bequem gemacht und einen Roman gelesen und manchmal einfach nur ins Nichts gestarrt. Er hatte sich Taucherbrille, Schnorchel und Flossen online gekauft und versucht, die Luft so lange wie möglich anzuhalten, was er mit der Stoppuhrfunktion seines Handys kontrolliert hatte.

Er nahm einen Notizzettel und zog eine senkrechte Linie durch die Mitte. Über die linke Spalte schrieb er *Bleiben.* Über die rechte *Gehen.* Ungewollt machte sich der Song von The Clash in seinem Kopf breit: *Darling, you've got to let me know.*

Langsam füllte er beide Seiten auf dem Zettel und überlegte. Weir tauchte auf beiden Seiten auf. Annie auf einer. Patrick, Lefcovics, Williams, Ehrgeiz, Les, das Feuer, Stress, Autofahren, Älterwerden, Disziplin, Wertschätzung, Wut, verlorene Jahre, Harry. Er schaute sich die Worte lange Zeit an, ihre Position auf der Seite, und versuchte, sie gegeneinander abzuwägen. Dann schrieb er in eine der Spalten als letztes Wort:

Neustart.

Barry Egan fuhr seinen Pick-up auf ein Parkdeck zwischen den Gerichtsgebäuden. Es war viele Jahre her, seit Barry das letzte Mal einen Grund gehabt hatte, in der Stadt einen Parkplatz zu suchen, und die Auflistung der Gebühren – die er erst lesen konnte, nachdem er schon so weit hineingefahren war, dass es kein Zurück mehr gab – hatte ihn regelrecht schockiert. Aber jetzt erfreute er sich am Quietschen der Reifen auf dem glänzenden Beton, während er in endlosen Kreisen hinauf in die vierte Etage fuhr. Er nahm die Kurven immer enger und enger um die spitzen Ecken der Betonpfeiler und horchte auf das rhythmische Scheppern der Metallgitter, die sich am Fuß jeder Rampe befanden.

Das Parkhaus als Treffpunkt war seine Idee gewesen. Nach dem Erlebnis mit Taia wollte er etwas mehr Autorität demonstrieren und dem Geschäft seinen eigenen Stempel aufdrücken. Aus dem Fernsehen wusste er, dass Leute, die gefährliche Geschäfte tätigten, sich in Parkhäusern trafen. Morgens war er sämtliche Stockwerke in dem Gebäude zu Fuß abgegangen, hatte sich alle Decks genau angesehen und überprüft, welche besonders voll und welche besonders leer waren. Das Treffen hatte er für den kommenden Morgen angesetzt, um die gleiche Uhrzeit wie bei seiner Begehung, damit er sicher sein konnte, dass sie allein waren. Er hatte sich überlegt, dass ab dem Zeitpunkt, wo die Arbeit in den Büros begann, also am späteren Morgen, die Parkdecks verlassen sein würden.

Aber dann hatte er im Radio von dem Urteil gehört und dass sie freigelassen worden waren. Nun musste er schnell handeln. Also rief er wieder an und kam direkt auf die Sache zu sprechen. Als er der ruhigen, unbeeindruckten Stimme am anderen Ende zuhörte, fühlte er sich in seinem Entschluss bestätigt.

Auf dem vierten Deck parkte er im Schatten der Nordmauer neben einem Feuerwehrschlauch rückwärts ein, um einen guten

Blick über die gesamte Betonfläche zu haben. Der Aufzug und das Treppenhaus befanden sich direkt gegenüber seinem Parkplatz und jedes herannahende Auto würde er früh genug sehen können, um notfalls abzuhauen. Nachdem er zufrieden festgestellt hatte, dass er allein war, stieg er aus dem Wagen und stieß einen Pfiff aus, um den Hund zu wecken, der vor dem Beifahrersitz auf der Matte geschlafen hatte. Er schloss den Wagen sorgfältig ab und ging zur Brüstung, um einen Blick auf die Little Bourke Street zu werfen.

Von hier oben sah alles, was dort unten passierte, wie eine kleine Prozession aus: die schmutzigen Dächer der Lieferwagen, die Autoschlangen, die Köpfe der Fußgänger, die wie herumwuselnde Ameisen wirkten. Aber doch nicht ganz so wie Ameisen, denn Ameisen in einer Ameisenstraße halten regelmäßig an oder treffen aufeinander, um etwas auszutauschen – Duftnoten oder Laute oder sonst etwas – Geheimcodes einer unbekannten Welt. Die Ameisen unter ihm waren hingegen ständig in Bewegung – wenn zwei von ihnen auf einen Kurs gerieten, der sie miteinander konfrontierte, trieben sie wieder auseinander und taten so, als wären sie einander nie begegnet. Sie waren perfekt choreografiert, sodass sie nie wirklich miteinander in Kontakt traten. Er wusste, dass er, wenn er da unten wäre, sich perfekt einpassen würde.

Auf einer Höhe mit seinem Standpunkt war das Dach des Obersten Gerichtshofs, mit den hässlichen Aufbauten und Metallkästen der Klimaanlage. Unter diesem Dach waren sie in den vergangenen Wochen ihrem Geschäft nachgegangen. Hatten sich gegenseitig angegriffen, wie er gehört hatte, und versucht auf den Punkt zu kommen. Um zur Wahrheit zu gelangen. Was das betraf, war er sich nicht so sicher. Waren wirklich lauter intelligente Leute dort im Saal gewesen, die sich vorgenommen hatten, die Wahrheit herauszufinden oder war es für jede Seite nur darum gegangen, die andere zu besiegen? Folgte notwendigerweise aus diesem Kampf um die Vorherrschaft, dass die Wahrheit gefunden wurde? Bestimmt gab es dafür irgendeinen lateinischen Ausdruck. Irgendwann würde er Les mal danach fragen. Aber eins wusste er ganz bestimmt: Sich tagein, tagaus mit irgendwelchen Lappalien zu beschäftigen, macht dich auch nicht schlauer.

Er war zu hoch, um auf dem Fußweg Einzelpersonen auszumachen, was ihm bei der Planung nicht aufgefallen war. Er schaute kurz zu seinem Hund, der zu seinen Füßen vor sich hin hechelte, und ging zurück zum Wagen.

Etwas später – er war sich nicht sicher, wie viel später, weil er eingedöst war – gingen die gegenüberliegenden Aufzugtüren rumpelnd auf und ein Mann trat heraus, blieb stehen und schaute sich um. Als er den Pick-up sah, ging er direkt auf ihn zu, und Barry stieg aus, um ihn zu begrüßen – so hastig, dass die Schnalle des Sicherheitsgurts lautstark gegen den Türrahmen knallte. Natürlich kannte der den Wagen, er hatte diese Rostlaube doch tausendmal gesehen, wenn sie zwischen den vielen nagelneuen SUVs der Touristen durch Dauphin gekurvt war. In der Stadt kannte man eher die Autos als die Leute, die sie fuhren. Barry war sich nicht sicher, ob er den Mann, den er hier treffen wollte, problemlos erkennen würde, so weit entfernt von ihrem gewohnten Umfeld. Und tatsächlich trug er einen Anzug – bestimmt zum ersten Mal in seinem Leben – er erkannte ihn zuerst nur anhand seines Gangs. Jetzt, als er näher gekommen war, sah sein Gesicht allerdings genauso aus wie immer.

Die anderen Parkplätze waren fast alle leer und die Sonne spiegelte sich auf dem glatten, glänzenden Betonboden. Barry behielt eine Hand auf seiner Tasche und streckte ihm die andere entgegen.

»Barry Egan.«

Der schwarze Hund pinkelte gegen den Reifen des Pick-ups.

»Patrick.«

»Ich war mir gar nicht so sicher, ob Sie kommen würden«, begann er. »Das war kein guter Tag, was?«

Patrick nickte nur.

»Möchten Sie m-mal einsteigen, ich will Ihnen was z-zeigen.«

Barry deutete auf die Beifahrertür.

Patrick musterte ihn eine Weile, bevor er zustimmte. Einen kurzen Augenblick fragte Barry sich, wie er auf so jemanden wie Patrick wohl wirkte, jemanden, der viel jünger war als er, der so viel mehr erlebt hatte. Harmlos wahrscheinlich, dachte er. Weich, verschlafen und harmlos. Barry sah zu, wie er sich auf den Beifahrersitz setzte und das Gesicht verzog, weil es da drin nach Hund und vergammeltem Essen roch. Er stellte seine langen Beine in den schmalen Raum vor dem Sitz wie eine müde Spinne. Den Ellbogen legte er unwillkürlich auf die Armlehne.

Aber nachdem Barry eingestiegen war, machte er keinen Anstalten, den Pick-up zu starten. Stattdessen griff er nach hinten und förderte eine schwere schwarze Sporttasche zutage, die er Patrick auf den Schoß stellte.

»Schauen Sie mal rein.«

Patrick zog den Reißverschluss auf und sah die gelben Scheine mit dem Porträt eines lächelnden Aborigines. Über die linke Seite seines Gesichts lief ein Gummiband.

Die ganze Tasche war randvoll mit kleinen, drei Zentimeter dicken Bündeln von Fünfzig-Dollar-Noten.

Sie waren glatt und neu und lagen säuberlich nebeneinander gestapelt. Patrick packte die Tasche an beiden Seiten als würde er einen Mann am Revers packen, um ihn zu verprügeln. Er schaute misstrauisch durch die schmutzigen Wagenfenster, als erwartete er jeden Moment neuen Ärger. Männer in Anzügen, die auf den

Pick-up zu rannten. Motorradfahrer, Fischer, Polizisten oder wovor er sonst noch Angst hatte. Barry hatte sich genug solcher Szenarien ausgemalt, während er im Parkhaus gewartet hatte, um ihn verstehen zu können. Aber in der Betonhöhle um sie herum blieb es ruhig. Einen Moment lang starrten sie beide gebannt aus dem Fenster.

»Was zum Teufel ist das?«

Da das Fass sich sehr lange in seinem Besitz befunden hatte, hatte Barry diese Frage erwartet und sich eine Antwort darauf zurechtgelegt. »Das gehört Ihnen. Ich hab das blaue Fass verkauft und das Geld dafür bekommen.«

»Wovon reden Sie denn da?«

Barry hatte das Gefühl, den Boden unter den Füßen zu verlieren, als er die Aggressivität in Patricks Frage spürte. Und wieder merkte er, wie sein Selbstvertrauen schwand, genau wie in dem Moment, als er Taias Fabrik betreten hatte. Wieder brach das Chaos aus. Die Panik durchströmte alle seine Gliedmaßen und peitschte seinen Puls hoch. *Dieses Fass kann einfach nichts Gutes bewirken.*

»Sie wissen mehr darüber als ich. E-es fiel von der *Open Quest* i-in der Nacht, als Ihr Bruder erschossen wurde. Ich weiß auch ni-nicht genau wie. Muss wohl was mit dem zu-zu tun haben, was in dieser Nacht pa-passiert ist, warum … weshalb die ihn erschossen haben …«

Er warf Patrick einen entschuldigenden Blick zu.

»Ich glaube nicht, dass das den Murchisons gehört, also muss es wohl Ihnen gehören. Ei-eigentlich wo-wollte ich Ihnen das Fa-Fass zurückgeben, aber dann ist es anders gelaufen.«

»Sie geben es mir nicht zurück, sondern Sie geben mir *das* hier, im Ernst?«

»Ja, genau.«

Sie starrten einander an. Es war eine absurde Situation.

»Hören Sie, das beschissene Geld da drin interessiert mich überhaupt nicht. Das können Sie behalten. Ich hab genug von diesem Scheiß. Man gibt doch fremden Leuten nicht einfach eine Tasche voll Geld.«

Patrick schob sie zur Seite gegen die Handbremse und suchte das Parkhaus nach unsichtbaren Feinden ab.

»Ich habe ganz schön lange darüber nachgedacht und glaube, das Richtige zu tun.«

Patrick seufzte laut auf und legte die linke Hand auf den Türgriff. »Hör mal, Kumpel«, sagte er zu Barry. »Tut mir leid, aber das klingt völlig verrückt. Ich hab den Richter angelogen, den Staatsanwalt und die Verteidiger, die ganzen Gerichtsheinis. Ich hab der Polizei eine Menge Blödsinn erzählt. Mein Bruder und ich, wir haben Abalonen verkauft, die über der Quote lagen. Und wir lieferten Drogen in die Stadt und wieder raus. Wie kann denn das hier …« Er deutete auf die Tasche. »… das Richtige sein?«

Er schob Barry die Tasche hin, der sie mit der Hand abwehrte.

»Ich weiß von dem, was die Murchisons tun. Ich weiß von dem Pub und den Booten und dem Geld, dass sie nebenher verdienen. Ich weiß auch von dem Feuer. Die haben die Leute in Dauphin jahrelang unter Druck gesetzt. Ich weiß, dass sie geschossen haben. Natürlich weiß ich nicht, ob es Skip oder Mick war, der den Schuss abgegeben hat, und wer von den beiden das Boot angezündet hat und so. Aber ich weiß, dass die beiden in dieser Nacht dort draußen waren. Es ist mir völlig egal, was die Geschworenen denken. Meine Güte, mal ehrlich, Sie haben es total vermasselt. Diese erste Aussage vor der Polizei war wirklich keine gute Idee.«

»Woher wissen Sie denn davon?«

»Hab ich in den Zeitungen gelesen.«

»Sie kennen also die Murchisons.« Patrick ließ den Türgriff wieder los und legte seine Hand auf dem Oberschenkel ab. »Das erklärt aber nicht, warum Sie sich einmischen. Was für einen Grund könnten Sie wohl haben?«

»Es, ähm …« Barry merkte, wie er zu blinzeln begann und fasste sich ans Ohr. »Es war einfach nicht fair. Ich wohne in der Stadt, okay? Ich sehe, was dort passiert. Man kriegt ziemlich viel mit, wenn man die Augen offen hält. Die meisten Leute kümmern sich einfach nur um sich. Manche kommen gerade so klar, anderen geht's richtig gut, aber man mischt sich nicht ohne Grund in das Leben von anderen ein. Und Sie habe ich auch beobachtet, wie Sie mit den kleinen Jungs klarkommen müssen ohne die Eltern. Ich finde, es sind nette Jungs. Und ich dachte …, ich dachte, dass man nicht immer nach den Regeln spielen kann. Ich weiß, dass es falsch ist, Abalonen über der Quote zu verkaufen. Es ist auch nicht richtig, mit Drogen zu handeln. Aber vielleicht waren Ihre Gründe ja etwas besser als die der anderen. Bei den Murchisons ging es jedenfalls nur um Gier.

Sie haben also etwas Falsches getan, die anderen aber auch. Sie hatten gute Gründe, die hingegen nicht. Dann mischte sich die Polizei ein, und es kam vor Gericht, wo man darauf besteht, dass alles nach Recht und Gesetz ablaufen muss. Den Typen, den Sie zu uns geschickt haben, den Staatsanwalt … der hat den Wald vor lauter Bäumen nicht gesehen. Er wollte bloß seinen Zeugen auf Linie kriegen. Wollte die Gerichtsverhandlung in geordnete Bahnen lenken. Das ist ja soweit auch okay, aber manchmal passen Recht und Gesetz halt nicht auf das wirkliche Leben. Manchmal ist es meilenweit davon entfernt. Sie müssen in den Zeugenstand und sich rechtfertigen, die beiden Dreckskerle, die Ihren Bruder erschossen haben, aber nicht. Was hat das denn mit Gerechtigkeit zu tun? Sie werden beschuldigt, gelogen und betrogen zu haben, und die beiden sitzen da und schweigen. Das kapier ich einfach nicht.«

»Woher haben Sie das?«

»Habe ich was?«

»Wie sind Sie an das Fass rangekommen?«

Barry zögerte.

»Fangen wir mal ganz am Anfang an. Wie ist es Ihnen abhandengekommen?«

Patrick lächelte reumütig und kratzte sich am Kopf. »Das passierte einfach so, im Bruchteil einer Sekunde, schätze ich. Ich sah das Ding an der Wand des Ruderhauses und wusste, was los war. Ich wusste, was Mags vorhatte. Ich musste nicht mal reinschauen. Das war sein großer beschissener Zahltag … jetzt war alles da, er musste nur zugreifen. Super Idee, Mags, du Vollidiot. Das ganz große Geschäft, mit dem wir alles in Ordnung bringen könnten, um dann ganz neu anzufangen. Er erzählte mir, wie er es anpacken wollte, aber ich glaubte nicht, dass er es wirklich tun würde. Die Murchisons hatten ihm gesagt, sie hätten da was ganz Besonderes für ihn, das er weiterverkaufen könnte. Ich konnte ihn nicht davon abbringen. Ich traute den beiden sowieso nicht über den Weg, erst recht nicht, wenn sie von ganz neuen Möglichkeiten sprachen. Mir war klar, dass es um dieses Fass ging, denn ich wusste schließlich, wie die Murchisons auf ihrem Boot arbeiten. Es gab keinen anderen Grund, warum dieses dreckige große Fass da festgemacht war.

Wie auch immer, es passierte im Bruchteil einer Sekunde, wie ich schon sagte. Mir gefiel überhaupt nicht, was da auf dem Boot los war, also riss ich die Halterung ab und drehte das Fass so fest zu, wie ich konnte. Ich stand an der Reling und horchte, ob irgendwas von Murchison oder McVean zu hören war. Ich hörte die Schritte von Mags, der die Gangway entlanglief, ich wusste genau, dass er es war. Da rollte ich das Fass ganz schnell übers Deck zur Luke beim Kran. Ich konnte kaum glauben, dass niemand kam, um mich aufzuhalten. Aber weder Mags noch diese Mistkerle waren da. Ich sah zu, wie das Ding über den Rand rollte und ins Meer fiel. Es spritzte ein bisschen und dann war es weg. Und ich war es dann auch, der die Markierung am GPS machte.« Er schaute Barry an, der ihm anscheinend nicht mehr folgen konnte. »Ich dachte, das Ding sinkt auf den Grund. Dann hätte ich einfach nur zu der Stelle zurückkommen müssen, um es einzusammeln. Es wäre aber auch nicht weiter schlimm gewesen, wenn ich später nicht an dieses GPS gekommen wäre. Denn auch ohne die Markierung hätte ich die Stelle wiedergefunden. Ich kenne das Riff ganz genau.«

Er hatte in seine Armbeuge gesprochen, den Ellenbogen auf dem Fenstersims abgestützt, und starrte gedankenverloren aus dem Beifahrerfenster. Jetzt drehte er sich um und blickte Barry an. »Wie zum Teufel sind Sie denn an das Ding gekommen?«

Barry zog mit dem Finger eine Linie durch die Staubschicht auf dem Armaturenbrett. »Zuerst war ich bloß neugierig. Wenn ich mir was in den Kopf setze, dann kann mich nichts mehr davon abbringen. Ich wusste, dass in dieser Nacht etwas auf dem Boot der Murchisons über Bord gegangen war, weil ich Mick McVean am Hafen gesehen hatte, der vor sich hin fluchte. Es war leicht zu erkennen, dass es um ein zweites Fass ging, weil die Halterung an der Seite des Ruderhauses leer war. Ich hatte keine Ahnung, was darin war, aber es war Mick offenbar sehr wichtig, denn er war total wütend. Also dachte ich mir, na schön, Mick, dann wollen wir doch mal sehen.

Ich hatte dann auch ein bisschen Glück. Wenn das Ding ungefähr an der Stelle, wo das Boot in Flammen aufging, ins Wasser gefallen war, dann, so dachte ich mir, müsste es mit der Strömung

Richtung Nordosten treiben. Weil der Wind in dieser Nacht mit der Strömung wehte, rechnete ich mir aus, dass es an der Stelle ankommen würde, wo auch der ganze andere Kram landet, das Treibholz und so weiter. Auch weil die Flut am nächsten Morgen sehr hoch war – es war ja eine Vollmondnacht, wussten Sie das? Wie auch immer, ich dachte mir, dass die Flut es sehr weit oben auf dem Strand anlanden würde. Wir beide sind also von ganz verschiedenen Annahmen ausgegangen. Sie haben wahrscheinlich auf dem Grund der Gawleys danach gesucht, weil Sie dachten, es sei gesunken, stimmt's?«

Patrick lächelte. »Ja, ich bin da ziemlich oft getaucht.«

»Und das haben Sie geglaubt, weil sie das Ding übers Deck gerollt haben und dabei feststellten, dass es sauschwer war. Neunzig Kilo, wie sich dann herausstellte. Ihre Annahme war also nicht so weit hergeholt. Ich wusste ja nicht, was drin war. Manchmal ist es eben besser, man hat keine Ahnung. Ich suchte nach etwas, das schwamm. Die andere Sache war, dass diese beiden Arschlöcher niemandem erzählt hatten, was sie da auf dem Boot eigentlich getan hatten. Also konnte niemand nach etwas Konkretem suchen. Aber selbst wenn, dann hätten alle wahrscheinlich, genau wie Sie, geglaubt, es sei gesunken und hätten den Grund abgesucht. Die beiden Mistkerle sitzen aber schon zwei Tage später in Untersuchungshaft und können niemanden damit beauftragen, nach dem Ding zu suchen. Ich stelle mir vor, wie die alte Del Murchison im Knast vor dem Besucherfenster sitzt und ihr Strickzeug dabei hat, damit sie möglichst harmlos wirkt …« Barry lachte vor sich hin. »… und Mick macht immer: Pst, Mrs. Murch, das Fass, das Fass …

Egal, Ihr Bruder ist also gestorben und Sie hatten keine Ahnung, was in dem Fass war. Und suchten am falschen Ort danach. Andere hätten höchstens zufällig auf das Ding stoßen können, beim Strandspaziergang mit dem Hund, beim Surfen oder sonst was. Aber es hatte zuvor drei Tage lang einen so heftigen Sturm aus Südwest gegeben – Sie erinnern sich vielleicht daran, dass es in der betreffenden Nacht sehr ruhig gewesen war. Aber in den Tagen davor hatte der Wind riesige Berge von Seetang dort am Strand aufgetürmt. Tonnen von dem Zeug. Tatsächlich hat dann der Hund das Fass gefunden, nicht ich. Ich glaube nicht, dass ich es alleine geschafft hätte. Es lag weit oben im fast trockenen Sand unter einem Riesenberg von dem Scheiß. Das war schon fast alles. Ich fuhr dann nur noch meinen Pick-up möglichst nah an den Strand heran und lud es ein, brachte es zu meinem Werkzeugschuppen und bewahrte es dort auf, während ich monatelang darüber nachdachte, was ich damit anfangen sollte.«

Barry verzog das Gesicht und rülpste. Dann versuchte er, durch das geöffnete Fenster auszuatmen. Er warf Patrick einen entschuldigenden Blick zu.

»Reflux, sorry. Sie sehen also, es war erst mal eine Art spielerische Herausforderung. Ich schaute mir dieses fette Arschloch McVean an und dachte mir: Dich werde ich austricksen. Aber als ich es dann geschafft hatte, als ich das Fass tatsächlich gefunden hatte, musste ich mir überlegen, was ich damit anfangen wollte. Dann ging der Prozess los und ich verfolgte die ganze Sache in den Zeitungen. Und so wie es aussah und die Dinge sich entwickelten, würde dieses Fass dabei nie eine Rolle spielen. Das war der Moment, wo ich mir über Ihre Situation Gedanken gemacht habe. Ich kann Ihnen nicht erklären warum, aber ich schätze, wenn man die beiden schuldig gesprochen hätte, hätte ich das Geld für mich behalten.«

»Warum?«

»Na ja, wie gesagt, das ist schwer zu erklären, aber in dem Fall einer Verurteilung hätten die ganzen Gerichtsheinis das Richtige getan, oder? Indem sie nach Recht und Gesetz geurteilt hätten. Ihr Kumpel von der Staatsanwaltschaft hätte gesagt, dass man Ihnen übel mitgespielt hätte, und die Justiz hätte die Sache wieder in Ordnung gebracht. Sie hätten Ihre … na ja, keine Rache … aber eine Entschädigung bekommen. Und so, wie es jetzt aussieht, bekommen Sie Ihre Entschädigung unter der Hand. In der Tasche ist genug Geld, um ganz von vorn anzufangen. Kaufen Sie sich ein neues Boot.«

»Sie glauben, die *Caravel* war nicht versichert?«

»Ich weiß, dass sie nicht versichert war. Ich hab's von den Cops aufgeschnappt, als das Wrack in den Hafen geschleppt wurde. Sie sagten, es sei seit zehn Monaten schon nicht mehr registriert gewesen. Und jeder weiß doch, dass man keine Versicherung ohne Zulassung bekommt.«

Längeres Schweigen brach aus. Barry fühlte sich immer noch unwohl hier im Parkhaus an dieser gut einsehbaren Stelle und wäre gern losgefahren. Das wollte er schon vorschlagen – *also, na gut, wir sollten dann wohl, haben ja beide noch eine weite Fahrt vor usw.* –, als Patrick überraschend fragte:

»Was halten Sie von Taia?«

»Das war bestimmt der Mensch, der mir in meinem ganzen Leben am meisten Angst eingejagt hat.« Barry brach in lautes Gelächter aus, als er den amüsierten Blick von Patrick bemerkte. »Neben dem wirkt Mrs. Murch wie ein Schoßhündchen. Ich glaube, er hätte weniger furchteinflößend gewirkt, wenn er sich schlechter benommen hätte. Aber er war unglaublich höflich. Das war ganz schön schräg. Er hätte mich einfach fertigmachen können, um mich anschließend in einer seiner Maschinen kleinzuhäckseln und irgendwo in der Pampa zu entsorgen.«

»Mags hat das Gleiche gesagt«, erwiderte Patrick. »Er meinte, es sei so, wie wenn man neben einem Hai schwimmt – man weiß nie, ob er nicht plötzlich seine Meinung ändert und einem den Kopf abreißt. Wie haben Sie ihn denn ausfindig gemacht?«

»Ah, ja, genau. Wie hab ich ihn gefunden?« Barry dachte kurz nach. »Ich hab den Namen seiner Firma auf einer der Fischkisten der Murchisons gelesen, unten bei der Genossenschaft. Eigentum von *Seafood Handlers International – bitte zurückgeben*, stand da drauf. Also dachte ich mir, dass ihre legalen Abalonen dorthin gehen. Aber alle wussten ja, dass sie über der Quote fischten, also dachte ich mir, auch wenn das reine Spekulation war, dass sie vielleicht alles über den Mob losgeschlagen haben. Also ging ich zur Genossenschaft und erzählte dem alten Fergus ein Märchen, dass ich solche Fischwannen bräuchte, weil ich zu Hause Bier brauen wollte. Ich sagte ihm, ich hätte gehört, man könnte sie bei den Seafood Handlers bekommen, und ob er vielleicht deren Telefonnummer hätte. Fergus sagte mir, ich könnte ja gern da anrufen, aber der Typ dort sei ein Riese von Polynesier mit einem total tätowierten Gesicht, der einem ganz schön Angst einjagen könnte. Ich weiß ja nicht, ob Sie Lust haben, den wegen so was zu belästigen, sagte er. Er hat aber trotzdem nachgeschaut und eine Visitenkarte gefunden. Ich ging dann zu einer Telefonzelle und rief dort an und erklärte, dass ich ein Fass hätte, das ihn vielleicht interessieren könnte. Er war ziemlich zurückhaltend, aber ich wusste trotzdem sofort, dass ich den richtigen Typ dranhatte. Denn er war total scharf drauf, mit mir über die Sache zu reden. Ich sagte ihm, er könnte mich ja am Abend zu Hause anrufen, und das tat er dann auch, und ein paar Tage später wieder, und schließlich bin ich hingefahren und hab die Sache über die Bühne gebracht. Ehrlich gesagt, junger Freund … ich weiß ja nicht, wie Sie mit solchen Leuten umgehen. Für mich war das ganz schön nervenaufreibend.«

Barry sah vor sich, wie er in Taias Räuberhöhle fuhr, mit einem

Fass voller Drogen im Kofferraum und der Hoffnung, es möge bitte alles gut gehen. Kaum zu glauben, dass er dort heil wieder rausgekommen war.

»Wir hatten gar nicht so viel mit ihm zu tun«, sagte Patrick. »Ich glaube, wir sind zwei oder drei Mal dort gewesen, aber vor allem wegen Abalonen von den Murchisons, weil die nicht ihre Lizenz riskieren wollten, indem sie damit herumfuhren. Mit Dope hatten wir nur ab und zu in kleinen Mengen zu tun. Mags ließ mich immer im Wagen warten, wenn er reinging, um zu verhandeln. Wen haben Sie denn dabei gehabt, um auf den Wagen aufzupassen?«

Barry deutete durch das Seitenfenster auf den Hund. »Ablett.«

Patrick grinste, drehte sich dann aber abrupt um, sodass er Barry direkt ansehen konnte.

»Ich möchte, dass Sie wissen, dass ich absolut gegen das war, was Mags an diesem Abend vorhatte. Er war total wütend auf die Murchisons, weil sie ihn hintergangen hatten. Er hasste sie. Jetzt im Nachhinein … ehrlich gesagt … wundere ich mich schon, dass es um eine so große Summe ging.«

Beide schauten die Tasche an. Barry zog seine buschigen silbergrauen Augenbrauen zusammen.

»Ich hab das Fass nie zuvor gesehen«, fuhr Patrick fort. »Na gut, solche blauen Fässer sieht man hier andauernd, die kosten ja fast nichts. Wir gehen also an Bord, und Mags läuft einfach dran vorbei zum Ruderhaus. Als ich es dann losgemacht hatte, hatte ich plötzlich diese Eingebung. Ich dachte bloß: Wirf es ins Meer. Es war ganz klar, dass es gleich Ärger geben würde. In dem Moment, als Mags losrannte, stand ich alleine da und dachte: Du musst hier weg. Wenn ich gewusst hätte, was dieser Idiot vorhatte, hätte ich versucht, ihn davon abzubringen. Aber er war der große Bruder. Sie wissen ja, dass manche Leute für immer der große Bruder sind, auch wenn alle längst alt und grau geworden sind. Sie sind es halt. Und kleine Brüder werden immer kleine Brüder bleiben. Da kann man nichts machen. Er ging seinen Weg.«

Der Hund kratzte an der Fahrertür und Barry machte sie auf, hob das dankbare Tier herein und setzte es sich auf den Schoß. Er drückte die Schnauze in seinen Bauch und die Hinterbeine gegen das Lenkrad. Barry streichelte ihn und der Hund fing an zu schnarchen.

»Wie viel Geld ist denn in der Tasche?«, fragte Patrick.

»Keine Ahnung. Fünftausend pro Bündel. Ach, übrigens hab ich mir ein paar Fünfziger rausgenommen fürs Benzin.«

»Müssen wir jetzt dieses Spielchen spielen, wo ich sage, dass ich das niemals annehmen kann, und Sie sagen, Sie bestehen drauf und den ganzen Quatsch?«

»Nee. Ich denke, wir beide wissen sehr genau, dass Sie das Geld dringend brauchen. Und es ist ganz bestimmt nicht meins.«

Das Angstgefühl in Barrys Magen war verschwunden, jetzt fühlte er sich gut. Aber die Anstrengung des Tages lastete schwer auf ihm.

»Sie wissen natürlich, dass Delvene Ihnen das Leben schwer machen wird.«

Patrick zuckte mit den Schultern. »Es ist genauso wenig ihre Stadt wie meine oder Ihre.«

»Das klingt vernünftig. Aber Sie haben sie hintergangen und sie ist eine rachsüchtige alte Vettel. Sie müssen gut auf sich aufpassen, versprochen?«

Wieder brach Schweigen aus, das nur von Abletts leisem Schnarchen unterbrochen wurde.

»Und was nun?«, fragte Patrick.

»Keine Ahnung.« Barry hob die Hände und zuckte mit den Schultern. Der Hund schreckte kurz aus dem Schlaf.

»Ich schätze, Sie werden mit dem Ding da nicht einfach die Straße langlaufen wollen. Wie wär's, wenn ich Sie nach Hause fahre?«

DANKSAGUNGEN

Die ersten Kapitel von *Fischzug* (auch wenn sie hier nicht unbedingt in dieser Reihenfolge auftauchen) wurden als Übungen im Rahmen einer Schreibgruppe verfasst, die von Brian Edwards und Robyn Gardner geleitet wurden. Brian war auch so freundlich, das ganze Manuskript zu lesen, und konnte mir aufgrund seiner weitreichenden Erfahrungen im Bereich der Literatur wertvolle Ratschläge geben.

Ich stehe tief in der Schuld von Keith Curtain und Vaughn Blakey, meinen ersten Redakteuren in meinem neuen Leben als freier Autor. Von Anfang an ermutigten sie mich dazu, mich als Schriftsteller zu sehen und weiterzumachen, ob sie das nun absichtlich taten oder nicht. Nick Batzias, Jo Canham und Meg O'Hanlon lasen das Manuskript und haben mit mir darüber diskutiert. Auch ihre Erfahrung und ihr Wissen waren mir eine große Hilfe.

Ich habe gehört, dass andere Autoren meinen, es sei viel aufreibender, einen Verlag zu finden, als ein Buch zu schreiben. In meinem Fall war das ganz anders. Mandy Brett von *Text* hat sich schon sehr früh für meinen Roman interessiert, mir aber einen Riesenberg Arbeit aufgeladen, bevor sie das Manuskript annahm. Sie war immer ruhig, bedächtig und absolut korrekt.

Vielen Dank auch an meine Eltern Julian und Helen und an Alison und Arthur vom *Pennygreen Writers' Retreat.*

Zuletzt möchte ich vor allem meiner Frau Lilly danken. Ihre klugen Ratschläge und ihr unermüdlicher Optimismus haben dieses Buch überhaupt erst möglich gemacht.